《诗经》《楚辞》植物考

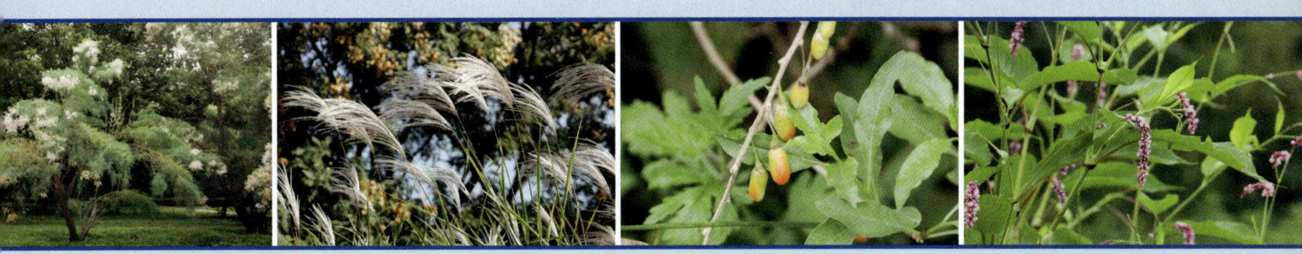

赵倩　编著

中国环境出版社・北京

图书在版编目（CIP）数据

《诗经》《楚辞》植物考/ 赵倩编著. —北京：中国环境出版社，2014.12

ISBN 978-7-5111-2135-6

Ⅰ. ①诗…　Ⅱ. ①赵…　Ⅲ. ①《诗经》—诗歌研究②楚辞研究③古植物学—研究—中国　Ⅳ. ①I207.22②Q914

中国版本图书馆 CIP 数据核字（2014）第 266316 号

出 版 人　王新程
责任编辑　张维平
封面设计　彭　杉

出版发行　中国环境出版社
（100062　北京市东城区广渠门内大街 16 号）
网　　址：http://www.cesp.com.cn
电子邮箱：bjgl@cesp.com.cn
联系电话：010-67112765（编辑管理部）
010-67111484（管理图书出版中心）
发行热线：010-67125803，010-67113405（传真）

印　　刷　北京中科印刷有限公司
经　　销　各地新华书店
版　　次　2015 年 4 月第 1 版
印　　次　2015 年 4 月第 1 次印刷
开　　本　787×1092　1/16
印　　张　20.5
字　　数　460 千字
定　　价　148.00 元

前　言

中华大地幅员辽阔，从温带到热带、从高山到水泽，植物种类极其丰富，从古至今是我们赖以生存的源泉。

华夏文明历经数千载，经过许多代人的传承与发扬，为后人留下了灿烂而不朽的文学宝藏。这些作品历久而弥新，先人们乐观率真的生活态度、醇厚质朴的情感抒发，令今天的我们生出震撼与觉悟。

我们祖先的生活方式比较简单，故而常常取身边事物作为歌咏内容，植物因此被广泛融入到诗歌创作中，成为了其不可或缺的组成部分。今天我们所看到的许多植物早在几千年前就已经陪伴在祖先们的身边，它们就像一条绿色的纽带，将古往与今来紧密相连。

凡　例

一、文中植物名称的顺序均依诗文顺序而定。

二、每首诗歌都配有原文、译文和注解，每种植物都配有文献征引和辨析，大部分已知植物附有形态特征描述，部分已知植物有配图。

三、诗歌原文及文献征引中的植物名称、古代文献名称、作者名称以及比较重要的字都采用了繁体字，以尽量保持其原貌。

四、诗歌译文均采用以诗译诗的形式，多为五言和七言诗，以准确性为先。

五、所有征引文献的标点符号均按作者的理解来添加。

六、辨析中出现的很有可能是诗中植物的名称，都附有拉丁学名。

七、辨析中凡有《植物志》字样，均指《中国植物志》及各地方植物志。

八、辨析中出现了很多可以相互参看的条目，这仅表示它们之间有关联，并非是条目等同的意思。

九、形态特征的内容多数摘自《中国植物志》及各地方植物志、《中国树木志》、《中国杂草志》。

十、文中《毛传》均指《毛诗故训传》，《郑笺》均指《毛诗故训传笺》，《草木疏》和陆玑《草木疏》均指《毛诗草木鸟兽虫鱼疏》，《说文》均指《说文解字》，段注均指《说文解字注》。

十一、正文后附有已知植物名录。

十二、引用的资料作适量删节。

目录

第一卷 《诗经》植物 …… 1

荇菜 / 3
葛 / 5
卷耳 / 7
桃 / 9
芣苢 / 11
楚、蔞 / 13
蘩 / 17
蕨、薇 / 19
蘋、藻 / 22
甘棠 / 25
梅 1 / 26
樸樕、白茅 / 28
唐棣、李 / 31
蓬 / 35
匏 / 36
葑、菲、荼 1 / 38
榛 1 / 42
蕢 / 43
茨 / 44
唐 / 46
榛 2、栗、椅、桐、梓、漆（桼） / 48
蝱 / 55
綠、竹 1、綠竹（菉竹） / 57
葵 / 60
桑 / 62
竹 2、檜 / 64
芄蘭 / 67
諼草 / 69
木瓜、木桃、木李 / 71
黍、稷 / 75
蒲 1 / 79
蓷 / 80
藟 / 82
杞 1、檀 / 84
舜（蕣） / 87
扶蘇、松、龍 / 89
荼 2、茹藘 / 92
蕑、勺藥 / 94
莠 / 96
莫、藚 / 98
棘 / 100
苗 / 102
樞、榆、栲、杻 / 103
椒 / 107
杜 / 109
栩 / 111
蘞 / 113
苓、苦 / 114
楊 / 117
蒹、葭 / 118
條、梅 2 / 120
櫟、六駮、棣、檖 / 123
枌、麻、荍 / 126
紵、菅 / 129
苕 1、鷊（虉） / 132
蒲 2、荷、菡萏 / 135
萇楚 / 138
稂、蕭、蓍 / 140
萑、葦、葽、鬱、薁、葵、棗、稻、瓜、壺、苴、樗 1、重、穋、禾、菽、麥、茅、韭 / 145
果蠃 / 162
苹、蒿、芩 / 164

杞 2 / 168
常棣 / 170
常 / 172
瓠 / 173
萊、栒、楰 / 174
莪 / 177
芑 1 / 179
穀 / 180
藿 / 182
粟 / 183
樗 2、蓫、葍（蔔） / 185
莞 / 189
栁 / 190
蔚 / 192
穫（檴） / 194
椟 / 196
蔦、女蘿 / 197
柞 / 200
臺 / 201
藍 / 202
苕 2 / 204
虉、菫 / 206
棫、樸 / 208
楛 / 210
栵、檉、椐、檿、柘 1 / 211
黄、秬、秠、穈（虋）、芑 2 / 216
梧桐 / 219
筍 / 221
鬯 / 223
來、牟 / 224
稌 / 227
荼 3、蓼 / 228
芹、茆 / 230
稙、穉 / 233

第二卷 《楚辞》植物 235

江離、芷、木蘭、宿莽、申椒、菌桂、蕙、茝、留夷、揭車、杜衡、芳芷、秋菊、薜荔、胡繩、芰、芙蓉、薋、菉、葹、扶桑、若木、蘭、藑茅、艾、荃、樧、瓊 / 237
蓀、杜若 / 260
蘋、辛夷、葯、石蘭 / 262
疏麻 / 266
蘪蕪 / 267
篁、三秀、柏 / 269
芭 / 272
蓱、枲、莆、雚 / 273
露申 / 277
長楸 / 278
萹 / 280
橘 / 281
薺 / 283
屏風、粢、穱、黄粱、柘 2、楓 / 285
菰粱、苴蓴 / 291
桂、莎 / 294
馬蘭 / 297
荆 / 298
柚、新夷、楨 / 299
菎蕗 / 302
澤瀉 / 304
撚支 / 305
芎、瓟、枳、射干、藜、蘘荷 / 306
蔛蕠、槀本 / 312
蒯 / 314
葈耳 / 315

参考文献 / 316
附录 / 317
后记 / 321

《诗经》地域示意图

注：本图为示意图，仅供参考。

第一卷　《诗经》植物

荇 菜

【原文】	【译文】
参差荇菜[①]	荇菜随波漾高低
左右流之	向左向右去捞取
窈窕淑女[②]	娴静柔美的女子
寤寐求之[③]	醒时梦中追求你
	——周南·关雎[④]

【注解】

①参差：cēn cī，不齐。荇：xìng。

②窈窕：yǎo tiǎo，柔美娴雅。

③寤：wù，醒来。寐：mèi，睡着。

④雎：jū，雎鸠鸟。

《关雎》是《诗经》开篇之作，孔子认为其“乐而不淫，哀而不伤”，是体现中庸之德的典范；《毛诗序》亦言：天下一切道德的规范需以夫妇之德为基础，因而《关雎》位列“风”之首位；也有观点认为它仅只是一首召南地区的民间情歌而已，无论如何，诗中所表达的以婚姻为目的的爱恋是被人们广泛认可的理念。

全诗充满了热情欢乐的气氛，虽然害上相思病的主人公在求爱道路上遇到了挫折，不过他并不放弃，继续以奏琴瑟、敲钟鼓的方式来亲近取悦女子。读者由此也可体会到当时人们积极乐观、淳朴奔放的生活态度。

本文节选自第二章。

【文献征引】

1.（荇）《毛傳》：荇，接余也。陸璣《草木疏》：荇，一名接余；白茎，叶紫赤色，正圆，径寸馀，浮在水上；根在水底，与水深浅，等大如钗股，上青下白；鬻其白茎以苦酒浸之，脆美，可案酒。

《康熙字典》：《韻會》：池州人称荇为莕公须，盖细茎乱生，有若須然。

2.（莕）《爾雅·釋草》：莕，接余；其叶苻。《爾雅注》：丛生水中，叶圆，在茎端，长短随水深浅，江东食之；亦呼为莕。《爾雅疏》：莕菜，一名接余，其叶名苻；郭云“丛生水中，叶圆，在茎端，长短随水深浅，江东食之。亦呼为莕”、《詩·周南·关雎》云“参差荇菜”是也；荇与莕同，陸璣《疏》云：“接余，白茎，叶紫赤色，正圆，径寸馀，浮在水上，根在水底，与水深浅。等大如钗股，上青下白，鬻其白茎，以苦酒浸之，脆美，可案酒”。

《本草綱目》：〖释名〗凫葵、水葵、水鏡草、靨子菜、金蓮子、接余；時珍曰：“按《爾雅》云：‘莕接余也。其叶苻’，则凫葵当作苻葵，古文通用耳；或云：‘凫喜食之，故称凫葵’，亦通。其性滑如葵，其叶颇似莕，故曰葵曰莕。《詩經》作荇，俗呼荇絲菜，池人谓之莕公鬚，淮人谓之靨子菜，江东谓之金蓮子，許氏《說文》谓之䜌，音恋，《楚辭》

谓之屏風，云‘紫茎屏風文绿波’是矣”。〖集解〗恭曰：“凫葵即莕菜也，生水中”，時珍曰：“莕与蓴，一类二種也。并根连水底，叶浮水上，其叶似马蹄而圆者，蓴也，叶似蓴而微尖长者，莕也。夏月俱开黄花，亦有白花者，结实大如棠梨，中有细子。按獻窋王《庚辛玉册》云：‘凫葵黄花者是莕菜，白花者是白蘋，即水鏡草，一種泡子名水鼈，虽有数種，其用一也。其茎叶根花并可伏硫煮砂制礬’，此以花色分别蘋莕，似亦未穩，详见蘋下”。〖正误〗時珍曰：“楊慎《卮言》以四葉菜为莕者，亦非也，四葉菜乃蘋也”。

《說文解字》：莕，莕餘也；荇，莕或从行，同。《說文解字註》：“莕餘也”，周南“参差荇菜”《毛傳》：“荇，接余也”，釋草荇作莕；“荇，莕或从行，同”，各本作荇，注云或从行，今依《爾雅音義》、《五經文字》正。

【辨析】

荇菜的古今名称一致。

本词条可与“茆”、“屏風”相互参看。

【形态特征】

荇菜 *Nymphoides peltatum*（Gmel.）O.Kuntze：又名莕菜、金莲子、莲叶荇菜、莲叶莕菜，龙胆科，莕菜属，多年生水生草本。

茎圆柱形，多分枝，密生褐色斑点，节上具不定根。上部叶对生，下部叶互生，叶片飘浮，近革质，圆形或卵圆形，直径1.5～8厘米，下面紫褐色，密生腺体，上面光滑。花簇生节上；花梗圆柱形，长3～7厘米；花萼长9～11毫米，分裂近基部；花冠金黄色，长2～3厘米，直径2.5～3厘米，分裂至近基部，裂片宽倒卵形，边缘宽膜质，近透明，具不整齐的细条裂齿；雄蕊着生于冠筒上；在短花柱的花中，雌蕊长5～7毫米；在长花柱的花中，雌蕊长7～17毫米；腺体5个，黄色，环绕子房基部。蒴果无柄，椭圆形，长1.7～2.5厘米，宽0.8～1.1厘米；种子大，褐色，椭圆形，长4～5毫米，边缘密生睫毛。花果期4—10月。

产于我国绝大多数省区。生于池塘或不甚流动的河溪中。在中欧、前苏联、蒙古、朝鲜、日本、伊朗、印度、克什米尔地区也有分布。

荇菜的茎、叶、花可食用，全草可入药。

【植物图片】

葛

【原文】	【译文】
葛之覃兮	葛藤枝条细又长
施于中谷	蜿蜒蔓生在谷中
维叶萋萋	叶子茂盛又茁壮

——周南・葛覃

【注解】

诗歌展现了一位善于女红的女子形象。古代的女子在出嫁前都要掌握很多技能，采葛织布便是其中一项。本章点出了采葛的地点，并约略透露出一些主人公的愉快心情。

本文节选自第一章。

【文献征引】

《毛傳》：葛，所以为絺綌。《鄭箋》：葛延蔓于谷中。

《本草綱目》：〖释名〗雞齊、鹿藿、黄斤；時珍曰：“葛从曷，谐声也。鹿食九草，此其一種，故曰鹿藿。黄斤未详”。〖集解〗時珍曰：“葛有野生、有家種。其蔓延长，取治可作絺綌；其根外紫内白，长者七八尺；其叶有三尖，如楓叶而长，面青背淡；其花成穗，累累相缀，红紫色；其荚如小黄豆荚，亦有毛；其子绿色，扁扁如鹽梅子核，生嚼腥气，八九月采之，《本經》所谓葛穀是也，唐蘇恭亦言葛穀是实，而宋蘇頌谓葛花不结实，误矣，其花晒干，亦可炸食”。

《康熙字典》：《玉篇》：蔓草也。

《說文解字》：葛，絺綌，草也。

【辨析】

葛的古今名称一致。

葛在古代是重要的经济作物，既可用于纺织、编制器物，又可食用和药用。《毛传》中所说的“絺绤”是指用葛制作的布料，“絺”为细葛布，“绤”为粗葛布，这在邶风・绿衣中亦有提及。

【形态特征】

葛 *Pueraria lobata*（Willd.）Ohwi：又名野葛、葛藤，豆科，葛属，多年生草质藤本植物。

粗壮藤本，多分枝，枝条长可达 8 米，全体被黄色长硬毛，茎基部木质，有粗厚的块状根。羽状复叶具 3 小叶，小叶三裂，偶尔全缘，顶生小叶宽卵形或斜卵形，侧生小叶斜卵形，稍小；小叶柄被黄揭色绒毛。总状花序长 15～30 厘米，中部以上有颇密集的花；花萼钟形，长 8～10 毫米，被黄褐色柔毛；蝶形花冠长 10～12 毫米，紫色；子房线形，被毛。荚果长椭圆形，长 5～9 厘米，宽 8～11 毫米，扁平，被褐色长硬毛。花期 9—10 月，果期 11—12 月。

产于我国南北各地，除新疆、青海及西藏外，分布几遍全国。生于山地疏或密林中。东南亚至澳大利亚也有分布。

葛是一种良好的水土保持植物，葛粉用于解酒，茎皮纤维供织布和造纸用，叶可作饲料，种子可榨油，根可入药。

【植物图片】

卷 耳

【原文】	【译文】
采采卷耳[①]	不停采摘卷耳草
不盈顷筐	装了浅浅的一筐
嗟我怀人	心中思及我爱人
置彼周行[②]	暂将背筐放路旁
	——周南·卷耳

【注解】

①采采：采了又采。

②行：háng，道路。

《卷耳》描写了身处两地互相思念的一对恋人，节选的这段是从女子的角度写的，她在野外一边采摘卷耳一边思念着远方的爱人，这样的心不在焉使得她采了半天却只装了个筐底儿。又或许采摘的时间其实并不长，而是思念使时间显得很长，所以女子希望时间快点过去，好让她的爱人能够早些回来。

本文节选自第一章。

【文献征引】

1.（卷耳）《毛傳》：卷耳，苓耳也。陸璣《草木疏》：卷耳，一名枲耳，一名胡枲，一名苓耳；叶青白色，似胡荽，白华细茎，蔓生；可鬻为茹，滑而少味；四月中生子，正如妇人耳中珰；今或谓之耳璫草，鄭康成谓是白胡荽，幽州人呼为爵耳。

2.（菤耳）《爾雅·釋草》：菤耳，苓耳。《爾雅注》：《廣雅》云："枲耳也"，亦云胡枲，江东呼为常枲，或曰苓耳；形似鼠耳，从生如盘。《爾雅疏》：菤耳，一名苓耳；郭云："《廣雅》云'枲耳也'，亦云胡枲，江东呼为常枲，或曰苓耳。形似鼠耳，从生如盘"，《詩·周南》云"采采卷耳"陸璣《疏》云："叶青白色，似胡荽，白华细茎，蔓生。可煮为茹，滑而少味。四月中生子，如妇人耳珰。幽州谓之爵耳"是也。

3.（苓）《康熙字典》：《博雅》：苓耳，枲耳也。

《說文解字》：苓，苓耳，卷耳草。《說文解字註》："苓耳"，逗，二字各本脱，今补，《說》见苦字下；"卷耳草"，草字各本作"也"，今依《韻會》所引釋草、《毛傳》皆曰："卷耳，苓耳也"。

4.（葈）《康熙字典》：《集韻》本作葸；胡葸，枲耳也。《正字通》：俗枲字。

5.（葹）《楚辭章句》：葹，枲耳也。《楚辭補注》：葹，形似鼠耳，《詩》人谓之卷耳、《爾雅》谓之苓耳、《廣雅》谓之枲耳，皆以实得名；《本草》：枲耳一名葹。

【辨析】

卷耳的古今名称一致。

卷耳有很多别名，如枲耳、苓耳、耳珰草、白胡荽、爵耳。此外，它还被和苍耳联系在了一起，依笔者所参阅的文献，这种联系出自《本草纲目》的"枲耳"词条。

卷耳是苍耳吗？当然不是。《本草纲目》在枲耳释名中引用苏颂文：“《诗》人谓之卷耳、《尔雅》谓之苍耳、《广雅》谓之葈耳，皆以实得名也”，笔者查阅了《尔雅注疏》和其他一些资料，发现《尔雅》中并没有“苍耳”一词。《楚辞补注》中有一段与该引文几乎一模一样的文字，唯一差异是“苍耳”换成了“苓耳”，由此推测，“苍耳”应该是“苓耳”的误写。

因誊抄而导致差异在古代很普遍，例如《草木疏》在释“卷耳”中写“郑康成谓是白胡荽”，《本草纲目·枲耳》引苏颂文复引《诗疏》则写作“郑康成谓是白胡枲”。

再者，《草木疏》描述卷耳是“白华细茎，蔓生”，而苍耳的茎是直立的，既非蔓生亦非细茎。

第三，《诗经》所处时期的人们观念非常务实，他们采摘某种植物往往是为了食用、制作物品或用于祭祀活动。回看诗中的女子，她采摘卷耳是做什么用的呢？最有可能的就是日常食用，而苍耳有毒，是不宜食用的。

李时珍引《救荒本草》说苍耳“嫩苗炸熟，水浸淘拌食，可救饥。其子炒去皮，研为面，可作烧饼食”。笔者推测，《救荒本草》所提到的苍耳的食用方法或许只在救饥的情况下才用，它不是被当作日常食物的。而《草木疏》中说卷耳“可煮为茹，滑而少味”、陶弘景说枲耳“伧人皆食之，谓之常思菜”，这些都是作为日常菜蔬来说的。

第四，《中国植物志》及各地方植物志都明确载有“卷耳”和“苍耳”两个词条，其中卷耳为石竹科、卷耳属植物，苍耳为菊科、苍耳属植物，两者毫无相关联之处。

本词条可与“葹”、“葈耳”相互参看。

【形态特征】

卷耳 *Cerastium arvense* L.：石竹科，卷耳属，多年生疏丛草本植物。

高 10～35 厘米。茎基部匍匐，上部直立，绿色并带淡紫红色，全株密生长柔毛。叶片线状披针形或长圆状披针形，长 1～2.5 厘米，宽 1.5～4 毫米，顶端急尖，基部楔形，抱茎，被疏长柔毛。聚伞花序顶生，具 3～7 花；花梗细，长 1～1.5 厘米，密被白色腺柔毛；萼片 5，披针形，边缘膜质，外面密被长柔毛；花瓣 5，白色，倒卵形；雄蕊 10，花柱 5，线形。蒴果长圆形，种子肾形，褐色，略扁，具瘤状凸起。花期 5—8 月，果期 7—9 月。

产于河北、山西、内蒙古、陕西、甘肃、宁夏、青海、新疆、四川。生于高山草地、林缘或丘陵区。中欧、北欧、北极、俄罗斯、哈萨克、朝鲜、日本、蒙古、北美也有。

嫩苗可食用，全草可入药。

桃

【原文】	【译文】
桃之夭夭	桃树枝干正壮硕
灼灼其华[①]	桃花灿烂且艳美
之子于归[②]	这位女子要出嫁
宜其室家	正是婚配好年华
	——周南·桃夭

【注解】

①灼：鲜明，灿烂。华：通“花”。

②归：古人认为女子的夫家才是她真正的家，所以凡女子出嫁就等同于是归家。

《桃夭》是婚礼上祝贺新人幸福和美的诗歌。节选的这段用桃树起兴，既形容了新娘的美丽，又说明了她出嫁之时正当盛年。

本文节选自第一章。

【文献征引】

陆璣《草木疏》：桃多毛，拭治令青滑如胆。

《本草綱目》：〖释名〗時珍曰：“桃性早花，易植而子繁，故字从木、兆。十亿曰兆，言其多也。或云从兆，谐声也”。〖集解〗時珍曰：“桃品甚多，易于栽種，且早结实……其花有红、紫、白、千叶、二色之殊；其实有紅桃、緋桃、碧桃、緗桃、白桃、烏桃、金桃、銀桃、胭脂桃，皆以色名者也；有綿桃、油桃、御桃、方桃、匾桃、偏核桃，皆以形名者也；有五月早桃、十月冬桃、秋桃、霜桃，皆以时名者也；并可供食。惟山中毛桃，即《爾雅》所谓褫桃者，小而多毛，核粘味恶，其仁充满多脂，可入藥用，盖外不足者内有余也……《種樹書》云：‘柿接桃则为金桃，李接桃则为李桃，梅接桃则脆。桃树生虫，煮猪头汁浇之即止’，皆物性之微妙也”。

《康熙字典》：《禮·月令》：仲春桃始华。《内則》：桃曰胆之。

《說文解字》：桃，桃果也。

【辨析】

桃的古今名称一致。

桃原产中国，分布很广，它既可观花又可食用，还能入药，深受人们的喜爱，在古代诗文中多有吟咏。另外，桃树自古还有一个重要的作用：辟邪。古人将桃木制成桃符、桃印、桃人、桃木剑等挂于门户或置于户中，也有的直接将桃木枝插在门户上，以此驱鬼辟邪。

【形态特征】

桃 *Amygdalus persica* L.：蔷薇科，桃属，落叶小乔木。

高 3～8 米；树冠宽广而平展；树皮暗红褐色；小枝细长无毛，有光泽；冬芽圆锥形，3 芽并生，密被灰色绒毛。叶片长圆披针形、椭圆披针形或倒卵状披针形，长 7～15 厘米，宽 2～3.5 厘米，叶边具锯齿；叶柄粗壮，长 1～2 厘米。花单生，先于叶开放，直径 2.5～3.5 厘米；萼筒钟形，被短柔毛；花瓣长圆状椭圆形至宽倒卵形，粉红色，罕为白色；雄蕊约 20～30，花药绯红色；花柱几与雄蕊等长或稍短；子房被短柔毛。果实形状和大小均有变异，卵形、宽椭圆形或扁圆形，直径（3）5～7（12）厘米，外面密被短柔毛，稀无毛，腹缝明显；果肉多汁有香味，甜或酸甜；核大，椭圆形或近圆形，两侧扁平，顶端渐尖，表面具纵、横沟纹和孔穴；种仁味苦，稀味甜。花期 3—4 月，果实成熟期因品种而异，通常为 8—9 月。

原产我国中、北部，现在平原及丘陵地区普遍栽植。世界各地均有栽植。

桃树干上分泌的胶质可用作粘接剂，木材可做工艺品，根、叶可做土农药，茎皮可造纸，果仁可榨油，果肉及果仁可食用，花、果仁可入药。

【植物图片】

芣 苢

【原文】	【译文】
采采芣苢[①]	多么茂盛的芣苢
薄言采之[②]	大家快快来采集
采采芣苢	多么茂盛的芣苢
薄言有之	采到很多心欢喜
	——周南·芣苢

【注解】

①采采：茂盛。芣苢：fú yǐ。

②薄言：有“迫”意。

本篇描述了一群女子采摘芣苢时的场面，诗歌采用重复、叠咏、层层递进的形式将她们采摘、取籽、收集的过程以及欢快热闹的场面表现得极其生动。

本文节选自第一章。

【文献征引】

1.（芣苢）《毛傳》：芣苢，馬舄；馬舄，車前也；宜怀任焉。陸璣《草木疏》：芣苢，一名馬舄，一名車前，一名當道；喜在牛迹中生，故曰車前、當道也；今藥中車前子是也，幽州人谓之牛舌草；可鬻作茹，大滑，其子治妇人难产。

《爾雅·釋草》：芣苢，馬舄；馬舄，車前。《爾雅注》：今車前草，大叶长穗，好生道边，江东呼为蝦蟇衣。《爾雅疏》：藥草也，别三名；郭云：“今車前草，大叶长穗，好生道边，江东呼为蝦蟇衣”，《詩·周南》云“采采芣苢”陸璣《疏》云：“馬舄，一名車前，一名當道。喜在牛迹中生，故曰車前、當道也。今藥中車前子是也。幽州人谓之牛舌草。可鬻作茹，大滑。其子治妇人难产”，王肅引《周書·王會》云“芣苢如李，出於西戎”王基駁云：“《王會》所记杂物奇兽，皆四夷远国各赍土地异物以为贡贽，非周南妇人所得采”，是芣苢为馬舄之草，非西戎之木也。

2.（芣）《說文解字》：芣，华盛；一曰芣苢。《說文解字註》：“华盛”，詩言“江汉浮浮，雨雪浮浮”皆盛皃；“一曰芣苢”，疑前苢字下只作不苢，此于芣字下又明之曰不苢之不亦作芣也。

3.（苢）《說文解字》：苢，芣苢，一名馬舄；其实如李，令人宜子。《說文解字註》：“芣苢，一名馬舄。其实如李，令人宜子”，釋草：“芣苢，馬舄。馬舄，車前”，《說文》凡云一名者皆后人所改窜，《爾雅音義》引作“芣苢，馬舄也”可证；“其实如李”，徐鍇谓其子亦似李，但微而小耳；按《韻會》所引李作麥，似近之，但未知其何本；陸德明、徐鍇所据已作李矣；“令人宜子”，陸璣所谓治妇人产难也；王會《篇》曰：“康民以桴苡”，桴苡者，其实如李，食之宜子；《詩音義》云：“《山海經》及《周書》皆云芣苡，木也”，今《山海經》无芣苡之文，若《周書》正文未尝言桴苡为木，陶隐居又云：“《韓詩》言芣苡是木，食其实宜子孙”，此蓋误以说《周書》者语系之《韓詩》；德明引《韓詩》直曰車前，瞿曰芣苡，李善引薛君曰："芣苡，澤泻也"，《韓詩》何尝说是木哉；窃谓古者殊方之贡献，自出其珍异以将其诚，不必知中国所无而后献之，然则芣苢无二，不必致疑于許偁《周書》也。

4.（車前）《本草綱目》：〖释名〗當道、芣苡、馬舄、牛遺、牛舌、車輪菜、地衣、蝦蟇衣；時珍曰："按《爾雅》云'芣苡，馬舄。牛遺，車前'陸璣《詩疏》云：'此草好生道边及牛馬迹中，故有車前、當道、馬舄、牛遺之名'，舄，足履也。幽州人谓之牛舌。蝦蟇喜藏伏于下，故江东称为蝦蟇衣。又《韓詩外傳》言：'直曰車前，瞿曰芣苡'，恐亦强说也，瞿乃生于两旁者"。〖集解〗宏景曰："人家及路边甚多。《韓詩》言芣苡'是木似李，食其实宜子孙'者，谬矣"，頌曰："今江湖、淮甸、近汴、北地处处有之。春初生苗，叶布地如匙面，累年者长及尺余；中抽数茎，作长穗如鼠尾；花甚细密，青色微赤；结实如葶藶，赤黑色。今人五月抽苗，七月八月采实……陸璣言'嫩苗作茹，大滑'，今人不复啖之"。

【辨析】

芣苢即车前。

【形态特征】

车前 *Plantago asiatica* L.：又名车轮草、猪耳草、牛耳朵草、车轱辘菜、蛤蟆草，车前科，车前属，二年生或多年生草本植物。

高可达 50 厘米，须根多数。根茎短，稍粗。叶基生呈莲座状，平卧、斜展或直立；叶片纸质，宽卵形至宽椭圆形，长 4～12 厘米，宽 2.5～6.5 厘米，先端钝圆至急尖，边缘波状、全缘或中部以下有锯齿；叶柄长 2～15（～27）厘米，基部扩大成鞘，疏生短柔毛。花序 3～10 个，直立或弓曲上升；花序梗长 5～30 厘米；穗状花序细圆柱状，长 3～40 厘米，花具短梗；花萼长 2～3 毫米，花冠白色，4 裂，裂片狭三角形，长约 1.5 毫米，具明显的中脉，于花后反折。雄蕊 4，雌蕊 1，花药卵状椭圆形，顶端具宽三角形突起。蒴果纺锤状卵形、卵球形或圆锥状卵形，长 3～4.5 毫米。种子 5～6（～12），卵状椭圆形或椭圆形，长 1.5～2.0 毫米，具角，黑褐色至黑色。花期 4—8 月，果期 6—9 月。

产于黑龙江、吉林、辽宁、内蒙古、河北、山西、陕西、甘肃、新疆、山东、江苏、安徽、浙江、江西、福建、台湾、河南、湖北、湖南、广东、广西、海南、四川、贵州、云南、西藏。生于草地、沟边、河岸湿地、田边、路旁或村边空旷处。朝鲜、俄罗斯、日本、尼泊尔、马来西亚、印度尼西亚也有分布。

嫩叶可食用，全草可入药。

【植物图片】

楚、蒌

【原文】	【译文】
翘翘错薪[1]	柴草多杂错
言刈其楚[2]	割取那牡荆
之子于归	女子要出嫁
言秣其马[3]	饲喂那骏马
汉之广矣	汉水太宽阔
不可泳思	欲渡不能游
江之永矣	江水无止休
不可方思[4]	有舟亦难行
翘翘错薪	柴草多杂错
言刈其蒌[5]	割取那蒌蒿
之子于归	女子要出嫁
言秣其驹	饲喂那小马
汉之广矣	汉水太宽阔
不可泳思	欲渡不能游
江之永矣	江水无止休
不可方思	有舟亦难行

——周南·汉广

【注解】

①错：杂。

②言：语助词。刈：yì，割。

③秣：喂（一般指喂牲口）。

④方：船，此处指乘船渡过。思：语助词。

⑤蒌：简体字“蒌”。

《汉广》可以说是一首忧伤的情歌，它描写了一个男子追求自己倾慕的女子，却求而不得的感伤情怀。节选的两段采用比兴的手法和叠咏的形式，反复述说着他的失落和忧伤，读者可以从中感觉到那种层层递进的、越来越强烈的情感迸发。

本文节选自第二章、第三章。

楚

【文献征引】

1.（楚）《郑笺》：楚，杂薪之中，尤翘翘者。

《康熙字典》：又《詩·召南》“翘翘错薪，言刈其楚”《疏》：荆属，薪虽皆高，楚尤翘翘而高也。

又《禮·學記》："夏楚二物，收其威也"《註》：楚，荆也，扑挞犯礼者。

《說文解字》：楚，从木，一名荆也。《說文解字註》："丛木"，小雅《傳》曰："楚楚，茨棘皃"，小徐引小謝《詩》曰："寒城一以眺，平楚正苍然"；"一名荊也"，一名当作一曰，許书之一曰，有谓别一义者、有谓别一名者，上文丛木泛词，则一曰为别一义矣；草部荆下曰楚木也，此云荆也，是则异名同实；楚国或呼楚、或呼荆、或絫呼荆楚。

2.（牡荊）《本草綱目》：〖释名〗黄荆、小荆、楚；弘景曰："既是牡荆，不应有子。小荆应是牡荆，牡荆子大于蔓荆子，而反呼小荆，恐以树形为言，不知蔓荆树亦高大也"，恭曰："牡荆作树，不为蔓生，故称为牡，非无实之谓也。蔓荆子大，牡荆子小，故呼小荆"，時珍曰："古者刑杖以荆，故字从刑。其生成丛而疏爽，故又谓之楚（从林、从疋，疋即疏字也），济楚之义取此。荆楚之地，因多产此而名也"。〖集解〗弘景曰："论蔓荆即应是今作棰之荆，其子殊细，正如小麻子，色青黄。牡荊乃出北方，实如豆大，正圆黑。仙术多用牡荊，今人都无识者……"，恭曰："牡荆即作棰杖者，所在皆有之。实细黄色，茎劲，作树生。《漢書·郊祀志》以牡荆茎为幡竿，则明知非蔓荆也。有青赤二種，以青者为佳。今人相承，多以牡荆为蔓荆，此极误也"，頌曰："牡荆，今眉州、蜀州及近汴京亦有之，俗名黄荆是也。枝茎坚劲，作科不作蔓；叶如蓖麻，更疏瘦；花红作穗，实细而黄，如麻子大。或云即小荆也。按陶隱居《登眞隱訣》云'荆木之叶华，通神见鬼精'注云：'荆有三種，荆木即今作棰杖者，叶香，亦有花子，子不入藥；方术则用牡荆，其子入藥，北人无识其木者……'，奉敕论牡荆曰：'荆，花白多子，子粗者历历疏生；不过三两茎，多不能圆，或扁或异，或多似竹节；叶与余荆不殊……'"，保昇曰："陶氏不惟不别蔓荆，亦不识牡荆。蔓荆蔓生，牡荆树生，理自明矣"，時珍曰："牡荆处处山野多有，樵采为薪，年久不樵者，其树大如碗也。其木心方，其枝对生，一枝五叶或七叶，叶如榆叶，长而尖，有锯齿；五月杪间开花成穗，红紫色；其子大如胡荽子，而有白膜皮裹之。蘇頌云叶似蓖麻者，误矣。有青赤二種，青者为荆，赤者为楛；嫩条皆可为筥**箇**，古者贫妇以荆为钗，即此二木也。按裴淵《廣州記》云：'荆有三種，金荆可作枕，紫荆可作床，白荆可作履'，与他处牡荆、蔓荆全异……杜寶《拾遺錄》云：'南方林邑诸地在海中，山中多金荆，大者十围，盘屈瘤蹙，纹如美锦，色如真金；工人用之，贵如沉檀'，此皆荆之别类也……"

【辨析】

楚即牡荆。

"楚"字有两个含义，一是泛指树木丛生，二是专指荆，笔者分析，本诗的楚应是专指荆。《诗经》里的大量诗歌都采用了重章叠唱的形式，即章节之间的字句基本相同，只在各章的同一位置上变换几个字词，以此反复咏唱，这些字词的词性一般都是统一的。本诗中和楚对应的是蒌，蒌专指蒌蒿，那么楚亦应专指荆。

据《本草纲目》所载，牡荊的枝条有青赤两种，青色的是荆、赤色的是楛，那么，楚很可能是指青色枝条的牡荊。

按《本草纲目》，牡荊又名黄荆，虽然今天的植物分类以牡荊为黄荆的变种，但在古代、对植物的鉴别还不像今天这么精细的情况下，认为黄荊是牡荆也是可取的。

本字条可与“楛”、“荆”相互参看。

【形态特征】

牡荆 *Vitex negundo* L. var. *cannabifolia*（Sieb. et Zucc.）Hand.-Mazz.：马鞭草科，牡荆属，落叶灌木或小乔木。

小枝四棱形，密生灰白色绒毛。叶对生，掌状复叶，小叶 5；叶片披针形或椭圆状披针形，顶端渐尖，基部楔形，边缘有粗锯齿，通常被柔毛。圆锥花序顶生，长 10～20 厘米；花冠淡紫色，顶端 5 裂。果实近球形，黑色。花期 6—7 月，果期 8—11 月。

产于华东各省及河北、湖南、湖北、广东、广西、四川、贵州、云南。生于山坡路边灌丛中。日本也有分布。

根可以驱烧虫，茎皮可造纸及制人造棉，花和枝叶可提取芳香油，茎叶、种子可入药。

蔞

【文献征引】

陆璣《草木疏》：蔞，蔞蒿也；其叶似艾，白色，长数寸，高丈余，好生水边及泽中；正月根芽生旁茎，正白，生食之，香而脆美；其叶又可蒸为茹。《楚辭・大招》“吴酸蒿蔞”王逸注：蔞，香草也；一作芼蔞，注云：“芼，菜也”，言吴人善为羹，其菜若蔞，味无沾薄，言其调也。《楚辭補注》：蔞，蒿也，叶似艾，生水中，脆美可食；以菜和羹曰芼。

《爾雅・釋草》：購，蔏蔞。《爾雅注》：蔏蔞，蔞蒿也；生下田，初出可啖，江东用羹鱼。《爾雅疏》：舍人曰：“購，一名蔏蔞”，郭云“蔏蔞，蔞蒿也。生下田。初出可啖，江东用羹鱼”、《詩・周南・汉广》云“翘翘错薪，言刈其蔞”陆璣《疏》云“其叶似艾，白色，长数寸，高丈馀，好生水边及泽中。正月根牙生旁茎，正白，生食之，香而脆美。其叶又可蒸为茹”是也。

《康熙字典》：《玉篇》：蒿属。

《說文解字》：蔞，草也；可亨鱼。《說文解字註》：陆璣《草木疏》：“蔞，蔞蒿也”，《爾雅》“購蔏蔞”郭云：“蔞，蒿也，江东用羹鱼”，《楚辭》曰：“吴酸芼蔞”，按蔞蒿俗语耳，古只呼蔞，釋草古读或于購蔏句绝。

【辨析】

蒌即蒌蒿。

本字条可与“蘩”、“艾”相互参看。

【形态特征】

蒌蒿 *Artemisia selengensis* Turcz. ex Bess.：菊科，蒿属，多年生草本植物。

植株具清香气味。主根不明显；根状茎稍粗，直立或斜向上，直径 4～10 毫米，有匍匐地下茎。茎高 60～150 厘米，初时绿褐色，后为紫红色，有明显纵棱。叶纸质或薄纸质，上面绿色，背面密被灰白色蛛丝状平贴的绵毛；茎下部叶宽卵形或卵形，长 8～12 厘米，宽 6～10 厘米，5 或 3 全裂或深裂；中部叶 5 深裂或为指状 3 深裂；上部叶与苞片叶指状 3 深裂，2 裂或不分裂。头状花序多数，长圆形或宽卵形，直径 2～2.5 毫米，在分枝上排成密穗状花序，并在茎上组成狭而伸长的圆锥花序；雌花 8～12 朵，花冠狭管状，檐部具一浅裂；两性花 10～15 朵，花冠管状，花药线形。瘦果卵形，略扁。花果期 7—10 月。

产于黑龙江、吉林、辽宁、内蒙古、河北、山西、陕西、甘肃、山东、江苏、安徽、江西、河南、湖北、湖南、广东、四川、云南及贵州等省区。多生于低海拔地区的河湖岸边与沼泽地带，可葶立水中生长，也见于湿润的疏林中、山坡、路旁、荒地等。蒙古、朝鲜及前苏联也有分布。

本种在古本草书中已有记载，《尔雅》称“由胡”、“蘩”，《神农本草经》及《本草纲目》中称“白蒿”，其中水生者可能就是本种。

嫩茎叶可作菜蔬或腌制酱菜，全草可入药。

蘩

【原文】	【译文】
于以采蘩[①]	到哪里去采蘩
于沼于沚[②]	在沼泽在水洲
于以用之	在哪里用到蘩
公侯之事	公侯家的祭祀

——召南·采蘩

【注解】

①于以：往。

②沚：水中的小块陆地。

在古代，蘩常被用于祭祀之中，《采蘩》正是记述了为祭祀活动做准备时的场景。关于这首诗的写作视角有两种看法，一种认为是主管祭祀的家族贵夫人的自咏，另一种认为是出自下人之口。

本文节选自第一章。

【文献征引】

1.（蘩）《毛傳》：蘩，皤蒿也，于於沼池沚渚也；公侯夫人執蘩菜以助祭神饗，德与信不求備焉，沼沚谿澗之草猶可；以薦王后，则荇菜也。陸璣《草木疏》：蘩，皤蒿，凡艾白色为皤蒿，今白蒿；春始生，及秋香美，可生食，又可蒸食；一名游胡，北海人谓之旁勃，故《大戴禮·夏小正傳》云：“蘩，游胡。游胡，旁勃也”。

《爾雅·釋草》：蘩，皤蒿。《爾雅注》：白蒿。《爾雅疏》：《詩·召南》云“于以采蘩，于沼于沚”《毛傳》云：“蘩，皤蒿也”，郭氏云“白蒿”，然则皤犹白也；《本草》云“白蒿”唐本註云：“此蒿叶粗於青蒿，从初生至枯，白於众蒿，欲似艾者，所在有之”，又云“叶似艾叶，上有白毛粗澀，俗呼蓬蒿，可以为菹”，故《詩箋》云：“以豆薦蘩菹”，陸璣云：“凡艾白色为皤蒿，今白蒿。春始生，及秋香美可生食，又可烝。一名游胡，北海人谓之旁勃。故《大戴禮·夏小正傳》曰：蘩，游胡；游胡，旁勃也”。

《康熙字典》：《玉篇》：白蒿也。

2.（白蒿）《本草綱目》：〖释名〗蘩、由胡、蔞蒿、蔏；時珍曰：“白蒿有水陆二種，《爾雅》通谓之蘩，以其易蘩衍也。曰‘蘩，皤蒿’即今陆生艾蒿也，辛薰不美；曰‘蘩，由胡’即今水生蔞蒿也，辛香而美；曰‘蘩之丑，秋为蒿’则通指水陆二種而言，谓其春时各有種名，至秋老则皆呼为蒿矣。曰藾、曰蕭、曰荻，皆老蒿之通名，象秋气肃赖之气”。〖集解〗恭曰：“《爾雅》‘皤蒿’即白蒿也，所在有之。叶颇似细艾，上有白毛，错澀，粗于青蒿”，頌曰：“此草古人以为菹，今人但食蔞蒿，不复食此。或疑白蒿即蔞蒿，而孟詵《食療》又别著蔞蒿条，所说不同，明是二物，乃知古今食品之异也。又今阶州以白蒿为茵陳，其苗叶亦相似，然以入藥，恐不可用也”，時珍曰：“白蒿处处有之，有水陆二種，《本草》所用，盖取水生者，故曰生中山川泽，不曰山谷平地也。二種形状相似，但陆生辛薰，不及水生者香美尔。《詩》云：‘呦呦鹿鸣，食野之苹’，苹即陆生皤蒿，俗呼艾蒿是矣。鹿食九種解毒之草，白蒿其一也。《詩》云：‘于以采蘩，于沼于沚’、《左傳》云：‘蘋蘩蕴藻之菜，可以荐于鬼神，羞于王公’，并指水生白蒿而言，则《本草》白蒿之为蔞蒿无疑矣。鄭樵《通志》谓苹为蔞蒿，非矣，鹿乃山兽，蔞乃水蒿。陸璣《詩疏》谓苹为牛尾蒿，亦非矣，牛尾蒿色青不白，细叶直上，状如牛尾也；蔞蒿生陂泽中，二月发苗，叶似嫩艾而歧细，面青背白，其茎或赤或白，其根白脆，采其根茎，生熟菹曝皆可食，盖嘉蔬也。《景差大招》云‘吴酸蒿蔞不沾薄’谓吴人善调酸，瀹蔞蒿为齑，不沾不薄而甘美，此正指水生者也”。

【辨析】

“皤”字的本义为白色，《毛传》、《尔雅》等文献中的皤蒿即是白蒿。

在今天，名为白蒿的植物约有 20 种，而名称中带“白蒿”字样的就更多了。按《草木疏》、《尔雅疏》和《本草纲目》的记载，蘩可食用且味道香美，诗歌原文里又提到了采蘩的地点是“于沼于沚”，那么它应是一种生于成诗地域内的可食用的湿生蒿类植物。

按李时珍的论述，蘩实际上指两种植物，一种是陆生蘩即艾蒿，另一种是水生蘩即蒌蒿，“于以采蘩”的蘩正是蒌蒿。这里就有了一个疑问，如果诗中的蘩就是蒌蒿，那么《毛传》和《草木疏》为什么要注“蘩，皤蒿”，而不直接注“蘩，蒌”呢？

本字条可与“蔞”、“艾”相互参看。

蕨、薇

【原文】	【译文】
陟彼南山[1]	登上巍巍周南山
言采其蕨	采下鲜嫩的蕨菜
未见君子	没有见到我爱人
忧心惙惙[2]	难解郁愁与忧伤
……	……
陟彼南山	登上巍巍周南山
言采其薇	采下鲜嫩的薇菜
未见君子	没有见到我爱人
我心伤悲	心中充满了悲伤
	——召南·草虫

【注解】

①陟：zhì，登上。

②惙：忧愁。

诗中的女子思念着自己的爱人，她从草虫鸣叫的秋天一直等到了来年春天，那个人却依旧没有回来，于是她登高远望了却相思之情。诗中反复出现“亦既见止、亦既觏止”这样表示已经见到对方的语句，这其实只是女主人公的美好想象罢了。

本文节选自第二章、第三章。

蕨

【文献征引】

《毛傳》：蕨，鼈。陸璣《草木疏》：蕨，鼈也，山菜也；周秦曰蕨，齐鲁曰鼈；初生似蒜，茎紫黑色，可食，如葵。

《爾雅·釋草》：蕨，鼈。《爾雅注》：《廣雅》云“紫綦”，非也；初生无叶，可食；江西谓之鼈。《爾雅疏》：可食之菜也；舍人曰“蕨，一名鼈”、郭云“《廣雅》云‘紫綦’，非也。初生无叶，可食。江西谓之鼈”、《詩·召南》云“言采其蕨”陸璣《疏》云“蕨，山菜也。初生似蒜，茎紫黑色，可食。如葵”是也。

《本草綱目》：〖释名〗鼈；時珍曰：“《爾雅》云：‘蕨，鼈也。菜名’，陸佃《埤雅》云：‘蕨初生无叶，状如雀足之拳，又如人足之蹶，故谓之蕨’，周秦曰蕨，齐鲁曰鼈，初生亦类鼈脚故也；其苗谓之蕨萁”。〖集解〗藏器曰：“蕨生山间，根如紫草，人采茹食之”，時珍曰：“蕨，处处山中有之。二三月生芽，拳曲状如小儿拳，长则展开如凤尾，高三四尺；其茎嫩时采取，以灰汤煮去涎滑，晒干作蔬，味甘滑，亦可醋食；其根紫色，皮内有白粉，捣烂，再三洗澄，取粉作粔籹，荡皮作线食之，色淡紫，而甚滑美也……《詩》云：‘陟彼南山，言采其蕨’，陸璣谓其可以供祭，故采之，然则蕨之为用，不独救荒而已。一種紫萁，似蕨有花而味苦，谓之迷蕨，初生亦可食，《爾雅》谓之月爾、《三蒼》谓之紫蕨、郭璞云‘花繁月尔’，紫蕨拳曲繁盛，故有月爾之名”。

《康熙字典》：《玉篇》：菜也。《埤雅》：蕨初生，状如雀足之拳，又如人足之蹶，故名焉。

《說文解字》：蕨，鼈也。

【辨析】

蕨的古今名称一致。

【形态特征】

蕨 *Pteridium aquilinum* var. *latiusculum*（Desv.）Underw.：蕨科，蕨属，多年生草本植物。

植株高可达 1 米。根状茎长而横走，密被锈黄色柔毛，以后逐渐脱落。叶柄长 20～80 厘米，褐棕色，上面有浅纵沟 1 条；叶片阔三角形或长圆三角形，长 30～60 厘米，宽 20～45 厘米，三回羽状；羽片 4～6 对，对生或近对生；小羽片约 10 对，互生，披针形；裂片 10～15 对，长圆形。叶脉稠密，仅下面明显。

产于全国各地，主要产于长江流域及以北地区，亚热带地区也有分布。生山地阳坡及森林边缘阳光充足的地方。广布于世界其他热带及温带地区。

根状茎可提取蕨粉，根状茎的纤维可制绳缆，嫩叶可食用，全株可入药。

薇

【文献征引】

《毛傳》：薇，菜也。陸璣《草木疏》：薇，山菜也；茎叶皆似小豆，蔓生，其味亦如小豆藿；可作羹，亦可生食；今官园種之以供宗庙祭祀。

《爾雅・釋草》：薇，垂水。《爾雅注》：生于水边。《爾雅疏》：草生于水濱而枝叶垂于水者曰薇……

《本草綱目》：〖释名〗垂水、野豌豆、大巢菜；時珍曰：“案許慎《說文》云：‘薇似藿，乃菜之微者也’、王安石《字說》云：‘微贱所食，因谓之微。故《詩》以采薇赋成役’、孫炎注《爾雅》云：‘薇草生水旁，而枝叶垂于水，故名垂水也’。巢菜见翹搖下”。〖集解〗藏器曰：“薇生水旁，叶似萍，蒸食利人……”，時珍曰：“薇生麥田中，原泽亦有，故《詩》云‘山有蕨薇’，非水草也；即今野豌豆，蜀人谓之巢菜。蔓生，茎叶气味皆似豌豆，其藿作蔬、入羹皆宜。《詩》云‘采薇采薇，薇亦柔止’、《禮記》云‘芼豕以薇’，皆此物也。《詩疏》以为迷蕨、鄭氏《通志》以为金櫻芽，皆谬矣。項氏云：‘巢菜有大小二種，大者即薇，乃野豌豆之不实者，小者即蘇東坡所谓元修菜也’，此说得之”。

《康熙字典》：《玉篇》：菜也。

《說文解字》：薇，菜也，佀藿。《說文解字註》：“菜也”，见《毛傳》；“佀藿”，谓似豆叶也；陸璣《詩疏》曰：“薇，山菜也，茎叶皆似小豆，蔓生，其味亦如小豆藿，可作羹，亦可生食；今官园種之以供宗庙祭祀”，項安世曰：“薇，今之野豌豆也，蜀人谓之大巢菜”，按今四川人掐豌豆媆梢食之，谓之豌豆顛顛，古之采于山者，野生者也；釋草云垂水，薇之俗名耳，不当以生于水边释之。

【辨析】

对于《尔雅》的“薇，垂水”，文献中有两种解释，一是认为垂水表明薇生长在水湿之处，二是认为垂水是薇的别名。笔者觉得第二种解释更可取——依诗歌原文“陟彼南山，言采其薇”及各家的描述，如《草木疏》“薇，山菜也”、段注“古之采于山者，野生者也”、《本草纲目》“薇生麦田中，原泽亦有”可知，薇是陆生植物，虽有长在水边的，但其主要生长环境还是陆地、山林。

按《草木疏》及《说文解字》的描述，薇是豆科植物，按段注和《本草纲目》，薇即野豌豆，又名大巢菜。目前，名为野豌豆和大巢菜、生于召南成诗地域内、以陆生为主并可食用的植物是救荒野豌豆（*Vicia sativa* L.），其他大致符合上述条件的植物是：野豌豆（*Vicia sepium* L.）、确山野豌豆（*Vicia kioshanica* Bailey）、大野豌豆（*Vicia gigantea* Bunge）和小巢菜。鉴于小巢菜已知是“邛有旨苕”中的苕，且陆玑在为薇和苕做注时也没有将两者联系起来，因此它应不是薇。

本字条可与“苕 1”相互参看。

蘋、藻

【原文】	【译文】
于以采蘋	去哪里采蘋
南涧之滨①	南边山涧旁
于以采藻	去哪里采藻
于彼行潦②	沟池积水中

——召南·采蘋

【注解】

①滨：边，旁。

②潦：lǎo，雨后的积水。

《采蘋》和《采蘩》在内容和结构上是一样的，都是描写准备祭祀时的情景，都是一问一答的形式。

本文节选自第一章。

蘋

【文献征引】

1.（蘋）《毛傳》：蘋，大蓱也。陸璣《草木疏》：蘋，今水上浮萍是也，其粗大者谓之蘋，小者曰蓱；季春始生，可糁蒸以为茹，又可用苦酒淹以就酒。

《本草綱目》：〖释名〗芣菜、四葉菜、田字草；時珍曰："蘋本作蘔，《左傳》'蘋蘩蕰藻'之菜，可荐于鬼神，可羞于工公，则蘔有宾之之义，故字从宾。其草四叶相合，中拆十字，故俗呼为四葉菜、田字草、破銅錢，皆象形也。诸家本草皆以蘋注'水萍'，盖由蘋萍二字音相近也。按《韻》书，蘋在眞韵，蒲眞切；萍在庚韵，蒲经切；切腳不同，为物亦异。今依《吳普本草》别出于此"。〖集解〗普曰："水萍一名水廉，生池泽水上。叶圆小，一茎一叶，根入水底，五月白花，三月采，日干之"，弘景曰"水中大萍，五月有花白色，非沟渠所生之萍……"，時珍曰："蘋乃四葉菜也。叶浮水面，根连水底，其茎细于蓴莕，其叶大如指顶，面青背紫，有细纹，颇似馬蹄決明之叶；四叶合成，中拆十字；夏秋开小白花，故称白蘋。其叶攢簇如萍，故《爾雅》谓'大者如蘋'也，《呂氏春秋》云'菜之美者，有昆仑之蘋'即此……其叶径一二寸，有一缺，而形圆如馬蹄者，蓴也。似蓴而稍尖长者，莕也，其花并有黄白二色。叶径四五寸，如小荷叶，而黄花结实如小角黍者，萍蓬草也……四叶合成一叶，如田字形者，蘋也。如此分别，自然明白。又項氏言：'白蘋生水中，青蘋生陆地'，按今之田字草有水陆二種，陆生者多在稻田沮洳之处，其叶四片合一，与白蘋一样，但茎生地上，高三四寸，不可食……谓之水田翁，項氏所谓青蘋盖即此也。或以青蘋为水草，误矣"。

《康熙字典》：《本草集解》：四叶合成一叶，如田字者，蘋也。《詩·召南》"于以采蘋"《傳》："古之将嫁女者，必先礼之于宗室，牲用鱼，芼之以蘋藻"。《箋》："蘋之言賓也"。

《釋文》:《韓詩》云“沈者曰蘋”。《呂氏春秋》:菜之美者,昆仑之蘋。《爾雅翼》:蘋似槐叶,而连生浅水中,五月有华白色,故谓之白蘋。《楚辭·九章》:登白蘋兮騁望。

2.(萍)《爾雅·釋草》:萍,蓱;其大者蘋。《爾雅注》:水中浮蓱,江东谓之薸;《詩》曰:“于以采蘋”。《爾雅疏》:舍人曰:“苹,一名蓱。大者名蘋”,郭曰:“水中浮蓱,江东谓之薸”,陸璣《毛氏義疏》云:“今水上浮蓱是也。其粗大者谓之蘋,小者曰蓱。季春始生,可糁蒸为茹,又可苦酒淹以就酒”……

《康熙字典》:《玉篇》:萍草。《本草註》:萍卽楊花所化,一叶经宿卽生数叶,叶下有微須,卽其根也。《周禮·萍氏註》:萍之草无根而浮,取名于其不沉溺。《後漢·鄭玄傳》:萍浮南北。

又《集韻》、《正韻》:与苹同。《韻會》:苹、萍本是一物,字异而音义相同。○按《詩》“食野之苹”毛氏《傳》云:“苹,蓱也”、鄭氏《箋》云:“苹,藾蕭也”、《疏》云:“萍是水中之草,非鹿所食”,故鄭氏不从毛氏;观下食蒿食芩,皆陆草可知,则苹当依《經疏》藾蕭、萍是浮萍,绝然二物;字可通借,义不相通,《韻會》之说非。

《說文解字》:萍,苹也;水草也;从水苹,苹亦声。《說文解字註》:“苹也”,苹蓱二篆见草部;《篇》、《韻》皆云:“萍蓱同字”,疑許书本有萍无蓱,《小正》、《毛詩》、《爾雅》皆作苹,《爾雅》、《毛傳》皆曰:“蓱也”,蓱卽萍之别字,《周禮·萍氏》,疑本作苹氏,然则《說文》草部苹下曰“萍也”,与水部萍下曰苹也为转注,不当有蓱篆;“水草也。从水苹”,水草也三字,释从水之意;“苹亦声”。

3.(水萍)《本草綱目》:〖释名〗藏器曰:“水萍有三種,大者曰蘋,叶圆,阔寸许;小萍子是沟渠间者,《本經》云‘水萍’应是小者”,頌曰:“《爾雅》云:‘萍蓱,其大者蘋’,蘇恭言:‘有三種,大者曰蘋,中者曰荇,小者即水上浮萍’。今医家鲜用大蘋,惟用浮萍”,時珍曰:“本草所用水萍,乃小浮萍,非大蘋也。陶蘇俱以大蘋注之,误矣。萍之与蘋,音虽相近,字却不同,形亦迥别,今正之,互见蘋下。浮萍处处池泽止水中甚多,季春始生,或云楊花所化。一叶经宿,即生数叶,叶下有微须,即其根也。一種背面皆绿者,一種面青背紫赤若血者,谓之紫萍,入藥为良,七月采之;淮南《萬畢術》云:‘老血化为紫萍,恐自有此種’,不尽然也。小雅‘呦呦鹿鸣,食野之苹’者,乃蒿属,陸佃指为萍,误矣”。

【辨析】

陆玑注蘋:“今水上浮萍是也”,这里的“水上浮萍”并不是专指浮萍这一种,它是叶片大小在一定范围内且浮于水面的几种植物的统称。叶片的大小同时也是为它们命名的参照——叶片大的是蘋、小的是蓱,如果按《本草纲目·水萍》苏颂引苏恭文,则还有叶片中型的是荇菜。

《本草纲目·蘋》释蘋为田字草,其集解中的各家均提到蘋开白色花,这一特征与今天我们所说的田字草是不相符的,田字草是蕨类植物,没有像被子植物一样的花。

《毛传》、《草木疏》对蘋的描述与《本草纲目·水萍》相一致,它是一种长于召南成诗地域内、叶浮水、叶片比浮萍大、开白花、可食用的水生植物。今水鳖(*Hydrocharis dubia* (Bl.) Backer)大致与此相符。

本字条可与“蓱”相互参看。

藻

【文献征引】

1.（藻）《毛傳》：藻，聚藻也。陸璣《草木疏》：藻，水草也，生水底；有二種：其一種叶如雞蘇，茎大如箸，长四五尺，其一種茎大如钗股，叶如蓬蒿，谓之聚藻，扶风人谓之藻，聚为发声也；此二藻皆可食煮，挼去腥气，米面糁蒸为茹，嘉美；杨州饥荒可以当穀食，饥时蒸而食之。

2.（水藻）《本草綱目》：〖释名〗時珍曰：“藻乃水草之有纹者，洁净如澡浴，故谓之藻”。〖集解〗頌曰：“藻生水中，处处有之，周南诗云‘于以采藻，于沼于沚，于彼行潦’是也。陸璣注云：‘藻生水底，有二種：叶如雞蘇，茎如箸，长四五尺；一種叶如蓬蒿，茎如钗股，谓之聚藻。二藻皆可食，熟挼去腥气，米面糁蒸为茹，甚滑美，荆杨人饥荒以当穀食’”，時珍曰：“藻有二種，水中甚多，水藻叶长二三寸，两两对生，即馬藻也；聚藻叶细如丝及鱼鳃状，节节连生，即水蘊也，俗名鳃草，又名牛尾蘊是矣，《爾雅》云‘莙，牛藻’也。郭璞注云：‘细叶蓬茸，如丝可爱，一节长数寸，长者二三十节，即蘊也。二藻皆可食，入藥以馬藻为胜，《左傳》云‘蘋蘩薀藻之菜’即此”。

3.（莙）《爾雅·釋草》：莙，牛藻。《爾雅注》：似藻，叶大，江东呼为馬藻。《爾雅疏》：莙，一名牛藻，藻之叶大者也；《詩·召南》云：“于以采藻”，《左傳》云“蘋蘩薀藻之菜”，以此草好聚生，故言薀藻，薀训聚也；《毛傳》云：“藻，聚藻也”、陸璣云：“藻，水草也。生水底。有二種：其一種叶如雞蘇，茎大如箸，长四五尺；其一種茎大如钗股，叶如蓬蒿，谓之聚藻”，又云：“扶风人谓之藻，聚为发声也。此二藻皆可食，煮熟，挼去腥气，米面糁蒸为茹，嘉美。杨州人饥荒可以当穀食”。

【辨析】

藻即穗状狐尾藻。

《毛传》载藻又名聚藻，今天名为聚藻的即是穗状狐尾藻，但其在野外常与狐尾藻（*Myriophyllum verticillatum* L.）混生，二者形态相近，因此古人所采集的藻也有可能是狐尾藻。

【形态特征】

穗状狐尾藻 *Myriophyllum spicatum* L.：又名泥茜、聚藻、金鱼藻，小二仙草科，狐尾藻属，多年生沉水草本。

根状茎发达，在水底泥中蔓延，节部生根。茎圆柱形，长 1～2.5 米，分枝极多。叶常 5 片轮生，长 3.5 厘米，丝状全细裂。花两性，单性或杂性，雌雄同株，单生于苞片状叶腋内，常 4 朵轮生，由多数花排成近裸颓的顶生或腋生的穗状花序，长 6～10 厘米，生于水面上。分果广卵形或卵状椭圆形，长 2～3 毫米，具 4 纵深沟。花期从春到秋陆续开放，4—9 月陆续结果。

我国南北各地池塘、河沟、沼泽中常有生长，特别是在含钙水域中更常见。为世界广布种。

可作养猪、养鱼、养鸭的饲料，全草可入药。

甘 棠

【原文】	【译文】
蔽芾甘棠[①]	枝繁叶茂甘棠树
勿剪勿伐	莫要斩断砍伐它
召伯所茇[②]	召伯曾住此树下

——召南・甘棠

【注解】

①蔽芾：bì fèi，树木茂盛的样子。

②茇：bá，草舍。

这首诗是百姓为纪念召伯所作，诗中反复述说着不要砍伐那棵甘棠树，因为召伯曾经在树下驻马、听讼、居住过——这种看似简单的做法恰恰表达了无比真挚纯粹的爱戴之情。

本文节选自第一章。

【文献征引】

1.（甘棠）《毛傳》：甘棠，杜也。陸璣《草木疏》：甘棠，今棠梨，一名杜梨，赤棠也，与白棠同耳；但子有赤白美恶，子白色为白棠，甘棠也，少酢，滑美；赤棠子澀而酢，无味，俗语云“澀如杜”是也；赤棠木理韧，亦可以作弓幹。

《楚辭・九嘆》“甘棠枯于丰草兮”王逸注：甘棠，杜也；《詩》云“蔽芾甘棠”。《楚辭補注》：《爾雅》“杜，甘棠”注云：“今之杜梨”。

2.（棠梨）《本草綱目》：〖释名〗時珍曰：“《爾雅》云：‘杜，甘棠也。赤者杜，白者棠’，或云：‘牝曰杜，牡曰棠’，或云：‘澀者杜，甘者棠。杜者，澀也，棠者，糖也’；三说俱通，末说近是”。〖集解〗時珍曰：“棠梨，野梨也，处处山林有之。树似梨而小，叶似蒼朮叶，亦有团者、三叉者，叶边皆有锯齿，色颇黪白；二月开白花，结实如小楝子大，霜后可食；其树接梨甚嘉。有甘酢、赤白二種，按陸璣《詩疏》云：‘白棠，甘棠也，子多酸美而滑。赤棠子澀而酢，木理亦赤，可作弓材’……又楊慎《丹鉛錄》言‘尹伯奇采楟花以济饥’注者言：‘楟即山梨，乃今棠梨也’，未知是否”。

【辨析】

甘棠即杜梨。

本词条可与“杜”相互参看。

【形态特征】

见“杜”。

梅 1

【原文】	【译文】
摽有梅[①]	梅子纷纷落了地
其实七兮	七成果实留树上
求我庶士	追求我的男子们
迨其吉兮[②]	若要前来趁佳期

——召南·摽有梅

【注解】

①摽：biào，落。

②迨：dài，趁着。吉：善时；指女子青春正好，正是待嫁的年龄。

古时民风开放，在求爱时男女皆可主动，《摽有梅》正是一首从女子的角度唱出的渴求爱情的诗歌。梅子成熟后纷纷掉落，树上剩下的越来越少，女子以此喻示青春逐渐流逝，希望有意的男子们快来追求自己。

本文节选自第一章。

【文献征引】

1.（梅）陆璣《草木疏》：梅，杏类也；树及叶皆如杏而黑耳，爆干为腊，置羹臛齑中，又可含以香口。

《本草綱目》：〖释名〗時珍曰：“梅古文作呆，象子在木上之形；梅乃杏类，故反杏为呆；書家讹为甘木，后作梅，从每，谐声也。或云：‘梅者，媒也’，媒合众味，故《書》云：‘若作和羹，尔惟盐梅’，而梅字亦从某也。陸佃《埤雅》言梅入北方变为杏、郭璞注《爾雅》以柟为梅，皆误矣；柟即柟木，荆人呼为梅，见陸璣《草木疏》”。〖集解〗時珍曰：“按陸璣《詩疏》云：‘梅，杏类也。树叶皆略似杏，叶有长尖，先众木而花。其实酢，曝干为腊，入羹臛齑中，又含之可以香口。子赤者材坚，子白者材脆’，范成大《梅譜》云：‘江梅，野生者，不经栽接，花小而香，子小而硬。消梅，实圆松脆，多液无滓，惟可生啖，不入煎造。綠萼梅，枝跗皆绿。重葉梅，花叶重叠，结实多双。紅梅，花色如杏。杏梅，色淡红，实扁而斑，味全似杏。鴛鴦梅，即多葉紅梅也，一蒂双实’，一云：‘苦楝接梅，则花带黑色’，譚子化书云：‘李接桃而本强者，其实毛；梅接杏而本强者，其实甘’……”

《康熙字典》：又《書·說命》：若作和羹，尔惟盐梅。《名物疏》：陸璣所释有条有梅，自是枬木似豫章者，豫章，大树可以为棺舟者也；和羹之梅，笾实之干[illegible]，似杏实酢者也。

2.（楳）《說文解字》：楳，或从某。《說文解字註》：“或从某”，某声；召南釋文曰：“《韓詩》作楳”。

【辨析】

本诗中梅的古今名称一致。

本字条可与“梅 2”相互参看。

【形态特征】

梅 *Armeniaca mume* Sieb.：又名春梅、干枝梅、酸梅、乌梅，蔷薇科，杏属，落叶乔木。

高4～10米；树皮浅灰色或带绿色，平滑；小枝绿色，光滑无毛。叶片卵形或椭圆形，长4～8厘米，宽2.5～5厘米，叶边常具小锐锯齿，灰绿色；叶柄长1～2厘米，常有腺体。花单生或有时2朵同生于1芽内，直径2～2.5厘米，香味浓，先于叶开放；花萼通常红褐色，萼筒宽钟形；花瓣倒卵形，白色至粉红色；雄蕊短或稍长于花瓣；子房密被柔毛。果实近球形，直径2～3厘米，黄色或绿白色，被柔毛，味酸；核椭圆形，顶端圆形而有小突尖头，两侧微扁，腹面和背棱上均有明显纵沟，表面具蜂窝状孔穴。花期冬春季，果期5—6月（在华北果期延至7—8月）。

梅原产我国南方。日本和朝鲜也有。

可作核果类果树的砧木，花可提取香精，果实可食用、盐渍或干制，花、叶、根和种仁可入药。

樸樕、白茅

【原文】	【译文】
林有樸樕①	林中有朴樕
野有死鹿	野外有死鹿
白茅纯束②	白茅密包裹
有女如玉	好女美如玉

——召南·野有死麕③

【注解】

①樸：简体字“朴”。樕：sù。

②纯：tún，包裹捆绑。

③麕：jūn，獐子。

这是一首爱情诗。在古代，用白茅包裹礼物是一种礼节，本章正是描写了男子以白茅包裹猎物赠与心仪女子的情景，这也从侧面说明了他是守礼而非粗莽的人。

本文节选自第二章。

樸樕

【文献征引】

1.（樸樕）《毛傳》：樸樕，小木也。

《爾雅·釋木》：樕樸，心。《爾雅注》：槲樕别名。《爾雅疏》：孫炎云：“樸樕，一名心”，某氏曰：“樸樕，槲樕也。有心能湿，江河间以作柱”，是樸樕为木名也，故郭云“槲樕别名”，《詩·召南》云“林有樸樕”，此作樕樸，文虽倒，其实一也；或者传写误。

2.（樕）《說文解字》：樕，樸樕，小木也。《說文解字註》：樸当作樸，樸樸正俗字也；各本无小字，今依《五音韻谱》、《韻會》、《集韻》、《類篇》补；召南“林有樸樕”，《毛》曰：“樸樕，小木也”，釋木云：“樕樸，心”，樕樸即《詩》之樸樕，俗书立心多同小，又草书心似小，《毛傳》、《說文》当本作心木，讹为小木耳；《詩正義》云：“某氏曰樸樕斛樕也，有心能湿，江河间以作柱”，孫炎曰：“樸樕一名心”，据此及許立文之次弟，知樸樕乃木名，非凡小木之偁也；斛俗作槲，槲樕櫟之类，樸《爾雅音義》作樸；《廣韻》曰：“杺，木名，其心黄”，杺即《爾雅》心字。

3.（槲實）《本草綱目》：〖释名〗槲樕、樸樕、大葉櫟、櫟橿子；時珍曰：“槲樕，犹觳觫也；栗子绽悬，有颤慄之象，故谓之栗；槲叶摇动，有觳觫之态，故曰槲樕也。樸樕者，婆娑、蓬然之貌，其树偃蹇，其叶芃芃，故也；俗称衣物不整者为樸樕，本此。其实木彊，故俗谓之櫟橿子。《史》言‘武后挂敕书于槲樹’，人遂呼为金雞樹云”。〖集解〗頌曰：“槲，处处山林有之。木高丈余，与櫟相类，亦有斗，但小不中用耳。不拘时采，其皮叶入藥”，時珍曰：“槲有二種，一種丛生小者名枹；一種高者名大葉櫟，树、叶俱似栗，长大粗厚，冬月凋落，三四月开花亦如栗，八九月结实，似橡子而稍短小，其蒂亦有斗，其实僵涩，味恶，荒岁人亦食之，其木理粗不及橡木，所谓樗櫟之材者指此”。

【辨析】

《毛传》、《说文》均注朴樕为“小木也”，“小木”一般有两解：一是指丛生小树，二是小木即为木名。这两解放在诗中都说得通，但从诗文上下句应该相呼应的角度看，与朴樕相对的是死鹿，鹿既为专指，那么朴樕也应是专指。段注也采纳了小木即木名的这种释义，认为“小”字是“心”字的误写，《毛传》和《说文》的原文应该是“朴樕，心木也”——这一注释与《尔雅》相合。

文献所记载的朴樕及其别名中目前仍在使用的是大叶栎，但其产地与成诗地域不符，可能与古时的大叶栎不是一种。

白茅

【文献征引】

“白茅包之”陸璣《草木疏》：茅之白者，古用包裹礼物以充祭祀缩酒用。

《本草綱目》：〖释名〗根名茹根、蘭根、地筋；時珍曰：“茅叶如矛，故谓之茅。其根牵连，故谓之茹，《易》曰‘拔茅连茹’是也。有数種，夏花者为茅，秋花者为菅，二物功用相近，而名谓不同，詩云‘白华菅兮，白茅束兮’是也。《别錄》不分茅、菅乃二種，谓茅根一名地菅、一名地筋；而有名未用又出地筋，一名菅根；盖二物之根状皆如筋，可通名地筋，不可并名菅也，正之”。〖集解〗頌曰：“处处有之。春生苗，布地如针，俗谓之茅针，亦可啖，甚益小儿；夏生白花茸茸然，至秋而枯；其根至洁白，六月采之。又有菅，亦茅类也，陸璣《草木疏》云：‘菅似茅而滑，无毛，根下五寸中有白粉者，柔韧宜为索，沤之尤善’，其未沤者名野菅，入藥与茅功等”，時珍曰：“茅有白茅、菅茅、黄茅、香茅、芭茅数種，叶皆相似。白茅短小，三四月开白花成穗，结细实；其根甚长，白软如筋而有节，味甘，俗呼丝茅，可以苫盖及供祭祀苞苴之用，《本經》所用茅根是也；其根干之，夜视有光，故腐则变为萤火。菅茅只生山上，似白茅而长，入秋抽茎，开花成穗，如荻花；结实尖黑，长分许，粘衣刺人；其根短硬如细竹根，无节而微甘；亦可入藥，功不及白茅，《爾雅》所谓‘白华野菅’是也。黄茅似菅茅，而茎上开叶，茎下有白粉；根头有黄毛，根亦短而细硬，无节；秋深开花，穗如菅；可为索綯；古名黄菅，《别錄》所用菅根是也。香茅，一名菁茅，一名璚茅，生湖南及江淮间；叶有三脊，其气香芬，可以包藉及缩酒，禹貢所谓‘荆州苞匭菁茅’是也。芭茅丛生，叶如大蒲，长六七尺；有二種，即芒也，见后芒下”。

【辨析】

白茅的古今名称一致。

在古代，白茅常被用以包裹祭品及分封诸侯，皆取其洁清之意。

本词条可与“蕑”、“荼2”、“菅”、“茅”相互参看。

【形态特征】

白茅 *Imperata cylindrica*（L.）Beauv.：又名茅根，禾本科，白茅属，多年生草本植物。

具粗壮的长根状茎。秆直立，高 30～80 厘米，具 1～3 节，节无毛。叶鞘聚集于秆基，质地较厚；叶舌膜质，分蘖叶片长约 20 厘米，宽约 8 毫米，扁平，质地较薄；秆生叶片长 1～3 厘米，窄线形，通常内卷，被有白粉。圆锥花序稠密，长 20 厘米，宽达 3 厘米，小穗长 4.5～5（6）毫米，基盘具丝状柔毛；两颖草质及边缘膜质，具 5～9 脉，第一外稃卵状披针形，透明膜质，第二外稃与其内稃近相等，卵圆形；雄蕊 2 枚，花柱细长，柱头 2，紫黑色。颖果椭圆形，长约 1 毫米。花果期 4—6 月。

产于辽宁、河北、山西、山东、陕西、新疆等北方地区。生长于低山带平原河岸草地、沙质草甸、荒漠与海滨。也分布于非洲北部、土耳其、伊拉克、伊朗、中亚、高加索及地中海区域。

唐棣、李

【原文】	【译文】
何彼襛矣[①]	怎么那样的秾丽
唐棣之华[②]	绚烂仿似唐棣花
曷不肃雍[③]	何不肃谨又敬和
王姬之车	那是王姬的嫁辇
何彼襛矣	怎么那样的秾丽
华如桃李	明艳仿似桃李花
平王之孙	平王孙女容貌好
齐侯之子	齐侯公子风度佳

——召南·何彼襛矣

【注解】

①襛：秾丽，花木繁盛貌。

②棣：dì。

③曷：hé，何。

王姬是周王之女，先后下嫁给了齐襄公和齐桓公，《何彼襛矣》正是描述了出嫁当日的盛况。新娘的车辇及服饰都华贵无比，其本人更是光彩照人，新郎也是一位翩翩佳公子，正合郎才女貌、门当户对之意。

也有很多学者认为本诗是讽刺王姬出嫁时的排场奢侈招摇的，笔者觉得诗中讽刺意味不甚强烈，它还是以赞叹婚嫁场面的热闹、新人的般配为主旨的。

本文节选自第一章、第二章。

唐棣

【文献征引】

1.（唐棣）《毛傳》：唐棣，栘也。陸璣《草木疏》：唐棣，奥李也，一名雀梅，亦曰車下李；所在山中皆有，其花或白或赤，六月中成，实大如李子，可食。

《爾雅·釋木》：唐棣，栘。《爾雅注》：似白楊，江东呼夫栘。《爾雅疏》：舍人曰：“唐棣，一名栘”，郭云：“似白楊，江东呼夫栘”，《詩·召南》云“唐棣之华”陸璣《疏》云：“奥李也，一名雀梅，亦曰車下李。所在山皆有。其华或白、或赤。六月中熟，大如李子，可食”。

2.（栘）《說文解字》：栘，棠棣也。《說文解字註》：“棠棣也”，釋木曰：“唐棣，栘。常棣，棣”，唐与常音同，盖谓其花赤者为唐棣，花白者为棣，一类而错举，故許云：“栘，棠棣也。棣，白棣也”，改唐为棠，改常为白，以棠对白，则棠为赤可知；皆即今郁李之类，有子可食者，小雅常棣、《論語·逸詩》唐棣，实一物也；郭注唐棣云：“似白楊，江东呼夫移”，白楊，大树也，《古今註》云：“移楊亦曰移栟，亦曰蒲移。圆叶弱蒂，微风善摇”，此正今之白楊樹，因一移字混合之。

3.（扶移）《本草綱目》：〖释名〗移楊、唐棣、高飛、獨搖；時珍曰：“移乃白楊同类，故得楊名。按《爾雅》：‘唐棣，移也’，崔豹曰：‘移楊，江东呼为夫移。圆叶弱蒂，微风则大摇，故名高飛，又曰獨搖’，陸璣以唐棣为郁李者，误矣；郁李乃常棣，非唐棣也”。〖集解〗藏器曰：“扶移，木生江南山谷。树大十数围，无风叶动，花反而后合，《詩》云‘唐棣之华，偏其反而’是也”，時珍曰：“移楊与白楊是同类二種，今南人通呼为白楊，故俚人有‘白楊叶，有风掣，无风掣’之语。其入藥之功大抵相近”。

4.（郁李）《本草綱目》：〖释名〗薁李、鬱李、車下李、爵李、雀梅、常棣；時珍曰：“郁，《山海經》作栯，馥郁也。花实俱香，故以名之。陸璣《詩疏》作薁字，非也。《爾雅》常棣即此。或以为唐棣，误矣；唐棣乃夫移、白楊之类也”。〖集解〗保昇曰：“树高五六尺，叶花及树并似麥李，惟子小若櫻桃，甘酸而香，有少澀味也”，禹錫曰：“按郭璞云：‘常棣生山中，子如櫻桃，可食’，《詩・小雅》云‘常棣之华，鄂不韡韡’陸璣注云：‘白棣树也；如李而小，正白；今官园種之，一名薁李。又有赤棣树，亦似白棣，叶如刺榆叶而微圆，子正赤，如郁李而小，五月始熟；关西、天水、陇西多有之’”，時珍曰：“其花粉红色，实如小李”。

5.（常棣）《毛傳》：常棣，棣也。陸璣《草木疏》：常棣，許慎曰“白棣樹也”；如李而小，如櫻桃正白，今官园種之；又有赤棣樹，亦似白棣，叶如刺榆叶而微圆，子正赤如郁李而小，五月始熟，自关西天水陇西多有之。

《爾雅・釋木》：常棣，棣。《爾雅注》：今山中有棣樹，子如櫻桃，可食。《爾雅疏》：舍人曰：“常棣，一名棣”，郭云：“今山中有棣樹，子如櫻桃，可食”，《詩・小雅》云“常棣之华”陸璣《疏》云：“許慎曰‘白棣樹也’。如李而小，子如櫻桃，正白，今官园種之。又有赤棣樹亦似白棣，叶如刺榆叶而微圆，子正赤，如郁李而小，五月始熟。自关西、天水、陇西多有之”。

《廣陽雜記》：“常棣之华”，小雅第四篇，宴兄弟之诗也，“唐棣之华”，《逸詩》也；今人论兄弟事，多引棠棣为言，而因常误唐，间有书唐棣者；及考《爾雅》诸書，乃知常棣，棣也，子如櫻桃，可食；唐棣，移也，似白楊；凡木之华，皆先合而后开，惟此花先开而后合，故曰偏其反，而反则不亲矣，岂可以比兄弟乎？

6.（棣）《毛傳》：棣，唐棣也。

《說文解字》：棣，白棣也。《說文解字註》：“白棣也”，小雅《傳》曰：“常棣，棣也”，秦风《傳》曰：“棣，唐棣也”，常与唐同字可证矣，浑言之则白棣亦呼唐棣也；豳风《傳》云：“鬱，棣属”。

【辨析】

唐棣大致有三解：移、夫移、郁李。与唐棣相关的名词有常棣、棠棣、棣。

首先来看释唐棣为移的部分。《毛传》、《尔雅》均释唐棣为移，且《毛传》在注唐棣、常棣、棣时将四者并提，它们当为同种。段注载：唐棣又名移，常棣又名棣，两者同种，区别是唐棣开红花，常棣开白花。

除了认为唐棣、常棣同种的观点之外，也有将其分立的，如《草木疏》在注唐棣和常棣时既没有互释，其形态描述也各不相同；《广阳杂记》则明言唐棣不是常棣。

依文献来看，唐棣很有可能是今蔷薇科植物，其花色红或白，果实农历六月中旬成熟，直径约 4 厘米，可食用。

下面来看释唐棣为夫移的部分。这一注释主要出自《尔雅注》和《本草纲目·扶移》，按其所载，唐棣又名夫移、移杨，与白杨同类，生于江南。段注对此有一段分析，笔者觉得很在理：移即唐棣，移杨即移柳、蒲移，是当时名为白杨树的植物，只因名称里有个“移”字而被混淆成了移。

回看原文，诗中描写唐棣的花非常繁丽，而按移杨、白杨、移柳这些名称来看，扶移应是今杨柳科植物，其花为葇荑花序，完全称不上繁丽，因此唐棣不是扶移。

最后来看释唐棣为郁李的部分。在笔者参阅的文献中并没有解唐棣为郁李的文字，倒有唐棣不是郁李的论述，如段注：“（唐棣、常棣）皆即今郁李之类”——既谓为“之类”，可知并非一物。李时珍亦直言郁李“非唐棣也”。

既然如此，唐棣-郁李说又源自何处呢？笔者推测，因《本草纲目》载郁李又名常棣，按唐棣、常棣同种之说，则唐棣即为郁李。此外，誊抄笔误也可能是造成偏差的原因，如《本草纲目·郁李》引掌禹锡复引陆玑注“白棣树也……一名薁李……”，在笔者所参看的《草木疏》中却没有“一名薁李”四字。

本词条可与“棣”、“鬱”、“常棣”、“常”相互参看。

李

【文献征引】

《本草綱目》：〖释名〗嘉慶子；時珍曰：“按羅願《爾雅翼》云：‘李乃木之多子者，故字从木、子’，窃谓木之多子者多矣，何独李称木子耶？按《素問》言：‘李味酸属肝，东方之果也’，则李于五果属木，故得专称尔。今人呼干李为嘉慶子，按韋述《兩京記》云：‘东都嘉庆坊有美李，人称为嘉慶子’，久之称谓既熟，不复知其所自矣。《梵書》名李曰居陵迦”。〖集解〗弘景曰：“李类甚多。京口有麥李，麥秀时熟，小而肥甜，核不入藥。姑熟有南居李，解核如杏子形者，入藥为佳”，志曰：“李有綠李、黄李、紫李、牛李、水李，并甘美堪食，核不中用。有野李，味苦，核仁入藥”，時珍曰：“李，绿叶白花，树能耐久，其種近百。其子大者如柸如卵，小者如弹如樱；其味有甘酸苦涩数種；其色有青、绿、紫、朱、黄、赤、缥绮、胭脂、青皮、紫灰之殊；其形有牛心、马肝、柰李、杏李、水李、离核、合核、无核、匾缝之异；其产有武陵、房陵诸李。早则麥李、御李，四月熟；迟则晚李、冬李，十月十一月熟；又有季春李，冬花春实也。按王禎《農書》云：‘北方一種御黄李，形大而肉厚，核小，甘香而美。江南建宁一種均亭李，紫而肥大，味甘如蜜。有擘李，熟则自裂。有餻李，肥粘如餻’，皆李之嘉美者也……”

《康熙字典》：《爾雅翼》：李，木之多子者。《埤雅》：李性难老，虽枝枯，子亦不细，其品处桃上。

《說文解字》：李，李果也。

【辨析】

李的古今名称一致。

【形态特征】

李 *Prunus salicina* Lindl.：又名山李子、嘉庆子、嘉应子、玉皇李，蔷薇科，李属，落叶乔木。

高 9～12 米；树冠广圆形，树皮灰褐色；老枝紫褐色或红褐色，小枝黄红色；冬芽卵圆形，红紫色，有覆瓦状鳞片。叶片长圆倒卵形、长椭圆形，稀长圆卵形，长 6～8（12）厘米，宽 3～5 厘米，边缘有圆钝重锯齿；托叶膜质，线形；叶柄长 1～2 厘米。花通常 3 朵并生；花梗 1～2 厘米，花直径 1.5～2.2 厘米；萼筒钟状，萼片长圆卵形；花瓣白色，长圆倒卵形，先端啮蚀状，基部楔形，有明显带紫色脉纹，具短爪；雄蕊多数，雌蕊 1，柱头盘状。核果球形、卵球形或近圆锥形，直径 3.5～5 厘米，黄色或红色，有时为绿色或紫色，梗凹陷入，顶端微尖，基部有纵沟，外被蜡粉；核卵圆形或长圆形，有皱纹。花期 4 月，果期 7—8 月。

产于陕西、甘肃、四川、云南、贵州、湖南、湖北、江苏、浙江、江西、福建、广东、广西和台湾。生长于山坡灌丛中、山谷疏林中或水边、沟底、路旁等处。世界各地均有栽培。

蓬

【原文】	【译文】
彼茁者蓬	那从初生的蓬草
壹发五豵[①]	拨开现出五小兽
于嗟乎驺虞[②]	哎呀不愧是驺虞
	——召南·驺虞

【注解】

①豵：zōng，小兽。

②于嗟乎：感叹词，有赞美之意。驺虞：zōu　yú，古代掌管鸟兽的官吏。

驺虞是古代一个官职的名称，其职责中的一项就是在天子狩猎时负责把藏匿的野兽赶出来，诗中赞美的这位驺虞凭着丰富的经验，一下就找到了多只猎物，确实是十分称职的。

本文节选自第二章。

【文献征引】

1.（蓬）《毛傳》：蓬，草名也。

《康熙字典》：《禮·內則註》：蓬，御乱之草。《荀子·勸學篇》：蓬生麻中，不扶自直。

《說文解字》：蓬，蒿也。

2.（齧）《爾雅·釋草》：齧，彫蓬；薦，黍蓬。《爾雅注》：别蓬種类。《爾雅疏》：此别蓬種类也；《說文》云："蓬，蒿也"，草之不理者也，種类非一，故有"齧，彫蓬"、"薦，黍蓬"；《詩·召南·騶虞》云"彼茁者蓬"、《月令》云"藜莠蓬蒿并兴"是也。

【辨析】

蓬有两解，一是某种草本植物的名称，二是泛指蓬类植物。从诗歌结构的角度来看，与蓬相对应的葭专指芦苇，那么蓬亦应有专指。由于可参考的信息不多，大致可知蓬与蒿同科，很有可能是飞蓬属植物，如飞蓬（*Erigeron acer* L.）、太白飞蓬（*Erigeron taipeiensis* Ling et Y. L. Chen）等。

匏

【原文】	【译文】
匏有苦叶[①]	葫芦叶子已苦涩
济有深涉[②]	济水渡口水幽深
深则厉	水深你就游过来
浅则揭[③]	水浅你就趟过来

——邶风·匏有苦叶

【注解】

①匏：páo。

②涉：水位高过膝。

③揭：qì，提起下衣渡水。

这首诗描写了姑娘在济水渡口等待情人时的情景，时值秋天，南飞的大雁已经启程了，姑娘的心情很焦急，不知对岸的情人什么时候来迎娶自己呢？

本文节选自第一章。

【文献征引】

1.（匏）《毛傳》：匏，谓之瓠；瓠叶苦不可食也。《鄭箋》：瓠叶苦而渡处深，谓八月之时。陸璣《草木疏》：匏，叶少时可为羹，又可淹鬻，极美，扬州人食；至八月叶即苦，故曰苦叶。

《康熙字典》：《詩·邶风》"匏有苦叶"《註》：陸佃曰："短颈大腹曰匏"。《嚴粲·詩緝》：匏经霜叶枯落，干之腰以度水。《魯語》：苦匏不材，于人共济而已。

《說文解字》：匏，瓠也；从包，从夸声；包，取其可包藏物也。《說文解字註》："瓠也"，瓠下曰"匏也"，与此为转注；匏判之曰蠡、曰瓢、曰荟；邶风《傳》曰："匏谓之瓠"，谓异名同实也；豳风《傳》曰："壺，瓠也"，此谓壶即瓠之假借字也……"包"，逗，"取其可包藏物也"，《說》从包之意，藏当作臧。

2.（苦瓠）《本草綱目》：〖释名〗苦匏、苦壺盧。〖集解〗弘景曰："今瓠忽有苦者，如胆不可食，非别生一種也。又有瓠瓡，亦是瓠类"，恭曰："《本經》所论，都是苦瓠瓡尔，陶谓瓠中苦者，大误矣。瓠中时有苦者，不入藥用，无所主疗，亦不堪啖。瓠与瓠瓡，原種各别，非甘者变为苦也"，保昇曰："瓠即匏也。有甘苦二種，甘者大，苦者小"……時珍曰："《詩》云'瓠有苦叶'、《國語》云'苦匏不材，于人共济而已'，皆指苦壺而言，即苦瓠也。瓠、壺同音，陶氏以瓠作护音释之，所以不稳也……"

3.（败瓢）《本草綱目》：〖集解〗時珍曰："瓢乃匏壺破开为之者，近世方藥亦时用之，当以苦瓠者为佳，年久者尤妙"。

【辨析】

匏、瓠、壶卢之间是互相关联的，笔者将它们的分析内容都放在了这里。

文献中对匏、瓠、壶卢的注释很乱，它们经常被互释，好像是一种东西，但又有"瓠之无柄者"、"首尾如一者"、"苦匏不材"这诸多分别，那么该怎么解释它们之间的关系呢？笔者觉得可以从形状、味道、名称这三个方面分别来加以分析。

先看形状，《本草纲目・壶卢》里对以形状来区分三者的历史演变过程解释得很详细：匏、瓠、壶卢最初是可以通用的——《唐韵》、《说文》、《草木疏》都在通用——到了后世才逐渐因其果实形状的不同而各自命名。《毛传》、《郑笺》都是此观点的证明。

按形状区分的时候并不分甜苦，只依外形、大小等各尽其用。

再看味道，以味道相区分时一般只论甜苦，甜者供食用，苦者做器物，而且匏、瓠、壶卢也是通用的，如《本草纲目・苦瓠》载："《诗》云'瓠有苦叶'、《国语》云'苦匏不材，于人共济而已'，皆指苦壶而言，即苦瓠也"。

第三看名称，葫芦属植物有一个种及三个变种，分别是葫芦、瓠子、瓠瓜、小葫芦。《中国植物志》《江西植物志》载葫芦又名瓠，《西藏植物志》《黑龙江植物志》载葫芦又名壶卢，《海南植物志》载葫蘆又名瓠、匏、蒲芦、壶卢、扁蒲、蒲子。在 *Lagenaria siceraria*（Molina）Standl. var. *depressa*（Ser.）Hara 此变种的名称上又各有不同，多数仅载其为瓠瓜，另有《安徽植物志》载其为匏瓜、瓢瓜，《内蒙古植物志》载其为匏瓜、瓠瓜，《黑龙江植物志》载其为匏瓜。

这样看来，匏、瓠、壶卢互为别名已经沿用至今，这也证明了它们是可以通用的。《诗经》所处的年代正是三者相互通用的时期，因此本诗的匏是泛指葫芦属植物，"匏有苦叶"也可写作"瓠有苦叶"、"壶有苦叶"。

本字条可与"壶"、"瓠"、"瓟"相互参看。

【形态特征】

葫芦属 *Lagenaria* Ser.：葫芦科，攀缘草本。

植株被粘毛。叶柄顶端具一对腺体；叶片卵状心形或肾状圆形。卷须 2 歧。雌雄同株，花大，单生，白色。雄花：花梗长；花萼筒狭钟状或漏斗状；花冠裂片 5，长圆状倒卵形，微凹；雄蕊 3，花丝离生，花药内藏，退化雌蕊腺体状。雌花：花梗短；花萼筒盃状，花萼和花冠同雄花；子房卵状或圆筒状或中间缢缩。果实形状多型，不开裂，嫩时肉质，成熟后果皮木质，中空。种子多数，倒卵圆形，扁，边缘多少拱起，顶端截形。

葑、菲、荼 1

【原文】	【译文】
采葑采菲	采摘葑与菲
无以下体	却将根抛弃
德音莫违	誓言不可违
及尔同死	与你共死生
……	……
谁谓荼苦	谁说荼菜苦
其甘如薺	我食甜如荠
宴尔新昏	你们新婚好
如兄如弟	亲密似兄弟

——邶风·谷风

【注解】

这是一首弃妇诗，妻子在痛苦之余斥责了丈夫能共苦却不能同甘、生活变好后就另结新欢的恶劣行径。葑、菲是地上与地下部分都能食用的植物，妻子以其起兴，说明不能只留着地上鲜嫩的部分而将根本丢弃了。

本文节选自第一章、第二章。

葑

【文献征引】

1.（葑）《毛傳》：葑，須也。《鄭箋》：此二菜者，蔓菁与葍之类也，皆上下可食，然而其根有美时有恶时。陸璣《草木疏》：葑，蔓菁；幽州人或谓之芥。

《康熙字典》：《唐韻》：菜名。《韻會》：蕦葰也。《詩・邶风》“采葑采菲，无以下体”《傳》：葑，須也。《疏》：釋草云“須，葑蓯”《坊記》註云：“葑，蔓菁也”，《方言》云：“蘴蕘，蕪菁也。陈楚谓之葑，齐鲁谓之蕘，关西谓之蕪菁，赵魏之部谓之大芥”，蘴与葑字虽异音实同，即葑也、須也、蕪菁也、蔓菁也、葑蓯也、蕘也、芥也，七者一物也。

《說文解字》：葑，須從也。《說文解字註》：邶风“采葑采菲”，《毛傳》曰：“葑，須也”，釋草曰：“須，葑蓯”，《說文》曰：“葑，須從也”，三家互异而皆不误；葑須为双声，葑從为叠韵，单呼之为葑，絫呼之为葑從，单呼之为須，絫呼之为須從，语言之不同也，或許所据《爾雅》与今本异矣；《坊記》註云：“葑，蔓菁也，陈宋之间谓之葑”，《方言》云“蘴蕘，蕪菁也，陈楚之郊谓之蘴”郭註：“蘴旧音蜂，今江东音嵩，字作菘也”，玉裁按：蘴菘皆即葑字，音读稍异耳，須從正切菘字，陸佃、嚴粲、羅願皆言在南为菘，在北为蕪菁、蔓菁，若菰、葑读去声，别是一物。

2.（須）《爾雅・釋草》：須，葑蓯。《爾雅注》：未详。

《康熙字典》：又菜名。孫炎云：須，一名葑蓯。

3.（須）《爾雅·釋草》：須，薞蕪。《爾雅注》：薞蕪，似羊蹄，叶细，味酢，可食。《爾雅疏》：案《詩·谷风》云“采葑采菲”《毛傳》云：“葑，須也”，先儒即以“葑，須蓯”当之，孫炎云：“須，一名葑蓯”，今郭註上“葑蓯”云“未详”，注此云：“薞蕪，似羊蹄，叶细，味酢，可食”，则郭意以《毛》云“葑，須”者谓此薞蕪也；《坊記》注云：“葑，蔓菁也。陈、宋之间谓之葑”，陸璣云：“葑，蕪菁。幽州人或谓之芥”，《方言》云：“蘴、蕘，蕪菁也。陈、楚谓之蘴，齐、鲁谓之蕘，关西谓之蕪菁，赵、魏之部谓之大芥”，蘴与葑，字虽异，音实同，则葑也、須也、蕪菁也、蔓菁也、薞蕪也、蕘也、芥也，七者一物也。

4.（蕪菁）《本草綱目》：〖释名〗蔓菁、九英菘、諸葛菜；藏器曰：“蕪菁，北人名蔓菁；今并汾、河朔间烧食其根，呼为蕪根，犹是蕪菁之号；蕪菁，南北之通称也。塞北、河西種者，名九英蔓菁，亦曰九英菘。根叶长大而味不美，人以为军粮”，禹錫曰：“《爾雅》云：‘須，薞蕪’、《詩·谷风》云‘采葑采菲’毛萇注云：‘葑，須也’、孫炎云：‘葑，一名葑蓯’、《禮坊記》云：‘葑，蔓菁也。陈宋之间谓之葑’、陸璣云：‘葑，蕪菁也。幽州人谓之芥’、郭璞云：‘薞蕪似羊蹄，叶细，味酢可食’、揚雄《方言》云：‘蘴、蕘，蔓菁也。陈楚谓之蘴，齐鲁谓之蕘，关西谓之蕪菁，赵魏谓之大芥’，然则葑也、須也、蕪菁也、蔓菁也、薞蕪也、蕘也、芥也，七者一物也”，時珍曰：“按孫愐云：‘蘴，蔓菁苗也’，其说甚通。掌禹錫以薞蕪释蔓菁，陳藏器谓薞蕪是酸模，当以陳说为优，详见草部酸模下。劉禹錫《嘉話錄》云：‘諸葛亮所止，令兵士独種蔓菁者……至今蜀人呼为諸葛菜，江陵亦然’，又朱輔《山溪蠻叢話》云：‘猫、獠、猺、狫地方产馬王菜，味涩多刺，即諸葛菜也。相传馬殷所遗，故名’，又蒙古人呼其根为沙吉木兒”。〖集解〗弘景曰：“《别錄》蕪菁、蘆菔同条。蘆菔是今温菘，其根可食，叶不中啖；蕪菁根细于温菘，而叶似菘，好食，西川惟種此，其子与温菘甚相似；而俗方无用，惟服食家炼饵之，而不言蘆菔子，恐不用也。俗人蒸其根及作菹食，但小薰臭尔”，恭曰：“蕪菁，北人名蔓菁。根叶及子皆是菘类，与蘆菔全别，体用亦殊。陶言蕪菁似蘆菔，蘆菔叶不堪食，是江表不产二物，理丧其真也。菘子黑色；蔓菁子紫赤色，大小相似；蘆菔子黄赤色，而大数倍，且不圆也”，大明曰：“蔓菁比蘆菔根短而细，叶大，连地上生，厚阔短肥而痹，其色红”，機曰：“叶是蔓菁，根是蘆菔”，時珍曰：“《别錄》以蕪菁、蘆菔同条，遂致诸说猜度，或以二物为一種、或谓二物全别、或谓在南为莱菔、在北为蔓菁，殊无定见。今按二物根叶花子都别，非一类也。蔓菁是芥属，根长而白，其味辛苦而短，茎粗叶大而厚阔；夏初起薹，开黄花，四出如芥；结角亦如芥，其子均圆，似芥子而紫赤色。蘆菔是菘属，根圆，亦有长者，有红白二色，其味辛甘而永；叶不甚大而糙，亦有花叶者；夏初起薹，开淡紫花；结角如虫状，腹大尾尖，子似胡盧巴，不均不圆，黄赤色。如此分之，自明白矣。其蔓菁六月種者，根大而叶蠹；八月種者，叶美而根小；惟七月初種者，根叶俱良……”

【辨析】

葑即芜青。

《尔雅》里面有两个“须”字条，除《尔雅注》外，各文献都取了释须为葑苁的这条释文，在葑、须、芥、葑苁、蕦苁、须从、芜菁、蔓菁之间相互联系注释。

【形态特征】

芜青 *Brassica rapa* L.：又名蔓青、变萝卜、圆根，十字花科，芸苔属，二年生草本植物。

高达100厘米；块根肉质，球形、扁圆形或长圆形，外皮白色、黄色或红色，根肉质白色或黄色，无辣味；茎直立，有分枝。基生叶大头羽裂或为复叶，长20～34厘米，边缘波状或浅裂；中部及上部茎生叶长圆披针形，长3～12厘米，无毛，带粉霜，至少半抱茎，无柄。总状花序顶生；花直径4～5毫米；花梗长10～15毫米；萼片长圆形，长4～6毫米；花瓣鲜黄色，倒披针形，长4～8毫米，有短爪。长角果线形，长3.5～8厘米，果瓣具1显明中脉；喙长10～20毫米；果梗长达3厘米。种子球形，直径约1.8毫米，浅黄棕色，近种脐处黑色，有细网状窠穴。花期3—4月，果期5—6月。

我国各地均有。

肉质根及叶子可食用，高寒山区用以代粮，亦可作饲料，花、种子可入药。

菲

【文献征引】

1.（菲）《毛傳》：菲，芴也。《鄭箋》：此二菜者，蔓菁与葍之类也，皆上下可食，然而其根有美时有恶时。陸璣《草木疏》：菲似葍，茎粗，叶厚而长，有毛；三月中蒸鬻为茹，甘美可作羹；幽州人谓之芴，《爾雅》又谓之葸菜，今河内人谓之宿菜。

《爾雅·釋草》：菲，葸菜。《爾雅注》：菲草，生下湿地，似蕪菁，华紫赤色，可食。《爾雅疏》：菲，一名葸菜；案《詩·谷风》云"采葑采菲"《毛傳》云："菲，芴也"，郭上注"菲，芴"云："土瓜也"；注此云："菲草，生下湿地，似蕪菁，华紫赤色，可食"，则是芴与葸菜别草；而某氏及陸璣以为一物，非郭义也。

《康熙字典》：《正韻》：菜名。

《說文解字》：菲，芴也。《說文解字註》："芴也"，釋草、《毛傳》皆同；釋草又云："菲，葸菜也"。

2.（菲）《爾雅·釋草》：菲，芴。《爾雅注》：即土瓜也。《爾雅疏》：一名芴；郭云："即土瓜也"，孫炎曰："葍类也"，《詩·谷风》云"采葑采菲"陸璣云："菲似葍，茎粗，叶厚而长，有毛。三月中蒸鬻为茹，滑美可作羹。幽州人谓之芴，《爾雅》又谓之葸菜。今河内人谓之宿菜"；案，今《爾雅》菲、芴与葸菜异，郭註似是别草；如陸之言，又是一物；某氏注《爾雅》，二处皆引谷风诗，即菲也、芴也、葸菜也、土瓜也、宿菜也，五者一物也；其状似葍而非葍，故云"葍类也"。

【辨析】

"菲"在《尔雅》中有两条释文，一为葸菜，一为芴。它们究竟是不是同一种植物还不好确定，郭璞认为它们是不同的：葸菜似芜菁，芴是土瓜；陆玑认为它们都是菲的别名。

依文献及诗歌原文对菲的描述，它是一种叶片有毛、花或为紫红色、根叶均可食用的、产于河南、山东一带的草本植物。

荼 1

【文献征引】

1.（荼）《毛傳》：荼，苦菜也。陸璣《草木疏》：荼，苦叶；生山田及泽中，得霜甜脆而美，所谓“堇荼如饴”；《內則》云“濡豚包苦”，用苦菜是也。

《爾雅·釋草》荼，苦菜。《爾雅注》：《詩》曰：“谁谓荼苦”，苦菜可食。《爾雅疏》：此味苦可食之菜，一名荼，一名苦菜；《本草》：“一名荼草，一名选，一名游冬”；案《易緯通卦驗玄圖》云：“苦菜，生于寒秋，经冬历春，乃成”，《月令》“孟夏，苦菜秀”是也；叶似苦苣而细，断之有白汁，花黄似菊，堪食，但苦耳。

《說文解字》：荼，苦荼也。《說文解字註》：“苦荼也”，釋草、邶《毛傳》皆云：“荼，苦菜”，唐风“采苦采苦”《傳》云：“苦，苦菜”，然则苦与荼正一物也；《仪禮》“鉶芼。牛藿，羊苦，豕薇”、《記·內則》“濡豚包苦”亦谓之苦，《月令》、《本草》、《易通卦驗》皆谓之苦菜；《詩》“荼蓼”、“有女如荼”及后世荼荈皆用此字；籒文作莽。

2.（苦菜）《本草綱目》：〖释名〗荼、苦苣、苦蕒、游冬、褊苣、老鸛菜、天香菜；時珍曰：“苦、荼，以味名也。经历冬春，故曰游冬。許氏《說文》苣作藘。吴人呼为苦蕒，其义未详。《嘉祐本草》言：‘岭南、吴人植苣供馔，名苦苣’，而又重出苦苣及苦蕒条，今并并之”。〖集解〗《桐君藥錄》曰：“苦菜三月生，扶疏；六月花从叶出，茎直花黄；八月实黑，实落根复生，冬不枯”，恭曰：“《爾雅》云：‘荼，苦菜也’，《易通卦驗玄圖》云：‘苦菜生于寒秋，经冬历春，得夏乃成；一名游冬。叶似苦苣而细，断之有白汁，花黄似菊，所在有之’，其说与桐君略同。苦蘵，俗亦名苦菜，非此荼也”，時珍曰：“苦菜即苦蕒也，家栽者呼为苦苣，实一物也。春初生苗，有赤茎、白茎二種。其茎中空而脆，折之有白汁出；叶似花蘿蔔菜叶，而色绿带碧，上叶抱茎，梢叶似鹤嘴，每叶分叉，撺挺如穿叶状；开黄花，如初绽野菊，一花结子一丛，如茼蒿子及鶴虱子，花罢则收敛；子上有白毛，茸茸，随风飘扬，落处即生”。〖正误〗弘景曰：“苦菜疑即茗也。茗，一名荼，凌冬不凋，作饮能令人不眠”，恭曰：“《詩》云‘谁谓荼苦’即苦菜异名也。陶氏谓荼为茗，茗乃木类，按《爾雅·釋草》云：‘荼，苦菜也’、釋木云：‘檟，苦荼也’，二物全别，不得比例，陶说误矣”。

3.（苣）《康熙字典》：又苦菜，一名苦苣。《韻會》：野生曰褊苣。杜甫诗“苦苣刺如針”《註》：卽野苣也。

【辨析】

本诗的荼即苦菜。

苦菜不止一种，《本草纲目·苦菜》就包含了《嘉祐本草》的“苦苣”及“苦荬”两个条目，今天普遍被称为苦菜的大致有苦荬菜、苦苣菜、苣荬菜和败酱。

综合各文献对荼的描述，它是一种茎中空、茎叶折断有白汁、花黄似菊、可食用且陆生、湿生皆可的非一年生草本植物。今苦苣菜（*Sonchus oleraceus* L.）和苣荬菜（*Sonchus arvensis* L.）都是与之相符的。

苦荬菜为一年生草本，与文献多处提到的“得霜甜脆而美”、“经冬历春乃成”、“冬不枯”等不符；败酱的花叶形态与文献描述不符。

本字条可与“苦”相互参看。

榛 1

【原文】	【译文】
山有榛	山上生榛树
隰有苓[①]	低处长苓草
云谁之思	我在爱慕谁
西方美人[②]	西方的美人
	——邶风・简兮

【注解】

①隰：xí，低湿处。

②美人：美男子。

《简兮》表达了一位女子对殿堂中身躯魁梧、舞姿阳刚的领舞师的爱慕之情，然其结尾处的“彼美人兮，西方之人兮”又似是不可及的慨叹。

前人有认为此诗讽刺卫庄公不任贤良、沉湎酒色，但通读全诗后感觉其贬义并不明显，正面赞美的意味更浓厚。

本文节选自第三章。

【文献征引】

《毛傳》：榛，木名。

【辨析】

按《草木疏》所载，本诗的榛与《诗・定之方中》“树之榛栗”的榛是两种植物，其注释亦在该诗下，为了方便阅读，除专注本诗的《毛传》外，有关榛的各项征引资料及辨析内容都放在了“榛 2”项下。

本字条可与“榛 2”相互参看。

荑

【原文】	【译文】
自牧归荑[1]	送我牧场嫩茅草
洵美且异	真是美丽又奇异
匪女之为美[2]	并非茅草特别美
美人之贻	因是美人之所赠

——邶风・静女

【注解】

①荑：tí。

②匪：通“非”。女：通“汝”，此处代指荑。

这是一首描写男女幽会的情诗，写得很有趣。男子来到约会地点却等不来意中人，急得坐立不安，其实姑娘只是调皮地躲起来了而已，后来姑娘送了彤管和茅草以示爱意，男子欣喜万分地接受，本段节选文字正是表现了他接受信物后既感动又美滋滋的情态。全诗洋溢着浓郁的青春气息，将一个憨憨的痴情小伙儿的形象刻画得无比生动。

本文节选自第三章。

【文献征引】

《毛傳》：荑，茅之始生也。

《康熙字典》：《玉篇》：始生茆也。

《說文解字》：荑，草也。

【辨析】

荑即初生的茅。

有资料解茅为白茅，荑因而就成了白茅嫩苗的专称，这点还需考量。也有观点认为诗中所赠的荑应是开花的状态，因为始生的茅只是几根草叶，达不到“洵美且异”的标准。怎么说呢，其实送的是草还是花并不重要，正如诗文所表述的：不在乎送了什么，只在乎是谁送的。

本字条可与“白茅”、“荼 2”、“菅”、“茅”相互参看。

茨

【原文】	【译文】
墙有茨[1] 不可扫也 中冓之言[2] 不可道也	墙上爬蒺藜 扫也扫不去 宫中龌龊事 无法去说起

——鄘风·墙有茨

【注解】

①茨：cí。

②冓：深宫。

卫宣公强娶儿媳宣姜，其死后，宣姜又与卫宣公之子顽私通，并生有五子。这种做法虽然可能出于政治考量，但毕竟是母子乱伦，卫国百姓对此深恶痛绝，《墙有茨》正是讽刺了这段史实。

本文节选自第一章。

【文献征引】

1.（茨）《毛傳》：茨，蒺藜也。《鄭箋》：……犹墙之生蒺藜。

《爾雅·釋草》：茨，蒺藜。《爾雅注》：布地蔓生，细叶，子有三角，刺人；见《詩》。《爾雅疏》：茨，一名蒺藜；郭云“布地蔓生，细叶，子有三角，刺人，见《詩》”者，案《詩·小雅》云“楚楚者茨”是也。

2.（薺）《康熙字典》：又通茨，见茨字注。

《說文解字》：薺，蒺藜也；《詩》云“墙有薺”。《說文解字註》：“薺”，今《詩》鄘风、小雅皆作茨；釋草、《傳》、《箋》皆云：“茨，蒺藜也”，陶隱居云：“子有刺，军家作之，以布敌路，亦呼蒺藜”。

3.（薋）《楚辭章句》：薋，蒺藜也。《楚辭補注》：今《詩》薋作茨，《爾雅》亦作茨，布地蔓生，细叶，子有三角刺人。

4.（蒺藜）《本草綱目》：〖释名〗茨、旁通、屈人、止行、休羽、升推；弘景曰：“多生道上及墙上，叶布地，子有刺，状如菱而小……《詩》云：‘墙有茨，不可扫也’，以刺梗秽。方用甚稀”，時珍曰：“蒺，疾也；藜，利也；茨，刺也；其刺伤人，甚疾而利也。屈人、止行，皆因其伤人也”。〖集解〗頌曰：“冬月亦采之，黄白色，郭璞注《爾雅》云‘布地蔓生，细叶，子有三角，刺人’是也。又一種白蒺藜，今生同州沙苑，牧马草地最多，而近道亦有之；绿叶细蔓，绵布沙上，七月开花黄紫色，如豌豆花而小；九月结实作荚子，便可采；其实味甘而微腥，褐绿色，与蚕種子相类而差大，又与馬薸子酷相类，但馬薸子微大……”，宗奭曰：“蒺藜有二等，一等杜蒺藜，即今之道旁布地而生者，开小黄花，结芒刺；一種白蒺藜，出同州沙苑牧马处，子如羊内肾，大如黍粒，补肾藥，今人多用。风家惟用刺蒺藜也”，時珍曰：“蒺藜叶如初生皂荚叶，整齐可爱。刺蒺藜状如赤根菜子及细菱，三角四刺，实有仁。其白蒺藜结荚长寸许，内子大如脂麻，状如羊肾而带绿色，今人谓之沙苑蒺藜。以此分别”。

【辨析】

茨即蒺藜。

本字条可与“蒉”相互参看。

【形态特征】

蒺藜 *Tribulus terrestris* L.：又名白蒺藜，蒺藜科，蒺藜属，一年生草本植物。

茎平卧，枝长 20～60 厘米，偶数羽状复叶，长 1.5～5 厘米；小叶对生，3～8 对，矩圆形或斜短圆形，长 5～10 毫米，宽 2～5 毫米，被柔毛，全缘。花腋生，黄色；萼片 5，宿存；花瓣 5；雄蕊 10，生于花盘基部，子房 5 棱，柱头 5 裂。蒴果扁球形，由 5 个果瓣组成，长 4～6 毫米，中部边缘有锐刺 2 枚，下部常有小锐刺 2 枚。花期 5—8 月，果期 6—9 月。

全国各地有分布。生于沙地、荒地、山坡、居民点附近。全球温带都有。

茎皮纤维是造纸原料，果可入药。

唐

【原文】	【译文】
爰采唐矣[1]	何处去采唐
沬之乡矣[2]	沬地的郊外
云谁之思	我在思念谁
美孟姜矣	姜家的长女

——鄘风·桑中

【注解】

①爰：yuán，于，在何处。

②沬：mèi，古地名，今河南淇县。

《桑中》是一首表现情爱的诗歌。

本文节选自第一章。

【文献征引】

1.（唐）《毛傳》：唐，蒙；菜名。

《爾雅·釋草》：唐、蒙，女蘿；女蘿，菟絲。《爾雅注》：别四名；《詩》云："爰采唐矣"。《爾雅疏》：孫炎曰："别三名"，郭云："别四名"，则唐与蒙，或并或别，故三四异也；《詩經》直言唐，而《傳》云："唐，蒙也"，是以蒙解唐也，则四名为得；下云："蒙，王女"，郭云："即唐也"，是又名王女，然则，唐也、蒙也、女蘿也、菟絲也、王女也，凡五名；《詩·頍弁》云"蔦与女蘿"《毛傳》云："女蘿，菟絲"、陸璣云："今菟絲。蔓连草上生，黄赤如金，今合藥菟絲子是也"；〇注："《詩》云'爰采唐矣'"，《鄘风·桑中》篇文也。

2.（蒙）《爾雅·釋草》：蒙，王女。《爾雅注》：蒙即唐也，女蘿别名。

3.（菟絲子）《本草綱目》：〖释名〗菟縷、菟虆、菟蘆、菟丘、赤綱、玉女、唐、蒙、火燄草、野狐絲、金線草；時珍曰："《毛詩》注女蘿即菟絲、《吳普本草》：'菟絲一名松蘿'、陸佃言：'在木为女蘿，在草为菟絲。二物殊别，皆由《爾雅》释《詩》误以为一物故也'、張揖《廣雅》云：'菟丘，菟絲也。女蘿，松蘿也'、陸璣《詩疏》言：'菟絲蔓草上，黄赤如金。松蘿蔓松上，生枝正青，无杂蔓'者，皆得之，详见木部松蘿下；又'菟絲茯苓'说，见茯苓下"。〖集解〗頌曰："今近道亦有之，以冤句者为胜。夏生苗，初如细丝，遍地不能自起，得他草梗则缠绕而生；其根渐绝于地，而寄空中，或云无根，假气而生，信然"，時珍曰："按寍獻王《庚辛玉册》云：'火燄草即菟絲子'，阳草也，多生荒园古道。其子入地，初生有根，及长延草物，其根自断；无叶有花，白色微红，香亦袭人；结实如粃豆而细，色黄，生于梗上尤佳。惟怀孟林中多有之，入藥更良"。

【辨析】

唐即菟丝子。

"唐"字条和"女萝"词条下的很多文献都拿菟丝和女萝来互相解释，其实它们不是一种植物，菟丝子的寄生对象以草本植物为主，女萝的寄生对象多为松柏，两者的形态亦全然不同。古人之所以用它们互释，可能只是为了说明它们同属一类——菟丝子和女萝都没有根叶，是区别于大多数植物的一种特殊形态。

本字条可与“女蘿”相互参看。

【形态特征】

菟丝子 *Cuscuta chinensis* Lam.：又名黄丝、豆寄生、龙须子、豆阎王、山麻子、无根草、金丝藤、鸡血藤、黄丝藤、无叶藤、无根藤、无娘藤、雷真子、禅真，旋花科，菟丝子属，一年生寄生草本植物。

茎缠绕，黄色，纤细，直径约 1 毫米，无叶。花序侧生，少花或多花簇生成小伞形或小团伞花序；苞片鳞片状；花梗稍粗壮；花萼杯状，中部以下连合；花冠白色，壶形，长约 3 毫米，裂片三角状卵形，顶端锐尖或钝，向外反折，宿存；雄蕊着生花冠裂片弯缺微下处；鳞片长圆形，边缘长流苏状；子房近球形，花柱 2，等长或不等长，柱头球形。蒴果球形，直径约 3 毫米，几乎全为宿存的花冠所包围，成熟时整齐的周裂。种子 2～49，淡褐色，卵形，长约 1 毫米，表面粗糙。

产于黑龙江、吉林、辽宁、河北、山西、陕西、宁夏、甘肃、内蒙古、新疆、山东、江苏、安徽、河南、浙江、福建、四川、云南等省。生于田边、山坡阳处、路边灌丛或海边沙丘，通常寄生于豆科、菊科、蒺藜科等多种植物上。分布伊朗，阿富汗向东至日本，朝鲜，南至斯里兰卡，马达加斯加，澳大利亚。

种子可入药。

榛 2、栗、椅、桐、梓、漆（桼）

【原文】	【译文】
树之榛栗[①]	种植榛树和栗树
椅桐梓漆[②]	还有椅桐和梓漆
爰伐琴瑟	成材之后制琴瑟

——鄘风·定之方中

【注解】

①树：种植。

②椅：yī，梓：zǐ。

《定之方中》是称颂卫文公的诗歌。卫文公受命于危难之时，他兢兢业业、励精图治，使得国家得以中兴，卫国子民对他爱戴有加。

本段中“爰伐琴瑟”一句颇具深意，按说在当时的情况下，修房屋、筑城墙、铺道路才是当务之急，哪有功夫考虑琴瑟歌舞这些娱乐之事？其实这恰好说明卫文公的自信和目光长远——他在楚丘建都就是要让它延续到后世，到那时必是一派欣欣向荣、歌舞升平的盛世景况。再者，琴瑟所代表的是一种人文意识形态，古人认为这种意识形态是在任何时候都需要具备的。

本文节选自第一章。

榛 2

【文献征引】

1.（榛）陆璣《草木疏》：榛，栗属，有两種，其一種之皮叶皆如栗，其子小，形似杼子，味亦如栗，所谓“树之榛栗”者也；其一種枝叶如木蓼，生高丈余，作胡桃味，辽东上党皆饶；“山有榛”之榛，枝叶似栗树，子似橡子，味似栗，枝茎可以为烛。

《康熙字典》：《唐韻》：同亲。

又《說文》亲注“果实如小栗”，引庄公二十四年《左傳》“女摯不过亲栗”《徐曰》：今五經皆作榛，榛有臻至之义。又《禮·曲禮》“妇人之摯，椇榛脯修棗栗”《釋文》：古本作亲。○按此二说，则榛训木名，亲训果实，古字分，今通用。

《說文解字》：榛，榛木也；一曰丛木也。《說文解字註》：邶风“山有榛”《傳》曰：“榛，木也”，小雅“营营青蝇，止于榛”《傳》曰：“榛所以为藩也”，卫风《箋》曰：“树榛栗椅桐梓漆六木于宫，可伐以为琴瑟”；“一曰丛木也”，各本作“一曰菆也”，草部曰：“菆，蓐也”，今依《玄應書·卷十一》所引为长，《倉頡篇》、《淮南》高註、《漢書》服註、《廣雅》皆云：“木丛生曰榛”；菆一作芜。

2.（榛子）《本草綱目》：〖释名〗亲；时珍曰：“案羅氏《爾雅翼》云：‘《禮記》鄭元注云：‘关中甚多此果’，关中，秦地也’，榛之从秦，盖取此意。《左傳》云：‘女贽不过榛栗棗脩，以告虔也’，则榛有臻至之义，以其名告己之虔也。古作亲，从辛从木。俗作莘，误矣”。〖集解〗志曰：“榛生辽东山谷，树高丈许，子如小栗……”，時珍曰：“榛树低小如荆，丛生；冬末开花如櫟花，成条下垂，长二三寸；二月生叶如初生樱桃，叶多皱纹而有细齿及尖；其实作苞，三五相粘，一苞一实；实如櫟实，下壮上锐，生青熟褐，其壳厚而坚，其仁白而圆，大如杏仁，亦有皮尖，然多空者，故谚云‘十榛九空’。案陸璣《詩疏》云：‘榛有两種，一種大小、枝叶、皮树皆如栗，而子小，形如橡子，味亦如栗，枝茎可以为烛，《詩》所谓‘树之榛栗’者也；一種高丈余，枝叶如木蓼，子作胡桃味，辽、代、上党甚多，久留亦易油坏者也’”。

【辨析】

《草木疏》注本诗的榛“皮叶皆如栗，子小似杼子，味亦如栗”，注“山有榛”的榛“枝叶似栗树，子似橡子，味似栗”，它们最大的区别在于子实的形状大小。大致符合其描述且产于成诗地域、种子可食用的有川榛（*Corylus heterophylla* Fisch. var. *sutchuenensis* Franch.）、华榛（*Corylus chinensis* Franch.）、刺榛（*Corylus ferox* Wall.），其中以川榛的子实最小。

本字条可与“榛 1”相互参看。

栗

【文献征引】

陸璣《草木疏》：五方皆有栗，周秦吴扬特饶，吴越被城表裏皆栗，唯渔阳范阳栗甜美长味，他方者悉不及也；倭韩国诸岛上栗大如鸡子，亦短味不美；桂阳有亲栗，丛生大如杼，子中仁、皮、子形色与栗无异也，但差小耳；又有奥栗，皆与栗同，子圆而细，或云即亲也，今此惟江湖有之；又有茅栗、佳栗，其实更小，而木与栗不殊，但春生、夏花、秋实、冬枯为异耳。

《本草綱目》：〖释名〗時珍曰：“栗，《說文》作㮚，像花实下垂之状也。《梵書》名篤迦”。〖集解〗頌曰：“栗处处有之，而兖州、宣州者最胜。木高二三丈，叶极类櫟；四月开花，青黄色，长条似胡桃花；实有房，大者若拳，中子三五，小者若桃李，中子唯一二，将熟则罅拆子出。栗类亦多，按陸璣《詩疏》云：‘栗，五方皆有之，周、秦、吴、扬特饶。惟濮阳及范阳栗甜美味长，他方者不及也。倭韩国诸岛上栗大如鸡子，味短不美。桂阳有亲栗，丛生，实大如杏仁，皮子形色与栗无异，但小耳。又有奥栗，皆与栗同，子圆而细，惟江湖有之，或云即亲也’，亲音榛，《詩》云‘树之亲栗’是矣”，宗奭曰：“湖北一種旋栗，顶圆末尖，即榛栗，像榛子形也……”，時珍曰：“栗但可種成，不可移栽。按《事類合璧》云：‘栗木高二三丈，苞生，多刺如蝟毛，每枝不下四五个；苞有青黄赤三色，中子或单或双、或三或四，其壳生黄熟紫，壳内有膜裹仁；九月霜降乃熟，其苞自裂而子坠者，乃可久藏，苞未裂者，易腐也；其花作条，大如箸头，长四五寸，可以点灯’，栗之大者为板栗，中心扁，子为栗楔；稍小者为山栗，山栗之圆而末尖者为錐栗，圆小如橡子者为莘栗，小如指顶者为茅栗，即《爾雅》所谓栭栗也，一名栵栗，可炒食之。劉恂《嶺表錄》云：‘广中无栗，惟斬州山中有石栗，一年方熟，圆如弹子，皮厚而味如胡桃’，得非栗乃水果，不宜于炎方耶？”

【辨析】

栗的古今名称一致。

【形态特征】

栗 *Castanea mollissima* Bl.：又名板栗、魁栗、毛栗、风栗，壳斗科，栗属，落叶乔木。

高达20米，胸径80厘米，冬芽长约5毫米，小枝灰褐色。叶椭圆至长圆形，长11～17厘米，宽稀达7厘米，顶部短至渐尖，基部近截平或圆，或两侧稍向内弯而呈耳垂状，常一侧偏斜而不对称；叶柄长1～2厘米。雄花序长10～20厘米，花序轴被毛；花3～5朵聚生成簇，雌花1～3（5）朵发育结实，花柱下部被毛。成熟壳斗连刺径4.5～6.5厘米；坚果高1.5～3厘米，宽1.8～3.5厘米。花期4—6月，果期8—10月。

除青海、宁夏、新疆、海南等少数省区外广布我国南北各地。

栗木的心材黄褐色、纹理直、坚硬、耐水湿，属优质材，壳斗及树皮富含鞣质，叶可作蚕饲料。

椅

【文献征引】

《毛傳》：椅，梓属。陸璣《草木疏》：梓者，楸之疏理白色而生子者为梓；梓实桐皮曰椅，今人云梧桐也，则大类同而小别也；桐有青桐、白桐、赤桐，白桐宜琴瑟，今云南牂牁人绩以为布，似毛布。

《爾雅·釋木》：椅，梓。《爾雅注》：即楸。《爾雅疏》：别二名也；郭云："即楸"，《詩·鄘风》云"椅桐梓漆"陸璣《疏》云："梓者，楸之疏理白色而生子者为梓。梓实桐皮曰椅。则大类同而小别也"。

《康熙字典》：《埤雅》：椅即是梓，梓即是楸；盖楸之疏理而白色者为梓，梓实桐皮曰椅，其实两木大类同而小别也。《爾雅翼》：郭氏解"椅梓"云："即楸"，又解"楸榎"云："大而皵楸，小而皵榎"，《說文》亦曰："椅，梓也。梓，楸也。楸，梓也。檟，楸也"，然则椅梓楸檟，一物而四名。

《說文解字》：椅，梓也。《說文解字註》：釋木曰："椅，梓"，浑言之也；卫风《傳》曰："椅，梓属"，析言之也；椅与梓有别，故《詩》言"椅桐梓漆"，其分别甚微也，故《爾雅》、《說文》浑言之。

【辨析】

椅即山桐子。

文献中的"椅，梓也"不是椅即梓的意思，而是指它们同属于一个大类。

本字条可与"梓"、"椇"、"長楸"相互参看。

【形态特征】

山桐子 *Idesia polycarpa* Maxim.：又名椅、水冬瓜、水冬桐、椅树、椅桐、斗霜红，大风子科，山桐子属，落叶乔木。

高8～21米，树皮淡灰色，小枝圆柱形，黄棕色，有明显的皮孔，枝条近轮生。叶薄革质或厚纸质，卵形、心状卵形或宽心形，长13～16厘米，宽12～15厘米，边缘有粗齿，齿尖有腺体，上面深绿色，下面有白粉；叶柄长 6～12 厘米，下部有 2～4 个紫色腺体。花单性，雌雄异株或杂性，黄绿色，有芳香，花瓣缺，排列成顶生下垂的圆锥花序；雄花直径约 1.2 厘米；花丝丝状，花药椭圆形；雌花直径约 9 毫米，萼片通常 6 片，花柱 5 或 6，退化雄蕊多数，花丝短或缺。浆果紫红色，扁圆形，直径 5～7 毫米；种子红棕色，圆形。花期 4—5 月，果期 10—11 月。

产于甘肃南部、陕西南部、山西南部、河南南部、台湾北部和西南三省、中南二省、华东五省、华南二省等 17 个省区。生于山坡、山洼等落叶阔叶林和针、阔叶混交林中。朝鲜、日本的南部也有分布。

可作园林观赏树种，亦是山地营造速生混交林和经济林的优良树种；木材可供建筑、家具、器具等的用材，花可作蜜源，果实、种子均含油。

桐

【文献征引】

1.（桐）《本草綱目》：〖释名〗白桐、黄桐、泡桐、椅桐、榮桐；时珍曰：“《本經》桐葉，即白桐也。桐华成筒，故谓之桐。其材轻虚，色白而有绮纹，故俗谓之白桐、泡桐，古谓之椅桐也。先花后叶，故《爾雅》谓之榮桐。或言其花而不实者，未之察也。陸璣以椅为梧桐，郭璞以榮为梧桐，并误”。〖集解〗宏景曰：“桐树有四種，青桐，叶皮青，似梧而无子；梧桐，皮白，叶似青桐而有子，子肥可食；白桐，一名椅桐，人家多植之，与岡桐无异，但有花子，二月开花，黄紫色，《禮》云‘三月桐始华’者也，堪作琴瑟；岡桐无子，是作琴瑟者。《本草》用桐华，应是白桐”，頌曰：“桐处处有之。陸璣《草木疏》言白桐宜为琴瑟……椅即梧桐也。今江南人作油者，即岡桐也，有子大于梧子。江南有赬桐，秋开红花，无实。有紫桐，花如百合，实堪糖煮以啖。岭南有刺桐，花色深红”，宗奭曰：“《本經》桐葉，不指定是何桐，致难执用，但四種各有治疗。白桐，叶三杈，开白花，不结子。无花者为岡桐，不中作琴，体重。荏桐，子可作桐油。梧桐，结子可食”，时珍曰：“陶注桐有四種，以无子者为青桐、岡桐，有子者为梧桐、白桐；寇注言白桐、岡桐皆无子；蘇注以岡桐为油桐；而賈思勰《齊民要術》言：‘实而皮青者为梧桐，华而不实者为白桐。白桐冬结似子者，乃是明年之华房，非子也。岡桐即油桐也，子大有油’，其说与陶氏相反。以今咨访，互有是否。盖白桐即泡桐也，叶大径尺，最易生长，皮色粗白，其木轻虚，不生虫蛀，作器物、屋柱甚良，二月开花，如牵牛花而白色，结实大如巨棗，长寸余，壳内有子片，轻虚如榆荚、葵实之状，老则壳裂，随风飘扬，其花紫色者名岡桐；荏桐即油桐也；青桐即梧桐之无实者。按陳翥《桐譜》分别白桐、岡桐甚明，云：‘白花桐，纹理粗而体性慢，喜生朝阳之地，因子而出者，一年可起三四尺，由根而出者，可五七尺；其叶圆大而尖长有角，光滑而毳，先花后叶，花白色，花心微红，其实大二三寸，内为两房，房内有肉，肉上有薄片，即其子也。紫花桐，纹理细而体性坚，亦生朝阳之地，不如白桐易长；其叶三角而圆，大如白桐，色青多毛而不光，且硬，微赤，亦先花后叶，花色紫，其实亦同白桐而微尖，状如诃子而粘，房中肉黄色。二桐皮色皆一，但花叶小异、体性坚慢不同尔。亦有冬月复花者’”。

《康熙字典》：陳翥《桐譜》列六種：紫桐、白桐、膏桐、刺桐、赬桐、梧桐。

《說文解字》：桐，榮也。

2.（榮）《爾雅·釋木》：榮，桐木。《爾雅注》：即梧桐。《爾雅疏》：桐木，一名榮；郭云："即梧桐"，与上"櫬、梧"一也。

《說文解字》：榮，桐木也。《說文解字註》：按梧下云："梧桐木"，榮下曰："桐木"，此即賈思勰青桐、白桐之别也；白桐华而不实，材中乐器，青桐则不中用；《毛詩》"椅桐梓漆，爰伐琴瑟"，其白桐与；郭注《爾雅》于"榮桐木"曰："即梧桐"、于"櫬梧"曰："今梧桐皮青者"，本不误，今本删节，乃不可通。

3.（櫬）《爾雅·釋木》：櫬，梧。《爾雅注》：今梧桐。

4.（梧）《康熙字典》：又《埤雅》：梧櫜鄂皆五，其子似乳缀其上，柔木也。

《說文解字》：梧，梧桐木，一名櫬。《說文解字註》："梧桐木"，三字句；釋木曰："櫬梧"，賈思勰曰："註云'今梧桐皮青者曰梧桐'，案今人以其皮青，号曰青桐也"，玉裁谓：此今人所植梧桐树也，其华五出，子如珠，缀于瓢边，瓢如羹匙，賈氏云"青桐九月收子炒食甚美，如菱芡"是也。

【辨析】

一个"桐"字涵盖了很多种植物在里面，它们主要指的是梧桐（*Firmiana platanifolia*（L.f.）Marsili）和泡桐，产于诗歌地域的泡桐是毛泡桐（*Paulownia tomentosa*（Thunb.）Steud.）和兰考泡桐（*Paulownia elongata* S. Y. Hu）。

桐在本诗中的作用主要是制作琴瑟，就此而言梧桐比之泡桐更胜。古有"桐天梓地"的说法，指用梧桐木做琴面，梓木做琴底——桐木松软，制作琴面能使琴的音色更优美，梓木坚硬，制作琴底能使琴坚固不易变形；此外，桐木属阳，置于上，梓木属阴，置于下，正符合我国自古以来阴阳协调的理念。《论衡》中有"神家皇帝削梧为琴"、《齐民要术》亦有"梧桐山石间生者，为乐器则鸣"，这些都说明制琴的首选材料是梧桐木。

本字条可与"梧桐"相互参看。

梓

【文献征引】

陸璣《草木疏》：梓者，楸之疏理白色而生子者为梓；梓实桐皮曰椅，今人云梧桐也，则大类同而小别也；桐有青桐、白桐、赤桐，白桐宜琴瑟，今云南牂牁人绩以为布，似毛布。

《本草綱目》：〖释名〗木王；时珍曰："梓或作杍，其义未详。按陸佃《埤雅》云：'梓为百木长，故呼梓为木王'，盖木莫良于梓，故《書》以梓材名篇，《禮》以梓人名匠，朝廷以梓宫名棺也。羅願云：'屋室有此木，则余材皆不震'，其为木王可知"。〖集解〗颂曰："今近道皆有之，宫寺人家园亭亦多植之。木似桐而叶小花紫。《爾雅》云'椅，梓'郭璞注云：'即楸也'，《詩·鄘风》云'椅桐梓漆，爰伐琴瑟'陸璣注云：'楸之疏理白色而生子者为梓，梓实桐皮为椅，大同而小异也'。入藥当用有子者。又一種鼠梓，一名楰，亦楸属也；枝叶木理皆如楸，今人谓之苦楸，江东人谓之虎梓，《詩·小雅》云'北山有楰'是也。鼠李一名鼠梓，或云即此，然花实都不相类，恐别一物而名同尔"，機曰："按《爾雅翼》云：'《說文》言椅梓也、梓楸也、檟亦楸也'，然则椅梓檟楸一物四名。而陸璣《詩疏》以楸之白理生子者为梓，梓实桐皮者为椅；賈思勰《齊民要術》又以白色有角者为梓，即角楸也，又名子楸，黄色无子者为椅楸，又名荆黄楸；但以子之有无为别。其角细长如箸，其长近尺，冬后叶落，而角犹在树；其实亦名豫章”，時珍曰：“梓木处处有之。有三種，木理白者为梓，赤者为楸，梓之美纹者为椅，楸之小者为榎。诸家疏注，殊欠分明。桐亦名椅，与此不同，此椅即《尸子》所谓‘荆有长松、文椅’者也”。

《康熙字典》：《埤雅》：梓为百木长，故呼梓为木王。《通志》：梓与楸相似。

《說文解字》：梓，楸也。

【辨析】

梓的古今名称一致。

本字条可与“椅”、“榠”、“長楸”相互参看。

【形态特征】

梓 *Catalpa ovata* Don：又名楸、花楸、水桐、河楸、臭梧桐、黄花楸、水桐楸、木角豆，紫葳科，梓树属，落叶乔木。

高达 15 米；树冠伞形，主干通直，嫩枝具稀疏柔毛。叶对生或近于对生，有时轮生，阔卵形，长约 25 厘米，全缘或浅波状，常 3 浅裂，叶片上面及下面均粗糙；叶柄长 6～18 厘米。顶生圆锥花序；花冠钟状，淡黄色，内面具 2 黄色条纹及紫色斑点，长约 2.5 厘米，直径约 2 厘米。能育雄蕊 2，花丝插生于花冠筒上；退化雄蕊 3。子房上位，棒状。花柱丝形，柱头 2 裂。蒴果线形，下垂，长 20～30 厘米，粗 5～7 毫米。种子长椭圆形，长 6～8 毫米，宽约 3 毫米，两端具有平展的长毛。

产于长江流域及以北地区。日本也有分布。

木材可做家具、制琴底，嫩叶可食，叶或树皮可作农药，根皮、果实可入药。

【植物图片】

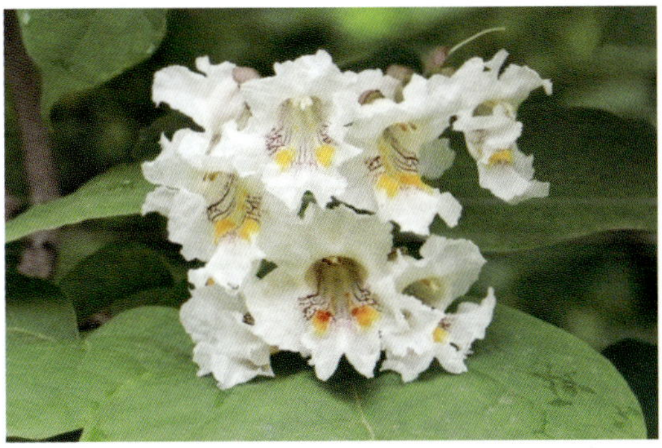

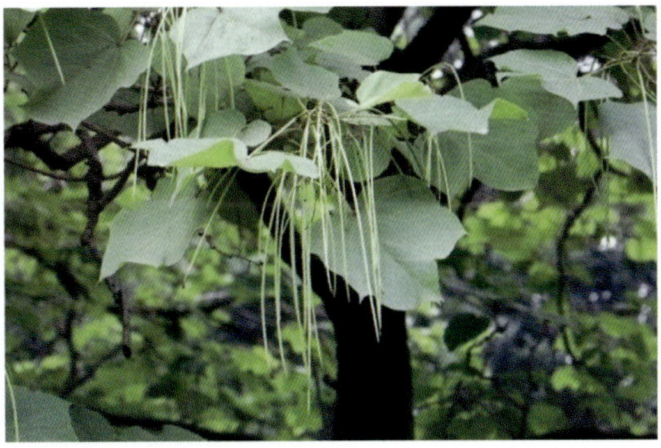

漆（桼）

【文献征引】

1.（漆）《本草綱目》：〖释名〗桼；時珍曰：“許慎《說文》云：‘漆本作桼，木汁可以鬃物，其字像水滴而下之形也’”。〖集解〗保昇曰：“漆树高二三丈余，皮白，叶似椿，花似槐，其子似牛李子，木心黄；六月七月刻取滋汁……”，時珍曰：“漆树人多種之……其身如柿，其叶如椿……”

2.（桼）《說文解字》：桼，木汁，可以鬃物；象形，桼如水滴而下也；凡桼之屬皆从桼。《說文解字註》："木汁。可髼物"，木汁名桼，因名其木曰桼，今字作漆而桼废矣；漆，水名也，非木汁也；《詩》、《書》"梓桼"、"桼丝"皆作漆，俗以今字易之也，《周禮·載師》"桼林之征二十而五"大鄭曰："故書桼林为漆林"、杜子春云："当为桼林"，是则汉人分别二字之严，今注疏讹舛，为正之如此，《周禮·巾車》注："髤桼字皆作桼，不作漆"；汉人多假桼为七字，《史記》"六律五声八音来始"，来始正桼始之误，《尚書·大傳》、《漢律·曆志》皆作七始，《史》、《漢》同用今文《尚書》也；"从木"，各本无，今补；《韵會》作象木形，亦误；"象形"，谓左右各三皆象汁自木出之形也……"桼如水滴而下也"，也字补；说象形之意也，左右各三象水滴下；"凡桼之属皆从桼"。

【辨析】

漆的古今名称一致。

漆的本义为漆水，桼才是此树的本名，后人以漆代之。

【形态特征】

漆 *Toxicodendron vernicifluum*（Stokes） F. A. Barkl.：又名干漆、大木漆、小木漆、山漆、植苜、瞎妮子，漆树科，漆属，落叶乔木。

高达 20 米，树皮灰白色，小枝粗壮，具圆形或心形的大叶痕和突起的皮孔；顶芽大而显著，被棕黄色绒毛。奇数羽状复叶互生，有小叶 4～6 对，小叶膜质至薄纸质，卵形或卵状椭圆形或长圆形，长 6～13 厘米，宽 3～6 厘米，全缘，侧脉 10～15 对，两面略突。圆锥花序长 15～30 厘米，与叶近等长；花黄绿色，花瓣长圆形，长约 2.5 毫米，宽约 1.2 毫米，开花时外卷；雄蕊长约 2.5 毫米，花丝线形，花药长圆形；子房球形，花柱 3。果序多少下垂，核果肾形或椭圆形，长 5～6 毫米，宽 7～8 毫米，外果皮黄色，果核棕色，长约 3 毫米，宽约 5 毫米，坚硬；花期 5—6 月，果期 7—10 月。

除黑龙江、吉林、内蒙古和新疆外，我国其余省区均有分布。生长于向阳山坡林内。印度、朝鲜和日本也有分布。

木材供建筑用，树干韧皮部可割取生漆，叶可提制栲胶，叶、根可作土农药，果皮可取蜡，种子油可制油墨、肥皂等。

【植物图片】

蝱

【原文】	【译文】
陟彼阿丘[①]	登上那山丘
言采其蝱[②]	采集贝母草
女子善怀[③]	女子多怀思
亦各有行[④]	亦各有其理
许人尤之[⑤]	许人指责我
众穉且狂	一众太穉狂
	——鄘风·载驰

【注解】

①陟：zhì，登上。

②蝱：méng，古人认为此草可解忧。

③善：多。怀：思。

④行：道理。

⑤尤：责备。

本诗为许穆夫人所作，她是卫国人，后嫁于许穆公。时值卫国被狄所灭，许穆夫人欲归国吊唁，却碍于当时礼制束缚而被许国人多加阻挠，许穆夫人忧愤无奈之下作《载驰》以明己志。

本文节选自第三章。

【文献征引】

1.（蝱）《毛傳》：蝱，貝母也。陸璣《草木疏》：蝱，今藥草貝母也；其叶如栝樓而细小，其子在根下，如芋子，正白，四方连累相著，有分解也。

2.（莔）《爾雅·釋草》：莔，貝母。《爾雅注》：根如小貝，圆而白华，叶似韭。《爾雅疏》：藥草貝母，一名莔；郭云"根如小贝，员而白华，叶似韭"、《詩·鄘风·载驰》云"陟彼阿丘，言采其蝱"陸璣云"蝱，今藥草貝母也。其叶如栝楼而细小。其子在根下，如芋子，正白，四方连累相著，有分解也"、《本草》一名空草、陶注云"出近道。形似聚贝子，故名貝母"是也。

《說文解字》：莔，貝母也。《說文解字註》：《毛傳》曰："蝱，貝母"，釋草、《說文》作莔，莔，正字，蝱，假借字也；根下子如聚小貝；《韻會》引作"貝母草，疗蛇毒"六字。

3.（貝母）《本草綱目》：〖释名〗 莔、勤母、苦菜、苦花、空草、藥實；宏景曰："形似聚貝子，故名貝母"，時珍曰："《詩》云'言采其莔'即此。一作蝱，谓根状如蝱也。苦菜、藥實与野苦蕒、黄藥子同名"。〖集解〗頌曰："今河中、江陵府、郢、寿、随、郑、蔡、润、滁州皆有之。二月生苗，茎细，青色；叶亦青，似蕎麥，叶随苗出；七月开花，碧绿色，形如鼓子花；八月采根，根有瓣子，黄白色，如聚貝子。此有数種，陸璣《詩疏》

云：‘莔，貝母也。叶如栝樓而细小，其子在根下，如芋子，正白，四方连累相着，有分解’，今近道出者正类此；郭璞注《爾雅》言：‘白花，叶似韭’，此種罕复见之”。

【辨析】

蝱即川贝母。

【形态特征】

川贝母 *Fritillaria cirrhosa* D. Don：又名卷叶贝母，百合科，贝母属，多年生草本植物。

植株长 15～50 厘米。鳞茎由 2 枚鳞片组成，直径 1～1.5 厘米。叶通常对生，条形至条状披针形，长 4～12 厘米，宽 3～5（10）毫米。花通常单朵，极少 2～3 朵，紫色至黄绿色；每花有 3 枚叶状苞片；花被片长 3～4 厘米，蜜腺窝在背面明显凸出；雄蕊长约为花被片的 3/5。蒴果长宽各约 1.6 厘米，棱上只有宽 1～1.5 毫米的狭翅。花期 5—7 月，果期 8—10 月。

主产西藏、云南和四川，也见于甘肃、青海、宁夏、陕西和山西。生长于林中、灌丛下、草地或河滩、山谷等湿地或岩缝中。也分布于尼泊尔。

鳞茎可入药。

綠、竹 1、綠竹（菉竹）

【原文】	【译文】
瞻彼淇奥①	瞻望淇水岸曲折
綠竹猗猗②	复见绿竹郁苍苍
有匪君子③	那位君子好修仪
如切如磋	学识才略精切磋
如琢如磨④	品德修养细琢磨

——卫风·淇奥

【注解】

①奥：yù，水岸弯曲处。

②綠：通“菉”，简体字“绿”。猗：yī，秀美丰茂的样子。

③匪：通“斐”。

④切、磋、琢、磨：此处指君子学而有成，又能听从谏言以修养自身德行。

《毛传》注本诗赞颂武公之德，《先秦诗鉴赏辞典》认为本诗赞美的是周朝时期的士大夫，《诗经译注》认为本诗是一位女子对喜欢的男子的溢美。

全诗共三章，均以绿竹起兴，各有侧重的描绘了一位君子的形象，首章赞其学识，二章美其容仪，三章颂其修德。

本文节选自第一章。

綠

【文献征引】

1.（綠）《毛傳》：綠，王芻也。

2.（菉）《楚辭章句》：菉，王芻也。《楚辭補注》：今《詩》菉作綠；《爾雅》云：“菉，王芻”，菉，蓐也，《本草》云：“藎草，叶似竹而细薄，茎亦圆小，生平泽溪涧之侧，俗名菉蓐草”。

《爾雅·釋草》：菉，王芻。《爾雅注》：菉，蓐也；今呼鴟腳莎。《爾雅疏》：舍人云：“菉，一名王芻”，某氏云：“菉，鹿蓐也”，郭云：“菉，蓐也。今呼鴟腳莎”，《詩·卫风》云“瞻彼淇奥，綠竹猗猗”是也。

《說文解字》：菉，王芻也；《詩》曰：“菉竹猗猗”。《說文解字註》：“王芻也”，见釋草、《毛傳》；“《詩》曰：‘菉竹猗猗’”，今《毛詩》作綠，《大學》引作菉，小雅：“终朝采綠”，王逸引作菉。

3.（藎草）《本草綱目》：〖释名〗黄草、菉竹、菉蓐、莨草、盭草、王芻、鴟腳莎；時珍曰：“此草绿色，可染黄，故曰黃、曰綠也。莨、盭，乃北人呼绿字音转也。古者贡草入染人，故谓之王芻。而进忠者谓之藎臣也。《詩》云‘终朝采綠，不盈一掬’、許慎《說文》云‘莨草可以染黄’、《漢書》云‘诸侯盭绶’晋灼注云：‘盭草出琅琊，似艾可染，因以名绶’，皆谓此草也”。〖集解〗恭曰：“……今处处平泽溪涧侧皆有。叶似竹而细薄，茎亦圆小。荆襄人煮以染黄，色极鲜好。俗名菉蓐草”。

【辨析】

绿即荩草。

文献对于“绿”、“竹”二字的理解存在分歧，因此笔者将绿、竹、绿竹分别列出加以分析。

本字条可与“菉”相互参看。

【形态特征】

荩草 *Arthraxon hispidus*（Thunb.）Makino：禾本科，荩草属，一年生草本植物。

秆细弱，高 30～60 厘米，具多节，常分枝，基部节着地易生根。叶鞘生短硬疣毛；叶舌膜质；叶片卵状披针形，长 2～4 厘米，宽 0.8～1.5 厘米，抱茎。总状花序细弱，长 1.5～4 厘米，2～10 枚呈指状排列或簇生于秆顶。有柄小穗退化成短柄，无柄小穗卵状披针形，长 3～5 毫米，灰绿色或带紫；第一颖草质，具 7～9 脉；第二颖近膜质，舟形，具 3 脉而 2 侧脉不明显；第一外稃长圆形，透明膜质；第二外稃与第一外稃等长，透明膜质，近基部伸出一膝曲的芒；雄蕊 2；花药黄色或带紫色。颖果长圆形，与稃体等长。花果期 9—11 月。

遍布全国各地及旧大陆的温暖区域。生于山坡草地阴湿处。

可做牧草，枝叶可制成黄色染料，秆、叶可入药。

竹 1

【文献征引】

1.（竹）《毛傳》：竹，萹竹也。

《爾雅·釋草》：竹，萹蓄。《爾雅注》：似小藜，赤茎节，好生道旁，可食，又杀虫。《爾雅疏》：李巡曰：“一物二名也”，孫炎曰：“某氏引《詩·卫风》云：‘綠竹猗猗’”，郭云：“似小藜，赤茎节，好生道旁，可食，又杀虫”，案，陶隐居《本草註》云“处处有，布地而生，节间白，叶华细绿，人谓之萹竹。煮汁与小儿饮，疗蛔虫”是也。

2.（萹）《康熙字典》：《唐韻》：萹竹，草名。

《說文解字》：萹，萹茿也。《說文解字註》：“萹茿也”，三字句；釋草云：“竹萹蓄”，按竹者释《毛詩·卫风》之竹也，《韓》、《鲁詩》皆作薄，《毛詩》独叚借作竹，《爾雅》与《毛詩》合；茿蓄叠韵，通用；《本草經》亦作萹蓄。

3.（薄）《康熙字典》：《詩·卫风》“綠竹猗猗”《疏》：《韓詩》竹作薄，《石經》同。

《說文解字》：薄，水萹茿也。《說文解字註》：“水萹茿也”，谓萹茿之生于水者，谓之薄也，统言则曰萹茿，析言则有水陆之异，异其名因异其字；《詩·卫风》“綠竹猗猗”《音義》曰：“竹，《韓詩》作薄。萹茿也”，《石經》亦作薄，按《石經》者，葢汉一字，《石經》，《鲁詩》也，《西京賦》李註引《韓詩》“綠薵如簀”，《玉篇》曰：“薵同薄”。

4.（茿）《康熙字典》：《玉篇》：篇茿也，《爾雅》作蓄，郭《註》：似小藜，赤茎有节，好生道旁，可食，又杀虫。

《說文解字》：茿，萹茿也；从草，筑省声，陟玉切。《說文解字註》：“萹筑也。从草。筑省声，陟玉切”，三部，按此不云巩声而云筑省声者，以巩字，工声、筑字，竹亦声也；

苋篆锴本在后菩下范上。

5.（萹蓄）《本草綱目》：〖释名〗扁竹、扁辨、扁蔓、粉節草、道生草；時珍曰：“許慎《說文》作扁筑，与竹同音。节间有粉，多生道旁，故方士呼为粉節草、道生草”。〖集解〗宏景曰：“处处有之。布地而生，花节间白，叶细绿，人呼为扁竹”，頌曰：“春中布地，生道旁。苗似瞿麥，叶细绿如竹，赤茎如钗股，节间花出，甚细，微青黄色，根如蒿根；四五月采苗，阴干。《蜀圖經》云‘二月日干’、郭璞注《爾雅》云：‘似小藜，赤茎节，好生道旁，可食，杀虫’是也。或云《爾雅》王芻即此也”，時珍曰：“其叶似落帚叶而不尖，弱茎引蔓，促节；三月开细红花，如蓼藍花；结细子，炉火家烧灰炼霜用。一種水扁筑，名䔒，出《說文》”。

《重修政和證類本草》：萹蓄，味苦平，无毒，主浸淫疥瘙疽痔，杀三虫，疗女子阴蚀，生东萊山谷。《農政全書》：萹蓄，亦名萹竹。

【辨析】

本诗中的竹即萹蓄。

本字条可与“萹”相互参看。

【形态特征】

萹蓄 *Polygonum aviculare* L.：又名扁竹、竹叶草，蓼科，蓼属，一年生草本植物。

茎平卧、上升或直立，高 10～40 厘米，自基部多分枝，具纵棱。叶椭圆形，狭椭圆形或披针形，长 1～4 厘米，宽 3～12 毫米，下面侧脉明显；叶柄短或近无柄，基部具关节；托叶鞘膜质，下部褐色，上部白色，撕裂脉明显。花单生或数朵簇生于叶腋，遍布于植株；苞片薄膜质；花梗细，顶部具关节；花被 5 深裂，花被片椭圆形，长 2～2.5 毫米，绿色，边缘白色或淡红色；雄蕊 8，花柱 3，柱头头状。瘦果卵形，具 3 棱，长 2.5～3 毫米，黑褐色，密被由小点组成的细条纹。花期 5—7 月，果期 6—8 月。

产于全国各地。生田边路、沟边湿地。北温带广泛分布。

全草可入药。

绿竹（菉竹）

【文献征引】

陸璣《草木疏》：有草似竹，高五六尺，淇水侧，人谓之菉竹也；菉竹，一草名，其茎叶似竹，青绿色，高数尺，今淇澳傍生此，人谓此为綠竹；淇澳二水名。

【辨析】

《草木疏》将“绿”、“竹”二字按一个词来解，这与其他文献不同，反复揣摩之后，笔者觉得这条注释或全部或部分并非陆玑原笔，原因是文风不符。

本条注释中有“人谓”二字，看陆玑的其他释文，基本都会写明是哪里的“人谓”，如“幽州人谓”、“徐州人谓”等，不会含糊地只说“人谓”。再者，文中出现了两次点明地点的句子：“淇水侧”和“今淇澳傍生此”，似乎极力要将菉竹（绿竹）与诗文联系上，这与陆玑一贯的注释风格存在差异。第三，前一段写了“有草似竹，高五六尺……人谓之菉竹也”之后，下一段又写“菉竹……其茎叶似竹……高数尺……人谓此为绿竹”，重复得厉害，看陆玑的其他释文，都没有出现过这种情况。

菼

【原文】	【译文】
河水洋洋	黄河水荡荡
北流活活[①]	滔滔北流去
施罛濊濊[②]	撒下大渔网
鳣鲔发发[③]	鳣鲔跃得欢
葭菼揭揭[④]	芦荻细又长

——卫风·硕人

【注解】

①活活：水流的样子。

②罛：gū，渔网。濊：撒网的样子。

③鳣：zhān，一种大鲤鱼。鲔：wěi，鲟鱼。发：鱼儿翻腾跳跃的样子。

④菼：tǎn。

《硕人》描写的是庄姜从齐国初嫁到卫国时的情景，诗歌从她高贵的身份、美丽的容貌和豪华的排场这几个方面加以叙述，语言生动详尽，为读者展现了一幅贵族美人工笔图。

本文节选自第四章。

【文献征引】

1.（菼）《毛傳》：菼，薍也。《詩·王风》"毳衣如菼"《毛傳》：菼，鵻也，蘆之初生者也。《詩·王风》"毳衣如菼"《鄭箋》：菼，薍也……毳衣之属，衣缋而裳绣皆有五色焉，其青者如鵻。

《爾雅·釋草》：菼，薍。《爾雅注》：似葦而小，实中，江东呼为烏蓲。

《康熙字典》：《字說》：菼，中赤，始生未黑，黑已而赤，故谓之菼，可为帚。

2.（菿）《說文解字》：菿，雚之初生；一曰薍，一曰騅。《說文解字註》：騅各本作鵻，今依《爾雅》，两一曰，谓菿之一名也；釋言云："菼，騅也。菼，薍也"，王风《傳》云："菼，鵻也，蘆之初生者也"，《箋》云："菼，薍也"，按《毛》释为鵻，恐其与萑无别也，故又申之曰"蘆之初生者也"，菼别于蘆，析言之也，统言之则菼亦偁蘆，鄭恐雚、葦无别也，故又申之曰"薍也"；雚与騅皆言其青色，薍言其形细茎稹密，許云雚之初生，亦以正《毛》也……"菼、菿或从炎"，經典皆作此字。

3.（薍）《說文解字》：薍，菿也；八月薍为萑，葭为葦。《說文解字註》："菿也。八月薍为萑。葭为葦"，各本脱"葭为葦"三字，今补正；按此正申明未秀为菿，旣秀为雚之恉；八月，秀之时也，言葭为葦者，类言之也；豳诗"八月雚葦"《傳》云："薍为雚，葭为葦"，谓至是月而薍秀为雚，葭秀为葦矣，許正用《毛》语。

4.（葭华、蒹薕、葭芦、菼薍）《爾雅疏》：此辨蒹葭等生成之异名也；葭，一名葦，即今蘆也；葦之未成者蒹，一名薕，郭云："似萑而细，高数尺，江东呼为薕藡"，《詩·秦风》云"蒹葭苍苍"陸璣云："蒹，水草也。坚实，牛食之令牛肥强。青、徐州人谓之蒹，兖州、辽东通语也”；葭，一名蘆，菼，一名薍，李巡曰：“分别葦类之异名”，郭云：“蘆，葦也”、“菼，似葦而小，实中，江东呼为烏蓲”，如李巡云，蘆、薍共为一草，如郭云，则蘆、薍别草；案《詩·大车》《傳》云：“菼，鵻也，蘆之初生”，则毛意亦以葭、菼为一草也；案《詩·卫风·硕人》云“葭菼揭揭”陸璣云：“薍或谓之荻，至秋坚成则谓之萑。其初生三月中，其心挺出，其下本大如箸，上锐而细。扬州人谓之馬尾”，以今语验之，则蘆、薍别草也。

【辨析】

菼即荻。

关于菼、薍、荻、萑、芦、苇、蒹、葭、薕之间的关系，各文献中存在着不少相互矛盾的地方，笔者按成书时间越早、认可面越大其准确度越高，以及同一句诗文里的植物必不相同的原则对它们的关系进行了梳理：

○葭≠菼，蒹≠葭，萑≠苇

○菼=薍=萑=荻

菼是萑的初生状态。

○葭=芦=苇

葭是苇的初生状态。

○蒹=薕

蒹是否是萑，各文献注释的差异比较大，因此笔者将其分列一项，此外也不排除蒹是形态上发生了变异的荻。

本字条可与“蒹”、“葭”、“萑”、“葦”相互参看。

【形态特征】

荻 *Triarrhena sacchariflora*（Maxim.）Nakai：禾本科，荻属，多年生草本植物。

具发达被鳞片的长匍匐根状茎，节处生有粗根与幼芽。秆直立，高 1～1.5 米，直径约 5 毫米，具 10 多节，节生柔毛。叶片扁平，宽线形，长 20～50 厘米，宽 5～18 毫米，边缘锯齿状粗糙，中脉白色，粗壮。圆锥花序疏展成伞房状，长 10～20 厘米，宽约 10 厘米；主轴具 10～20 枚较细弱的分枝；小穗线状披针形，长 5～5.5 毫米，成熟后带褐色；雄蕊 3 枚，花药长约 2.5 毫米；柱头紫黑色。颖果长圆形，长 1.5 毫米。花果期 8—10 月。

产于黑龙江、吉林、辽宁、河北、山西、河南、山东、甘肃及陕西等省。生长于山坡草地和平原岗地、河岸湿地。也分布于日本、朝鲜、西伯利亚及乌苏里。

是优良的防沙护坡植物，秆可作席，且是造纸原料，秆叶可盖房。

【植物图片】

桑

【原文】	【译文】
桑之未落	桑叶未凋落
其叶沃若	丰茂又润泽
于嗟鸠兮①	哎呀斑鸠鸟
无食桑葚②	少吃桑葚果

——卫风·氓

【注解】

①于：通“吁”。

②葚：shèn，桑树的果实。

这是一首弃妇诗，与《谷风》相比，本篇的情感更哀怨、叙事更完整，主人公的态度也更坚强。

本文节选自第三章。

【文献征引】

《本草綱目》：〖释名〗子名椹；時珍曰：“徐鍇《說文字解》云：‘叒，音若，东方自然神木之名，其字象形。桑乃蚕所食叶之神木，故加木于叒下而别之’，《典術》云：‘桑乃箕星之精’”。〖集解〗頌曰：“方書称桑之功最神，在人资用尤多。《爾雅》云‘桑辨有葚者梔’、又云‘女桑，桋桑。檿桑，山桑’郭璞云：‘辨，半也；葚与椹同。一半有椹，一半无椹，名梔。俗间呼桑之小而条长者皆为女桑。其山桑似桑，材中弓弩；檿桑，丝中琴瑟，皆材之美者也，他木鲜及之’”，時珍曰：“桑有数種，有白桑，叶大如掌而厚；雞桑，叶花而薄；子桑，先椹而后叶；山桑，叶尖而长。以子種者，不若压条而分者。桑生黄衣，谓之金桑，其木必将槁矣。《種樹書》云：‘桑以構接则桑大。桑根下埋龟甲，则茂盛不蛀”。

《康熙字典》：《詩·豳风·註疏》：“爰求柔桑”，穉桑也；“猗彼女桑”，荑桑也；“蚕月条桑”，枝落采其叶也。《徐曰》：日初出东方汤谷所登榑桑，叒木也；蚕所食神叶，故加木叒下以别之。《禮·月令》“季春之月，命野虞毋伐桑柘”《註》：爰蚕食也。

《說文解字》：桑，蚕所食叶木。

【辨析】

桑的古今名称一致。

本字条可与“檿”相互参看。

【形态特征】

桑　*Morus alba* L.：又名家桑、桑树，桑科，桑属，落叶乔木或灌木。

高 3～10 米或更高，胸径可达 50 厘米，树皮厚，灰色，具不规则浅纵裂。叶卵形或广卵形，长 5～15 厘米，宽 5～12 厘米，边缘锯齿粗钝，有时叶为各种分裂。花单性，腋生或生长于芽鳞腋内，与叶同时生出；雄花序下垂，长2～3.5厘米，密被白色柔毛；雌花序长1～2 厘米，被毛；总花梗长5～10毫米被柔毛，雌花无梗。聚花果卵状椭圆形，长1～2.5厘米，成熟时红色或暗紫色。花期4—5月，果期5—8月。

原产我国中部和北部。朝鲜、日本、蒙古、中亚各国、俄罗斯、欧洲等地以及印度、越南亦均有栽培。

木材可制家具、乐器等，树皮纤维可作纺织原料、造纸原料，叶可饲蚕，桑葚可以酿酒，根皮、枝条、叶及果实可入药。

【植物图片】

竹 2、檜

【原文】	【译文】
籊籊竹竿[①]	竹竿青青细又长
以钓于淇	儿时垂钓淇水旁
岂不尔思	怎不怀念旧时光
远莫致之	路遥难以返故乡
……	……
淇水滺滺[②]	淇水悠悠终日流
檜楫松舟[③]	桧木船桨松木舟
驾言出游[④]	撑船游曳河水上
以写我忧	聊以排解我心忧

——卫风·竹竿

【注解】

①籊：tì，细长的样子。

②滺：yōu，水流的样子。

③檜：简体字“桧”。

④言：同“焉”。

这是一首思乡的诗歌。远嫁的卫国女子回忆起年少时在淇水旁垂钓的快乐时光，进而联想到了远方的父母兄弟，思念之情愈见深浓。再次驾舟淇水之上，她想象着自己也随这流水回到了故乡，并期望以这种方式来排解乡愁。

本文节选自第一章、第四章。

竹 2

【文献征引】

《本草綱目》：〖释名〗時珍曰：“竹字象形。許慎《說文》云：‘竹，冬生草也’，故字从倒草。戴凱之《竹譜》云：‘植物之中，有名曰竹。不刚不柔，非草非木。小异实虚，大同节目’”。〖集解〗時珍曰：“竹，惟江河之南甚多，故曰‘九河鲜有，五岭实繁’。大抵皆土中苞笋，各以时而出，旬日落籜而成竹也。茎有节，节有枝；枝有节，节有叶；叶必三之，枝必两之；根下之枝，一为雄、二为雌，雌者生笋；其根鞭喜行东南，而宜死猫，畏皁刺、油麻。以五月十三日为醉日，六十年一花，花结实，其竹则枯……其中皆虚，而有实心竹出滇广；其外皆圆，而有方竹出川蜀；其节或暴或无、或促或疏……其干或长或短、或巨或细……其叶或细或大……其性或柔或劲、或滑或涩……其色有青有黄、有白有赤、有乌有紫……”

《康熙字典》：《竹譜》：植类之中，有物曰竹；不刚不柔，非草非木；小异空实，大同节目。又竹虽冬蒨，性忌殊寒；九河鲜育，五岭实繁。《禮·月令》：日短至，则伐木取竹箭。《淮南子·俶眞訓》：竹以水生。

《說文解字》：竹，冬生草也；象形；下𠂹者，箁箬也。《說文解字註》：云冬生者，谓竹胎生于冬，且枝叶不凋也，云草者，《爾雅》竹在釋草，《山海經》有云："其草多竹"，故谓之冬生草；戴凱之云："植物之中有草木竹，犹动品之中有鱼鸟兽也"；"象形"，象㒳㒳并生；"下𠂹者，箁箬也"，恐人未晓下𠂹之惝，故言之。

【辨析】

本诗中的竹即竹子。

我国的竹子种类非常丰富，产于成诗地域内的主要是刚竹属植物。

本字条可与"筍"、"篁"相互参看。

【形态特征】

刚竹属 *Phyllostachys* Sieb. et Zucc.：禾本科，多年生草本。

乔木或灌木状竹类。地下茎为单轴散生，偶可复轴混生。竿圆筒形；节间在分枝的一侧扁平或具浅纵沟；竿环多少明显隆起。竿每节分 2 枝，一粗一细，在竿与枝的腋间有先出叶。末级小枝具（1）2～4（7）叶，通常为 2 或 3 叶；叶片披针形至带状披针形，下表面的基部常生有柔毛，小横脉明显。花枝甚短，呈穗状至头状，通常单独侧生于无叶或顶端具叶小枝的各节上；雄蕊 3，花丝细长，开花时伸出花外，花药黄色；子房具柄，花柱细长，柱头 3，羽毛状。颖果长椭圆形，近内稃的一侧具纵向腹沟。笋期 3—6 月。

本属 50 余种，均产于我国，除东北、内蒙古、青海、新疆等地外，全国各地均有自然分布，尤以长江流域至五岭山脉为其主要产地。日本和朝鲜的本属植物均系早年由我国输入，欧洲、北非及北美也直接或间接地由我国引入栽培。

檜

【文献征引】

《毛傳》：檜，柏叶松身；楫所以櫂舟也。

《爾雅·釋木》：檜，柏叶松身。《爾雅注》：《詩》曰"檜楫松舟"。

《康熙字典》：《翼雅》：性耐寒，其树大，可为棺椁及舟。

《說文解字》：檜，柏叶松身。《說文解字註》："柏叶松身"，釋木、卫风、《毛傳》皆曰："檜，柏叶松身"；《禹貢》作栝。

【辨析】

桧即圆柏。

【形态特征】

圆柏 *Sabina chinensis*（Linn.）Ant.：又名桧、刺柏、红心柏、珍珠柏，柏科，圆柏属，常绿乔木。

高达 20 米，胸径达 3.5 米；树皮深灰色，纵裂，成条片开裂；小枝通常直或稍成弧状弯曲，生鳞叶的小枝近圆柱形或近四棱形，径 1～1.2 毫米。叶二型，即刺叶及鳞叶；刺叶生长于幼树之上，老龄树则全为鳞叶，壮龄树兼有刺叶与鳞叶。雌雄异株，稀同株，雄球花黄色，椭圆形，长 2.5～3.5 毫米，雄蕊 5～7 对，常有 3～4 花药。球果近圆球形，径 6～8 毫米，两年成熟，熟时暗褐色，被白粉或白粉脱落，有 1～4 粒种子；种子卵圆形，扁，有棱脊及少数树脂槽。

产于内蒙古乌拉山、河北、山西、山东、江苏、浙江、福建、安徽、江西、河南、陕西南部、甘肃南部、四川、湖北西部、湖南、贵州、广东、广西北部及云南等地。朝鲜、日本也有分布。

木材有香气，坚韧致密，可作建筑、家具、文具及工艺品等用材；树根、树干及枝叶可提取柏木脑的原料及柏木油，种子可提润滑油，枝叶可入药。

【植物图片】

芄 蘭

【原文】	【译文】
芄蘭之支①	芄兰果实挂枝头
童子佩觿②	有个小童佩着觿
虽则佩觿	虽然已经佩了觿
能不我知	怎能与我变疏离
容兮遂兮	仪态悠然的样子
垂带悸兮	衣带垂垂晃悠悠

——卫风·芄兰

【注解】

①蘭：简体字"兰"。

②觿：xī，古时解绳结的用具，牛角状，骨制。

古代男子到了一定年龄就可以佩戴觿，以显示自己是大人了，能承担起主家的责任了，《芄兰》正是描写了这样一个半大小子的形象。芄兰果实的形状与觿相似，诗人自此展开联想，从而引出后面的童子，该小童尽管穿戴着成人的服饰，却掩饰不住内心的幼稚无知，"垂带悸兮"——颤颤巍巍的衣带恰是隐寓了他的不成熟。

历史上对此诗有多种解释，一说是讽惠公、一说是讽孩童无教、一说是讽童子早婚、一说是女子的戏作，未有定论。

本文节选自第一章。

【文献征引】

1.（芄蘭）《毛傳》：芄蘭，草也。《鄭箋》：芄蘭柔弱，恒蔓于地。陸璣《草木疏》：芄蘭，一名蘿藦，幽州谓之雀瓢；蔓生，叶青绿色而厚，断之有白汁，鬻为茹，滑美；其子长数寸，似瓠子。

《爾雅·釋草》：雚，芄蘭。《爾雅注》：雚芄，蔓生；断之有白汁，可啖。《爾雅疏》：雚，一名芄蘭；郭云："雚芄，蔓生。断之有白汁，可啖"，按郭《註》，则似雚芄一名蘭，或传写误衍芄字；《詩·卫风》云"芄蘭之支"陸璣云："一名蘿藦。幽州人谓之雀瓢"。

2.（芄）《說文解字》：芄，芄蘭，莞也；《詩》曰："芄蘭之枝"。《說文解字註》："芄蘭"，逗，"莞也"，釋草"雚，芄蘭"，此莞当为雚；《說文》莞与藺蒲为类，芄蘭与香草为类，割分异处，断非一物；或曰莞衍字；鄭、陸、郭说芄蘭皆同，許君以芄蘭列于香草，未审其意同否也；《說苑》亦作枝，今《詩》作支；王筠《句讀》芄蘭莞三字迭韵，长言䁱芄蘭，短言则莞；而莞本作席之草之专名，此则以为芄蘭之异名，今《爾雅》作雚；枝，今本作支。

3.（蘿藦）《本草綱目》：〔释名〕 雚、芄蘭、白環藤、實名雀瓢、斫合子、羊婆嬭、婆婆针線包；时珍曰："白環即芄字之讹也。其实嫩时有浆，裂时如瓢，故有雀瓢、羊婆嬭之称；其中一子有一条白绒，长二寸许，故俗呼婆婆针線包，又名婆婆针袋兒也"。〔集解〕時珍曰："斫合子即蘿藦子也。三月生苗，蔓延篱垣，极易繁衍；其根白软，其叶长而后大前尖，根与茎叶断之皆有白乳如構汁；六七月开小长花，如铃状，紫白色；结实长二三寸，大如馬兜鈴，一头尖；其壳青软，中有白绒及浆，霜后枯裂则子飞；其子轻薄，亦如兜鈴子，商人取其绒作坐褥代绵，云'甚轻暖'。《詩》云：'芄蘭之支，童子佩觿。芄蘭之叶，童子佩韘'，觿音畦，解结角锥也，此物实尖，垂于支间似之；韘音涉，张弓指彄也，此叶后弯似之，故以比兴也。一種茎叶及花皆似蘿藦，但气臭根紫，结子圆大如豆，生青熟赤为异，此则蘇恭所谓'女青似蘿藦'、陳藏器所谓'二物相似'者也。蘇恭言'其根似白薇，子似瓢形'则误矣，当从陳说，此乃藤生女青，与蛇衔根之女青，名同物异，宜互考之"。

【辨析】

芄兰即萝藦。

【形态特征】

萝藦　*Metaplexis japonica*（Thunb.）Makino：又名芄兰、斫合子、白环藤、羊婆奶、婆婆鍼落线包、羊角、天浆壳、蔓藤草、奶合藤、土古藤、浆罐头、奶浆藤、斑风藤、老鸹瓢、哈喇瓢、鹤光飘、洋飘飘、天将果、千层须、飞来鹤、乳浆藤、鹤瓢棵、赖瓜瓢、老人瓢，萝藦科，萝藦属，多年生草质藤本植物。

长达 8 米，具乳汁；茎圆柱状，下部木质化，上部较柔韧，表面淡绿色，有纵条纹。叶膜质，卵状心形，长 5～12 厘米，宽 4～7 厘米，叶耳圆，长 1～2 厘米，两叶耳展开或紧接；侧脉每边 10～12 条；叶柄长 3～6 厘米，顶端具丛生腺体。总状式聚伞花序腋生或腋外生，具长总花梗；总花梗长 6～12 厘米，被短柔毛；花梗长 8 毫米，被短柔毛，着花通常 13～15 朵；花蕾圆锥状，顶端尖；花冠白色，有淡紫红色斑纹，花冠裂片披针形，顶端反折，基部向左覆盖，内面被柔毛；副花冠环状，着生于合蕊冠上，短 5 裂；雄蕊连生成圆锥状，并包围雌蕊在其中，花药顶端具白色膜片；柱头顶端 2 裂。蓇葖果纺锤形，长 8～9 厘米，直径 2 厘米，顶端急尖，基部膨大；种子扁平，卵圆形，长 5 毫米，宽 3 毫米，褐色。花期 7—8 月，果期 9—12 月。

分布于东北、华北、华东和甘肃、陕西、贵州、河南和湖北等省区。生长于林边荒地、山脚、河边、路旁灌木丛中。日本、朝鲜和前苏联也有。

茎皮纤维可造人造棉，全株可入药。

諼 草

【原文】	【译文】
焉得諼草①	哪里有谖草
言树之背②	种在屋之北
愿言思伯③	想念我夫君
使我心痗④	忧思几成疾

——卫风·伯兮

【注解】

①諼：xuān，简体字“谖”。

②树：栽种。背：通“北”。

③伯：原指兄弟中的老大，此处代指丈夫。

④痗：mèi，忧思成病。

《伯兮》是一首妻子思念出征丈夫的诗，她于思念中又带着深深的恐惧，恐惧丈夫从军在外就再也回不来了——“古来征战几人回”，古往今来，战争从来没有停止过。

本文节选自第四章。

【文献征引】

1.（諼）《毛傳》：諼草，令人忘忧。

《說文解字》：諼，诈也。《說文解字註》：卫风“终不可諼兮”《傳》曰：“諼，忘也”，此諼蓋藼之假借，藼本令人忘忧之草，引伸之凡忘皆曰藼；伯兮诗作諼草、淇奥诗作不可諼，皆假借也；許偁安得藼草，蓋三家《詩》也。

2.（藼）《康熙字典》：《集韻》：萱本字。

《說文解字》：藼，令人忘忧之草也；《詩》曰：“安得藼草”；蕿，或从煖；萱，或从宣。《說文解字註》：“令人忘忧之草也”，见《毛傳》；藼之言諼也，諼，忘也；“《詩》曰“安得藼草”，卫风文，今《詩》作“焉得諼草”。

3.（萱）《康熙字典》：《韻會》：忘憂草，即今之鹿葱也。

4.（萱草）《本草綱目》：〖释名〗忘憂、療愁、丹棘、鹿葱、鹿劍、妓女、宜男；時珍曰：“萱本作諼，諼，忘也。《詩》云：‘焉得諼草？言树之背’，谓忧思不能自遣，故欲树此草玩味以忘忧也。吴人谓之療愁。《董子》云：‘欲忘人之忧，则赠之丹棘，一名忘憂故也’。其苗烹食，气味如葱，而鹿食九種解毒之草，萱乃其一，故又名鹿葱。《周處風土記》云：‘怀妊妇人佩其花则生男’，故名宜男。李九華《延壽書》云：‘嫩苗为蔬，食之动风，令人昏然如醉，因名忘憂’，此亦一说也。嵇康《養生論》：‘《神農經》言中藥养性，故合歡蠲忿、萱草忘忧，亦谓食之也’，鄭樵《通志》乃言萱草一名合歡者，误矣。合歡见木部”。〖集解〗頌曰：“萱草处处田野有之，俗名鹿葱。五月采花，八月采根，今人多采其嫩苗及花跗作葅食”，時珍曰：“萱宜下湿地，冬月丛生。叶如蒲蒜辈而柔弱，新旧相代，四时青翠；五月抽茎开花，六出四垂，朝开暮蔫，至秋深乃尽，其花有红黄紫三色；细实三角，内有子大如梧子，黑而光泽；其根与麦門冬相似，最易繁衍。《南方草木狀》言：‘广中一種水葱，狀如鹿葱，其花或紫或黄’，盖亦此类也。或言鹿葱花有斑纹，与萱花不同时者，谬也。肥土所生，则花厚色深，有斑纹，起重薹，开有数月；瘠土所生，则花薄而色淡，开亦不久。嵇含《宜男花序》亦云：‘荆楚之土，号为鹿葱，可以荐葅’，尤可凭据。今东人采其花跗干而货之，名为黄花菜”。

【辨析】

谖草即萱草。

【形态特征】

萱草 *Hemerocallis fulva*（L.）L.：又名忘萱草，百合科，萱草属，多年生草本植物。

具纺锤形肉质根，根状茎短。叶基生，二列，叶片宽线形，宽 2～3 厘米，长可达 50 厘米以上，背面有龙骨突起，嫩绿色。花葶从叶丛中央抽出，高约 60～100 厘米；总状花序或单花顶生，着花 6～10 朵；花近漏斗状，下部具花被管，花被裂片 6，橘红色至橘黄色，内花被裂片具彩斑；雄蕊 6，直径 10 厘米左右，边缘波状。蒴果三棱状椭圆形，背裂，种子多数，黑色。花果期 5—7 月。

产于我国长江流域，其他地区亦有栽培。亚洲、欧洲的温带至亚热带地区都有分布。

花可食用，根可入药。

【植物图片】

木瓜、木桃、木李

【原文】	【译文】
投我以木瓜	你赠我木瓜
报之以琼琚[①]	我回赠美玉
匪报也	并非是答谢
永以为好也	与你长交好
投我以木桃	你赠我木桃
报之以琼瑶	我回赠美玉
匪报也	并非是答谢
永以为好也	与你长交好
投我以木李	你赠我木李
报之以琼玖[②]	我回赠美玉
匪报也	并非是答谢
永以为好也	与你长交好
	——卫风·木瓜

【注解】

①琚：jū，玉。

②玖：jiǔ，玉。

“投桃报李”是人们很熟悉的礼尚往来的行为，而这篇《木瓜》所表达的是一个更高的精神层面：你赠给我木瓜，我回赠你美玉，表示我对这份情谊的珍视程度不是用礼物本身的价值来衡量的。

木瓜

【文献征引】

《毛傳》：木瓜，楙木也；可食之木。陸璣《草木疏》：楙，叶似柰叶，实如小瓜著粉者；欲啖者截著热灰中，令萎蔫，净洗以苦酒头汁密之，可案酒食，密封藏百日乃食之，甚美。

《爾雅·釋木》：楙，木瓜。《爾雅注》：实如小瓜，酢可食。《爾雅疏》：木瓜，一名楙；郭云“实如小瓜，酢可食”、《詩·卫风》云“投我以木瓜”是也。

《本草綱目》：〖释名〗楙；時珍曰：“按《爾雅》云‘楙，木瓜’郭璞注云：‘木实如小瓜，酢而可食’，则木瓜之名取此义也。或云：‘木瓜味酸，得木之正气，故名’，亦通”。〖集解〗宏景曰：“木瓜，山阴兰亭尤多，彼人以为良果。又有榠樝，大而黄。有樝子，小而涩……”，保昇曰：“其树枝状如柰，花作房生，子形似栝樓，火干甚香。樝子似梨而酢，江外常为果食”，頌曰：“木瓜，处处有之，而宣城者为佳。木状如柰，春末开花，深红色；其实大者如瓜，小者如拳，上黄似着粉……榠樝酷类木瓜，但看蒂间别有重蒂如乳者为木瓜，无者为榠樝也”，時珍曰：“木瓜可種可接，可以枝压；其叶光而厚，其实如小瓜而有鼻，津润味不木者为木瓜。圆小于木瓜，味木而酢涩者为木桃；似木瓜而无鼻，大于木桃，味涩者为木李，亦曰木梨；即榠樝及和圓子也。鼻乃花脱处，非脐蒂也……”

【辨析】

木瓜即皱皮木瓜。

在笔者所参看的资料中，仅《本草纲目》对木瓜、木桃和木李都作了注释，因此辨析的主要依据亦出于此。木瓜属植物有 5 种，除日本木瓜和西藏木瓜不产于我国中原地区外，皱皮木瓜、毛叶木瓜、木瓜就是诗中提到的三种植物，笔者将它们的辨析内容都放在了本条目下，以方便比对。

文献里对木瓜的形态描述是：蒂间有重蒂、叶光而厚、花深红色、果有鼻、实如小瓜著粉者、子形似栝楼、上黄似着粉、味酸可食。其中可以作为直接依据的是：叶光而厚、花深红色、（果）味酸可食，这些与皱皮木瓜是相符合的。

对木桃的描述是：果圆小于木瓜、味酸涩；（樝子）小于木瓜、小而涩、似梨而酢、色微黄、蒂核皆粗、核中之子小圆也、有香味。木桃的果实比木瓜略小且偏圆，味道酸涩，毛叶木瓜正是如此。

对木李的描述是：果似木瓜而无鼻、大于木桃、味涩；（榠樝）蒂间无重蒂、比木瓜大而黄。木李的果实颜色是三者中最偏黄的，木瓜正与之相符。

本词条可与“木桃”、“木李”相互参看。

【形态特征】

皱皮木瓜 *Chaenomeles speciosa*（Sweet）Nakai：又名木瓜、楙、贴梗海棠、贴梗木瓜、铁脚梨，蔷薇科，木瓜属，落叶灌木。

高达 2 米，枝条直立开展，有刺；小枝圆柱形，紫褐色或黑褐色；冬芽三角卵形，紫褐色。叶片卵形至椭圆形，长 3～9 厘米，宽 1.5～5 厘米，先端急尖稀圆钝，基部楔形至宽楔形，边缘具有尖锐锯齿；叶柄长约 1 厘米；托叶大形，草质，肾形或半圆形，边缘有尖锐重锯齿。花先叶开放，3～5 朵簇生于二年生老枝上；花梗短粗；花直径 3～5 厘米；萼筒钟状，萼片直立；花瓣倒卵形或近圆形，基部延伸成短爪，长 10～15 毫米，宽 8～13 毫米，猩红色，稀淡红色或白色；雄蕊 45～50；花柱 5，基部合生，柱头头状。果实球形或卵球形，长 10～15 厘米，直径 4～6 厘米，黄色或带黄绿色，有稀疏不显明斑点，味芳香。花期 3—5 月，果期 9—10 月。

产于陕西、甘肃、四川、贵州、云南、广东。缅甸亦有分布。

果实干制后可入药。

【植物图片】

木桃

【文献征引】

（樝子）《本草綱目》：〖释名〗木桃、和圓子；時珍曰：“木瓜酸香而性脆，木桃酢澀而多渣，故谓之樝。《雷公炮炙論》和圓子即此也”。〖集解〗宏景曰：“《禮》云‘樝梨钻之’谓钻去核也，鄭元不识，以为梨之不臧者。郭璞以为‘似梨而酢澀’，古以为果，今不入例矣”，時珍曰：“樝子乃木瓜之酢澀者，小于木瓜，色微黄，蒂核皆粗，核中之子小圆也。按王禎《農書》云：‘樝似小梨，西川、唐、邓间多種之。味劣于梨，与木瓜同，入蜜煮汤，则香美过之’、《莊子》云：‘樝梨橘柚皆可于口’、《淮南子》云：‘树樝梨橘，食之则美，嗅之则香’，皆指此也”。

【辨析】

木桃即毛叶木瓜。

本词条可与“木瓜”、“木李”相互参看。

【形态特征】

毛叶木瓜 *Chaenomeles cathayensis*（Hemsl.）Schneid.：又名木桃、木瓜海棠，蔷薇科，木瓜属，落叶灌木或小乔木。

高 2～6 米；枝条直立，具短枝刺；小枝圆柱形，紫褐色；冬芽三角卵形，先端急尖，紫褐色。叶片椭圆形、披针形至倒卵披针形，长 5～11 厘米，宽 2～4 厘米，先端急尖或渐尖，基部楔形至宽楔形，边缘有芒状细尖锯齿；叶柄长约 1 厘米。花先叶开放，2～3 朵簇生于二年生枝上，花梗短粗或近于无梗；花直径 2～4 厘米；萼筒钟状，萼片直立；花瓣倒卵形或近圆形，长 10～15 毫米，宽 8～15 毫米，淡红色或白色；雄蕊 45～50；花柱 5，基部合生，柱头头状。果实卵球形或近圆柱形，先端有突起，长 8～12 厘米，宽 6～7 厘米，黄色有红晕，味芳香。花期 3—5 月，果期 9—10 月。

产于陕西、甘肃、江西、湖北、湖南、四川、云南、贵州、广西。生长于山坡、林边、道旁。

果实可入药。

木李

【文献征引】

（榠樝）《本草綱目》：〖释名〗蠻樝、瘙樝、木李、木梨；時珍曰：“木李生于吴越，故鄭樵《通志》谓之蠻樝，云‘俗呼为木梨’，则榠樝盖蠻樝之讹也”。〖集解〗頌曰：“榠樝，木叶花实酷类木瓜，但比木瓜大而黄色。辨之惟看蒂间别有重蒂如乳者为木瓜，无此则榠樝也……”，時珍曰：“榠樝乃木瓜之大而黄色无重蒂者也，樝子乃木瓜之短小而味酢澀者也，榅桲则樝类之生于北土者也。三物与木瓜皆是一类各種，故其形状功用不甚相远，但木瓜得木之正气，为可贵耳”。

【辨析】

木李即木瓜。

本词条可与“木瓜”、“木桃”相互参看。

【形态特征】

木瓜　Chaenomeles sinensis（Thouin）Koehne：又名榠楂、木李、海棠，蔷薇科，木瓜属，落叶灌木或小乔木。

高达 5～10 米，树皮成片状脱落；小枝无刺，圆柱形，紫红色，二年生枝无毛，紫褐色；冬芽半圆形，紫褐色。叶片椭圆卵形或椭圆长圆形，长 5～8 厘米，宽 3.5～5.5 厘米，先端急尖，基部宽楔形或圆形，边缘有刺芒状尖锐锯齿；叶柄长 5～10 毫米，微被柔毛，有腺齿。花单生于叶腋，花梗短粗，长 5～10 毫米；花直径 2.5～3 厘米；萼筒钟状，萼片三角披针形，反折；花瓣倒卵形，淡粉红色；雄蕊多数；花柱 3～5，基部合生，被柔毛，柱头头状。果实长椭圆形，长 10～15 厘米，暗黄色，木质，味芳香。花期 4 月，果期 9—10 月。

产于山东、陕西、湖北、江西、安徽、江苏、浙江、广东、广西。

木材可制家具，树皮可提制栲胶，种子可榨油，果实可食用并可入药。

黍、稷

【原文】	【译文】
彼黍离离[①]	那里黍子多丰硕
彼稷之苗	那里稷苗壮又青
行迈靡靡	步履迟迟常徘徊
中心摇摇	神思恍然心无主
知我者	理解我心情的人
谓我心忧	知道我满心忧愁
不知我者	不理解我的人们
谓我何求	以为我有所谋求
悠悠苍天	悠悠在上的苍天
此何人哉	是谁造成这结果

——王风·黍离

【注解】

①彼：此处代指废毁的前朝宗庙宫室。黍：shǔ。

按《毛传》所注，本诗出自一位周大夫之口，他路过一片长满禾黍的废墟，回想起这里作为周室宗庙时的辉煌巍峨，抚今追昔以致彷徨不忍离去。诗分三段，每一段的结构相同，重叠往复，通过对个别字词的更换，将作者从心旌摇曳到沉然如醉再到郁结哽塞的情感递进过程表现得深切自然。

本文节选自第一章。

黍

【文献征引】

《本草綱目》：〖释名〗赤黍曰虋、曰穈，白黍曰芑，黑黍曰秬，一稃二米曰秠；時珍曰：“按許慎《說文》云：‘黍可为酒，从禾入水为意也’、魏子才《六書精蘊》云：‘禾下从氽，像细粒散垂之形’、氾勝之云：‘黍者，暑也。待暑而生，暑后乃成也’、《詩》云：‘诞降嘉種，维秬维秠，维穈维芑’，穈即虋，音转也。郭璞以虋芑为粱粟，以秠即黑黍之二米者、羅願以秠为來牟，皆非矣”。〖集解〗弘景曰：“黍，荆、郢州及江北皆種之。其苗如蘆而异于粟，粒亦大。今人多呼秫粟为黍，非矣。北人作黍饭、方藥釀黍米酒，皆用秫黍也。《别錄》丹黍米，即赤黍米也，亦出北间，江东时有，而非土所宜，多入补藥用。又有黑黍名秬，釀酒供祭祀用”，恭曰：“黍有数種。其苗亦不似蘆，虽似粟而非粟也”，頌曰：“今汴、洛、河、陕间皆種之，《爾雅》云‘虋，赤苗。芑，白苗。秬，黑黍’是也。李巡云：‘秠是黑黍中一稃有二米者’……”，時珍曰：“黍乃稷之黏者，亦有赤白黄黑数種，其苗色亦然。郭義恭《廣志》有赤黍、白黍、黄黍、大黑黍、牛黍、燕頷、馬革、驢皮、稻尾诸名，俱以三月種者为上时，五月即熟；四月種者为中时，七月即熟；五月種者为下时，八月乃熟。《詩》云‘秬鬯一卣’，则黍之为酒尚也。白者亚于糯，赤者最粘，可蒸食，俱可作饧……”。〖正误〗頌曰：“黏者为秫，可以酿酒，北人谓为黄米，亦曰黄糯；不黏者为黍，可食。如稻之有粳糯也”，時珍曰：“此误以黍为稷、以秫为黍也。盖稷之黏者为黍，粟之黏者为秫，粳之黏者为糯。《别錄》本文著黍秫糯稻之性味功用甚明，而注者不谙，往往谬误如此。今俗不知分别，通呼秫与黍为黄米矣”。

《康熙字典》：《字彙》：粟属，苗似蘆，高丈余，穗黑色，实圆重，土宜高燥。《爾雅翼》：黍，大体似稷，故古人併言黍稷，今人谓黍为黍穄。《禮·曲禮》：凡祭宗庙之礼，黍曰芗合。《詩緝》：黍有二種，黏者为秫，可以酿酒，不黏者为黍，如稻之有杭糯也。

《說文解字》：黍，禾属而黏者也，以大暑而種，故谓之黍；孔子曰：“黍可为酒”，故禾入水也。《說文解字註》：“禾属而黏者也”，《九穀考》曰：“以禾况黍”，谓黍为禾属而黏者，非谓禾为黍属而不黏者也；禾属而黏者黍，禾属而不黏者麖，对文异，散文则通偁黍，谓之禾属，要之皆非禾也；今山西人无论黏与不黏统呼之曰麖黍，太原以东则呼黏者为黍子，不黏者为麖子；黍宜为酒，为羞笾之饵餈，为酏粥，麖宜为饭，禾黍稻稷各有黏不黏二種；按黍为禾属者，其米之大小相等也，其采异，禾穗下垂如椎而粒聚，黍采略如稻而舒散；“大暑而穜，故谓之黍”，大衍字也，《九穀考》曰：“伏生《尚書大傳》、《淮南》、劉向《說苑》皆云：‘大火中種黍菽’，而《吕氏春秋》则云：‘日至树麻与菽’，麻正麖之误，又《夏小正》‘五月初昏，大火中種黍菽糜’，糜字因下文误衍”，诸書皆言種黍以夏至，《說文》独言以大暑，葢言種暑之极时，其正时实夏至也；玉裁谓：種植有定时，古今所同，非可叚借，許书经转写妄增一字耳，以“暑種故谓之黍”，猶“二月生，八月孰得中和，故谓之禾”，皆以叠韵训释；“孔子曰：黍可为酒”，如稬与秫皆宜酒；“故从禾入水也”，依《廣韻》补故从二字，此说字形之异说也，凡云孔子曰者，通人所传，以禾入水不见其必为酒，故先雨省声之说，而禾入水会意之说次之；今之隶书则从禾入水，不从雨省；凡黍之属皆从黍。

【辨析】

黍的古今名称一致。

黍在我国拥有几千年的栽培历史，是古代重要的粮食作物之一。黍有黏与不黏之分，黏的主要用以酿酒，不黏的作饭食。

本字条可与“稷”、“秬”、“秠”相互参看。

【形态特征】

黍 *Panicum miliaceum* L.：又名糜，禾本科，黍属，一年生栽培草本植物。

秆粗壮，直立，高 40～120 厘米，单生或少数丛生，节密被髭毛，节下被疣基毛。叶鞘松弛，被疣基毛；叶舌膜质，顶端具睫毛；叶片线形或线状披针形，长 10～30 厘米，宽 5～20 毫米，边缘常粗糙。圆锥花序，成熟时下垂，长 10～30 厘米，分枝具棱槽，边缘具糙刺毛，上部密生小枝与小穗；小穗卵状椭圆形，长 4～5 毫米；第一小花雄性或中性，第二小花两性，雄蕊 3，花柱 2，第一颖正三角形，第二颖与小穗等长，具 11 脉，第一外稃形似第二颖，内稃透明膜质，第二外稃背部圆形，内稃具 2 脉。果实成熟后因品种不同有黄、白、褐、黑色之分。花果期 7—10 月。

几乎遍布我国各省区。亚洲、欧洲、美洲、非洲等温暖地区都有栽培。

黍是人类最早的食用作物，亦可酿酒，秆、叶可做饲料。

稷

【文献征引】

《本草綱目》：〖释名〗穄、粢；時珍曰：“稷从禾从畟。又进力治稼也，《詩》云‘畟畟良耜’是矣；種稷者必畟畟进力也。南人承北音，呼稷为穄，谓其米可供祭也。《禮記》：‘祭宗庙，稷曰明粢’，《爾雅》云：‘粢，稷也’，羅願云：‘稷、穄、粢皆一物，语音之轻重耳’。赤者名虋，白者名芑，黑者名秬，注见黍下”。〖集解〗弘景曰：“稷米人亦不识，書記多云黍与稷相似，又注黍米云：‘穄米与黍米相似，而粒殊大，食之不宜人，言发宿病’。《詩》云：‘黍稷稻粱，禾麻菽麥’，此八穀也，俗犹莫能辨证，况芝英乎”，蘇恭曰：“《吕氏春秋》云‘饭之美者，有阳山之穄’高誘注云：‘关西谓之糜，冀州谓之鑋’，《廣雅》云：‘鑋，穄也’，《禮記》云：‘稷曰明粢’，《爾雅》云：‘粢，稷也’，《說文》云：‘稷乃五穀长’。田正也，此乃官名，非穀号也。先儒以稷为粟类，或言粟之上者，皆说其义而不知其实也。按氾勝之《種植書》有黍不言稷、《本草》有稷不载穄，穄即稷也，楚人谓之稷，关中谓之糜，呼其米为黄米；其苗与黍同类，故呼黍为秈秫，陶言‘与黍相似’者，得之矣”，藏器曰：“稷、穄，一物也。塞北最多，如黍，黑色”，時珍曰：“稷与黍，一类二種也。黏者为黍，不黏者为稷；稷可作饭，黍可酿酒，犹稻之有粳与糯也。陳藏器独指黑黍为稷，亦偏矣。黍稷之苗似粟而低小，有毛，结子成枝而殊散，其粒如粟而光滑；三月下種，五六月可收，亦有七八月收者；其色有赤白黄黑数種，黑者禾稍高，今俗通呼为黍子，不复呼稷矣。北边地寒，種之有补，河西出者，颗粒尤硬。稷熟最早，作饭疏爽香美，为五穀之长，而属土，故祀穀神者以稷配社；五穀不可遍祭，祭其长以该之也……”。〖正误〗吳瑞曰：“稷苗似蘆，粒亦大，南人呼为蘆穄。孫炎《正義》云：‘稷即粟也’”，時珍曰：“稷黍之苗虽颇似粟，而结子不同：粟穗丛聚攒簇，稷黍之粒疏散成枝，孫氏谓稷为粟，误矣。蘆穄即蜀黍也，其茎苗高大如蘆，而今之祭祀者，不知稷即黍之不黏者，往往以蘆穄为稷，故吳氏亦袭其误也。今并正之”。

《康熙字典》：《徐曰》：案《本草》，稷卽穄，一名粢；楚人谓之稷，关中谓之糜，其米为黄米。《通志》：稷苗穗似蘆，而米可食。《月令章句》：稷，秋種夏熟，历四时，備阴阳，穀之贵者。《禮・曲禮》：稷曰明粢。

《說文解字》：稷，齋也，五穀之长。《說文解字註》：“齋也”，程氏瑶田《九穀考》曰：“稷，齋，大名也，黏者为秫，北方谓之高粱，通谓之秫秫，又谓之蜀黍，高大似蘆”，《月令》“首種不入”鄭云：“首種谓稷，今以北方诸穀播種先后考之，高粱冣先”，《管子》书：“日至七十日，阴冻释而蓺稷，百日不蓺稷”，日至七十日，今之正月也，今南北皆以正月蓺高粱是也；凡经言疏食者，稷食也，稷形大，故得疏偁；按程氏《九穀考》至为精析，学者必读此而后能正名其言；汉人皆冒粱为稷，而稷为秫秫，鄙人能通其语者，士大夫不能举其字，真可谓拨云雾而覩青天矣；“五穀之长”，谓首種也；《月令》註：“稷，五穀之长”，按稷长五穀，故田正之官曰稷，《五經異義・今孝經說》：“稷者，五穀之长。穀众多不可徧敬，故立稷而祭之”，《古左氏說》：“列山氏之子曰柱，死祀以为稷。稷是田正，周弃亦为稷，自商以來祀之”；許君曰：“谨按禮缘生及死，故社稷人事之。既祭稷穀，不得，但以稷米祭，稷反自食”，同左氏义，鄭君驳之曰：“宗伯以血祭祭社稷，五祀五岳。社稷之神若是句龙柱弃，不得先五岳而食。大司徒五地：一曰山林，二曰川泽，三曰丘陵，四曰坟衍，五曰原隰，大司樂五变而致介物及土示，土示者，五土之总神，即谓社也。六樂于五地无原隰而有土祇，则土祇与原隰同用樂也，是以变原隰言土示”；《詩・信南山》云：“畇畇原隰”，下云：“黍稷彧彧”，原隰生百穀，稷为之长，然则稷者原隰之神，若达此义，不得以稷米祭稷为难，社者，五土总神，稷者，原隰之神，皆能生万物者，以古之有大功者配之，句龙以有平水土之功，配社祀之，稷有播種之功，配稷祀之；按許造《說文》但引《今孝經說》，则其说社稷当与鄭意同；玉裁谓：《異義》早成，《說文》晚出，为定说，此亦一端也；古叚稷为即，小雅“既齊既即”《毛》云：“稷，疾是也”，亦叚为昃字，如穀梁日昃作日稷是也。

【辨析】

稷即粟。

关于稷是什么，自古就存在争议，至今没有定论，主要的观点有三个：稷是黍、稷是粟、稷是高粱，其中又以前两者的认同度最高、争论最激烈。

游修龄先生在《论黍和稷》中清晰详尽地论述了稷是粟这一观点，并追根溯源地阐明了造成以稷为黍的错误的根源及原因。

从诗文的角度看，本诗的黍和稷分别出现在上下句里，距离很近，而“黍”、“稷”连用在《诗经》以及其他文献中也十分常见，如果稷是黍，那么这样的行文就过于重复了，只有黍、稷分指二物才是最合理的。

本字条可与“黍”、“苗”、“禾”、“粟”、“黄”、“糜”、“芑 2”、“粢”、“黄粱”相互参看。

【形态特征】

见“粟”。

蒲 1

【原文】	【译文】
扬之水	奔腾激荡的河水
不流束蒲	蒲枝捆结冲不去
彼其之子	身在远方的那人
不与我戍许[①]	不能与我守卫许
怀哉怀哉	想念你啊想念你
曷月予还归哉[②]	何时我能归故里
	——王风・扬之水

【注解】

①戍：shù，守卫。

②曷：通“何”。

这是一首表现驻守的士兵思念家人、想早日回归的诗歌。对于诗中“彼其之子”指的是谁有两种看法，一说指妻子，一说指当时的君王——士兵们被调派到边防常年不能回家，心中埋怨：我来到这远离家乡的地方，你却不能和我同甘共苦。

本文节选自第三章。

【文献征引】

1.（蒲）《毛傳》：蒲，草也。《鄭箋》：蒲，蒲柳。陸璣《草木疏》：蒲柳有两種，皮正青者曰小楊，其一種皮紅正白者曰大楊；其叶皆长广似柳叶，皆可以为箭幹，故《春秋傳》曰：“董泽之蒲，可胜既乎”，今人又以为箕鑵之楊也。

2.（水楊）《本草綱目》：〖释名〗青楊、蒲柳、蒲楊、蒲柊、柊柳、萑苻；時珍曰：“楊枝硬而扬起，故谓之楊。多宜水涘、蒲萑之地，故有水楊、蒲柳、萑苻之名”。〖集解〗恭曰：“水楊叶圓闊而尖，枝条短硬，与柳全别。柳叶狭长，枝条长软”，頌曰：“《爾雅》：‘楊，蒲柳也’，其枝劲韧，可为箭笴，《左傳》所谓‘董泽之蒲’。又谓之萑苻，今河北沙地多生之。楊柳之类亦多，崔豹《古今註》云：‘白楊叶圓，青楊叶长，柳叶长而细，柊楊叶圓而弱。水楊即蒲柳，亦曰蒲楊，叶似青楊，茎可作矢。赤楊霜降则叶赤，材理亦赤’，然今人鲜能分别”，機曰：“蘇恭说水楊叶圓闊，崔豹说蒲楊似青楊。青楊叶长，似不相类”，時珍曰：“按陸璣《詩疏》云：‘蒲柳有二種，一種皮正青，一種皮正白，可为矢’，北土尤多，花与柳同”。

【辨析】

本诗的蒲即蒲柳。

文献对本诗的蒲给出了两种释义：草和蒲柳。诗文中与“蒲”相对应的分别是“薪”和“楚”，它们都是做柴薪用的，蒲的用处应该也一样，因此释蒲为蒲柳更合理。

本字条可与“楊”、“柊”相互参看。

蓷

【原文】	【译文】
中谷有蓷[①]	谷中生蓷草
暵其干矣[②]	茎干已枯黄
有女仳离[③]	女子被抛弃
嘅其叹矣[④]	嘅然而叹息

——王风·中谷有蓷

【注解】

①蓷：tuī。

②暵：hàn，干枯。

③仳：pǐ，离。

④嘅：通“慨”。

这是一首弃妇诗。

本文节选自第一章。

【文献征引】

1.（蓷）《毛傳》：蓷，鵻也。陸璣《草木疏》：蓷似萑，方茎白华，华生节间，旧说及魏博士濟阴周元明皆云“菴蕳”是也；《韓詩》及《三蒼說》悉云：“蓷，益母也”，故曾子见益母感恩；案《本草》云：“茺蔚，一名益母”，故劉歆云：“蓷，臭穢，即茺蔚也”。

《說文解字》：蓷，隹也。《說文解字註》：隹各本作萑，误，今正；王风“中谷有蓷”、釋草“萑，蓷”、《毛傳》曰：“蓷，鵻”，蓋《爾雅》本作隹，与《毛傳》鵻字同，后人輒加艹头耳；菼亦一名鵻，皆谓其色似夫不也；陸璣《草木疏》：“旧说及魏周元明皆云庵闾，《韓詩》及《三蒼》、《說苑》云益母，《本草》云：‘益母，茺蔚也’，劉歆云：‘蓷，臭穢’”，草名臭穢即茺蔚也，按臭茺双声，秽蔚叠韵，李、郭注《爾雅》亦云茺蔚，未知許意何属；按铉本此下有萑篆，萑训草多皃，则锴本在茸葏二篆间是也，铉乃移而类居之，必萑训蓷也则可矣。

2.（萑）《爾雅·釋草》：萑，蓷。《爾雅注》：今茺蔚也；叶似荏，方茎白华，华生节间；又名益母，《廣雅》云。《爾雅疏》：萑，一名蓷；李巡曰“臭穢草也”，郭云“茺蔚也，《廣雅》名益母。叶似荏，方茎，白华，华生节间”，《詩·王风》云“中谷有蓷”陸璣云：“旧说及魏博士濟阴周元明皆云菴蕳是也。《韓詩》及《三蒼說》悉云益母，故曾子见益母而感。案《本草》茺蔚一名益母，故劉歆曰‘蓷，臭穢。臭秽，即茺蔚也’。

3.（茺蔚）《本草綱目》：〖释名〗益母、益明、貞蔚、蓷、野天麻、豬麻、火杴、鬱臭草、苦低草、夏枯草、土質汗；時珍曰：“此草及子皆充盛密蔚，故名茺蔚。其功宜于妇人及明目益精，故有益母之称。其茎方，类麻，故谓之野天麻。俗呼为豬麻，猪喜食之也。夏至后即枯，故亦有夏枯之名。《近效方》谓之土質汗，林億云：‘質汗出西番，乃热血合诸藥煎成，治金疮折伤’，益母亦可作煎治折伤，故名为土質汗也”，禹錫曰：“《爾雅》‘萑蓷’注云：‘今茺蔚也’，又名益母。劉歆云：‘蓷，臭穢也’，臭穢，即茺蔚也。陸璣云：‘蓷，益母也，故曾子见之感思’”。〖集解〗宏景曰：“今处处有之。叶如荏，方茎，子形细长，有三棱。方用亦稀”，頌曰：“今园圃及田野极多。郭璞注《爾雅》云：‘叶似荏，方茎白华，华生节间’，节节生花，实似鸡冠子，黑色，茎作四方棱，五月采。又云九月采实，医方稀有用实者”，時珍曰：“茺蔚，近水湿处甚繁。春初生苗，如嫩蒿，入夏长三四尺，茎方，如黄麻茎；其叶如艾叶而背青，一梗三叶，叶有尖歧；寸许一节，节节生穗，丛簇抱茎；四五月间穗内开小花，红紫色，亦有微白色者；每萼内有细子四粒，粒大如茼蒿子，有三棱，褐色，藥肆往往以作巨勝子货之；其草生时有臭气，夏至后即枯，其根白色。蘇頌《圖經》谓其‘叶似荏，其子黑色，似鸡冠子，九月采实’、寇宗奭《衍義》谓其凌冬不凋者，皆误传也。此草有白花、紫花二種，茎叶子穗皆一样，但白者能入气分，红者能入血分，别而用之可也。按《闺閣事宜》云：‘白花者为益母，紫花者为野天麻’、《返魂丹註》云：‘紫花者为益母，白花者不是’、陳藏器《本草》云：‘茺蔚生田野间，人呼为臭草。天麻生平泽，似馬鞭草，节节生紫花，花中有子，如青葙子’、孫思邈《千金方》云：‘天麻草，茎如火麻，冬生苗，夏著赤花，如鼠尾花’，此皆似以茺蔚、天麻为二物，盖不知其是一物二種；凡物花皆有赤白，如牡丹、芍藥、菊花之类是矣。又按郭璞《爾雅注》云：‘萑音推，即茺蔚，又名益母。叶似荏，白华，华生节间’，又云：‘蓷音推。方茎，叶长而锐，有穗，穗间有花，紫缥色。可以为饮，江东呼为牛蘈’，据此，则是萑、蓷名本相同，但以花色分别之，其为一物无疑矣。宋人重修《本草》，以天麻草误注天麻，尤为谬矣。陳藏器《本草》又有鏨菜，云：‘生江南阴地，似益母，方茎对节，白花。主产后血病’，此即茺蔚之白花者，故其功主血病亦相同”。

4.（鏨菜）《本草綱目》：白花茺蔚。〖集解〗藏器曰：“鏨菜生江南阴地，似益母，方茎对节，白花”，時珍曰：“此即益母之白花者，乃《爾雅》所谓萑是也。其紫花者，《爾雅》所谓蓷是也。萑蓷皆同一音，乃一物二種。故此条亦主血病，与益母功同。郭璞独指白花者为益母，昝殷谓白花者非益母，皆欠详审。嫩苗可食，故谓之菜。寇宗奭言茺蔚嫩苗可煮食，正合此也”。

【辨析】

萑即錾菜。

【形态特征】

錾菜 *Leonurus pseudomacranthus* Kitagawa：又名山玉米膏、白花益母膏，唇形科，益母草属，多年生草本植物。

圆锥形主根。茎直立，高 60～100 厘米，通常在茎的上部成对地分枝，茎及分枝钝四棱形，明显具槽，密被贴生倒向的微柔毛，上部具花序。最下部的叶通常脱落，近茎基部叶轮廓为卵圆形，长 6～7 厘米，宽 4～5 厘米，3 裂；茎中部的叶轮廓为长圆形，边缘疏生 4～5 对齿；花序上的苞叶近于线状长圆形，长 3 厘米，宽 1 厘米。轮伞花序腋生，多花，远离而向顶密集组成长穗状。花冠白色，常带紫纹，长 1.8 厘米，冠筒长约 8 毫米，冠檐二唇形，上唇白色，下唇白色具紫纹，3 裂，雄蕊 4，花丝丝状，具紫斑，小坚果长圆状三棱形，黑褐色。花期 8—9 月，果期 9—10 月。

产于辽宁、山东、河北、河南、山西、陕西南部、甘肃南部、安徽及江苏。生长于山坡或丘陵地上。

全草可入药。

藟

【原文】	【译文】
绵绵葛藟[①]	葛藟枝条细又长
在河之浒[②]	绵延缠绕在水旁
终远兄弟	漂泊他乡别兄弟
谓他人父	只把旁人唤父亲
谓他人父	虽把旁人唤父亲
亦莫我顾	无人顾念我情状

——王风·葛藟

【注解】

①藟：lěi。

②浒：hǔ，水边。

《葛藟》是一首流浪者之歌，它所表露出的辛酸和忧伤叫人掩卷难忘。主人公在他乡漂泊，看到岸边缠连在一起的葛藟而联想起自己的亲人们，心中无限感伤。他处境艰难，为了生活而觍颜叫着陌生人为“父、母、兄弟”，但即使是这样也仍旧换不来别人的一丝顾惜。

本文节选自第一章。

【文献征引】

1.（藟）陆璣《草木疏》：藟，一名巨苽；似燕薁，亦延蔓生，叶如艾，白色，其子赤，可食，酢而不美；幽州谓之蓷藟。

《康熙字典》：《唐韻》：葛藟，叶似艾。

又《博雅》：藟，藤也。《唐書·方技傳》：董抚服常春藤，使白发还鬒；常春藤者，千歲藟也。

《說文解字》：藟，草也；《詩》曰：“莫莫葛藟”；一曰秬鬯。《說文解字註》：“草也”，《詩》七言葛藟；陸璣《草木疏》：“藟一名巨苽。似燕薁，亦延蔓生；叶如艾，白色；其子赤，可食，酢而不美。幽州谓之推藟”，《開寶本草》及《圖經》皆谓卽千岁虆也，按凡藤者谓之藟，系之草则有藟字，系之木则有虆字，其实一也，戴先生《詩補註說》“葛藟猶言葛藤”、《爾雅》“山櫐虎櫐”、《山海經》卑一作“毕山多櫐，古本从木”皆是也；然鄭君周南《箋》云：“葛也，藟也”，分为二物，与許合，葛与藟皆藤生，故《詩》多类举之；《左氏》亦云：“葛藟猶能庇其木根”，藤古只作縢，谓可用缄縢也，《山海經》《傳》曰：“櫐一名縢”；“《詩》曰：‘莫莫葛藟’”，大雅旱麓文；“一曰秬鬯”，此字义别说也；秬鬯之酒，鬱而后鬯，凡字从畾声者，皆有鬱积之意，是以神名鬱垒，《上林賦》云：“隐辚鬱㠥”，秬鬯得名藟者，义在乎是，其字从草者，酿芳草为之也。

2.（千歲虆）《本草綱目》〖釋名〗虆蕪、苣瓜；藏器曰：“此藤冬只凋叶，大者盘薄，故曰千歲虆”。〖集解〗弘景曰：“藤生如蒲萄，叶似鬼桃，蔓延木上，汁白。今俗人方藥都不识用，《仙經》数处须之"，藏器曰："蔓似葛，叶下白，其子赤，条中有白汁。陸璣《草木疏》云：'一名苣瓜。连蔓而生，蔓白子赤，可食，酢而不美。幽州人谓之推虆'，《毛詩》云'葛虆'注云：'似葛之草'；蘇恭谓为蘡薁，深是妄言"，頌曰："处处有之。藤生，蔓延木上；叶如蒲萄而小，四月摘其茎，汁白而味甘；五月开花，七月结实，八月采子，青黑微赤。冬惟凋叶，春夏间取汁用，陶陳二氏所说得之"，時珍曰："按千歲虆原无常春之名，惟陳藏器本草土鼓藤下言：'李邕名为常春藤。浸酒服，羸老变白，则抚所用乃土鼓藤也'，其叶与千歲虆不同，或名同耳"。

【辨析】

藟即葛藟葡萄。

【形态特征】

葛藟葡萄 *Vitis flexuosa* Thunb.：又名葛藟、千岁藟、芜、光叶葡萄、野葡萄，葡萄科，葡萄属，木质藤本植物。

小枝圆柱形，有纵棱纹。卷须 2 叉分枝。叶卵形、三角状卵形、卵圆形或卵椭圆形，长 2.5～12 厘米，宽 2.3～10 厘米，边缘每侧有微不整齐 5～12 个锯齿；基生脉 5 出，中脉有侧脉 4～5 对；叶柄长 1.5～7 厘米。圆锥花序疏散，与叶对生，花序梗长 2～5 厘米；花梗长 1.1～2.5 毫米；花蕾倒卵圆形，高 2～3 毫米，顶端圆形或近截形；萼浅碟形，边缘呈波状浅裂；花瓣 5，雄蕊 5，花丝丝状，长 0.7～1.3 毫米，花药黄色，卵圆形，雌蕊 1，在雄花中退化，子房卵圆形。果实球形，直径 0.8～1 厘米；种子倒卵椭圆形，基部有短喙。花期 3—5 月，果期 7—11 月。

产于陕西、甘肃、山东、河南、安徽、江苏、浙江、江西、福建、湖北、湖南、广东、广西、四川、贵州、云南。生长于山坡或沟谷田边、草地、灌丛或林中。

种子可榨油，根、茎、果实可入药。

杞 1、檀

【原文】	【译文】
将仲子兮[①]	仲子请你听我讲
无踰我里[②]	莫要越过我里墙
无折我树杞[③]	莫把杞木枝折断
岂敢爱之	哪是心疼那杞木
畏我父母	害怕父母知道了
……	……
将仲子兮	仲子请你听我讲
无踰我园	莫要翻过我园墙
无折我树檀	莫把檀树枝折断
岂敢爱之	哪是心疼那檀树
畏人之多言	害怕众人闲话多

——郑风・将仲子

【注解】

①将：qiāng，愿，此处带请求之意。仲：兄弟中排行第二的，也有说仲子是该男子的字。

②无：别，莫。踰：越。里：古时二十五家为里，里中种树，称社树，外有围墙，称里墙。

③杞：qǐ。

《诗经》中有很多篇章是描写青年男女私会的，可见当时人们对这种事情的态度相当宽容，但看到《将仲子》，我们很明显地感觉到，社会对于男女交往已经趋于严格约束的状态了。诗中的男子大约是心急地想要翻墙而入，院儿里的女子却是又急又怕又惦记，反复地劝他别进来别进来，理由是怕被“父母”、“兄弟”、“邻人”知晓，男子的莽撞和女子的焦虑都表现得生动无比。

本文节选自第一章、第三章。

杞 1

【文献征引】

《毛傳》：杞，木名也。陸璣《草木疏》：杞，柳属也；生水傍，树如柳，叶白色，木理微赤，故今人以为车毂；今共北淇水旁、鲁国泰山汶水边纯杞也。

【辨析】

本诗中的杞即杞柳。

【形态特征】

杞柳 *Salix integra* Thunb.：杨柳科，柳属，灌木。

高 1～3 米。树皮灰绿色。小枝淡黄色或淡红色。芽卵形，尖，黄褐色。叶近对生或对生，萌枝叶有时 3 叶轮生，椭圆状长圆形，长 2～5 厘米，宽 1～2 厘米，叶上面暗绿色，下面苍白色，中脉褐色。花先叶开放，花序长 1～2（2.5）厘米，基部有小叶；苞片倒卵形，褐色至近黑色，被柔毛；腺体 1，腹生；雄蕊 2，花丝合生，无毛；子房长卵圆形，有柔毛，几无柄，花柱短，柱头小，2～4 裂。蒴果长 2～3 毫米，有毛。花期 5 月，果期 6 月。

分布于我国东北、黄河流域及淮河流域各地。生长于山地河边、沟旁、湿草地。前苏联东部、朝鲜、日本也有分布。

可作固岸护堤树种，枝条可作农具及编织用材。

檀

【文献征引】

《毛傳》：檀，强韧之木。陸璣《草木疏》：檀木皮正青，滑泽与繫迷相似，又似駮馬。

《本草綱目》：〖释名〗時珍曰：“朱子云：‘檀，善木也。其字从亶’，以此，亶者，善也”。〖集解〗藏器曰：“按蘇恭言：‘檀似秦皮’，其叶堪为饮，树体细，堪作斧柯。至夏有不生者，忽然叶开，当有大水，农人候之以占水旱，号为水檀。又有一種叶如檀，高五六尺，生高原，四月开花，正紫，亦名檀树，其根如葛”，頌曰：“江淮河朔山中皆有之。亦檀香类，但不香尔”，時珍曰：“檀有黄白二種，叶皆如槐，皮青而泽，肌细而膩，体重而坚，状与梓榆、荚蒾相似，故俚语云：‘斫檀不谛得荚蒾，荚蒾尚可得駁馬’。駁馬，梓榆也，又名六駁；皮色青白，多癬驳也。檀木宜杵楤鎚器之用”。

《說文解字》：檀，檀木也。《說文解字註》：郑风《傳》曰：“檀，强刃之木”，刃今韧字；榽醓似檀，齐人谚曰：“上山斫檀，榽醓先殚”。

【辨析】

檀即青檀。

我国檀木种类很多，其中以青檀在黄河流域最为常见，其树干也与“皮正青”、“似駮馬”这些描述相吻合。

【形态特征】

青檀 *Pteroceltis tatarinowii* Maxim.：又名檀、檀树、翼朴、摇钱树、青壳榔树，榆科，青檀属，落叶乔木。

高达 20 米或 20 米以上，胸径达 70 厘米或 1 米以上；树皮灰色或深灰色，不规则的长片状剥落；小枝黄绿色，干时变栗褐色，皮孔明显；冬芽卵形。叶纸质，宽卵形至长卵形，长 3～10 厘米，宽 2～5 厘米，边缘有不整齐的锯齿，基部 3 出脉，侧脉 4～6 对；叶柄长 5～15 毫米，被短柔毛。翅果状坚果近圆形或近四方形，直径 10～17 毫米，黄绿色或黄褐色，翅宽，稍带木质，有放射线条纹，下端截形或浅心形，顶端有凹缺，果梗纤细，长 1～2 厘米，被短柔毛。花期 3—5 月，果期 8—10 月。

产于辽宁、河北、山西、陕西、甘肃南部、青海东南部、山东、江苏、安徽、浙江、江西、福建、河南、湖北、湖南、广东、广西、四川和贵州。常生长于山谷溪边石灰岩山地疏林中。

树皮纤维为制宣纸的主要原料，木材是农具、车轴、家具和建筑用的上等木料，种子可榨油。

【植物图片】

舜（蕣）

【原文】	【译文】
有女同行	有女与我同路行
颜如舜英	容颜娇美如舜花
将翱将翔	一起游玩和嬉戏
佩玉将将[①]	佩玉相击响叮当
彼美孟姜	这位清丽的女子
德音不忘	德音美好难相忘

——郑风·有女同车

【注解】

①将将：象声词。

这是一首贵族男女的恋歌，诗人热情地赞美与他一同出游的女子既貌美如花又品德高尚，将自己的倾慕之情表达得明明白白。

本文节选自第二章。

【文献征引】

1.（舜）《毛傳》：舜，木槿也。陸璣《草木疏》：舜，一名木槿，一名櫬，一名曰椴，齐鲁之间谓之王蒸；今朝生暮落者是也，五月始花，故《月令》“仲夏木堇荣”。

2.（蕣）《康熙字典》：《韻會》：木槿朝华暮落者。陸佃云：取一瞬之义；亦作舜。

《說文解字》：蕣，木堇；朝华暮落者；《詩》曰：“颜如蕣华”。《說文解字註》：“木堇”，句，“朝华暮落者”，郑风“颜如舜华”《毛》曰：“舜，木槿也”，《月令》：“季夏木堇荣”，釋草云：“椴，木堇。櫬，木堇”，鄭君曰：“木堇，王蒸也”；《莊子》“朝菌不知晦朔”潘尼云：“朝菌，木槿也，从草”，陸璣疏入木类，而《爾雅》、《說文》皆入草类者，樊光曰：“其树如李，其华朝生暮落，与草同气，故入草中”；“《詩》曰：‘颜如蕣华’”，今《詩》作舜为假借。

3.（椴）《爾雅·釋草》：椴，木槿；櫬，木槿。《爾雅注》：别二名也；似李树，华朝生夕陨，可食；或呼日及，亦曰王蒸。《爾雅疏》：此别椴、櫬是木槿之二名也，某氏云别三名也；其树如李，其华朝生暮落，与草同气，故在草中；《詩·郑风》云“颜如舜华”陸璣《疏》云：“舜，一名木槿，一名櫬，一名椴。齐、鲁之间谓之王蒸”，今朝生暮落者是也；郭氏云：“可食。亦呼日及”，五月始华，故《月令》仲夏云“木堇荣”。

4.（木槿）《本草綱目》：〖释名〗椴、櫬、蕣、日及、朝開暮落花、藩籬草、花奴王蒸；時珍曰：“此花朝开暮落，故名日及。曰槿、曰蕣，犹仅荣一瞬之义也。《爾雅》云‘椴，木槿。櫬，木槿’郭璞注云：‘别二名也’。或云：‘白曰椴，赤曰櫬’。齐鲁谓之王蒸，言其美而多也。《詩》云‘颜如舜华’即此”。〖集解〗宗奭曰：“木槿花如小葵，淡红色，五叶成一花，朝开暮斂。湖南北人家多種植为篱障。花与枝两用”，時珍曰：“槿，小木也；可種可插。其木如李，其叶末尖而无椏齿；其花小而艳，或白或粉红，有单叶、千叶者，五月始开，故逸書《月令》云‘仲夏之月木槿荣’是也；结实轻虚，大如指头，秋深自裂，其中子如榆荚、泡桐、馬兜鈴之仁，種之易生。嫩叶可茹，作饮代茶……”

【辨析】

舜即木槿。

本诗的舜和蕣是假借关系，蕣是木槿的本字。

【形态特征】

木槿 *Hibiscus syriacus* Linn.：又名木棉、荆条、朝开暮落花、喇叭花，锦葵科，木槿属，落叶灌木。

高 3～4 米，小枝密被黄色星状绒毛。叶菱形至三角状卵形，长 3～10 厘米，宽 2～4 厘米，具深浅不同的 3 裂或不裂，边缘具不整齐齿缺；叶柄长 5～25 毫米，上面被星状柔毛；托叶线形，长约 6 毫米，疏被柔毛。花单生于枝端叶腋间，花梗长 4～14 毫米，被星状短绒毛；小苞片 6～8，线形，长 6～15 毫米，宽 1～2 毫米，密被星状疏绒毛；花萼钟形，长 14～20 毫米，密被星状短绒毛，裂片 5，三角形；花钟形，淡紫色，直径 5～6 厘米，花瓣倒卵形，长 3.5～4.5 厘米，外面疏被纤毛和星状长柔毛；雄蕊长约 3 厘米。蒴果卵圆形，直径约 12 毫米，密被黄色星状绒毛；种子肾形，背部被黄白色长柔毛。花期 7—10 月。

原产我国中部各省。

茎皮纤维是造纸原料。

【植物图片】

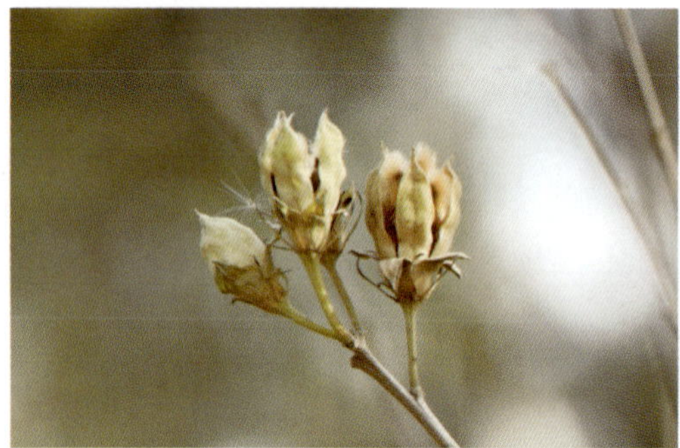

扶蘇、松、龍

【原文】	【译文】
山有扶蘇[①]	山上生扶苏
隰有荷华	水中长荷花
不见子都	未得见子都
乃见狂且[②]	却见狂小子
山有桥松[③]	山上生桥松
隰有遊龍[④]	水中长游龙
不见子充[⑤]	未得见子充
乃见狡童	却见一狡童

——郑风·山有扶苏

【注解】

①蘇：简体字“苏”。

②且：jū，用在句末的语助词。

③桥：通“乔”，高。

④龍：简体字“龙”。

⑤子都、子充：他们都是郑国的美男子，后代指美男。

这是一首极富戏谑意味的诗歌，诗人对打趣对象说：我还以为能见到个美男子呢，没想到是你这么个狂夫狡童！

扶蘇

【文献征引】

《毛傳》：扶蘇，扶胥，小木也。

《爾雅·釋木》：辅，小木。

馬瑞辰《通釋》：釋木“辅，小木”，小木即木之名；钱大昕曰：“扶、辅声义皆相近，长言为扶蘇，急言为辅”，其说是也……胥、疏、蘇叠韵，古通用。

【辨析】

文献释扶苏为“小木”，这既可解为丛生小树，也可如马瑞辰所言释作是某种树的名称。联系上下文，与“扶苏”相对应的“荷华”专指莲，那么扶苏也应是有专指的。

松

【文献征引】

《毛傳》：松，木也。

《本草綱目》：〖释名〗時珍曰：“按王安石《字說》云：‘松柏为百木之长。松犹公也，柏犹伯也。故松从公，柏从白’”。〖集解〗頌曰：“松处处有之。其叶有两鬣、五鬣、七鬣，岁久则实繁。中原虽有，不及塞上者佳好也。松脂以通明如薰陆香颗者为胜”，時珍曰：“松树磥砢修耸多节，其皮粗厚有鳞形，其叶后凋；二三月抽蕤生花，长四五寸，采其花蕊为松黄；结实状如猪心，叠成鳞砌，秋老则子长鳞裂；然叶有二针、三针、五针之别，三针者为栝子松，五针者为松子松；其子大如柏子，惟辽海及云南者，子大如巴豆，可食，谓之海松子，详见果部……”

《康熙字典》：《正韻》：木也。《字說》：松，百木之长，犹公，故字从公。《禮·禮器》：如松柏之有心也，故贯四时而不改柯易叶。

《說文解字》：松，松木也。

【辨析】

本诗的松泛指产于成诗地域内的松类植物，如油松、华山松等。

龍

【文献征引】

1.（龍）《毛傳》：龍，紅草也。

2.（遊龍）《鄭箋》：遊龍，猶放纵也，紅草放纵枝叶于隰中。陸璣《草木疏》：遊龍，一名馬蓼；叶粗大而赤白色，生水泽中，高丈余。

《曲洧舊聞》：紅蓼即《詩》所谓遊龍也，俗呼水紅。

3.（紅）《爾雅·釋草》：紅，蘢古；其大者蘬。《爾雅注》：俗呼紅草为蘢鼓，语转耳。《爾雅疏》：舍人曰：“紅名蘢古。其大者名蘬”，《詩·郑风》云“隰有遊蘢”《毛》云：“蘢，紅草也”、陸璣云：“一名馬蓼。叶大而赤白色，生水泽中，高丈馀”，郭云：“俗呼紅草为蘢鼓，语转耳”。

4.（葒草）《本草綱目》：〖释名〗鴻藹、蘢古、遊龍、石龍、天蓼、大蓼；時珍曰：“此蓼甚大而花亦繁红，故曰葒、曰鴻；鴻亦大也。《別錄》有名未用，草部中有天蓼，云：‘一名石龍，生水中’，陳藏器解云：‘天蓼即水葒，一名遊龍，一名大蓼’，据此，则二条乃一指其实、一指茎叶而言也；今并为一”。〖集解〗宏景曰：“今生下湿地甚多，极似馬蓼而甚长大。《詩》称‘隰有遊龍’，郭璞云：‘即蘢古也’”，頌曰：“葒即水葒也，似蓼而叶大，赤白色，高丈余；《爾雅》云：‘葒，蘢古。其大者蘬’。陸璣云‘遊龍一名馬蓼’，然馬蓼自是一種也”，時珍曰：“其茎粗如拇指，有毛；其叶大如商陸叶，色浅红，成穗；秋深子成，扁如酸枣仁而小，其色赤黑而肉白，不甚辛，炊炒可食”。

【辨析】

龙即红蓼。

【形态特征】

红蓼 *Polygonum orientale* L.：又名荭草、东方蓼、狗尾巴花，蓼科，蓼属，一年生草本植物。

茎直立，粗壮，高 1～2 米，上部多分枝，密被开展的长柔毛。叶宽卵形、宽椭圆形或卵状披针形，长 10～20 厘米，宽 5～12 厘米，边缘全缘，密生缘毛，两面密生短柔毛；叶柄长 2～10 厘米，具开展的长柔毛。总状花序呈穗状，顶生或腋生，长 3～7 厘米，花紧密，微下垂，通常数个再组成圆锥状；苞片宽漏斗状，长 3～5 毫米，每苞内具 3～5 花；花被 5 深裂，淡红色或白色；花被片椭圆形，长 3～4 毫米；雄蕊 7，花柱 2，柱头头状。瘦果近圆形，双凹，直径长 3～3.5 毫米，黑褐色，包于宿存花被内。花期 6—9 月，果期 8—10 月。

除西藏外，广布于我国各地。生长于沟边湿地、村边路旁。朝鲜、日本、俄罗斯、菲律宾、印度、欧洲和大洋洲也有分布。

果实可入药。

【植物图片】

荼 2、茹藘

【原文】	【译文】
出其闉阇[①]	信步出曲城
有女如荼	女子繁如花
虽则如荼	虽则繁如花
匪我思且[②]	皆非我所思
缟衣茹藘[③]	白衣红佩巾
聊可与娱	愿与她共娱

——郑风·出其东门

【注解】

①闉阇：yīn dū，外城门。

②且：jū，语助词。

③藘：lǘ。

这首诗可以说是一位男子对爱情忠贞的表白，全诗两章，结构相似，反复地咏唱了“女子多如云，心中只一人”的专一情意。

本文节选自第二章。

荼 2

【文献征引】

《毛傳》：荼，英荼也；言皆丧服也。《鄭箋》：荼，茅秀，物之轻者，飞行无常。

《康熙字典》：又《周禮·地官·掌荼註》：荼，茅秀也。《前漢·禮樂志》“颜如荼，兆逐靡”應劭曰：荼，野菅白华也、師古曰：言美女颜貌如茅荼之柔也，荼者即今所谓蒹锥也。

【辨析】

本诗的荼泛指茅类植物的花。

本字条可与“白茅”、“荑”、“菅”、“茅”相互参看。

茹藘

【文献征引】

1.（茹藘）《毛傳》：茹藘，茅蒐之染女服也。陸璣《草木疏》：茹藘，茅蒐，蒨草也，一名地血；齐人谓之茜，徐州人谓之牛蔓；今圃人或作畦種蒔，故《貨殖傳》云：“卮茜千石，亦比千乘之家”。

《爾雅·釋草》：茹藘，茅蒐。《爾雅注》：今之蒨也，可以染绛。《爾雅疏》：今染绛蒨也，一名茹藘，一名茅蒐；《詩·郑风》云“茹藘在阪”陸璣云：“一名地血，齐人谓之牛蔓，即今之蒨草是也”。

2.（茅蒐）《鄭箋》：茅蒐，染巾也。

3.（蒐）《說文解字》：蒐，茅蒐，茹藘；人血所生，可染絳。《說文解字註》：……徐廣注《史記》云："茜，一名紅藍，其花染绘赤黄"，此即今之紅花，張骞得诸西域者，非茜也……；"人血所生，可染絳"，云"人血所生"者，释此字所以从鬼也……

4.（茜）《本草綱目》：〖释名〗蒨、茅蒐、茹藘、地血、染緋草、血見愁、風車草、過山龍、牛蔓；時珍曰："按陸佃云：'許氏《說文》言蒐乃人血所化'，则草鬼为蒐以此也。陶隱居《本草》言：'东方有而少，不如西方多'，则西草为茜，又以此也。陸璣云：'齐人谓之茜，徐人谓之牛蔓'，又草之盛者为蒨，牵别为茹，连覆为藘，则蒨茹藘之名，又取此义也。人血所化之说，恐亦俗传耳，土宿眞君《本草》云：'四补草其根茜草也，一名西天王草、一名四岳近陽草、一名鐵塔草、風車兒草'"。〖集解〗弘景曰："此即今染绛茜草也。东间诸处乃有而少，不如西多。《詩》云'茹藘在阪'者是也"，時珍曰："茜草十二月生苗，蔓延数尺。方茎中空有节，外有细刺，数寸一节；每节五叶，叶如烏藥叶而糙涩，面青背绿；七八月开花结实，如小椒大，中有细子"。

《說文解字》：茜，茅蒐也。《說文解字註》：蒨即茜字也。

【辨析】

茹藘即茜草。

【形态特征】

茜草 *Rubia cordifolia* L.：茜草科，茜草属，多年生草质藤本植物。

长 1.5～3.5 米；根状茎和其节上的须根均红色；茎多条，从根状茎的节上发出，细长，方柱形，有 4 棱，棱上生倒生皮刺。叶通常 4 片轮生，纸质，披针形或长圆状披针形，长 0.7～3.5 厘米，边缘有齿状皮刺；基出脉 3 条。叶柄长 1～2.5 厘米，有倒生皮刺。聚伞花序腋生和顶生，多回分枝，有花 10 余朵至数十朵；花冠淡黄色，直径约 3～3.5 毫米，花冠裂片近卵形，长约 1.5 毫米。果球形，直径 4～5 毫米，成熟时橘黄色。花期 8—9 月，果期 10—11 月。

产于东北、华北、西北和四川及西藏等地。常生长于疏林、林缘、灌丛或草地上。分布于朝鲜、日本和俄罗斯远东地区。

根可做染料，亦可入药。

蕑、勺藥

【原文】	【译文】
溱与洧①	溱水洧水春河开
方涣涣兮	漾漾荡荡向东流
士与女	青年男女踏青来
方秉蕑兮②	手拈兰草沁香幽
女曰观乎	女子说去看看吧
士曰既且	男子说已去过了
且往观乎	不妨再去看下吧
洧之外	洧水河边游春会
洵訏且乐③	真是盛大又有趣
维士与女	那位男子和女子
伊其相谑	说说笑笑相玩闹
赠之以勺藥④	为表心意赠芍药

——郑风·溱洧

【注解】

①溱：zhēn，古水名，源出河南密县。洧：wěi，古水名，源出河南阳城山。

②蕑：jiān。

③洵：信，真是……訏：xū，大。

④藥：简体字“药”。

《溱洧》描写的是夏历三月三日上巳节时，青年男女们在溱洧河畔游春嬉戏、互结情好的情景。

本文节选自第一章。

蕑

【文献征引】

《毛傳》：蕑，蘭也。陸璣《草木疏》：蕑即蘭，香草也；《春秋》传曰：“刈蘭而卒”、《楚辭》云：“纫秋蘭”、孔子曰：“蘭当为王者”，香草皆是也；其茎叶似藥草澤蘭，但广而长，节节中赤，高四五尺；汉诸池苑及許昌宫中皆種之，可著粉中，故天子赐诸侯茝蘭，藏衣著、书中，辟白鱼也。

《康熙字典》：《爾雅翼》：蕑草，大都似澤蘭。盛弘之《荆州記》：都梁县有山，山下有水清泚，其中生蘭草，名都梁香，因山为号；其物可杀虫，毒除不祥，故郑人方春三月，于溱洧之上，士女相与秉蕑而祓除。

【辨析】

蕑即佩兰。

本字条可与“蘭”相互参看。

【形态特征】

见“蘭”。

勺藥

【文献征引】

1.（勺藥）《毛傳》：勺藥，香草。

2.（芍藥）陸璣《草木疏》：芍藥，今藥草；芍藥无香气，非是也，未审今何草；《司馬相如賦》云：“芍藥之和”，《揚雄賦》云：“甘甜之和”，芍藥之美，七十食也。

《本草綱目》：〖释名〗将離、犁食、白朮、餘容、鋋，白者名金芍藥、赤者名木芍藥；〖集解〗志曰：“此有赤白两種，其花亦有赤白二色”，頌曰：“今处处有之，淮南者胜。春生红芽作丛，茎上三枝，五叶，似牡丹而狭长，高一二尺；夏初开花，有红白紫数種，结子似牡丹子而小；秋时采根。崔豹《古今註》云：‘芍藥有二種，有草芍藥、木芍藥。木者花大而色深，俗呼为牡丹’，非矣。《安期生服錬法》：‘芍藥有金芍藥，色白多脂；木芍藥，色紫瘦多脉’”，時珍曰：“昔人言洛阳牡丹、扬州芍藥甲天下；今藥中所用亦多取扬州者。十月生芽，至春乃长，三月开花。其品凡三十余種，有千叶、单叶、楼子之异。入藥宜单叶之根，气味全厚。根之赤白，随花之色也”。

【辨析】

芍药的古今名称一致。

芍药是我国栽培最早的花卉，约有五千年的历史，品种众多。芍药和牡丹是同属植物，成株外形相似，人们经常会分不清，其实只要记住它们最根本的差别就可以很容易地分辨了——芍药是草本植物，茎秆丛生；牡丹是木本植物，具有木质主干。

【形态特征】

芍药 *Paeonia lactiflora* Pall.：毛茛科，芍药属，多年生草本植物。

根粗壮，分枝黑褐色。茎高 40～70 厘米。下部茎生叶为二回三出复叶，上部茎生叶为三出复叶；小叶狭卵形，椭圆形或披针形，边缘具白色骨质细齿。花数朵，生茎顶和叶腋，有时仅顶端一朵开放；苞片 4～5，披针形；萼片 4，宽卵形或近圆形；花瓣 9～13，倒卵形，长 3.5～6 厘米，宽 1.5～4.5 厘米，白色，有时基部具深紫色斑块；花丝长 0.7～1.2 厘米，黄色；花盘浅杯状。蓇葖长 2.5～3 厘米，直径 1.2～1.5 厘米，顶端具喙。花期 5—6 月，果期 8 月。

产于东北、华北、陕西及甘肃南部。分布于山坡草地及林下。在朝鲜、日本、蒙古及前苏联西伯利亚地区也有分布。

种子供制皂和涂料用，根可入药，称“白芍”。

莠

【原文】	【译文】
无田甫田①	莫要耕种大田地
维莠骄骄②	野草高高长得旺
无思远人	切莫挂念远方人
劳心忉忉③	劳心伤神费思量

——齐风·甫田

【注解】

①无：通“勿”。田：第一处通“佃”。甫：fǔ，大。

②莠：yǒu。

③忉：dāo，瘁心伤神的样子。

《甫田》是一首表达思念的诗歌。历史上对于它的主旨说法不一，有说是讽诗，讽刺对象或齐襄公、或齐景公、或鲁庄公，有说是劝诫厌小务大，有说是妇人思念征夫的，还有说是少女恋慕少男的等等。

本文节选自第一章。

【文献征引】

1.（莠）《康熙字典》：《孟子》“恶莠恐其乱苗也”《趙註》：莠之茎叶似苗。《鲁語》“馬饩不过稂莠”《註》：莠草似稷而无实。

《說文解字》：莠，禾粟下扬生莠也。《說文解字註》：“禾粟下扬生莠也”，禾粟下猶言禾粟间也；禾粟者，今之小米；莠，今之狗尾草，茎叶采皆似禾，故曰恶莠恐其乱苗；苗者，禾也，凡禾采下垂，故《淮南》书谓之向根，《張衡賦》美其顾本；莠则采同而扬起不下垂，故《詩》刺其骄骄桀桀，此君子小人之别也；七月《傳》曰：“扬，条扬也”，古書多借为秀字。

2.（狗尾草）《本草綱目》：〖释名〗莠、光明草、阿羅漢草；時珍曰：“莠草秀而不实，故字从秀。穗形象狗尾，故俗名狗尾。其茎治目痛，故方士称为光明草、阿羅漢草”。〖集解〗時珍曰：“原野垣墙多生之。苗叶似粟而小，其穗亦似粟，黄白色而无实。采茎筒盛，以治目病。恶莠之乱苗即此也”。

【辨析】

莠即狗尾草。

【形态特征】

狗尾草 *Setaria viridis*（L.）Beauv.：又名谷莠子、莠，禾本科，狗尾草属，一年生草本植物。

秆直立或基部膝曲，高 10～100 厘米，基部径达 3～7 毫米。叶鞘松弛，边缘具较长的密绵毛状纤毛；叶舌极短；叶片扁平，长三角状狭披针形或线状披针形，长 4～30 厘米，宽 2～18 毫米，边缘粗糙。圆锥花序紧密呈圆柱状或基部稍疏离，直立或稍弯垂，主轴被较长柔毛，长 2～15 厘米，宽 4～13 毫米，刚毛长 4～12 毫米，粗糙或微粗糙，直或稍扭曲，通常绿色或褐黄到紫红或紫色；小穗 2～5 个簇生于主轴上或更多的小穗着生在短小枝上；第一颖卵形、宽卵形，具 3 脉；第二颖几与小穗等长，椭圆形，具 5～7 脉；第一外稃与小穗第长，具 5～7 脉；第二外稃椭圆形，具细点状皱纹；花柱基分离。颖果灰白色。花果期 5—10 月。

产于全国各地。生长于荒野、道旁，为旱地作物常见的一种杂草。广布于温带和亚热带地区。

秆、叶可作饲料，亦可入药。

【植物图片】

莫、藚

【原文】	【译文】
彼汾沮洳[①]	汾水低湿处
言采其莫	在此来采莫
彼其之子	我的心上人
美无度	俊逸美无匹
……	……
彼汾一曲	汾水转弯处
言采其藚[②]	在此来采藚
彼其之子	我的心上人
美如玉	德行美如玉

——魏风·汾沮洳

【注解】

①汾：fén，汾水，源自山西管涔山。沮洳：jù rù，水边低湿地。

②藚：xù。

本诗的作者以夸张的口吻赞美了一位男子，将他俊美无比的样貌和温润如玉的心性刻画得栩栩如生。

本文节选自第一章、第三章。

莫

【文献征引】

《毛傳》：莫，菜也。陸璣《草木疏》：莫，茎大如箸，赤节，节一叶，似柳叶厚而长，有毛刺，今人缫以取茧绪；其味酢而滑，始生可以为羹，又可生食；《五方通》谓之酸迷，冀州人谓之干绛，河汾之间谓之莫。

【辨析】

莫是一种产于山西一带的湿生草本植物，其茎粗约 5 毫米，有节，单叶生于节上，叶片有毛刺，嫩时可食用、味酸。

有观点认为莫即酸模，但酸模的形态与陆玑所述不十分相符，且《本草纲目·酸模》项中并无莫、酸迷、干绛之名。

藚

【文献征引】

《毛傳》：藚，水舄也。陸璣《草木疏》：藚，今澤蕮也；其叶如車前草大，其味亦相似，徐州广陵人食之。

《爾雅·釋草》：藚，牛唇。《爾雅注》：《毛詩傳》曰："水蕮也"，如藚斷，寸寸有节，拔之可复。《爾雅疏》：李巡云："别二名"，郭云："如藚斷，寸寸有节"，陸璣以为今澤蕮也，郭氏所不取；〇注："毛詩"至"蕮也"，《詩·魏风·汾沮洳》云"彼汾一曲，言采其藚"《毛傳》云"藚，水蕮也"是。

《說文解字》：藚，水舃也；《詩》曰："言采其藚"。《說文解字註》："水舃也"，魏风《毛傳》同，釋草："藚，牛脣"；"《詩》曰：'言采其藚'"。

【辨析】

陆玑和郭璞对藚的注释各不相同，其他文献的描述少而笼统，仅从诗文及"水舃"这个名称来判断，它是产于山西一带的湿生草本植物。

本字条可与"澤瀉"相互参看。

棘

【原文】	【译文】
园有棘	园中生棘树
其实之食	果子可以食
心之忧矣	心里多烦忧
聊以行国	国中且行游

——魏风·园有桃

【注解】

《园有桃》是不得志的士人的慨叹，颇有“世人皆醉我独醒”的意味。诗人心中的烦忧无人理解，只能用我行我素、自得其乐的方式来排解。

本文节选自第二章。

【文献征引】

1.（棘）《毛傳》：棘，棗也。

《康熙字典》：《詩詁》：棘如棗而多刺，木坚，色赤，丛生，人多以为藩；岁久无刺，亦能高大如棗；木色白者为白棘，实酸者为樲棘，亦名酸棗。

《說文解字》：棘，小棗丛生者。《說文解字註》：“小棗丛生者”，此言小棗则上文谓常棗可知，小棗树丛生，今亦随在有之，未成则为棘而不实，已成则为棗；魏风“园有棘”，其实之食，唐风“肃肃鸨翼。集于苞棘”、小雅“有捄棘匕”，《毛傳》曰：“棘，棗也”，此谓统言不别也；邶风“吹彼棘心。吹彼棘薪”、《左傳》“除翦其荆棘”，此则主谓未成者；古多叚棘为亟字，如“棘人栾栾兮”、“我是用棘”、“匪棘其欲”皆是，棘亟同音，皆谓急也；棘庳于棗而朿尤多，故从并朿会意。

2.（樲）《爾雅·釋木》：樲，酸棗。《爾雅注》：树小实酢；《孟子》曰：“养其樲棗”。《爾雅疏》：……实小而味酢者名樲棗……○注：“《孟子》曰‘养其樲棗’”，案《孟子》曰人之於身也“体有贵贱、有小大，无以小害大，无以贱害贵。养其小者为小人，养其大者为大人。今有场师，舍其梧檟，养其樲棗，则为贱场师焉”趙岐注云“樲棗，小棗，所谓酸棗”是也。

3.（酸棗）《本草綱目》：〖释名〗樲、山棗。〖集解〗恭曰：“此即樲棗也。树大如大棗，实无常形，但大棗中味酸者是。今医以棘实为酸棗，大误矣”，藏器曰：“酸棗既是大棗中之酸，此即是真棗，何复名酸？既名酸，又云小；今棗中酸者未必即小，小者未必即酸。惟嵩陽子云：‘余家于滑台，今酸棗县，即滑之属邑也。其树高数丈，径围一二尺，木理极细，坚而且重，可为车轴及匙箸等；其树皮亦细而硬，纹似蛇鳞；其棗圆小而味酸；其核微圆而仁稍长，色赤如丹。此医之所重，居人不易得，今市人卖者，皆棘子也’，又云：‘山棗树如棘，其子如生棗，其核如骨，其肉酸滑好食，山人以当果”，頌曰：“今近汴洛及西北州郡皆有之，野生，多在坡坂及城垒间。似棗木而皮细，其木心赤色，茎叶俱青，花似棗花；八月结实，紫红色，似棗而圆小，味酸……”，志曰：“酸棗即棘实，更非他物。

若云是大棗味酸者，全非也。酸棗小而圆，其核中仁微扁。其大棗仁大而长，不相类也”，宗奭曰：“天下皆有之，但以土产宜与不宜尔。嵩陽子言酸棗木高大，今货者皆棘子，此说未尽。盖不知小则为棘，大则为酸棗；平地则易长，居崖壍则难生。故棘多生崖壍上，久不樵则成干，人方呼为酸棗，更不言棘，其实一本也。此物才及三尺便开花结子，但科小者气味薄，木大者气味厚。今陕西、临潼山野所出亦好，乃土地所宜也。后有白棘條，乃酸棗未长大时枝上刺也；及至长成，其实大，其刺亦少。故棗取大木，棘取小科，不必强分别焉”。

4.（白棘）《本草綱目》：〖释名〗……時珍曰：“独生而高者为棗，列生而低者为棘；故重朿为棗，平朿为棘。二物观名即可辨矣。朿即刺字……”

5.（棗）《康熙字典》：《小爾雅》：棘实谓之棗。《埤雅》：大者棗，小者棘；于文㭉朿为棘，重朿为棗，盖棗性重乔，棘则低矣。

【辨析】

棘即酸枣。

棘和枣的形态十分相似，文献中既有观点认为棘是树型较小、果实味酸的枣，也有观点认为棘和枣是两种不同的植物；在今天的植物分类里，棘被认为是枣的变种。

本字条可与“棗”相互参看。

【形态特征】

酸枣 *Ziziphus jujuba* Mill. var. *spinosa*（Bunge）Hu ex H. F. Chow.：又名棘、酸枣树、角针、硬枣、山枣树，鼠李科，枣属，落叶小乔木。

高 1～3 米，小枝之字形弯曲，紫褐色。托叶刺直伸或弯曲。叶互生，叶片椭圆形至卵状披针形，长 1.5～3.5 厘米，宽 0.6～1.2 厘米，具细锯齿，基生三出脉。花 2～3 朵簇生于叶腋，黄绿色。核果近球形或长圆形，长 0.7 ～1.5 厘米，红褐色。花期 5—7 月，果期 8—9 月。

产于我国河北、辽宁、内蒙古、山西、山东、安徽、河南、湖北、甘肃、陕西、四川等省区。常生长于向阳、干燥山坡、丘陵、岗地或平原。朝鲜及前苏联也有分布。

可做砧木，花是优质蜜源，果可食用，核仁可入药。

【植物图片】

苗

【原文】	【译文】
硕鼠硕鼠	大田鼠呀大田鼠
无食我苗[①]	莫要偷食我禾苗
三岁贯女[②]	长年累月侍候你
莫我肯劳	依然难得你慰劳

——魏风·硕鼠

【注解】

①无：勿。

②女：通“汝”。

本诗运用拟人的手法，将剥削者比喻成偷吃粮食的大田鼠，它们狡黠奸诈又贪得无厌，诗人对其愤恨已极，强烈地渴望能摆脱它们并找到一片美好的乐土。

本文节选自第三章。

【文献征引】

《毛傳》：嘉穀也。

《康熙字典》：《詩·王风》“彼黍离离，彼稷之苗”、魏风“硕鼠硕鼠，无食我苗”《註》：嘉穀也。

《說文解字》：苗，草生于田者。《說文解字註》：“草生于田者”，按苗之故训禾也，禾者，今之小米；《詩》“诞降嘉穀，维秬维秠，维虋维芑”《爾雅》、《毛傳》、《說文》皆曰：“虋，赤苗。芑，白苗”，魏风“无食我苗”《毛》曰：“苗，嘉穀也”，此本生民诗，首章言黍、二章言麥、三章则言禾，《春秋經·莊七年》：“秋，大水。无麥苗”、《卄八年》：“冬，大无麥禾”，麥苗卽麥禾，秋言苗，冬言禾；何休曰：“苗者，禾也。生曰苗，秀曰禾”、《倉頡篇》曰：“苗者，禾之未秀者也”、孔子曰“恶莠恐其乱苗”魏文侯曰：“幽莠似禾”，明禾与苗同物，苗本禾未秀之名，因以为凡草木初生之名，《詩》言“稷之苗”、“稷之穗”、“稷之实”是也；《說文》立文当以苗字次虋字之前，云禾也、嘉穀也，则虋为赤苗，籒文芑为白苗，言之有序，“草生于田”，皮傅字形为说而已；古或假苗为茅，如《士相見禮》古文草茅作草苗，洛阳《伽藍記》所云魏時苗茨之碑，实卽茅茨，取尧舜茅茨不翦也。

【辨析】

苗是禾的初生状态。

本字条可与“稷”、“禾”、“粟”、“黄”、“穈”、“芑 2”、“粢”、“黄粱”相互参看。

【形态特征】

见“粟”。

樞、榆、栲、杻

【原文】	【译文】
山有樞[1]	刺榆生在高山上
隰有榆	白榆长在洼地中
子有衣裳	你有锦绣好衣裳
弗曳弗娄[2]	不穿不用闲搁着
子有车马	你有好车和骏马
弗驰弗驱	不乘不骑空放着
宛其死矣	待到某天你死去
他人是愉	他人乐得来享用
山有栲	栲树生在高山上
隰有杻[3]	杻树长在洼地中
子有廷内	你有庭院和厅堂
弗洒弗扫	既不打理也不扫
子有钟鼓	你有编钟和乐鼓
弗鼓弗考	既不打击也不敲
宛其死矣	待到某天你死去
他人是保	全被他人占用了

——唐风·山有枢

【注解】

①樞：简体字“枢”。

②曳、娄：牵引，此处指穿戴着衣。

③杻：niǔ。

《山有枢》从衣食住行等各个方面入手描述，讽刺了守财奴只知搜括索取，却不知享用的吝啬嘴脸。也有观点认为本诗是劝人及时行乐。

本文节选自第一章、第二章。

樞

【文献征引】

《毛傳》：樞，茎也。陸璣《草木疏》：樞，其针刺如柘，其叶如榆；瀹为茹，美滑於白榆；榆之类有十種，叶皆相似，皮及木理异尔。

《爾雅·釋木》：蓲，茎。《爾雅注》：今之刺榆。《爾雅疏》：别二名也；郭云：“今之刺榆”，《詩·唐风》云“山有樞”陸璣《疏》：“其针刺如柘，其叶如榆。瀹为茹，美滑於白榆也。榆之类有十種，叶皆相似，皮及木理异耳”。

【辨析】

枢即刺榆。

本字条可与“榆”、“枌”相互参看。

【形态特征】

刺榆 *Hemiptelea davidii*（Hance）Planch.：又名枢、钉枝榆、刺榆针子，榆科，刺榆属，落叶乔木。

高可达 10 米，或呈灌木状；树皮深灰色或褐灰色，不规则的条状深裂；小枝灰褐色或紫褐色，被灰白色短柔毛，具粗而硬的棘刺；冬芽常 3 个聚生于叶腋，卵圆形。叶椭圆形或椭圆状矩圆形，长 4～7 厘米，宽 1.5～3 厘米，边缘有整齐的粗锯齿，侧脉 8～12 对；叶柄长 3～5 毫米，被短柔毛。小坚果黄绿色，斜卵圆形，两侧扁，长 5～7 毫米，在背侧具窄翅。花期 4—5 月，果期 9—10 月。

产于吉林、辽宁、内蒙古、河北、山西、陕西、甘肃、山东、江苏、安徽、浙江、江西、河南、湖北、湖南和广西北部。常生长于坡地次生林中、村落路旁、土堤上、石栎河滩。在朝鲜也有分布，在欧洲及北美有栽培。

可作固沙树种，木材可制农具及器具，树皮纤维可作人造棉、绳索、麻袋的原料，嫩叶可食用，种子可榨油。

【植物图片】

榆

【文献征引】

《本草綱目》：〖释名〗零榆，白者名枌；時珍曰：“按王安石《字說》云：‘榆瀋俞柔’，故谓之榆。其枌则有分之之道，故谓之枌。其荚飘零，故曰零榆”。〖集解〗宏景曰：“此即今之榆树……初生荚仁，以作糜羹，令人多睡，嵇康所谓‘榆令人瞑’也”，頌曰：“榆处处有之。三月生荚，古人采仁以为糜羹，今无复食者，惟用陈老实作酱耳。按《爾雅疏》云：‘榆类有数十種，叶皆相似，但皮及木理有异耳’，刺榆有针刺如柘，其叶如榆，瀹为蔬羹，滑于白榆，即《爾雅》所谓‘藲，茎’、《詩經》所谓‘山有樞’是也；白榆先生叶，却着荚，皮白色，二月剥皮，刮去粗皵，中极滑白，即《爾雅》所谓‘榆白，枌’是也，荒岁农人取皮为粉，食之当粮，不损人，四月采实”，時珍曰：“邢昺《爾雅疏》云：‘榆有数十種’，今人不能尽别，惟知荚榆、白榆、刺榆、榔榆数者而已。荚榆、白榆皆大榆也，有赤白二種，白者名枌，其木甚高大，未生叶时，枝条间先生榆荚，形状似钱而小，色白成串，俗呼榆錢；后方生叶，似山茱萸叶而长，尖艄润泽；嫩叶炸，浸淘过可食……山榆之荚名蕪荑，与此相近，但味稍苦耳。诸榆性皆扇地，故其下五穀不植……”

《說文解字》：榆白，枌。《說文解字註》：“榆白，枌”，见釋木，陈风“东门之枌”傳曰：“枌，白榆也”，然则釋木榆白为逗，枌为句，显然許意亦如此读，别榆一種以起下也；榆荚可食，亦可为酱。

【辨析】

榆即榆树。

古文没有标点，因此“榆白枌”便产生了“榆，白枌”和“榆白，枌”这两种断句方式。从字面上看，“榆，白枌”可理解为榆又名白枌，或榆是白色树皮的枌，“榆白，枌”可理解为白色树皮的榆名为枌。按《尔雅注》、《尔雅疏》及《本草纲目》等文献的注释，“榆白，枌”这一断句方式更为合理。

本字条可与“樞”、“枌”相互参看。

【形态特征】

榆树 *Ulmus pumila* L.：又名榆、白榆、家榆、钻天榆、钱榆、长叶家榆、黄药家榆，榆科，榆属，落叶乔木。

高达 25 米，胸径 1 米，树皮暗灰色，不规则深纵裂，粗糙；小枝淡黄灰色、淡褐灰色或灰色，有散生皮孔；冬芽近球形或卵圆形。叶椭圆状卵形、长卵形、椭圆状披针形或卵状披针形，长 2～8 厘米，宽 1.2～3.5 厘米，边缘具重锯齿或单锯齿，侧脉每边 9～16 条，叶柄长 4～10 毫米。花先叶开放，在去年生枝的叶腋成簇生状。翅果近圆形，长 1.2～2 厘米，果核部分位于翅果的中部。花果期 3—6 月。

分布于东北、华北、西北及西南各省区。生长于山坡、山谷、川地、丘陵及沙岗等处。朝鲜、前苏联、蒙古也有分布。

木材是建筑、家具、枕木用材，树皮纤维可制人造棉、造纸和绳索，种子可榨油并可食用，皮、叶、果可入药。

【植物图片】

栲

【文献征引】

1.（栲）《毛傳》：栲，山樗。陸璣《草木疏》：栲，叶似櫟木，皮厚数寸，可为车辐，或谓之栲櫟；許慎正以栲读为糗，今人言栲，失其声耳。

《爾雅·釋木》：栲，山樗。《爾雅注》：栲似樗，色小白，生山中，因名云；亦类漆樹。《爾雅疏》：舍人曰："栲名山樗"，郭云："栲似樗，色小白，生山中，因名云。亦类漆樹"，俗语曰"櫄樗栲漆，相似如一"，《詩·唐风》云"山有栲"陸璣《疏》云："山樗与下田樗略无异，叶似差狭耳。吴人以其叶为茗。方俗无名此为樗者，似误也。今所云为栲者，叶如櫟，木皮厚数寸，可为车辐，或谓之栲櫟。許慎正以栲读为糗，今人言栲，失其声耳。"

2.（柷）《說文解字》：柷，山樗也。《說文解字註》："山樗也"，樗旧作樗，今改；釋木、唐风《傳》皆曰："栲，山樗"，柷栲古今字，許所据作柷也，陸璣云："山樗与下田樗无异，叶似差狭耳"，方俗无名此为栲者；今所云栲者，叶如櫟木、皮厚数寸、可为车轴，或谓之栲，郭云："栲似樗，色小白，生山中，因名云。亦类漆樹"，俗语曰："櫄樗栲漆，相似如一"，按二说似許为长；"读若糗"，读若糗三字依陸機补，陸云："許慎正以栲读为糗。今人言考，失其声耳"。

3.（山樗）《詩·我行其野》"蔽芾其樗"陸璣疏：山樗与下田樗略无异，叶似差狭耳，吴人以其叶为茗。

【辨析】

栲的本义是栲树，柷是山樗，但因栲和柷是古今字，所以就有了释栲为山樗的说法。栲树产于长江流域以南地区，与成诗地域不符，因此本诗的栲应释为山樗。

山樗的名称今已不复使用，按《本草纲目·椿樗》所载，它很可能是臭椿一类的植物。

本字条可与"樗 1"、"樗 2"相互参看。

杻

【文献征引】

1.（杻）《毛傳》：杻，檍。陸璣《草木疏》：杻，檍也；叶似杏而尖，白色，皮正赤，为木多曲少直，枝叶茂好，二月中叶疏，华如楝而细，蕊正白；盖此树今官园種之，正名曰万岁，既取名於亿万；其叶又好，故種共汲山下，人或谓之牛筋，或谓之檍；材可为弓弩榦也。

《爾雅·釋木》：杻，檍。《爾雅注》：似棣，细叶；叶新生可饲牛，材中车輞，关西呼杻子，一名土橿。《爾雅疏》：杻，一名檍；郭云："似棣，细叶。叶新生可饲牛，材中车輞，关西呼杻子，一名土橿"，《詩·唐风》云"隰有杻"陸璣《疏》云："叶似杏而尖，白色，皮正赤。为木多曲少直，枝叶茂好，二月中叶疏，华如练而细，蕊正白。盖树今官园種之，正名曰万岁，既取名於亿万。其叶又好，故種之共汲山下，人或谓之牛筋，或谓之檍。材可为弓弩干也"。

2.（檍）《康熙字典》：《周禮·冬官·考工記》：弓人取干之道，柘为上，檍次之。

【辨析】

杻和檍这两个名称今已不复用，就笔者所参阅的资料，也没有能将它们与今天的植物联系起来的内容或具说服力的论证。目前仅知它是产于山西一带的乔木，树皮红褐色、树枝曲屈、花型细瘦、木材坚实。

椒

【原文】	【译文】
椒聊之实[①]	椒果结成串
蕃衍盈升[②]	子实装满升
彼其之子	他那个人啊
硕大无朋[③]	高大世无比

——唐风·椒聊

【注解】

①聊：结成串的果实。

②升：量器名。

③朋：比。

关于本诗赞美的是谁历来说法不一，主要是因为诗歌本身没有任何实证，因此只能泛解。

本文节选自第一章。

【文献征引】

1.（椒）《毛傳》：椒聊，椒也。《詩·东门之枌》“诒我握椒”《毛傳》：椒，芬香也。《鄭箋》：椒之性芬香而少实，今一梂之实蕃衍满升，非其常也。陸璣《草木疏》：椒聊，聊，语助也；椒樹似茱萸，有针刺，茎叶坚而滑泽；蜀人作茶，吴人作茗，皆合煮其叶以为香；今成皋诸山间有椒，谓之竹葉椒，其树亦如蜀椒，少毒热，不中合藥也，可著饮食中，又用蒸鸡豚，最佳者；东海诸岛上亦有椒樹，枝叶皆相似，子长而不圆，甚香，其味似橘皮，岛上獐鹿食此椒叶，其肉自然作椒橘香也。

《爾雅·釋木》：椴，大椒。《爾雅注》：今椒樹丛生，实大者名为椴。《爾雅疏》：椴者，大椒之别名也；郭云：“今椒樹丛生，实大者名为椴”，《詩·唐风》云“椒聊之实”陸璣《疏》云：“椒樹似茱萸，有针刺，叶坚而滑泽。蜀人作茶，吴人作茗，皆合煮其叶以为香。今成皋诸山间有椒，谓之竹葉椒，其树亦如蜀椒，少毒热不中合藥也。可著饮食中，又用烝鸡豚，最佳香。东海诸岛上亦有椒樹，枝叶皆相似，子长而不圆，甚香。其味似橘皮，岛上獐鹿食此椒叶，其肉自然作椒橘香”。

2.（秦椒）《本草綱目》：〖释名〗大椒、椴、花椒；〖集解〗頌曰：“今秦、凤、明、越、金、商州皆有之。初秋生花，秋末结实，九月十月采之。《爾雅》云‘椴，大椒’郭璞注云：‘椒丛生，实大者为椴也’，《詩·唐风》云‘椒聊之实，繁衍盈升’陸璣《疏義》云：‘椒树似茱萸，有针刺，叶坚而滑泽，味亦辛香；蜀人作茶，吴人作茗，皆以其叶合煮为香。今成皋诸山有竹叶椒，其木亦如蜀椒，小毒热，不中合藥也，可入饮食中及蒸鸡豚用。东海诸岛上亦有椒，枝叶皆相似，子长而不圆，甚香，其味似橘皮；岛上獐鹿食其叶，其肉自然作椒橘香’，今南比所生一種椒，其实大于蜀椒，与陶氏及郭、陸之说正相合，当以实大者为秦椒也”，時珍曰：“秦椒，花椒也。始产于秦，今处处可種，最易蕃衍。其叶对生，尖而有刺，四月生细花，五月结实，生青熟红，大于蜀椒，其目亦不及蜀椒目光黑也。《范子計然》云：‘蜀椒出武都，赤色者善。秦椒出陇西天水，粒细者善。蘇頌谓其秋初生花，盖不然也’”。

3.（椒榝丑莍）《爾雅·釋木》：椒榝丑莍。《爾雅注》：莍萸子聚生成房貌，今江东亦呼莍；莍、榝，似茱萸而小，赤色。《爾雅疏》：丑，类也，莍者，实之房也，椒、榝之类，实皆有莍汇自裹；李巡曰：“榝，茱萸也”，茱萸皆有房，故曰莍，莍，实也，郭云：“莍萸子聚生成房貌，今江东亦呼莍。榝似茱萸而小，赤色”。

4.（茮）《說文解字》：茮，茮莍也。《說文解字註》：“茮莍也”，此三字句；茮莍葢古语，猶《詩》之椒聊也，单呼曰茮，絫呼曰茮莍、茮聊；唐风“椒聊之实”《毛》曰：“椒聊，椒也”，釋木曰：“椒榝丑莍”，檓，大椒；《神農本草經》有蜀椒，又有秦椒，从草，《爾雅》、《本草》、《陸疏》皆入木类，今验实木也，而《說文》正从草，此沿自古籀者，凡析言有草木之分，统言则草亦木也，故造字有不拘尔。

【辨析】

椒即花椒。

本字条可与“申椒”、“榝”相互参看。

【形态特征】

花椒 *Zanthoxylum bungeanum* Maxim.：又名椒、檓、大椒、秦椒、蜀椒，芸香科，花椒属，落叶小乔木。

花椒高3～7米，枝有短刺。叶有小叶5～13片，叶轴常有甚狭窄的叶翼；小叶对生，无柄，卵形、椭圆形、稀披针形，长2～7厘米，宽1～3.5厘米，叶缘有细裂齿，齿缝有油点。花序顶生或生长于侧枝之顶；花被片6～8片，黄绿色；雄花的雄蕊5枚或多至8枚；退化雌蕊顶端叉状浅裂；雌花很少有发育雄蕊，花柱斜向背弯。果紫红色，单个分果瓣径4～5毫米，散生微凸起的油点；种子长3.5～4.5毫米。花期4—5月，果期8—10月。

产于我国华北、华中、华南等地。见于平原至海拔较高的山地。

木材可制手杖，果皮可提取香精，种子可榨油，果皮、种子可入药。

【植物图片】

杜

【原文】	【译文】
有杕之杜[①]	孤零的杜树
其叶湑湑[②]	叶子密密生
独行踽踽[③]	独行少依傍
岂无他人	难道无路人

——唐风·杕杜

【注解】

①杕：dì，孤木。

②湑：xǔ，枝叶茂盛。

③踽：jǔ，孤独无依的样子。

《杕杜》和《葛藟》一样，都是描写流浪者的作品。

本文节选自第一章。

【文献征引】

1.（杜）《毛傳》：杜，赤棠也。

《爾雅·釋木》：杜，甘棠。《爾雅注》：今之杜棠。《爾雅疏》：杜，一名甘棠；郭云："今之杜棠"、下云"杜，赤棠。白者棠"，舍人曰："杜，赤色名赤棠，白者亦名棠"，然则其白者名棠，其赤者为杜、为甘棠、为赤棠；《詩·召南》云"蔽芾甘棠"、小雅云"有杕之杜"《傳》云"杜，亦棠"是也。

《說文解字》：杜，甘棠也。《說文解字註》："甘棠也"，召南"蔽芾甘棠"，《毛》曰："甘棠，杜也"，釋木曰："杜，甘棠"，本无不合；棠不实，杜实而可食，则谓之甘棠，凡实者皆得谓之杜，则皆得谓之甘棠也，牡棠牝杜，析言之也，杜得偁甘棠，互言之也；釋木又曰："杜，赤棠。白者棠"，魏风《傳》用之，此以其木色之异异其名，与杜甘棠说异，卽与分牡牝说异，为許所不取；戴先生曰："《爾雅》谓杜甘曰棠"，毛公失其句读，葢依陸璣《疏》"白棠卽甘棠，子美。赤棠卽杜，子澀"为此说耳，非許意，亦非《爾雅》意也；先生又曰："梨山樆"，谓梨山生曰樆，"楡白枌"，谓楡之白者曰枌，今按《毛傳》云："枌白楡也"，诚当于白为读，《漢書音義》云："離山梨也"，是《爾雅》当同《音義》乙其字矣。

2.（杜）《爾雅·釋木》：杜，赤棠；白者棠。《爾雅注》：棠色异，异其名。《爾雅疏》：郭云："棠色异，异其名"，樊光云："赤者为杜，白者为棠"，陸璣《疏》云："赤棠与白棠同耳，但子有赤白美恶。子白色为白棠，甘棠也，少酢，滑美。赤棠子澀而酢，无味，俗语云'澀如杜'是也。赤棠木理韧，亦可以作弓榦"。

3.（棠）《說文解字》：棠，牡曰棠，牝曰杜。《說文解字註》："牡曰棠，牝曰杜"，草木有牡者，谓不实者也，小雅云："有杕之杜。有晥其实"，此牝者曰杜之证也；陸璣《詩疏》曰："赤棠与白棠同耳。但子有赤白美恶。子白色为白棠，甘棠，少酢滑美。赤棠子澀而酢无味。俗语云'澀如杜'是也"，依陸说是棠杜皆有子，然種类甚多，今之海棠皆华而不实，盖所谓牡者曰棠也。

【辨析】

杜即杜梨。

《尔雅》中有两个“杜”字条，一条写“杜甘棠”，一条写“杜赤棠，白者棠”，这两条释文并不衔接，看内容却说的是一种植物。由于《尔雅》的作者不止一位且后世多有增补，因此这两条释文应是不同的人为杜作的注释，其中一条属于增补。

本字条可与“甘棠”相互参看。

【形态特征】

杜梨 *Pyrus betulaefolia* Bge.：又名棠梨、土梨、海棠梨、野梨子、灰梨，蔷薇科，梨属，落叶乔木。

高达 10 米，树冠开展，枝常具刺；冬芽卵形，外被灰白色绒毛。叶片菱状卵形至长圆卵形，长 4～8 厘米，宽 2.5～3.5 厘米，边缘有粗锐锯齿；叶柄长 2～3 厘米，被灰白色绒毛。伞形总状花序，有花 10～15 朵，总花梗和花梗均被灰白色绒毛，花梗长 2～2.5 厘米；花直径 1.5～2 厘米；萼筒外密被灰白色绒毛；萼片三角卵形，长约 3 毫米，花瓣宽卵形，长 5～8 毫米，宽 3～4 毫米，白色；雄蕊 20，花药紫色，花柱 2～3，基部微具毛。果实近球形，直径 5～10 毫米，2～3 室，褐色，有淡色斑点。花期 4 月，果期 8—9 月。

产于辽宁、河北、河南、山东、山西、陕西、甘肃、湖北、江苏、安徽、江西。生长于平原或山坡阳处。

是北方梨树的主要砧木，也是防护林及沙荒地区的造林树种，木材致密可作各种器物，树皮可提制栲胶，树皮、枝、叶、果均可入药。

栩

【原文】	【译文】
肃肃鸨羽①	鸨鸟振翅簌簌响
集于苞栩②	成群落在栩树上
王事靡盬③	君王役使无休止
不能蓺稷黍④	不能回家种黍粮

——唐风·鸨羽

【注解】

①鸨：bǎo，鸟名。

②苞：从生。栩：xǔ。

③盬：gǔ，停止。

④蓺：通“艺”，种植。

《鸨羽》抒发了农民对繁重无休止的王室徭役的痛恨和抗议，表达了他们渴望安居乐业的心情。鸨的爪间有蹼而无后趾，所以它适水但不能抓握，可诗里的鸨鸟却停栖在树上，这是很反常的，而农民在外服役却不回家种地同样是反常现象。

本文节选自第一章。

【文献征引】

1.（栩）《毛傳》：栩，杼也。陸璣《草木疏》：栩，今柞櫟也；徐州谓櫟为杼，或谓之为栩；其子为皁，或言皁斗，其壳为汁，可以染皁，今京洛及河内多言杼汁，或云橡斗；读櫟为杼，五方通语也。

《爾雅·釋木》：栩，杼。《爾雅注》：柞樹。《爾雅疏》：栩，一名杼；郭云：“柞樹”，《詩·唐风》云“集于苞栩”陸璣《疏》云：“今柞櫟也。徐州人谓櫟为杼，或谓之为栩。其子为皂，或言皂斗。其壳为汁，可以染。皂，今京洛及河内言杼斗。谓櫟为杼，五方通语也”。

《康熙字典》：《徐曰》：皁斗谓之樣，亦栗属也。

《說文解字》：栩，柔也；其皁，一曰樣。《說文解字註》：“柔也”，见唐风《毛傳》，陸璣曰：“栩，今柞櫟也。徐州人谓櫟为杼，或谓之为栩”，按《毛傳》、《說文》皆栩柔樣为一木，櫟下但云木也，不云卽栩也，然则陸璣专据徐州语言合之耳；“其皁，一曰樣”，按各宋本及《集韻》、《類篇》皆同，毛氏依小徐作“其实皁”，非也，草部曰：“皁斗，櫟实也。一曰樣斗”，許蓋谓栩为柞櫟，与陸璣同。

2.（橡實）《本草綱目》：〖释名〗橡斗、皁斗、櫟梂、柞子、芧、栩；禹錫曰：“案《爾雅》云‘栩，杼也’、又曰‘櫟，其实梂’孫炎注云：‘栩，一名杼也。櫟，似樗之木也。梂，盛实之房也。其实名橡，有梂彙自裹之’。《詩·唐风》云‘集于苞栩’、《秦风》云‘山有苞櫟’陸璣注云：‘即柞櫟也。秦人谓之櫟，徐人谓之杼，或谓之栩。其子谓之皁，亦曰皁斗，其壳煮汁，可染皁也。今京洛、河内亦谓之杼，盖五方通语，皆一物也’”，時珍曰："櫟，柞木也。实名橡斗、皁斗，谓其斗刓剜象斗，可以染皁也。南人呼皁如柞，音相近也"。〖集解〗頌曰："橡實，櫟木子也。所在山谷皆有。木高二三丈，三四月开花，黄色，八九月结实，其实为皁斗。槲、櫟皆有斗，而以櫟为胜"，宗奭曰："櫟叶如栗叶，所在有之。木坚而不堪充材，亦木之性也，为炭则他木皆不及。其壳虽可染皁，若曾经雨水者，其色淡。槲亦有壳，但小而不及櫟也"，時珍曰："櫟有二種，一種不结实者，其名曰棫，其木心赤，《詩》云'瑟彼柞棫'是也；一種结实者，其名曰栩，其实为橡。二者树小则耸枝，大则偃蹇；其叶如櫧叶，而纹理皆斜句；四五月开花如栗，花黄色；结实如荔枝核而有尖，其蒂有斗，包其半截，其仁如老蓮肉；山人俭岁采以为饭，或擣浸取粉食，丰年可以肥猪。北人亦種之，其木高二三丈，坚实而重，有斑纹点点；大者可作柱栋，小者可为薪炭；《周禮·職方氏》'山林宜皁物，柞栗之属'即此也；其嫩叶可煎饮代茶"。

【辨析】

栩通常泛指栎类植物，具体到本诗，与栩相对应的"棘"和"桑"分别指酸枣和桑树，那么栩也应是有专指的。在栩的别名中，目前仍在使用的是柞树和柞栎，与之相对应的是今壳斗科植物蒙古栎（*Quercus mongolica* Fisch. ex Ledeb.）和槲树（*Quercus dentata* Thunb.），它们——尤其是蒙古栎——在名称和形态上都比较符合文献的描述。

本字条可与"栎"、"柞"相互参看。

蘞

【原文】	【译文】
葛生蒙楚	葛藤缠牡荊
蘞蔓于野[①]	蔹草野中长
予美亡此[②]	爱人不在旁
谁与	与谁共依傍
独处	独对日月长

——唐风·葛生

【注解】

①蘞：liǎn，简体字“蔹”。

②予：我。亡：无。

《郑笺》注此诗是妻子思念征夫的，而现代则多认为这是一首悼亡诗。

本文节选自第一章。

【文献征引】

1.（蘞）陸璣《草木疏》：蘞似栝樓，叶盛而细，其子正黑如燕薁，不可食也；幽州人谓之乌服，其茎叶鬻以哺牛，除热。

2.（蘝）《說文解字》：蘝，白蘝也；蘞、蘝或从斂。《說文解字註》：“白蘝也”，《本草經》作白斂；“蘞、蘝或从斂”，唐风“蘞蔓于野”陸璣云：“似栝樓。叶盛而细，其子正黑如燕薁，不可食”，《陸疏廣要》曰：“《本草》蘞有赤白黑三種，疑此是黑蘞也”。

3.（白蘞）《本草綱目》：〖释名〗白草、白根、兔核、貓兒卵、崑崙；時珍曰：“兔核、貓兒卵皆象形也，崑崙言其皮黑也”。〖集解〗弘景曰：“近道处处有之。作藤生，根如白芷，破片竹穿日干”，恭曰：“根似天蔓冬，一株下有十许根；皮赤黑，肉白，如芍藥，不似白芷；蔓生枝端，有五叶。所在有之”，頌曰：“今江淮及荆襄怀孟商齐诸州皆有之。二月生苗，多在林中；作蔓，赤茎，叶如小桑；五月开花，七月结实；根如鸡鸭卵而长，三五枚同一窠，皮黑肉白。一種赤蘞，花实功用皆同，但表里俱赤尔”。

【辨析】

按《陆疏广要》，蔹是个统称，包括赤蔹、白蔹和黑蔹三种。陆玑以黑蔹释蔹稍显片面，本诗的蔹应该是没有专指的。

苓、苦

【原文】	【译文】
采苓采苓	采摘那苓草
首阳之巅	首阳山冈上
人之为言	别人说假话
苟亦无信	不要听信它
……	……
采苦采苦	采摘那苦菜
首阳之下	首阳山脚下
人之为言	别人说假话
苟亦无与	不要听从它

——唐风·采苓

【注解】

本诗劝诫人们要是非分明，不要听信谗言。

本文节选自第一章、第二章。

苓

【文献征引】

1.（苓）《毛傳》：苓，大苦也。

《康熙字典》：《韻會》：亦作蘦。

《說文解字》：苓，苓耳，卷耳草。《說文解字註》："苓耳"，逗，二字各本脱，今补，《說》见苦字下；"卷耳草"，草字各本作"也"，今依《韻會》所引釋草、《毛傳》皆曰："卷耳，苓耳也"。

2.（蘦）《爾雅·釋草》：蘦，大苦。《爾雅注》：今甘草也；蔓延生，叶似荷，青黄，茎赤有节，节有枝相当；或云蘦似地黄。《爾雅疏》：藥草也，蘦，一名大苦；郭云："今甘草也。蔓延生，叶似荷，青黄，茎赤有节，节有枝相当。或云蘦似地黄"，《詩·唐风》云"采苓采苓，首阳之巅"是也；蘦与苓，字虽异，音义同。

《說文解字》：蘦，大苦也。《說文解字註》："大苦也"，此与前"大苦苓也"相乖剌，《說》详苦字下。

3.（黄藥子）《本草綱目》：〖释名〗木藥子、大苦、赤藥、紅藥子；時珍曰："按沈括《筆談》云：'《本草》甘草注引郭璞注《爾雅》云'蘦，大苦'者云：'即甘草也。蔓生，叶似薄荷而色青黄，茎赤有节，节有枝相当'，此乃黄藥也，其味极苦，故曰大苦，非甘草也''"。〖集解〗時珍曰："黄藥子今处处人栽之。其茎高二三尺，柔而有节，似藤实非藤也；叶大如拳，长三寸许，亦不似桑；其根长者尺许，大者围二三寸，外褐内黄，亦有黄赤色者，肉色颇似羊蹄根；人皆搗其根入染藍缸中，云易变色也。唐蘇恭言藥实根即藥子，宋蘇頌遂以为黄蘗之实，然今黄蘗冬枯春生，开碎花无实，蘇恭所谓蘗子，亦不专指黄蘗，则蘇頌所以言亦未可凭信也”。

【辨析】

苓和苦的本义都是大苦，具体到本诗、苓和苦同时出现时，便不宜都按其本义解。《毛传》释苓为大苦、释苦为苦菜是合理的。

关于苓（大苦）是什么，目前尚没有定论，在众多的观点中，甘草说和黄药说比较普遍，它们都源于郭璞的注释。郭璞注蘦（苓）为甘草，并描述其蔓生、叶似荷、茎红色有节——实际上这段描述与甘草是不相符的，《梦溪笔谈》谓其描述的是黄药。笔者分析，无论甘草还是黄药，可能都不是苓。

甘草是旱生植物，喜光、喜干燥，生长于沙地、山坡草地中，而《诗经·简兮》“山有榛，隰（注：隰指低湿地）有苓”郑玄注：“榛也、苓也，生各得其所”——已十分明白地说明了苓可以生长在低湿地带，这与甘草不符。

按《植物名实图考》等文献，大苦-黄药说始见于《梦溪笔谈》，且名为黄药的植物有很多种，如黄独、虎杖等，李时珍所谓的黄药未必就是沈括所谓的黄药。《植物志》里亦记载有多种黄药，且草本、木本皆具。鉴于黄药说起源太晚，加之同名植物又多，因此，苓（大苦）是不是黄药、是哪种黄药还无法确定。

此外也有解苓是地黄的，这大概也出自郭璞所注：“或云蘦似地黄”，但“似”地黄不等于“是”地黄，且地黄是旱生植物，忌水湿，这也与苓的生境不符。

依照诗文，苓是一种产于山西一带、陆生或湿生皆可、味苦可食用的草本植物。

本字条可与“苦”相互参看。

苦

【文献征引】

《毛傳》：苦，苦菜也。

《說文解字》：苦，大苦，苓也。《說文解字註》：“大苦”，逗，“苓也”，见邶风、唐风《毛傳》；釋草苓作蘦，孫炎注云：“今甘草也”，按《說文》苷字解云“甘草矣”，倘甘草又名大苦、又名苓，则何以不类列而割分异处乎？且此云：“大苦，苓也”，中隔百数十字又出蘦篆云“大苦也”，此苓必改为蘦而后画一，卽画一之，又何以不类列也？考周时音韵，凡令声皆在十二部，今之“真臻先”也，凡霝声皆在十一部，今之“庚耕清青”也，簡兮，苓与榛人韵，采苓，苓与顛韵，倘改作蘦则为合音而非本韵；然则釋草作蘦，不若《毛詩》为善，許君断非于苦下袭《毛詩》、于蘦下袭《爾雅》，划分两处，前后不相顾也，后文蘦篆必浅人据《爾雅》妄增，而此“大苦苓也”固不误；然则大苦卽卷耳与？曰：“非也”，《毛傳》、《爾雅》皆云：“卷耳，苓耳”，《說文》苓篆下必当云：“苓耳，卷耳也”，今本必浅人删其苓耳字，卷耳自名苓耳，非名苓，凡合二字为名者，不可删其一字以同于他物，如单云蘭非芄蘭、单云葵非凫葵是也；此大苦断非苓耳，而苦篆苓篆不类厕，又其证也；然则大苦何物？曰：“沈括《筆談》云：‘《爾雅》‘蘦大苦’註云‘蔓延生。叶似荷青。茎赤’，此乃黄蘗也，其味极苦，谓之大苦。郭云‘甘草’，非也，甘草枝叶全不同’，苦为五味之一，引伸为劳苦”。

【辨析】

本诗中的苦即苦菜。

本字条可与“荼 1”、“苓”相互参看。

楊

【原文】	【译文】
阪有桑	坡上生桑树
隰有楊[①]	洼地长柳杨
既见君子	得见君子面
并坐鼓簧	并坐吹管簧
今者不乐	此时不尽欢
逝者其亡	转眼人消亡

——秦风·车邻

【注解】

①楊：简体字“杨”。

这是一首劝人及时行乐的诗歌。

本文节选自第三章。

【文献征引】

《爾雅·釋木》：楊，蒲柳。《爾雅注》：可以为箭，《左傳》所谓“董泽之蒲”。《爾雅疏》：楊，一名蒲柳；生泽中，可为箭笴……

《康熙字典》：又崔豹《古今註》：白楊叶圓，青楊叶长，移楊圆叶弱蔕，微风大摇。

《說文解字》：楊，蒲栁也。《說文解字註》：“蒲栁也”，各本作“木也”二字，今依《藝文類聚》、《初學記》、《本草圖經》、《太平御覽》所引正；釋木云：“楊蒲栁”，許所本也；按蒲，葢本作浦，浦，水瀕也，王风“不流束蒲”《毛》云：“蒲草也”，《箋》云：“蒲，蒲栁”，孫毓云：“蒲草之声不与戍许相协。《箋》义为长”，是则晉人读蒲栁为浦栁之明证；《古今註》曰“蒲栁生水边”，又曰“水楊，蒲楊也。枝劲细，任矢用”，任矢用者，《左傳》云“董泽之蒲”是也，絫呼曰蒲栁，单呼曰蒲，音同浦，至唐而失其读矣；古假楊为揚，故《詩·楊之水》《毛》曰：“楊，激揚也”，《廣雅》曰：“楊，揚也”，佩觿曰：“楊，栁也”。

【辨析】

杨即蒲柳。

本字条可与“蒲 1”、“栁”相互参看。

蒹、葭

【原文】	【译文】
蒹葭苍苍[①]	河畔蒹葭尽苍茫
白露为霜	秋深露重凝做霜
所谓伊人	我所牵系的人呐
在水一方	却在水的那一方
遡洄从之[②]	逆流而上找寻你
道阻且长	道路险阻又漫长
遡游从之	顺流而下找寻你
宛在水中央	仿似在那水中央

——秦风·蒹葭

【注解】

①蒹：jiān。葭：jiā。

②遡洄：sù huí，逆流而上。

《蒹葭》是《诗经》中广为流传的一首，诗中那种苦苦追寻却又求而不得的怅然情怀令人深陷其中。

本文节选自第一章。

蒹

【文献征引】

《毛傳》：蒹，薕。陸璣《草木疏》：蒹，水草也；坚实，牛食之令牛肥强；青徐州人谓之蒹，兖州辽东通语也。

《爾雅·釋草》：蒹，薕。《爾雅注》：似萑而细，高数尺，江东呼为蒹薍。（注：《尔雅疏》的内容详见“菼”字条）

《說文解字》：蒹，雚之未秀者。《說文解字註》：“雚之未秀者”，蒙上茅秀而及雚之秀与未秀也，凡经言雚葦、言蒹葭、言葭菼皆并举二物，蒹、菼、雚一也，今人所谓荻也，葭、葦一也，今人所谓蘆也；雚一名薍、一名雚、一名蒹，葦一名華；釋草曰：“葭華”、“蒹薕”，每二字为一物，又曰：“葭蘆”、“菼薍”，亦每二字为一物，葭蘆卽葭華也，菼薍卽蒹薕也；《夏小正傳》、毛公、許君说皆同此，舍人、李巡、樊光则云蘆薍为一草，陸璣、郭璞则又蒹葭菼为三矣；《夏小正》“七月秀雚葦”《傳》曰：“未秀则不为雚葦。秀然后为雚葦”，又曰：“雚未秀为菼。葦未秀为蘆”，按已秀曰雚，未秀则曰蒹、曰薍、曰菼也；于此不列雚篆者，以小篆大篆隔之也。

【辨析】

蒹是否是荻，段注与《本草纲目·芦》及《尔雅注》的注释不尽相同，鉴于《毛传》、《尔雅》和《草木疏》里都没有提到蒹是荻，因此笔者更倾向于蒹不是荻。

此外还有一种可能性——蒹是产生变异后的荻。很多植物都会因地域、气候等原因产生变异——如下文的葭，就有极多的变异形态——荻在我国分布广泛，产生变异的可能性非常大。

本字条可与“菼”、“葭”、“萑”、“葦”相互参看。

葭

【文献征引】

《毛傳》：葭，蘆也。《鄭箋》：蘆始出者，著春田之早晚。陸璣《草木疏》：葭，一名蘆菼，一名薍，薍或谓之荻，至秋坚成则谓之萑；其初生三月中，其心挺出，其下本大如箸，上锐而细；扬州人谓之馬尾；以今语验之，则蘆、薍别草也。

《爾雅·釋草》：葭華；葭，蘆。《爾雅注》：葭華，即今蘆也；葭，葦也。（注：《尔雅疏》的内容详见“菼”字条）

《康熙字典》：《廣韻》：蘆也。

《說文解字》：葭，葦之未秀者。

【辨析】

葭即初生的苇。

本字条可与“菼”、“蒹”、“萑”、“葦”相互参看。

【形态特征】

见“葦”。

條、梅 2

【原文】	【译文】
终南何有	钟南山上何所有
有條有梅①	上有山楸和梅树
君子至止	有位君子至此处
锦衣狐裘②	狐裘礼服被锦衣

——秦风·终南

【注解】

①條：简体字“条”。

②锦衣：彩衣。狐裘：朝廷之服。

《终南》赞美了一位君子，今人多认为他就是秦君。诗中描写他的衣着非常华美，根据古代服装与地位的关系可以知道，这位君子是朝廷中人。

本文节选自第一章。

條

【文献征引】

1.（條）《毛傳》：條，槄。陸璣《草木疏》：條，槄也，今山楸也；亦如下田楸耳，皮色白，叶亦白，材理好，宜为车板，能湿，又可为棺木；宜阳共北山多有之。

2.（槄）《爾雅·釋木》：槄，山榎。《爾雅注》：今之山楸。《爾雅疏》：李巡云：“山榎，一名槄”，郭云：“今之山楸”，《詩·秦风》云：“终南何有，有條有梅”陸璣《疏》云“槄，今山楸也，亦如下田楸耳。皮色白，叶亦白。材理好，宜为车板。能湿，又可为棺木。宜阳共北山多有之”也。

3.（柚）《爾雅·釋木》：柚，條。《爾雅注》：似橙，实酢；生江南。《爾雅疏》：柚，一名條；郭云：“似橙，实酢。生江南”，《禹貢·楊州》云“厥苞橘柚”孔安國云：“小曰橘，大曰柚”，《呂氏春秋》云：“果之美者，有云梦之柚”，《本草》唐本註云：“柚皮厚味甘，不如橘皮味辛而苦。其肉亦如橘，有甘有酸，酸者名胡甘。今俗人或谓橙为柚，非也”。

《康熙字典》：《埤雅》：卽《詩·秦风》“有條者”是也。《書·禹貢》“厥包橘柚”《傳》：小曰橘，大曰柚。《呂覽·本味篇》：果之美者，有云梦之柚。

《說文解字》：柚，條也；佀橙而酢；《夏書》曰：“厥苞橘柚”。《說文解字註》：“條也。佀橙而酢”，釋木“柚條”郭云：“似橙，实酢。生江南”，《列子》曰：“吴楚之国有大木焉，其名为櫾。碧树而冬生，实丹而味酸。食其皮汁已愤厥之疾”，按今橘橙柚三果，莫大于柚，莫酢于橙汁，而橙皮甘可食，《本草經》合橘柚为一条，浑言之也；“《夏書》曰：‘厥苞橘柚’”，苞俗作包，今正，《禹貢》文。

【辨析】

条有两解：柚和山楸。鉴于秦地在今陕西、甘肃一带，而柚产江南，因此本诗的条应解为山楸。

从山楸这个名称来看，它是与楸同属或是与之形态近似的植物，如灰楸、滇楸等。

梅 2

【文献征引】

1.（梅）《毛傳》：梅，枏也。陸璣《草木疏》：梅樹皮叶似豫章，叶大如牛耳，一头尖，赤心，华赤黄，子青，不可食；枏叶大，可三四叶一藂，木理细致于豫章，子赤者材坚，子白者材脆，荆州人曰梅；终南及新城上庸皆多樟枏，终南与上庸新城通，故亦有枏也。

《爾雅·釋木》：梅，枬。《爾雅注》：似杏，实酢。《爾雅疏》：孫炎云："荆州曰梅，杨州曰枏"，郭云："似杏，实酢"，《詩·秦风·终南》云"有條有梅"陸璣《疏》云："梅樹皮叶似豫樟，叶大如牛耳，一头尖，赤心，华赤黄，子青，不可食。枏叶大，可三四叶一丛，木理细致於豫樟，子赤者，材坚；子白者，材脆"是也。

《康熙字典》：又《書·說命》：若作和羹，尔惟盐梅。《名物疏》：陸璣所释有條有梅，自是枬木似豫章者，豫章，大树可以为棺舟者也；和羹之梅，[illegible]实之干藾，似杏实酢者也。

《說文解字》：梅，枬也，可食；楳，或从某。《說文解字註》："枬也。可食"，按釋木曰："梅，枬也"，《毛詩》秦风、陈风《傳》皆曰："梅，枬也"，与《爾雅》同，但《爾雅》、《毛傳》皆谓楩枬之枬，毛公于召南"摽有梅"、曹风"其子在梅"、小雅四月"侯栗侯梅"无傳，而秦、陈乃训为枬，此以见召南等之梅与秦、陈之梅判然二物，召南之梅今之酸果也，秦陈之梅今之楠樹也，楠樹见于《爾雅》者也，酸果之梅不见于《爾雅》者也；樊光释《爾雅》曰："荆州曰梅，杨州曰枬，益州曰赤楩"、孫炎释《爾雅》曰："荆州曰梅，杨州曰枬"、陸璣疏草木曰："梅樹皮叶似豫樟"，皆谓楠樹也；枬亦名梅，后世取梅为酸果之名，而梅之本义废矣，郭释《爾雅》乃云"似杏，实酢"，《篇》、《韻》袭之，转谓酸果有枬名，此误之甚者也；然则許以枬梅二篆厕诸果之间，又云可食，岂非始误与？曰：此浅人所改窜也，如許谓"梅，酸果"，其立文当先梅篆，云酸果也，次枬篆，云梅也，梨杏李桃等不云可食，何必独云可食哉？許意楳为酸果正字，故楳篆解云酸果也，从木从甘，其字当本厕㭒下杏上，而枬梅二篆当本厕诸木名之间，浅人易其处，又增窜其文耳；以許书律羣经，则凡酸果之字作梅，皆假借也，凡某人之字作某，亦皆假借也，假借行而本义废，固不可胜数矣。

2.（枬）《康熙字典》：《史記·貨殖傳》：江南出枬梓。《山海經》：虖勺之山，其木多梓枬。《任昉·述異記》：黄金山有枬木，一年东荣西枯，一年西荣东枯，張華谓之交讓木。

又《爾雅·釋木》"梅，枬"郭注："似杏而酢"。《陸疏廣要》：《爾雅》之梅枬，乃似豫章者，古称楩楠豫章，景純不得以似杏实酢解之。

《說文解字》：枬，梅也。

3.（楠）《本草綱目》：〖释名〗枏；時珍曰："南方之木，故字从南。《海藥本草》柵木皮即枏字之误，今正之"。〖集解〗藏器曰："枏木高大，叶如桑，出南方山中"，時珍曰："楠木生南方，而黔、蜀诸山尤多。其树直上，童童若幢盖之状，枝叶不相碍；叶似豫章而大如牛耳，一头尖，经岁不凋，新陈相换；其花赤黄色，实似丁香，色青，不可食；干甚端伟，高者十余丈，巨者数十围，气甚芬芳，为梁栋器物皆佳，盖良材也……"

【辨析】

本诗中的梅即楠木。

《说文》、段注、《本草纲目》等文献都记载了梅即是楠木，其中尤以段注分析得最为详尽：

1.《毛传》注《终南》、《墓门》两诗中的梅是枏，但其没有对《摽有梅》、《鸤鸠》、《小雅·四月》中的梅作出注释，可见前者与后者的梅分指两种植物。

2.《终南》的梅指楠树，《摽有梅》的梅指酸果。楠树是《尔雅》所说的梅，酸果不是。

3. 樊光、孙炎和陆玑在为《尔雅》或《诗经》做注解时提到的梅都是指楠树。

4. 梅的本义是楠树，后人将酸果叫做梅，导致其本义渐被废弃。凡将酸果写做梅的都是假借，酸果的正字是楳。

5.《尔雅注》说梅“似杏、实酢”，《玉篇》等作品都是沿袭着这个说法来的，并加称酸果亦名枏，这是错上加错。

6. 许慎《说文解字》中“可食”二字疑为后人妄加，非原文所有。

本字条可与“梅 1”相互参看。

【形态特征】

楠木 *Phoebe zhennan* S. Lee et F. N. Wei：又名桢楠、雅楠，樟科，楠属，常绿大乔木。

高达 30 余米，树干通直。小枝通常较细，有棱或近于圆柱形，被灰黄色或灰褐色长柔毛或短柔毛。叶革质，椭圆形，长 7～11（13）厘米，宽 2.5～4 厘米，下面密被短柔毛，侧脉每边 8～13 条，斜伸，上面不明显，下面明显；叶柄细，长 1～2.2 厘米，被毛。聚伞状圆锥花序十分开展，被毛，长（6）7.5～12 厘米，纤细，在中部以上分枝，每伞形花序有花 3～6 朵；花长 3～4 毫米，退化雄蕊三角形，具柄，被毛；子房球形，柱头盘状。果椭圆形，长 1.1～1.4 厘米，直径 6～7 毫米。花期 4—5 月，果期 9—10 月。

产于河南、湖北西部、贵州西北部及四川。多见于阔叶林中。

木材为建筑、高级家具等的优良用材。

櫟、六駮、棣、檖

【原文】	【译文】
山有苞櫟[①]	栎树生山上
隰有六駮	六駮长洼地
未见君子	不见君子面
忧心靡乐	心忧难欢喜
……	……
山有苞棣	常棣生山上
隰有树檖[②]	檖树长洼地
未见君子	不见君子面
忧心如醉	心忧郁如醉

——秦风·晨风

【注解】

①櫟：简体字“栎”。

②檖：suì。

诗中的女子对意中人无比思念，她等得郁郁寡欢、如痴如醉，深恐时间一久，他便将她遗忘了。

本文节选自第二章、第三章。

櫟

【文献征引】

《毛傳》：櫟，木也。陸璣《草木疏》：苞櫟，秦人谓柞为櫟，河内人谓木蓼为櫟，椒榝之属也，其子房生为梂，木蓼子亦房生。

《爾雅·釋木》：櫟，其实梂。《爾雅注》：有梂汇自裹。《爾雅疏》：櫟，似樗之木也，梂，盛实之房也；孫炎曰：“櫟实，橡也”，郭云：“有梂汇自裹”，《詩·秦风》云：“山有苞櫟”陸璣《疏》云：“秦人谓柞櫟为櫟，河内人谓木蓼为櫟。椒榝之属也，其子房生为梂，木蓼子亦房生”，故说者或曰柞櫟，或曰木蓼，璣以为此秦诗也，宜从其方土之言柞櫟是也。

《說文解字》：櫟，櫟木也。《說文解字註》：“櫟木也”，秦风“隰有苞櫟”《傳》曰：“櫟木也”，陸璣曰：“苞櫟，秦人谓柞櫟为櫟，河内人谓木蓼为櫟。椒榝之属，其子房生为梂。木蓼子亦房生”，故说者或曰柞櫟、或曰木蓼，璣以为此秦诗也，宜从其方土之言“柞櫟”是也，按陸意谓秦诗当是柞櫟，今观許櫟梂二篆连属，正与陸所云“木蓼子房生为梂者”合，然则許意谓木蓼也；草部云：“皁斗，櫟实也。一曰様斗”，木部栩下：“柔也，其皁，一曰様”，此则谓皁斗为櫟实，正陸所谓秦人谓柞櫟为櫟；又云：“栩今柞櫟也”，草下櫟实字非木部之櫟，許意栩柔、様皁为一物，是名柞櫟，亦名櫟，而非柞也，亦非子梂生之櫟也，柞与棫为类，櫟似椒樧，《鄭箋》大雅云："柞櫟也"，则以柞与柞櫟合为一耳。

【辨析】

栎有两解：木蓼和柞，本诗应依秦地方言解栎为柞。

栎是栎类植物的统称，秦地内的栎有很多种，如橿子栎、枹栎、栓皮栎等。

本字条可与"栩"、"柞"相互参看。

六駮

【文献征引】

1.（六駮）《古今註・草木》：六駮，山中有木，叶似豫章，皮多癬駮。

2.（駮）《毛傳》：駮如马，倨牙食虎豹。陸璣《草木疏》：駮馬，梓榆；其树皮青白駮荦，遥视似馬，故谓之駮馬，故里语曰："斫檀不諦，得繄迷。繄迷尚可，得駮馬"；繄迷，一名挈榼，故齐人谚曰："上山斫檀，挈榼先殚"；下章云："山有枹棣，隰有树檖"，皆山隰木相配，不宜谓兽。

《康熙字典》：《詩・秦风》"隰有六駮"《傳》："駮如马"。《疏》陸璣云："駮馬，梓榆也。其树皮青白駮荦，遥视似马，故谓之駮馬。下章云'山有枹棣，隰有树檖'，皆山隰木相配，不宜云兽"。

《說文解字註》：……秦风言六駮者，据所见而言也。

【辨析】

"駮"字本义为一种兽，但正如陆玑所言，本诗以苞栎对六駮、以苞棣对树檖，都是以植物对植物，而不应以动物来对植物，因此駮在此处当做植物解。

六駮、駮马、梓榆这些名称在今天均已不复用，目前仅知其是一种产于陕西和甘肃一带、树皮呈斑驳状、具一定耐水湿能力的木本植物。从梓榆这个名称来看，它很可能是榆科或是与之形态近似的植物，如脱皮榆（*Ulmus Lamellosa* T.Wang et S.L. Chang ex L. K. Fu）等。

棣

【文献征引】

《毛傳》：棣，唐棣也。

《說文解字》：棣，白棣也。《說文解字註》："白棣也"，小雅《傳》曰："常棣，棣也"，秦风《傳》曰："棣，唐棣也"，常与唐同字可证矣，浑言之则白棣亦呼唐棣也；豳风《傳》云："鬱，棣属"。

【辨析】

棣即常棣。

本字条可与"唐棣"、"鬱"、"常棣"、"常"相互参看。

檖

【文献征引】

1.（檖）《毛傳》：檖，赤羅也。陸璣《草木疏》：檖，一名赤蘿，一名山梨，今人谓之楊檖；其实如梨，但实甘小异耳；一名鹿梨，一名鼠梨，齐郡广饶县尧山、鲁国、河内共北山中有；今人亦種之，极有脆美者，亦如梨之美者。

《爾雅·釋木》：檖，蘿。《爾雅注》：今楊檖也；实似梨而小，酢可食。《爾雅疏》：檖，一名羅；郭云：“今楊檖也。实似梨而小，酢可食”，《詩·秦风》云“隰有树檖”陸璣《疏》云：“檖，一名赤蘿，一名山梨也。今人谓之楊檖，实如梨但小耳。一名鹿梨，一名鼠梨，今人亦種之。极有脆美者，亦如梨之美者”。

2.（鹿梨）《本草綱目》：〖释名〗鼠梨、山梨、陽檖、羅；時珍曰：“《爾雅》云：‘檖，羅也’，其木有纹如羅，故名。《詩》云‘隰有树檖’毛萇注云：‘檖，一名赤羅、一名山梨、一名樹梨，今人谓之陽檖’，陸璣《詩疏》云：‘檖即鹿梨也，一名鼠梨’”。〖集解〗頌曰：“江宁府信州一種小梨，名鹿梨，叶如茶，根如小拇指。彼人取皮治疮，八月采之。近处亦有，但采实作干，不知入藥也”，時珍曰：“山梨，野梨也，处处有之。梨大如杏，可食；其木纹细密，赤者纹急，白者纹缓。按陸璣云：‘鹿梨，齐郡尧山、鲁国、河内皆有，人亦種之。实似梨而酢，亦有美脆者’”。

【辨析】

檖即豆梨。

【形态特征】

豆梨 *Pyrus calleryana* Dcne.：又名鹿梨、阳檖、赤梨、糖梨、杜梨、梨丁子，蔷薇科，梨属，落叶乔木。

高 5～8 米；小枝粗壮，圆柱形；冬芽三角卵形，微具绒毛。叶片宽卵形至卵形，长 4～8 厘米，宽 3.5～6 厘米，边缘有钝锯齿，两面无毛；叶柄长 2～4 厘米。伞形总状花序，具花 6～12 朵，花梗长 1.5～3 厘米；花直径 2～2.5 厘米；萼筒无毛；萼片披针形；花瓣卵形，长约 13 毫米，宽约 10 毫米，基部具短爪，白色；雄蕊 20，花柱 2。梨果球形，直径约 1 厘米，黑褐色，有斑点，果梗细长。花期 4 月，果期 8—9 月。

产于山东、河南、江苏、浙江、江西、安徽、湖北、湖南、福建、广东、广西。适合温暖潮湿的气候，生长于山坡、平原或山谷杂木林中。越南北部也有分布。

通常用作沙梨砧木，木材致密可作器具。

枌、麻、荍

【原文】	【译文】
东门之枌[①]	东门有枌树
宛丘之栩	宛丘有栩树
子仲之子	子仲家中子
婆娑其下[②]	树下舞翩跹
穀旦于差[③]	选定好日子
南方之原	集往南平原
不绩其麻[④]	暂放手中麻
市也婆娑	市中舞翩跹
穀旦于逝[⑤]	吉日相欢聚
越以鬷迈[⑥]	去过复又去
视尔如荍[⑦]	视你美如荍
诒我握椒[⑧]	赠予我香椒

——陈风・东门之枌

【注解】

①枌：fén。

②娑：suō，起舞的样子。

③穀：gǔ，好。差：chāi，选择。

④绩：纺。

⑤逝：往。

⑥鬷：zōng，多次。迈：往。

⑦荍：qiáo。

⑧诒：同“贻”，赠送。

本诗是一首热情奔放的情歌，从侧面反映了陈国的民俗风情。

枌

【文献征引】

1.（枌）《毛傳》：枌，白榆也。

《爾雅・釋木》：榆白，枌。《爾雅注》：枌榆先生叶，却著荚，皮色白。《爾雅疏》：榆之皮色白名白枌；郭云：“枌榆先生叶，却著荚，皮色白”，《詩・陈风》云“东门之枌”是也。

《說文解字》：枌，枌榆也。《說文解字註》：“枌榆也”，三字句，各本少枌，浅人以为复字而误删之；枌榆者，榆之一種，汉初有枌榆社是也。

2.（榆）《說文解字》：榆白，枌。《說文解字註》："榆白，枌"，见釋木，陈风"东门之枌"《傳》曰"枌，白榆也"，然则釋木榆白为逗，枌为句，显然許意亦如此读，别榆一種以起下也；榆荚可食，亦可为酱。

【辨析】

枌是榆类或是形态与之近似的植物，产于河南、安徽一带，树皮呈灰白色。

本字条可与"樞"、"榆"相互参看。

麻

【文献征引】

1.（麻）《康熙字典》：《玉篇》：枲属也，皮绩为布，子可食。《禮·内則》：女子執麻枲学女事，以共衣服。

《說文解字》：枲也；从𣏟从广；𣏟，人所治也，在屋下；凡麻之属皆从麻。《說文解字註》："枲也"，麻与枲互训，皆兼苴麻、牡麻言之；"从𣏟从广"，会意；"𣏟，人所治也，在屋下"，《說》从广之意，𣏟必于屋下绩之，故从广；然则未治谓之枲，治之谓之麻，以巳治之偁加诸未治，则统谓之麻；此条今各本皆夺误，惟《韻會》所据小徐本不误，今从之；"凡麻之属皆从麻"。

2.（大麻）《本草綱目》：〖释名〗火麻、黄麻、漢麻，雄者名枲麻、牡麻，雌者名苴麻、苧麻，花名麻蕡、麻勃；時珍曰："……云漢麻者，以别胡麻也"。〖集解〗〖正误〗《本經》曰："麻蕡，一名麻勃，麻花上勃勃者。七月七日采之良。麻子九月采，入土者损人。生太山川谷"，弘景曰："麻蕡即牡麻，牡麻则无实。今人作布及履用之"，恭曰："蕡即麻实，非花也。《爾雅》云：'蕡，枲实'、《儀禮》云'苴，麻之有蕡者'注云：'有子之麻为苴'，皆谓子也。陶以蕡为麻勃，谓勃勃然如花者，复重出麻子，误矣，既以蕡为米穀上品，花岂堪食乎"，頌曰："麻子处处種之，绩其皮以为布者。农家择其子之有斑黑纹者，谓之雌麻，種之则结子繁；他子则不然也。《本經》麻蕡、麻子所主相同，而麻花非所食之物，蘇恭之论似当矣。然《本草》朱字云：'麻蕡味辛，麻子味甘'，又似二物，疑《本草》与《爾雅》、《禮記》称谓有不同者。又《藥性論》用麻花，云'味苦，主诸风、女经不利'，然则蕡也、子也、花也，其三物乎"，時珍曰："大麻即今火麻，亦曰黄麻；处处種之，剥麻收子；有雌有雄，雄者为枲，雌者为苴。大科如油麻，叶狭而长，状如益母草叶，一枝七叶或九叶；五六月开细黄花，成穗，随即结实，大如胡荽子，可取油；剥其皮作麻，其秸白而有棱，轻虚可为烛心；《齊民要術》云'麻子放勃时，拔去雄者，若未放勃先拔之，则不成子也。其子黑而重，可捣治为烛'即此也。《本經》有麻蕡、麻子二条，谓蕡即麻勃，谓麻子入土者杀人；蘇恭谓蕡是麻子，非花也；蘇頌谓蕡、子、花为三物；疑而不决。谨按《吳普本草》云：'麻勃一名麻花，味辛无毒。麻藍一名麻蕡，一名青葛，味辛甘有毒。麻叶有毒，食之杀人。麻子中仁无毒，先藏地中者，食之杀人'，据此说则麻勃是花，麻蕡是实，麻仁是实中仁也。普三国时人，去古未远，说甚分明。《神農本經》以花为蕡，以藏土入土杀人，其文皆传写脱，误尔。陶氏及唐宋诸家，皆不考究而臆度疑似，可谓疏矣。今依吳氏改正于下"。

【辨析】

麻即大麻。

本字条可与“苴”、“枲”相互参看。

【形态特征】

大麻 *Cannabis sativa* Linn.：又名山丝苗、线麻、胡麻、野麻、火麻，桑科，大麻属，一年生直立草本植物。

高 1～3 米，枝具纵沟槽，密生灰白色贴伏毛。叶掌状全裂，裂片披针形或线状披针形，长 7～15 厘米，中裂片最长，宽 0.5～2 厘米，边缘具向内弯的粗锯齿；叶柄长 3～15 厘米，密被灰白色贴伏毛；托叶线形。雄花序长达 25 厘米；花黄绿色，花被 5，膜质，外面被细伏贴毛，雄蕊 5，花丝极短，花药长圆形，小花柄长约 2～4 毫米；雌花绿色，花被 1，子房近球形。瘦果为宿存黄褐色苞片所包，果皮坚脆，表面具细网纹。花期 5—6 月，果期为 7 月。

麻在我国各地均有分布。

茎皮纤维可以织布或纺线、制绳索、造纸，种子可榨油、做涂料等，油渣可作饲料，叶、花、果实均可入药。

荍

【文献征引】

《毛傳》：荍，芘芣也。陸璣《草木疏》：荍，一名芘芣，一名荆葵；似蕪菁，华紫绿色，可食，微苦。

《爾雅·釋草》：荍，蚍衃。《爾雅注》：今荆葵也；似葵，紫色；謝氏云：“小草，多华少叶，叶又翘起”。《爾雅疏》：舍人云“荍，一名蚍衃”、郭云“今荆葵也。似葵，紫色。謝氏云：‘小草，多华少叶，叶又翘起’”、《詩·陈风》云“视尔如荍”《毛傳》云“芘芣也”、陸璣云“芘芣，一名荆葵。似蕪菁，华紫绿色。可食，微苦”是也。

《康熙字典》：《爾雅翼》：一名錦葵花。

《說文解字》：荍，蚍虾也。《說文解字註》：“蚍虾也”，釋草曰：“荍，蚍衃”，《毛傳》云：“荍，芘芣也”，与《說文》皆字异音同；陸璣曰：“一名荆葵。似蕪菁，华紫绿色，可食，微苦”，蚍虾音毗浮。

【辨析】

荍即锦葵。

【形态特征】

锦葵 *Malva sinensis* Cavan：又名荆葵、钱葵、小钱花、金钱紫花葵、小白淑气花、淑气花、棋盘花，锦葵科，锦葵属，二年生或多年生直立草本。

高 50～90 厘米，分枝多，疏被粗毛。叶圆心形或肾形，具 5～7 圆齿状钝裂片，长 5～12 厘米，宽几相等；叶柄长 4～8 厘米，上面槽内被长硬毛。花 3～11 朵簇生，花梗长 1～2 厘米；萼杯状，长 6～7 毫米，萼裂片 5，宽三角形，两面均被星状疏柔毛；花紫红色或白色，直径 3.5～4 厘米，花瓣 5，匙形，长 2 厘米，先端微缺；雄蕊柱长 8～10 毫米，被刺毛；花柱分枝 9～11。果扁圆形，径约 5～7 毫米；种子黑褐色，肾形，长 2 毫米。花期 5—10 月。

我国各省区均有分布。印度也有分布。

纻、菅

【原文】	【译文】
东门之池	东门护城河
可以沤纻①	可以浸泡纻
彼美淑姬	美丽的淑女
可与晤语	可与她倾诉
东门之池	东门护城河
可以沤菅②	可以浸泡菅
彼美淑姬	美丽的淑女
可与晤言	可与她谈天

——陈风·东门之池

【注解】

①沤：长时间地浸泡。纻：zhù。

②菅：jiān。

在古代，纻和菅都是用于纺织的重要原料，“沤”是制作过程中的一个步骤。本诗气氛活跃，诗中的青年男女一边劳作一边对歌、攀谈，说说笑笑中使原本辛苦枯燥的劳动过程充满了乐趣。

本文节选自第二章、第三章。

纻

【文献征引】

1.（纻）陆璣《草木疏》：纻亦麻也；科生数十茎，宿根在地中，至春自生，不岁種也；荆扬之间一岁三收，今官园種之，岁再割，割便生；剥之，以铁若竹刮其表，厚皮自脱，但得其裹韧如筋者，鬻之用缉，谓之徽纻，今南越纻布皆用此麻。

2.（紵）《康熙字典》：《急就篇註》：紵，织紵为布，及疏之属也。《書·禹貢》：厥贡漆枲絺紵。《詩·陈风》“可以沤紵”陸璣疏：紵，亦麻也。《周禮·天官·典枲》“掌布緦缕紵之麻草之物”《注》：白而细疏曰紵。《史記·司馬相如傳》“揄紵缟”《注》：紵，织紵也。

《説文解字》：紵，檾属；细者为絟，布白而细曰紵。《説文解字註》：“檾属”，檾者，枲属也，陈风曰：“东门之池，可以沤紵”；“细者为絟，布白而细曰紵”，各本作“粗者为紵”，今依《玄應書》正……《周禮·典枲》：“掌布緦缕紵之麻草之物”，白而细疏曰紵；古亦借为褚衣之褚。

3.（苎）《康熙字典》：《集韻》：草名，可为绳。《王褒·僮約》：多取蒲苎，益作绳索。《本草》：取苎根和米粉为餅御饥，味甘美。

又通作紵。《詩·陈风》“东门之池，可以沤纻”《註》：苎同，亦作苧。

4.（苎麻）《本草綱目》：〖释名〗時珍曰：“苎麻作纻，可以绩纻，故谓之纻。凡麻丝之细者为絟，粗者为纻。陶弘景云：‘苎即今绩苎麻是也’……”。〖集解〗頌曰：“苎麻旧不著所出州土，今闽、蜀、江、浙多有之；剥其皮可以绩布。苗高七八尺，叶如楮叶而无叉，面青背白，有短毛，夏秋间着细穗青花；其根黄白而轻虚，二月八月采。按陸璣《草木疏》云：‘苎一科数十茎，宿根在土中，至春自生，不须栽種。荆扬间岁三刈，诸园種之，岁再刈，便剥取其皮，以竹刮其表，厚处自脱，得里如筋者煮之，用缉布。今江、浙、闽中尚复如此’”，宗奭曰：“苎如蕁麻，花如白楊而长，成穗，每一朵凡数十穗，青白色”，時珍曰：“苎，家苎也。又有山苎、野苎也；有紫苎，叶面紫；白苎，叶面青，其背皆白。可刮洗煮食，救荒，味甘美。其子茶褐色，九月收之，二月可種，宿根亦自生”。

【辨析】

纻即苎麻。

【形态特征】

苎麻 *Boehmeria nivea*（L.）Gaudich.：又名野麻、野苎麻、家麻、苎仔、青麻、白麻，荨麻科，苎麻属，亚灌木或灌木。

高 0.5～1.5 米。叶互生；叶片草质，通常圆卵形或宽卵形，少数卵形，长 6～15 厘米，宽 4～11 厘米，顶端骤尖，基部近截形或宽楔形，边缘在基部之上有牙齿，下面密被雪白色毡毛，侧脉约 3 对；叶柄长 2.5～9.5 厘米。圆锥花序腋生，或植株上部的为雌性，其下的为雄性，或同一植株的全为雌性，长 2～9 厘米；雄团伞花序直径 1～3 毫米；雌团伞花序直径 0.5～2 毫米。雄花：花被片 4，狭椭圆形，顶端急尖，外面有疏柔毛；雄蕊 4，长约 2 毫米，花药长约 0.6 毫米；退化雌蕊狭倒卵球形，顶端有短柱头。雌花：花被椭圆形，顶端有 2～3 小齿；柱头丝形。瘦果近球形，长约 0.6 毫米，基部突缩成细柄。花期 8—10 月。

产于云南、贵州、广西、广东、福建、江西、台湾、浙江、湖北、四川，以及甘肃、陕西、河南等省区。生长于山谷林边或草坡。越南、老挝等地也有分布。

茎皮纤维是多种织物的原材料，嫩叶可养蚕，种子可榨油、制肥皂和食用，根、叶可入药。

菅

【文献征引】

陸璣《草木疏》：菅，似茅而滑泽，无毛，根下五寸中有白粉者，柔韧宜为索，沤乃尤善也。

《康熙字典》：《左傳·昭二十年》“无弃菅蒯”《註》：菅似茅，滑泽无毛，筋宜为索，沤与曝尤善。《玉篇》：茅属也。

《說文解字》：菅，茅也。《說文解字註》：“茅也”，《詩》“白華菅兮”、釋草曰：“白華，野菅”、《毛傳》足之曰：“已沤为菅”，按《詩》谓白華既沤为菅又以白茅收束之，菅别于茅，野菅又别于菅也。

【辨析】

菅的古今名称一致。

本字条可与“白茅”、“蕑”、“荼 2”、“茅”相互参看。

【形态特征】

菅 *Themeda villosa*（Poir.）A. Camus：禾本科，菅属，多年生草本植物。

具根头与须根。秆粗壮，多簇生，高 1～2 米或更高，下部直径 1～2 厘米。两侧压扁或具棱，通常黄白色或褐色，平滑无毛而有光泽，实心，髓白色。叶鞘下部具粗脊；叶舌膜；叶片线形，长可达 1 米，宽 0.7～1.5 厘米，两面微粗糙，中脉粗，白色，在叶背凸起，侧脉显著。多回复出的大型伪圆锥花序，由具佛焰苞的总状花序组成，长可达 1 米；总状花序长 2～3 厘米，具长 0.5～2 厘米的总花梗；每总状花序由 9～11 小穗组成。总苞状 2 对小穗披针形，不着生在同一水平上；颖草质。无柄小穗长 7～8 毫米，基盘密具硬粗毛和褐色短毛；颖硬革质。颖果被毛或脱落，成熟时粟褐色。花果期 8 月至次年 1 月。

产于河南、浙江、江西、福建、湖北、湖南、广东、广西、四川、贵州、云南、西藏等省区。生长于山坡灌丛、草地或林缘向阳处。印度、中南半岛、马来西亚和菲律宾等地亦有分布。

嫩茎叶可做饲料，秆、叶是造纸原料。

苕 1、鷊（虉）

【原文】	【译文】
防有鹊巢	喜鹊搭窝在坝上
邛有旨苕[①]	苕草蔓生在山丘
谁侜予美[②]	谁会欺骗那好人
心焉忉忉	满心忧愁与苦闷
中唐有甓[③]	砖石放在路中间
邛有旨鷊[④]	绶草生在山丘上
谁侜予美	谁会欺骗那好人
心焉惕惕	满心焦虑与不安

——陈风·防有鹊巢

【注解】

①邛：土丘。苕：tiáo。

②侜：zhōu，欺骗。

③甓：pì，砖。

④鷊：yì，简体字“鹝”。

诗人担心与自己交好的那个人听信了谗言而疏远自己，他既痛恨制造谣言的人，又对可能的危机心怀忧惧。诗歌每段的前两句描写的都是反常现象，以此阐明谣言不可信。

关于本诗的主旨也是说法不一的，主要是因为“予美”的所指并不明确，古人将自己喜欢或赞美的人称为“美”，他既可以是国君，也可以是爱人、情人，还可以是知己或朋友。

苕 1

【文献征引】

1.（苕）《毛傳》：苕，草也。陸璣《草木疏》：苕，苕饒也，幽州人谓之翹饒；蔓生，茎如劳豆而细，叶似蒺藜而青，其茎叶绿色可生食，如小豆藿也。

2.（柱夫）《爾雅·釋草》：柱夫，搖車。《爾雅注》：蔓生，细叶，紫华，可食；今俗呼曰翹搖車。《爾雅疏》：柱夫，可食之草也；一名搖車，俗呼翹搖車；蔓生，紫华，华翘起摇动，因名云。

3.（翹搖）《本草綱目》：〖释名〗搖車、野蠶豆、小巢菜；藏器曰：“翹搖，幽州人谓之苕搖，《爾雅》云‘柱夫，搖車（俗呼翹車）’是矣。蔓生，细叶，紫花，可食”，時珍曰：“翹搖言其茎叶柔婉，有翘然飘摇之状，故名。蘇東坡云：‘菜之美者，蜀乡之巢。故人巢元修嗜之，因谓之元修菜’，陸放翁《詩序》云：‘蜀蔬有两巢，大巢即豌豆之不实者，小巢生稻田中，吴地亦多，一名漂搖草，一名野蠶豆，以油炸之，缀以米糁，名草花，食之佳，作羹尤美’”；〖集解〗藏器曰：“翹搖生平泽，蔓生如登豆，紫花”，時珍曰：“处处皆有，蜀人秋種春采，老时耕转壅田，故薛田诗云‘剩種豌巢沃晚田’。蔓似登豆而细，叶似初生槐芽及蒺藜而色青黄；欲花未萼之际，采而蒸食，点酒下盐，芼羹作馅，味如小豆藿；至三月开小花，紫白色；结角，子似豌豆而小”。

【辨析】

本诗中的苕即小巢菜。

各文献中出现的与苕相关的名称非常多，如苕饶、翘饶、摇车、翘摇车、小巢菜、野蚕豆、苕摇等，其中苕饶、苕摇、翘饶、翘摇极有可能是地域差异等原因导致的同一植物名称的发音不同。

本字条可与“薇”相互参看。

【形态特征】

小巢菜　*Vicia hirsuta*（Linn.）S. F. Gray.：又名雀野豆、翘摇、薇、苕、硬毛果野豌豆，豆科，野豌豆属，一年生草本植物。

高 15～90（120）厘米，攀缘或蔓生。茎细柔有棱。偶数羽状复叶末端卷须分支；小叶 4～8 对，线形或狭长圆形，长 0.5～1.5 厘米，宽 0.1～0.3 厘米。总状花序明显短于叶；花甚小，仅长 0.3～0.5 厘米；花冠白色、淡蓝青色或紫白色，稀粉红色，旗瓣椭圆形，翼瓣近勺形，龙骨瓣较短；子房密被褐色长硬毛。荚果长圆菱形，长 0.5～1 厘米，宽 0.2～0.5 厘米，表皮密被棕褐色长硬毛；种子 2，扁圆形，直径 0.15～0.25 厘米，两面凸出。花果期 2—7 月。

产于陕西、甘肃、青海、华东、华中、广东、广西及西南等地。生长于山沟、河滩、田边或路旁草丛。北美、北欧、俄罗斯、日本、朝鲜亦有分布。

嫩茎叶可食用，可做绿肥及饲料，全草可入药。

鷊（虉）

【文献征引】

《毛傳》：鷊，綬草也。陸璣《草木疏》：鷊，五色作綬纹，故曰綬草。

《爾雅・釋草》：虉，綬。《爾雅注》：小草，有杂色，似綬。《爾雅疏》：虉者，杂色如綬纹之草也，《詩・陈风》云“邛有旨鷊”陸璣《疏》云：“鷊，五色作綬文，故曰綬草”是也。

《說文解字》：鶪，綬草也。《說文解字註》：草字依《韻會》补；陈风“邛有旨鷊”《傳》曰：“鷊，綬草也”，釋草曰：“虉綬”，按《毛詩》作鷊，假借字也，今《爾雅》作虉，与《說文》作鶪不同者，鷊鶪同在十六部也；陸璣曰：“鷊五色，作綬文，故曰綬草”。

【辨析】

鷊即绶草。

本诗的鷊和虉是假借关系，鷊的本义指一种鸟，虉是绶草的本字。

【形态特征】

绶草　*Spiranthes sinensis*（Pers.）Ames：兰科，绶草属，多年生草本植物。

植株高 13～30 厘米。肉质根多条，黄白色。茎较短，近基部生 2～5 枚叶。叶片宽线形或宽线状披针形，长 3～10 厘米，常宽 5～10 毫米。花茎直立，长 10～25 厘米；总状花序具多数密生的花，长 4～10 厘米，呈螺旋状扭转；花小，紫红色、粉红色或白色，在花序轴上呈螺旋状排生；花瓣斜菱状长圆形，唇瓣宽长圆形，前半部上面具长硬毛且边缘具强烈皱波状啮齿。蒴果深褐色，长椭圆形，被细毛。花期 7—8 月，果期 3—6 月。

产于全国各省区。生长于山坡林下、灌丛下、草地或河滩沼泽草甸中。俄罗斯、蒙古、朝鲜半岛、日本、阿富汗、克什米尔地区至不丹、印度、缅甸、越南、泰国、菲律宾、马来西亚、澳大利亚也有分布。

全草可入药。

蒲 2、荷、菡萏

【原文】	【译文】
彼泽之陂[①]	池塘堤岸旁
有蒲与荷	长着蒲与荷
有美一人	我的意中人
伤如之何	思之心忧伤
……	……
彼泽之陂	池塘堤岸旁
有蒲菡萏[②]	长着蒲与莲
有美一人	我的意中人
硕大且俨[③]	高大又威严

——陈风·泽陂

【注解】

①陂：bēi，堤岸。

②菡萏：hàn dàn。

③俨：yǎn，恭敬，庄重。

这是一首表达思念的诗歌，诗中的女子将意中人描绘得高大英俊、气度庄重，可见其爱意之深。

也有观点认为这是男子思念女子的诗，其中的“硕”是指身体健康丰腴，也暗示了这样的女子更适合繁衍后代。

本文节选自第一章、第三章。

蒲 2

【文献征引】

1.（蒲）《鄭箋》：蒲，柔滑之物。陸璣《草木疏》：蒲始生，取其中心入地者，名蒻，大如匕柄，正白，生噉之甘脆，鬻而以苦酒浸之，如食筍法。

《康熙字典》：《唐韻》：水草，可以为席。《釋名》：蒲，草也。

《說文解字》：蒲，水草也；或以作席。《說文解字註》：“水草也。或以作席”，《周禮》：“祭祀席有蒲筵”，《詩·大雅》“维笥及蒲”《傳》：“蒲，蒲蒻也”，《詩·大雅》“维笥及蒲”《箋》：“蒲，深蒲也”。

2.（香蒲）《本草綱目》：〖释名〗甘蒲、醮石，花上黄粉名蒲黄；〖集解〗頌曰：“香蒲，蒲黄苗也。处处有之，以秦州者为良。春初生嫩叶，出水时红白色茸茸然。取其中心入地白蒻，大如匕柄者，生啖之，甘脆，又以醋浸，如食笱，大美，《周禮》谓之蒲菹，今人罕有食之者。至夏抽梗于丛叶中，花抱梗端，如武士棒杵，故俚俗谓之蒲槌，亦曰蒲萼花。其蒲黄即花中蕊屑也，细若金粉……”，時珍曰：“蒲丛生水际，似莞而褊，有脊而柔。二三月苗，采其嫩根，瀹过作鲊，一宿可食，亦可爍食、蒸食，及晒干磨粉作饮食，《詩》云‘其蔌伊何，惟筍及蒲’是矣。八九月收叶以为席，亦可作扇，软滑而温”。

【辨析】

本诗的蒲泛指生长于成诗地域内并可食用的蒲类植物，如香蒲、宽叶香蒲、水烛等。

本字条可与“莞”、“莆”相互参看。

荷

【文献征引】

《毛傳》：荷，夫渠也。陸璣《草木疏》：荷，芙蕖，江东呼荷；其茎茄，其叶蕸，茎下白蒻，其花未发为菡萏，已发为芙蕖，其实蓮，蓮青皮裹白子为菂，菂中有青，长三分如钩，为薏，味甚苦，故俚语曰“苦如薏”是也；菂五月中生，生啖脆，至秋表皮黑，菂成实，或可磨以为饭，如粟也，轻身益气，令人强健，又可为糜，幽州扬豫取備饥年；其根为藕，幽州谓之光旁，为光如牛角。

《爾雅·釋草》：荷，芙蕖；其茎茄，其叶蕸，其本蔤，其华菡萏，其实蓮，其根藕，其中菂，菂中薏。《爾雅注》：别名芙蓉，江东呼荷；蔤，茎下白蒻在泥中者；菡萏，见《詩》；蓮谓房也；菂，蓮中子也；薏，中心苦。《爾雅疏》：李巡曰：“皆分别蓮、茎、叶、华、实之名。芙渠，其总名也，别名芙蓉，江东呼荷。菡萏，蓮华也。菂，蓮实也。薏，中心也。郭璞云‘蔤，茎下白蒻在泥中者’”，今江东人呼荷華为芙蓉，北方人便以藕为荷，亦以蓮为荷，蜀人以藕为茄，或用其母为华名，或用根子为母叶号，此皆名相错，习俗传误，失其正体者也；陸璣《疏》云：“蓮青皮里白子为菂，菂中有青为薏，味甚苦，故里语云‘苦如薏’是也”；○注：“见《詩》”，《詩·陈风》云“彼泽之陂，有蒲与荷”、又曰“有蒲与蓮”、又曰“有蒲菡萏”是也。

《康熙字典》：又陈风“有蒲与荷”。《埤雅》：荷，总名也，华叶等名具众义，故以不知为问，谓之荷也。

《說文解字》：荷，扶渠葉。《說文解字註》：“扶渠葉”，今《爾雅》曰：“其叶蕸”，《音義》云：“众家无此句，惟郭有，就郭本中或复无此句，亦并阙读”，玉裁按：无者是也；高注《淮南》云：“荷夫渠也，其茎曰茄，其本曰蔤，其根曰藕，其华曰夫容，其秀曰菡萏，其实蓮，蓮之藏者菂，菂之中心曰薏”，大致与《爾雅》同，亦无其叶蕸三字，盖大叶骇人，故谓之荷，大叶扶摇而起，渠央宽大，故曰夫渠，《爾雅》假叶名其通体，故分别茎华实根各名而冠以荷夫渠三字，则不必更言其叶也；荷夫渠之华为菡萏，菡萏之叶为荷夫渠，省文互见之法也，或疑阙叶而补之，亦必当曰其叶荷，不嫌重复，无庸肊造蕸字；又案屈原、宋玉、楊雄皆以芙蓉与芰荷对文，然则芰者蔆之叶，蔆者芰之实，蔆之言棱角也，芰之言支起也。

【辨析】

荷即莲。

莲在古代又叫芙蓉、扶渠，其各个部位亦有与之相对应的名称，可见古人对它的喜爱和重视。按《说文》、段注以及《本草纲目·莲藕》的记载，荷是莲的茎叶的名称。

本字条可与“菡萏”、“芙蓉”相互参看。

【形态特征】

见“芙蓉”。

菡萏

【文献征引】

1.（菡萏）《毛傳》：菡萏，荷华也。

2.（菡）《康熙字典》：《徐曰》：菡，猶含也，未吐之意。

【辨析】

菡萏即莲。

本词条可与“荷”、“芙蓉”相互参看。

【形态特征】

见“芙蓉”。

萇 楚

【原文】	【译文】
隰有萇楚①	苌楚生洼地
猗傩其枝②	枝蔓柔且长
夭之沃沃	茁壮又丰润
乐子之无知	羡你无觉知

——桧风·隰有苌楚

【注解】

①萇：简体字“苌”。

②猗傩：同“婀娜”。

《隰有苌楚》是《诗经》中立意很特别的一首，作者看到野外生机盎然的苌楚，羡慕它们无忧无虑、自在轻松的状态，联想起作为人的诸多烦恼，便生出了“人不如草木”的感慨。

本文节选自第一章。

【文献征引】

1.（萇楚）《毛傳》：萇楚，銚弋也。《鄭箋》：銚弋之性，始生正直，及其长大则其枝猗傩而柔顺，不妄寻蔓草木。陸璣《草木疏》：萇楚，今羊桃是也；叶长而狭，华紫赤色，其枝茎弱，过一尺，引蔓于草上；今人以为汲灌，重而善没，不如楊柳也；近下根刀切其皮，著热灰中脱之，可韬笔管。

《爾雅·釋草》：萇楚，銚芅。《爾雅注》：今羊桃也，或曰鬼桃；叶似桃，华白，子如小麥，亦似桃。《爾雅疏》：舍人曰：“萇楚，一名銚芅”，《本草》云“銚芅”名“羊桃”，郭云：“今羊桃也，或曰鬼桃。叶似桃，华白，子如小麥，亦似桃”，《詩·桧风》“隰有萇楚”陸璣《疏》云：“今羊桃是也。叶长而狭，华紫赤色，其枝茎弱，过一尺，引蔓于草上。今人以为汲灌，重而善没，不如楊柳也。近下根刀切其皮，著热灰中脱之，可韬笔管”。

2.（萇）《說文解字》：萇，萇楚，銚弋；一名羊桃。《說文解字註》：“萇楚”，逗，“铫弋”，见桧风、釋草、《毛傳》；“一曰羊桃”，陸璣、張揖皆曰羊桃也。

3.（羊桃）《楚辭補注》注“列树苦桃”：桃自有苦者，如苦李之类；《本草》云“羊桃味苦”陶隱居云：“山野多有之，《詩》‘隰有萇楚’是也”。

《本草綱目》：〖释名〗鬼桃、羊腸、萇楚、銚芅、細子；〖集解〗弘景曰：“山野多有，甚似家桃，又非山桃。花甚赤，子小细而苦，不堪食，《詩》云‘隰有萇楚’即此。方藥不复用”，保昇曰：“生平泽中，处处有之。苗长而弱，不能为树；叶花皆似桃，子细如棗核，今人呼为細子；其根似牡丹。郭璞云：‘羊桃叶似桃，其花白色，子如小麥，亦似桃形’，陸璣《詩疏》云：‘叶长而狭，花紫赤色，其枝茎弱，过一尺，引蔓于草上；今人以为汲灌，重而善没，不如楊柳也；近下根刀切其皮，著热灰中脱之，可韬笔管也’”，時珍曰：“羊桃茎大如指，似树而弱如蔓，春长嫩条，柔软；叶大如掌，上绿下白，有毛，状似苎麻而团；其条浸水有涎滑”。

《卍齋瑣錄》卷三：羊桃，即《毛詩》之萇楚也。

【辨析】

苌楚又名羊桃，不过它不是今天的水果羊桃；中华猕猴桃又名羊桃，这与苌楚的羊桃也是同名异物。《本草纲目》于草部下有羊桃项，于果部下有猕猴桃项，羊桃项下有别名为苌楚，并引用了本诗句“隰有苌楚”及陆玑的释文，猕猴桃项下却没有类似的引用，加之两者都附有形态图片，很清楚地表明了古时的羊桃（苌楚）并不是指猕猴桃。

按文献所载，苌楚是生长于河南一带的木质藤本植物，其叶片狭长、花色红或白、果实细小且味苦。

稂、蕭、蓍

【原文】	【译文】
冽彼下泉	清冽的山泉
浸彼苞稂①	浸润着童粱
忾我寤叹②	醒时常喟叹
念彼周京	怀念那京都
冽彼下泉	清冽的山泉
浸彼苞蕭③	浸润着萧草
忾我寤叹	醒时常喟叹
念彼京周	怀念那京城
冽彼下泉	清冽的山泉
浸彼苞蓍④	浸润着蓍草
忾我寤叹	醒时常喟叹
念彼京师	怀念那京师

——曹风·下泉

【注解】

①稂：láng。

②忾：kài，叹息。

③蕭：简体字“萧”。

④蓍：shī。

本诗多被认为是“伤周衰，美荀跞”之作。周景王死后，王子猛即位，王子朝作乱欲篡位，晋大夫荀跞率军伐朝，以平周室内乱，并拥王子匄为周敬王，曹人因作此诗。

本文节选自第一章、第二章、第三章。

稂

【文献征引】

1.（稂）《毛傳》：稂，童粱也。陸璣《草木疏》：稂，童粱；禾秀为穗而不成，崱嶷然，谓之童粱；今人谓之宿田翁，或谓守田也；甫田云“不稂不莠”、《外傳》云“马不过稂莠”皆是也。

《爾雅·釋草》：稂，童粱。《爾雅注》：稂，莠类也。《爾雅疏》：舍人曰：“稂，一名童粱”，郭云：“稂，莠类也”，《詩·曹风》云“浸彼苞稂”陸璣《疏》云：“禾秀为穗而不成，崱嶷然，谓之童粱。今人谓之宿田翁，或谓之守田也。甫田云‘不稂不莠’、《外傳》曰‘马不过稂莠’皆是也”。

《康熙字典》:《正韻》: 草名，似莠。

又小雅“不稂不莠”《註》: 稂莠，皆害苗。《爾雅翼》: 稂，恶草，与禾相杂，故诗人恶之。

又《廣韻》: 稂，亦作莨。

2.（莨）《說文解字》: 莨，禾粟之莠，生而不成者，谓之董莨；稂，莨或从禾。《說文解字註》:“禾粟之莠生而不成者，谓之童莨”，莠各本作采，错音穗，童各本作董，今依《詩》、《爾雅音義》:“生而不成，谓不成莠也。不成谓之童莨。已成谓之莠”，此莨莠二字连属之义，云“禾粟之莠”者，恶其类禾而别之也；小雅曰:“不稂不莠”，《爾雅》、《毛傳》皆曰:“稂，童粱也”，童粱即童莨，陸璣《疏》云:“禾莠为穗而不成。則嶷然谓之童粱”；今本莠作秀，误；“稂，莨或从禾”，今《詩》、《爾雅》皆作此字；非禾而从禾，非孔子恶莠意。

3.（孟）《爾雅·釋草》: 孟，狼尾。《爾雅注》: 似茅，今人亦以覆屋。《爾雅疏》: 草似茅者，一名孟，一名狼尾；今人亦以覆屋。

4.（狼尾草）《本草綱目》:〖释名〗稂、董莨、狼茅、孟、宿田翁、守田；時珍曰:“狼尾，其穗象形也。秀而不成，嶷然在田，故有宿田、守田之称”。〖集解〗藏器曰:“狼尾生泽地，似茅作穗。《廣志》云‘子可作黍食’、《爾雅》云‘孟，狼尾。似茅，可以覆屋’是也”，時珍曰:“狼尾，茎叶穗粒并如粟，而穗色紫黄，有毛；荒年亦可采食。許慎《說文》云:‘禾粟之穗，生而不成者谓之董莨’，其秀而不实者，名狗尾草，见草部”。

【辨析】

稂即狼尾草。

【形态特征】

狼尾草 *Pennisetum alopecuroides*（L.）Spreng.: 又名狗尾巴草、芮草、老鼠狼、狗仔尾，禾本科，狼尾草属，多年生草本植物。

须根较粗壮。秆直立，丛生，高 30～120 厘米，在花序下密生柔毛。叶鞘光滑，两侧压扁，主脉呈脊，在基部者跨生状；叶片线形，长 10～80 厘米，宽 3～8 毫米，先端长渐尖，基部生疣毛。圆锥花序直立，长 5～25 厘米，宽 1.5～3.5 厘米；主轴密生柔毛；总梗长 2～3（5）毫米；刚毛粗糙，淡绿色或紫色；小穗通常单生，线状披针形，长 5～8 毫米；第一颖微小或缺，膜质；第二颖卵状披针形，具 3～5 脉；第一小花中性，雄蕊 3，花柱基部联合。颖果长圆形，长约 3.5 毫米。花果期夏秋季。

我国自东北、华北经华东、中南及西南各省区均有分布。多生长于田岸、荒地、道旁及小山坡上。日本、印度、朝鲜、缅甸、巴基斯坦、越南、菲律宾、马来西亚、大洋洲及非洲也有分布。

是固堤防沙植物，可作饲料，也是编织或造纸的原料。

【植物图片】

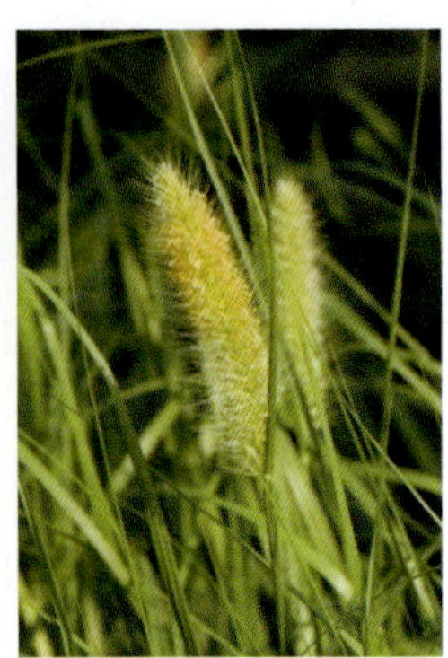

蕭

【文献征引】

1.（蕭）《毛傳》：蕭，蒿也。《詩·采葛》“彼采蕭兮”《毛傳》：蕭，所以共祭祀。陸璣《草木疏》：蕭，荻，今人所谓荻蒿者是也，或云牛尾蒿；似白蒿，白叶，茎粗，科生多者数十茎，可作烛，有香气，故祭祀以脂爇之为香；許慎以为艾蒿，非也；《郊特牲》云：“既奠，然后爇蕭，合馨香是也”。

《楚辭補注》：顔師古云：“《齊書·太祖》云：‘《詩》人采蕭’，蕭即艾也”，蕭自是香蒿，古祭祀所用，合脂爇之以享神者，艾即今之灸病者，名既不同，本非一物，《詩》云“彼采蕭兮，彼采艾兮”是也；《淮南》曰：“膏夏紫芝，与蕭艾俱死”，蕭艾贱草，以喻不肖。

《爾雅·釋草》：蕭，萩。《爾雅注》：即蒿。《爾雅疏》：李巡云：“萩，一名蕭”，陸璣云：“今人所谓萩蒿者是也。或云牛尾蒿，似白蒿，白叶，茎粗，科生多者数十茎，可作烛，有香气，故祭祀以脂爇之为香。許慎以为艾蒿，非也。《郊特牲》云‘既奠，然後爇蕭，合馨香’”是也。

《康熙字典》：《禮·郊特牲》：蕭合黍稷，臭阳达于墙屋。《集韻》：艾蒿也。

《說文解字》：蕭，艾蒿也。《說文解字註》：“艾蒿也”，大雅“取蕭祭脂”、《郊特牲》“焫蕭合馨香”，故毛公曰：“蕭所以共祭祀”、鄭君曰：“蕭，芗蒿也”；陸璣曰：“今人所谓萩蒿也，或云牛尾蒿。許慎以为艾蒿，非也”，按陸语非是，此物蒿类而似艾，一名艾蒿，許非谓艾为蕭也，齊高帝云：“蕭卽艾也”，乃为误耳；又按曹风《傳》曰：“蕭，蒿也”，此统言之，诸家云芗蒿、艾蒿者，析言之。

2.（萩）《說文解字》：萩，蕭也。

【辨析】

萧即牛尾蒿。

萧和艾都有别名叫艾蒿，这属于同名异物。

【形态特征】

牛尾蒿　*Artemisia dubia* Wall. ex Bess.：又名荻蒿、紫杆蒿、水蒿、艾蒿、米蒿、指叶蒿，菊科，蒿属，半灌木状草本植物。

主根木质，侧根多；根状茎粗短，直径 0.5～2 厘米，有营养枝。茎丛生，直立或斜向上，高 80～120 厘米，基部木质，纵棱明显，紫褐色或绿褐色，分枝多。叶厚纸质或纸质，叶面微有短柔毛，背面毛密，宿存；基生叶与茎下部叶大，卵形或长圆形，羽状 5 深裂；中部叶卵形，长 5～12 厘米，宽 3～7 厘米，羽状 5 深裂。头状花序多数，宽卵球形或球形，直径 1.5～2 毫米，在分枝的小枝上排成穗状花序或穗状花序状的总状花序，而在分枝上排成复总状花序，在茎上组成开展、具多级分枝大型的圆锥花序；雌花 6～8 朵，花冠狭小，略呈圆锥形，檐部具 2 裂齿；两性花 2～10 朵，不孕育，花冠管状，花药线形。瘦果小，长圆形或倒卵形。花果期 8—10 月。

分布于东北、华北、西北、西南各地。生长于干山坡、草原、疏林下及林缘。印度、不丹、尼泊尔也有分布。

叶可入药。

【文献征引】

《毛傳》：蓍，草也。陸璣《草木疏》：蓍，似藾蕭，青色，科生。

《楚辭·九懷》“蓍蔡兮踊躍”王逸注：蓍，筮也。《楚辭補注》：《文選》云“搏耆龟”注云：“耆，老也，龟之老者神”，引“耆蔡兮踊躍”，据此，则蓍当作耆，然注以为蓍龟之蓍，蓍虽神草，安能踊躍乎？

《本草綱目》：〖释名〗時珍曰：“按班固《白虎通》载孔子云：‘蓍之为言耆也。老人历年多，更事久，事能尽知也’，陸佃《埤雅》云：‘草之多寿者，故字从耆’，《博物志》言：‘蓍千岁而三百茎，其本已老，故知吉凶’”。〖集解〗恭曰：“此草所在有之，其茎可为筮。陶氏误以楮实为之，楮实味甘，此味苦，今正之”，頌曰：“今蔡州上蔡县白龟祠旁，其生如蒿作丛，高五六尺，一本一二十茎，至多者五十茎，生便条直，所以异于众蒿也；秋后有花，出于枝端，红紫色，形如菊花，结实如艾实……”，時珍曰：“蓍乃蒿属，神草也，故《易》曰：‘蓍之德，圆而神’。天子蓍长九尺，诸侯七尺，大夫五尺，士三尺。張華《博物志》言：‘以末大于本者为主，次蒿、次荆，皆以月望浴之’，然则无蓍揲卦，亦可以荆、蒿代之矣”。

《說文解字》：蓍，蒿属；生千岁三百茎，《易》以为数；天子蓍九尺，诸侯七尺，大夫五尺，士三尺。《說文解字註》：“蒿属”，谓似蒿而非蒿也，陸璣曰：“似藾蕭。青色”；“生千岁三百茎”，《草木疏》、《博物志》说皆同，《尚書大傳》曰：“蓍之为言耆也，百年一本生百茎”；“《易》以为数”，数，筭也，谓占易者必以是计筭也；“天子蓍九尺。诸侯七尺。大夫五尺。士三尺”，此《禮·三正記》文也，亦见《白虎通》，《仪禮》“特牲馈食。筮者坐筮。少牢馈食。筮者立筮”鄭註：“卿大夫蓍五尺，立筮。士之蓍短，坐筮。皆由便也”，賈公彦曰：“然则天子诸侯立筮可知”。

【辨析】

蓍的古今名称一致。

【形态特征】

蓍　*Achillea millefolium* L.：又名欧蓍、千叶蓍、锯草，菊科，蓍属，多年生草本植物。

具细的匍匐根茎。茎直立，高 40～100 厘米，有细条纹，通常被白色长柔毛。叶无柄，披针形、矩圆状披针形或近条形，长 5～7 厘米，宽 1～1.5 厘米，二至三回羽状全裂。头状花序多数，密集成直径 2～6 厘米的复伞房状；边花 5 朵；舌片近圆形，白色、粉红色或淡紫红色，长 1.5～3 毫米，宽 2～2.5 毫米，顶端 2～3 齿；盘花两性，管状，黄色，长 2.2～3 毫米，5 齿裂，外面具腺点。瘦果矩圆形，长约 2 毫米，淡绿色，有狭的淡白色边肋。花果期 7—9 月。

产于我国东北、内蒙古、陕西、甘肃、新疆等地。生长于湿草地、荒地及铁路沿线。广泛分布欧洲、非洲北部、伊朗、蒙古、前苏联西伯利亚。

叶、花含芳香油，全草可入药。

【植物图片】

萑、苇、萋、郁、薁、葵、枣、稻、瓜、壶、苴、樗1、重、穋、禾、菽、麦、茅、韭

【原文】	【译文】
七月流火[①]	七月大火星下行
八月萑苇[②]	八月萑苇正长成
……	……
四月秀萋[③]	四月萋草抽穗苗
五月鸣蜩[④]	五月知了叫不停
八月其获	八月收获好时节
十月陨萚[⑤]	十月黄叶落缤纷
……	……
六月食郁及薁[⑥]	六月郁薁正尝鲜
七月亨葵及菽	七月煮食葵和菽
八月剥枣[⑦]	八月打下枣子来
十月获稻	十月收割稻米忙
为此春酒	冬天酿酒春天得
以介眉寿	可为他人助寿长
七月食瓜	七月瓜熟正当食
八月断壶[⑧]	八月来把葫芦摘
九月叔苴[⑨]	九月收取大麻籽
采荼薪樗[⑩]	采摘苦菜伐樗枝
食我农夫[⑪]	以此养活我自己
九月筑场圃	九月修筑打谷场
十月纳禾稼	十月庄稼收进仓
黍稷重穋[⑫]	黍子稷子和谷米
禾麻菽麦[⑬]	麻籽豆子与麦粮
……	……
昼尔于茅	白天出去割茅草
宵尔索绹	晚上还要搓绳条
亟其乘屋[⑭]	赶着上房修屋顶
其始播百穀	又到百谷播种时
二之日凿冰冲冲	腊月凿冰咚咚响
三之日纳于凌阴	正月存入地窖中

四之日其蚤[15]	二月取出早朝用
献羔祭韭	祭献羔羊与韭蔬

——豳风·七月[16]

【注解】

①月：农历月份。火：星宿名，又名大火。

②萑：huán。葦：简体字“苇”。

③葽：yāo。

④蜩：tiáo，蝉。

⑤萚：草木脱落的皮或叶子。

⑥鬱：简体字“郁”。薁：yù。

⑦棗：简体字“枣”。

⑧壺：简体字“壶”。

⑨叔：拾取。苴：jū。

⑩樗：chū，“薪樗”是指把樗的树枝砍来当柴火。

⑪食：sì，给……吃。

⑫穋：lù，同“稑”。

⑬麥：简体字“麦”。

⑭亟：jí，急忙。

⑮蚤：同“早”，即早朝，古代的一种祭祀仪式。

⑯豳：bīn，古地名。

《七月》是一首叙事诗，它从衣食住行等多个方面再现了古代下层人民的艰辛生活，他们一年到头不停地劳作，收成上交后，自家的温饱却没有了保证。

本诗在段落条理上稍显混乱，前后时间重复颇多，这有可能是后人不断增补所造成的。这首诗的内容详尽，不但具有文学价值，更具有史料价值，为研究古代民风民俗及社会风貌提供了重要依据。

本文节选自第三章、第四章、第六章、第七章、第八章。

萑

【文献征引】

《毛傳》：薍为萑，葭为葦，豫畜萑葦可以为曲也。

《康熙字典》：又《詩·豳风》“八月萑葦”《疏》：初生者为菼，长大为薍，成则为萑。《周禮·春官》“其柏席用萑黼纯”《註》：萑，如葦而纫。

【辨析】

萑即荻。

萑是长成以后的菼。

本字条可与“菼”、“蒹”、“葭”、“葦”相互参看。

【形态特征】

见“葜”。

葦

【文献征引】

1.（葦）《毛傳》：薍为萑，葭为葦，豫畜萑葦可以为曲也。

《說文解字》：葦，大葭也。《說文解字註》：“大葭也”，《夏小正》曰：“未秀则不为萑葦。秀然后为萑葦”，《毛傳》曰：“八月薍为萑，葭为葦”，許云大葭，猶言葭之已秀者。

2.（蘆）《本草綱目》：〖释名〗葦、葭，花名蓬蕽，笋名蘿；時珍曰：“按毛萇《詩疏》云：‘葦之初生曰葭，未秀曰蘆，长成曰葦’，葦者，伟大也；蘆者，色卢黑也；葭者，嘉美也”。〖集解〗恭曰：“蘆根生下湿地，茎叶似竹，花若荻花，名蓬蕽。二月八月采根，日干用”，頌曰：“今在处有之，生下湿陂泽中。其状都似竹，而叶抱茎生，无枝；花白作穗，若茅花；根亦若竹根而节疏……按郭璞注《爾雅》云：‘葭即蘆也，葦即蘆之成者。菼薍似葦而小，中实，江东呼为烏蓲，或谓之藡，即荻也；至秋坚成，即谓之萑。蒹似萑而细长，高数尺，江东谓之蒹；其花皆名艻，其萌皆名蘿；堪食，如竹笋’，若然，则蘆葦通为一物也；所谓蒹，乃今作簾者是也，所谓菼者，今以当薪者是也，而人罕能别蒹菼与蘆葦也。又北人以葦与蘆为二物，水旁下湿所生者皆名葦，其细不及指大、人家池圃所植者皆名蘆，其干差大，深碧色者，亦难得，然则蘆葦皆可通用矣”，時珍曰：“蘆有数種，其长丈许、中空、皮薄色白者，葭也、蘆也、葦也；短小于葦而中空、皮厚色青苍者，菼也、薍也、荻也、萑也；其最短小而中实者，蒹也、簾也，皆以初生已成得名。其身皆如竹，其叶皆长如箬叶，其根入藥，性味皆同……”

【辨析】

苇即芦苇。

苇是长成以后的葭。

本字条可与“菼”、“蒹”、“葭”、“萑”相互参看。

【形态特征】

芦苇 *Phragmites communis* Trin.：又名芦、苇、葭，禾本科，芦苇属，多年生大禾草。

根状茎十分发达。秆直立，高 1～3（8）米，直径 1～4 厘米，具 20 多节，节下被腊粉。叶片披针状线形，长 30 厘米，宽 2 厘米，无毛，顶端长渐尖成丝形。圆锥花序大型，长 20～40 厘米，宽约 10 厘米，分枝多数，长 5～20 厘米，着生稠密下垂的小穗；小穗长约 12 毫米，含 4 花；第一颖长 4 毫米；第二颖长约 7 毫米；雄蕊 3，花药长 1.5～2 毫米，黄色。颖果长约 1.5 毫米。

产于全国各地。生长于江河湖泽、池塘沟渠沿岸和低湿地。为全球广泛分布的多型种。

为固堤造陆先锋环保植物，秆为造纸原料或作编织及建棚用材，嫩茎叶可为饲料，根状茎可入药。

【植物图片】

葽

【文献征引】

1.（葽）《毛傳》：不榮而实曰秀；葽，葽草也。《鄭箋》：《夏小正》“四月王萯秀”，葽其是乎？秀葽也、鸣蜩也、获禾也、陨萚也，四者皆物成而将寒之候，物成自秀葽始。

《康熙字典》：《詩緝》曰：四月阳气极于上而微阴已胎于下，葽感之而早秀；《毛》註不指为何草，鄭疑为王萯，《説文》引《劉向說》：“苦葽也”。

《説文解字》：葽，草也；《詩》曰：“四月秀葽”；《劉向説》：“此味苦，苦葽也”。《説文解字註》：“草也。《詩》曰：‘四月秀葽’。《劉向説》：‘此味苦。苦葽也’”，“四月秀葽”，豳风文，《毛》曰：“葽者，葽草也”，《箋》云：“《夏小正》：‘四月王萯秀，葽其是乎？物成自秀葽始’”，玉裁按：《小正》：“四月秀幽”，幽葽一语之转，必是一物，似鄭不当援王萯也；《劉向說》：“此味苦，苦葽也”，苦葽当是汉人有此语，汉时目验，今则不识，其味苦则应夏令也；小徐按《字書》云狗尾草，夫狗尾即莠，莠，四月未秀，非莠明矣。

2.（葽繞）《爾雅·釋草》：葽繞，蕀蒬。《爾雅注》：今遠志也；似麻黄，赤华，叶锐而黄，其上谓之小草，《廣雅》云。《爾雅疏》：藥草也，葽繞，一名蕀蒬；郭云“今遠志也。似麻黄，赤华，叶锐而黄，其上谓之小草，《廣雅》云”者，案《本草》“遠志，一名細草，其叶名小草”陶注云：“小草状似麻黄而青”、今注云遠志“茎叶似大青而小”、《廣雅》云“蕀蒬，遠志也。其上谓之小草”是也。

3.（遠志）《本草綱目》：〖释名〗苗名小草、細草、棘菀、葽繞。

【辨析】

《毛传》注葽为葽草，葽草是何物？历来颇多猜测，以下是几个比较常见的观点：

1. 王萯。王萯说主要源于《夏小正》的“四月王萯秀”，因本诗文为“四月秀葽”，便由此猜测王萯即葽草。

2. 王瓜。王瓜说的起源与王萯说类似，因《月令》“四月王瓜生”而来。

3. 狗尾草。葽不是狗尾草，这在段注中已有明确解释：四月秀葽，但四月未秀莠。

4. 远志。远志又名葽绕，很可能就因其名称中有个“葽”字而被推测为葽草，但它并不符合葽草“不荣而实”的这一特征。

【文献征引】

《毛傳》：鬱，棣属。陸璣《草木疏》：鬱，其树高五六尺，其实大如李，色赤，食之甘。

【辨析】

依文献及诗歌原文，鬱是生长在陕西、甘肃一带的灌木，有可能是蔷薇科植物，其果实色红、农历六月成熟并可食用。

本字条可与“唐棣”、“常棣”相互参看。

薁

【文献征引】

1.（薁）《毛傳》：薁，蘡薁也。

《康熙字典》：《唐韻》：蘡薁也。《詩 • 豳风》“六月食鬱及薁”《疏》：蘡薁者，亦是鬱类而小别。《晉宮閣銘》云：华林园有車下李三百一十四株，薁李一株；車下李卽鬱，薁李卽薁，二者相类而同时熟。

《說文解字》：薁，嬰薁也。《說文解字註》：“嬰薁也”，嬰锴本作蘡，俗加草头耳；豳风“六月食鬱及薁”《傳》曰：“鬱，棣属。薁，蘡薁也”，《正義》曰：“劉稹《毛詩義問》云：‘鬱树高五六尺。其实大如李’”，《本草》：“鬱一名棣，则与棣相类。蘡薁亦是鬱类”，《晉宮閣銘》：“車下李三百一十四株，車下李卽鬱也。薁李一株，薁李卽薁也。二者相类而同时熟”，玉裁按：《說文》李棣皆在木部，薁在草部，毛公但云鬱棣属，未尝云薁鬱属，《廣雅》、釋草：“燕薁，蘡舌也”，釋木云：“山李，雀李，二字今正未知是否鬱也”，然则薁之非木实明矣，《晉宮閣銘》所谓車下李、薁李皆非毛許之嬰薁也；《齊民要術》引《詩義疏》曰：“櫻薁，实大如龍眼，黑色。今車鞅藤实是”，按賈氏凡引《詩草木虫鱼疏》皆谓之《詩義疏》，陸璣本有释薁云云，今本脱之耳，《魏王花木志》引《詩疏》亦同。

2.（蘡薁）《本草綱目》：〖释名〗燕薁、嬰舌、山葡萄、野葡萄，藤名木龍；〖集解〗恭曰：“蘡薁蔓生，苗叶与葡萄相似而小，亦有茎大如盌者，冬月惟叶凋而藤不死。藤汁味甘，子味甘酸，即千歲蘽也”，頌曰：“蘡薁子生江东，实似葡萄，小而味酸，亦堪为酒”，時珍曰：“蘡薁野生林墅间，亦可插植。蔓叶花实与葡萄无异，其实小而圆，色不甚紫也，《詩》云‘六月食薁’即此。其茎吹之，气出有汁，如通草也”。〖正误〗藏器曰：“蘇恭注千歲蘽即是蘡薁，妄言也。千歲蘽藤如葛，而叶背白，子赤可食。蘡薁藤斫断通气，更无甘汁……”，時珍曰：“蘇恭所说蘡薁形状甚是，但以为千歲蘽，则非矣”。

3.（萑）《爾雅 • 釋草》：萑，山韭。《爾雅注》：今山中多有此菜，皆如人家所种者。《爾雅疏》：韭，《說文》云：“菜名。一種而久者，故谓之韭。象形，在一之上，一，地也”；生山中者名萑，《韓詩》云“六月食鬱及萑”是也。

《康熙字典》：《爾雅 • 釋草》：萑，山韭。《疏》：韭生山中者名萑。

又通薁。《王應麟 • 詩攷》：“六月食鬱及萑”出《韓詩》及《爾雅疏》。

《說文解字》：萑，草也；《詩》曰：“食鬱及萑”。《說文解字註》：“草也”；《爾雅》“萑，山韭”郭注谓“山中多有此菜，如人家所種者”，故許不谓之菜与……“《詩》曰：‘食鬱及雚’”，宋掌禹錫、蘇頌皆云：“《韓詩》‘六月食鬱及雚’”，許於《詩》主毛，而不废三家也。

4.（韱）《說文解字》：韱，山韭也。《說文解字註》：“山韭也”，山韭谓山中自生者，按《夏小正》“正月囿有韭”与“四月囿有见杏”皆谓自生者也；釋草作“雚，山韭”，雚见草部，不云山韭，然则許所据《爾雅》作“韱，山韭”与。

5.（山韭）《本草綱目》：〖释名〗雚、韱，并未详；〖集解〗頌曰：“雚，山韭也。山中往往有之，而人多不识。形性亦与家韭相类，但根白，叶如灯心苗耳。《韓詩》云‘六月食鬱及薁’谓此也”，時珍曰：“案《爾雅》云：‘雚，山韭也’、許慎《說文》云：‘韱，山韭也’、金幼孜《北征錄》云：‘北边云台戎地，多野韭、沙葱，人皆采而食之’，即此也。蘇氏以《詩》之鬱即此，未知是否？又吕忱《字林》云：‘䕩，水韭也。野生水涯，叶如韭而细长，可食’，观此，则知野韭又有山水二種，气味或不相远也”。

【辨析】

薁即蘡薁，雚即山韭。

古时传授《诗经》的有四家，我们今天通行的《诗经》版本是毛氏所传，称为《毛传》，另有韩婴所传的称为《韩诗》。《毛传》写本句为“六月食鬱及薁”，《韩诗》写本句为“六月食鬱及雚”，两者应并取。

本字条可与“韭”相互参看。

【形态特征】

以下分列蘡薁及山韭两项。

蘡薁　*Vitis bryoniaefolia* Bge.：又名野葡萄、华北葡萄，葡萄科，葡萄属，木质藤本植物。

小枝圆柱形，有棱纹。卷须 2 叉分枝，每隔 2 节间断与叶对生。叶长圆卵形，长 2.5～8 厘米，宽 2～5 厘米，叶片 3～5（7）深裂或浅裂；基生脉 5 出，中脉有侧脉 4～6 对。花杂性异株，圆锥花序与叶对生，花蕾倒卵椭圆形或近球形，高 1.5～2.2 毫米，顶端圆形；花瓣 5，呈帽状粘合脱落；雄蕊 5，花丝丝状，雌蕊 1。果实球形，紫红色，直径 0.5～0.8 厘米；种子倒卵形，顶端微凹，基部有短喙。花期 4—8 月，果期 6—10 月。

产于河北、陕西、山西、山东、江苏、安徽、浙江、湖北、湖南、江西、福建、广东、广西、四川、云南。生长于山谷林中、灌丛、沟边或田埂。

藤可造纸，果可酿果酒，全草可入药。

山韭　*Allium senescens* L.：又名岩葱，百合科，葱属，多年生草本植物。

具粗壮的横生根状茎。叶狭条形至宽条形，肥厚，基部近半圆柱状，上部扁平，宽 2～10 毫米。花葶圆柱状，常具 2 纵棱，粗 1～5 毫米，下部被叶鞘；伞形花序半球状至近球状，具多而稍密集的花；花紫红色至淡紫色；花被片长 3.2～6 毫米，宽 1.6～2.5 毫米；花丝等长；子房倒如状球形至近球状，基部无凹陷的蜜穴；花柱伸出花被外。花果期 7—9 月。

产于黑龙江、吉林、辽宁、河北、山西、内蒙古、甘肃、新疆和河南。生长于草原、草甸或山坡上。从欧洲经前苏联中亚直到西伯利亚都有分布。

嫩叶可食用。

【植物图片】

山韭

葵

【文献征引】

《本草綱目》:〖释名〗露葵、滑菜;時珍曰:"按《爾雅翼》云:'葵者,揆也。葵叶倾日,不使照其根,乃智以揆之也',古人采葵必待露解,故曰露葵。今人呼为滑菜,言其性也。古者葵为五菜之主,今不复食之,故移入此"。〖集解〗頌曰:"葵处处有之,苗叶作菜茹,更甘美。冬葵子古方入藥最多。葵有蜀葵、錦葵、黄葵、終葵、菟葵,皆有功用",時珍曰:"葵菜古人種为常食,今之種者颇鲜。有紫茎、白茎二種,以白茎为胜;大叶小花,花紫黄色,其最小者名鴨腳葵;其实大如指顶,皮薄而扁,实内子轻虚如榆荚仁。四五月種者可留子,六七月種者为秋葵,八九月種者为冬葵,经年收采,正月复種者为春葵,然宿根至春亦生……"

《康熙字典》:《玉篇》:菜名。《儀禮·士虞禮》記注:夏秋用生葵。《王禎·農書》:葵,陽草也,为百菜之主,備四时之馔。《爾雅翼》:天有十日,葵与之终始,故葵从癸。《左傳·成十七年》:鲍莊子之知不如葵,葵猶能卫其足,杜預注葵倾叶向日,以蔽其根。

《說文解字》:葵,菜也。《說文解字註》:"菜也",崔寔曰:"六月六日可種葵,中伏后可種冬葵。九月可作葵菹、干葵",《齊民要術》有種葵法、種冬葵法;今作葵。

【辨析】

葵即冬葵。

【形态特征】

冬葵 *Malva crispa* Linn.:又名葵菜、冬寒菜、薪菜、皱叶锦葵,锦葵科,锦葵属,一年生草本植物。

高 1 米;茎被柔毛。叶圆形,常 5~7 裂或角裂,径约 5~8 厘米,基部心形,裂片三角状圆形,边缘具细锯齿,并极皱缩扭曲,两面无毛至疏被糙伏毛或星状毛,在脉上尤为明显;叶柄长 4~7 厘米,疏被柔毛。花小,白色,直径约 6 毫米,单生或几个簇生于叶腋,近无花梗至具极短梗;小苞片 3,披针形,长 4~5 毫米,宽 1 毫米,疏被糙伏毛;萼浅杯状,5 裂,长 8~10 毫米,裂片三角形,疏被星状柔毛;花瓣 5,较萼片略长。果扁球形，径约 8 毫米；种子肾形，径约 1 毫米，暗黑色。花期 6—9 月。

产于湖南、四川、贵州、云南、江西、甘肃等省。

我国早在汉代以前已栽培供蔬食。

棗

【文献征引】

《爾雅・釋木》：棗，壺棗。《爾雅注》：今江东呼棗大而锐上者为壺；壺，猶瓠也。《爾雅疏》：云棗者，目诸棗也；壺棗者，棗形似壺也，郭云："今江东呼棗大而锐上者为壺。壺，猶瓠也"。

《本草綱目》：〖释名〗時珍曰："按陸佃《埤雅》云：'大曰棗，小曰棘'，棘，酸棗也；棗性高，故重朿，棘性低，故并朿；朿音次，棗棘皆有刺针，会意也"。〖集解〗頌曰："近北州郡皆出棗，惟青州之種特佳……今园圃種莳者，其種甚多，美者有水菱棗、御棗之类，皆不堪入藥，盖肌肉轻虚故也……按郭璞注《爾雅》云：'壺棗大而锐，犹壺瓠也。邊，腰棗也，细腰，今谓之轆轤棗。櫅，白棗也，子白乃熟。洗，大棗也，出河东猗氏县，大如鸡卵。遵，羊棗也，实小紫黑，俗名羊矢棗。樲，酸棗也，木小而实酢。還味，棯棗也，其味短。蹶洩，苦棗也，其味苦。晳，无实棗也'"，時珍曰："棗木赤心有刺，四月生小叶，尖觥光泽，五月开小花，白色微青。南北皆有，惟青、晉所出者肥大甘美，入藥为良。其类甚繁，《爾雅》所载之外，郭義恭《廣志》有狗牙、雞心、牛頭、羊角、獼猴、細腰、赤心、三星、騈白之名，又有木棗、氐棗、桂棗、夕棗、灌棗、墟棗、蒸棗、白棗、丹棗、棠棗，及安邑、信都诸棗。穀城紫棗长二寸，羊角棗长三寸，密云所出小棗，脆润核细，味亦甘美，皆可充果食，不堪入藥。入藥须用青州及晉地晒干大棗为良……"

《康熙字典》：《小爾雅》：棘实谓之棗。《埤雅》：大者棗，小者棘；于文𣏟朿为棘，重朿为棗，盖棗性重乔，棘则低矣。

《說文解字》：棗，羊棗也；从重朿。《說文解字註》："羊棗也"，羊蓋衍文，羊棗即木部之樗，《爾雅》诸棗中之一，与常棗绝殊，不当专取以为训，蓋此当云棗木也，棗樹随地有之，尽人所识，赤心而外朿，非羊棗也，必转写妄改之误；"从重朿"，釋木曰："槐，棘，丑乔"，棘即棗也，析言则分棗、棘，统言则曰棘，周禮："外朝九棘三槐"，棘正谓棗，故《註》云："取其赤心而外刺"，上句曰乔，故从重朿会意。

【辨析】

枣的古今名称一致。

本字条可与"棘"相互参看。

【形态特征】

枣 *Ziziphus jujuba* Mill.：又名枣树、枣子、大枣、红枣树、刺枣、枣子树、贯枣、老鼠屎，鼠李科，枣属，落叶小乔木（稀灌木）。

高达 10 余米；树皮褐色或灰褐色；有长枝，紫红色或灰褐色，呈之字形曲折，具 2 个托叶刺；短枝短粗，矩状，自老枝发出。叶纸质，卵形、卵状椭圆形、或卵状矩圆形；长 3～7 厘米，宽 1.5～4 厘米，边缘具圆齿状锯齿，基生三出脉；叶柄长 1～6 毫米。花黄绿色，两性，5 基数，单生或 2～8 个密集成腋生聚伞花序；花梗长 2～3 毫米；萼片卵状三角形；花瓣倒卵圆形，基部有爪，与雄蕊等长。核果矩圆形或长卵圆形，长 2～3.5 厘米，直径 1.5～2 厘米，红紫色，中果皮肉质，厚，味甜，核顶端锐尖；种子扁椭圆形，长约 1 厘米，宽 8 毫米。花期 5—7 月，果期 8—9 月。

产于吉林、辽宁、河北、山东、山西、陕西、河南、甘肃、新疆、安徽、江苏、浙江、江西、福建、广东、广西、湖南、湖北、四川、云南、贵州。生长于山区、丘陵或平原。亚洲、欧洲和美洲常有栽培。

枣树是良好的蜜源植物，果实可食用，根、果实可入药。

稻

【文献征引】

1.（稻）《楚辭・招魂》："稻粢穱麦" 王逸注：稻，稌。《楚辭補注》：顔師古云："《本草》所谓稻米者，今之稉米耳"，《說文》云："稻，稌也"，又《急就篇》云："稻黍秫稷"，左太沖《蜀都賦》云："粳稻汉漠"，益知稻即稉，共粳竝出矣。

《本草綱目》：〖释名〗稌、糯；時珍曰："稻稌者，杭糯之通称，《物理論》所谓'稻者，溉種之总称'是矣。《本草》则专指糯以为稻也。稻从舀，象人在臼上治稻之义，稌则方言稻音之转尔，其性粘软，故谓之糯"。〖集解〗弘景曰："道家方藥有稻米、粳米俱用者，此则两物也。稻米白如霜，江东无此，故通呼粳为稻耳，不知色类复云何也"，恭曰："稻者，穬穀之通名。《爾雅》云：'稌，稻也，杭者不黏之称，一曰秫'，氾勝之云：'三月種杭稻，四月種秫稻'，即并稻也，陶谓为二，盖不可解也"，志曰："此稻米即糯米也，其粒大小似杭米，细糠，白如雪。今通呼杭糯二穀为稻，所以惑之。按李含光《音義》引《字書》解粳字云：'稻也'、稻字云：'稻属也，不黏'、粢字云：'稻饼也'，粢，盖糯也"，禹錫曰："《爾雅》云'稌，稻'郭璞注云：'别二名也。今沛国呼稌'、周颂云：'丰年多黍多稌'、《禮記》云：'牛宜稌'、豳风云：'十月获稻'，皆是一物也。《說文》云：'杭，稻属也。沛国谓稻为糯'，《字林》云：'糯，黏稻也。杭，不黏稻也'，然杭、糯甚相类，以黏不黏为异尔，当依《說文》以稻为糯。顔師古《刊謬正俗》云：'《本草》稻米即今之糯米也，或通呼粳糯为稻'、孔子云：'食夫稻'、周官有稻人、汉有稻田使者，并通指杭糯而言，所以后人混称，不知稻即糯也"，時珍曰："糯稻，南方水田多種之。其性黏，可以酿酒、可以为粢、可以蒸糕、可以熬饧、可以炒食。其类亦多，其穀壳有红白二色，或有毛、或无毛；其米亦有赤白二色，赤者酒多糟少，一種粒白如霜，长三四分者，《齊民要術》'糯有九格、雉木、大黄、馬首、虎皮、火色等名'是矣。古人酿酒多用秫，故诸说论糯稻，往往费辩也。秫乃糯粟，见本条"。

《康熙字典》：《爾雅翼》：稻，米粒如霜，性尤宜水，一名稌；然有黏、有不黏，今人以黏为稉，不黏为杭；又有一種曰籼，比于杭小，而尤不黏，其種甚早，今人号籼为早稻，杭为晚稻。《韻會》：有芒穀，卽今南方所食之米，水生而色白者。《六書故》：稻性宜水，亦有同类而陆種者，谓之陸稻，《記》曰："煎醢加于陸稻上，今谓之旱稜"；南方自六月至九月获，北方地寒，十月乃获。《史記・夏本紀》：禹令益予众庶，稻可種卑湿。《周禮・地官・稻人》"掌稼下地"《疏》：以下田種稻，故云稼下地。《禮・曲禮》：凡祭宗庙之礼，稻曰嘉蔬。

《說文解字》：稻，稌也。《說文解字註》："稌也"，今俗槩谓黏者不黏者；未去穅曰稻，稉稻、籼稻、秔稻皆未去穅之偁也，既去穅则曰稉米、曰籼米、曰秔米；古谓黏者为稻，谓黏米为稻，《九穀考》曰："七月诗'十月获稻。为此春酒'"，《月令》："乃命大酋。秫稻必齊"，《内則》，《雜記》并有稻醴，《左傳》："进稻醴粱糗"，是以稻为黏者之名，黏者以酿也，《内則》"糁酏用稻米。笾人职之饵餈"《註》亦以为用稻米，皆取其黏耳，而食医之职；"牛宜稌"，鄭司農说："稌，稉也"，是又以稉释稻，稉其不黏者也，孔子曰："食夫稻"，亦不必专指黏者言，职方氏扬荆诸州亦但云"其穀宜稻"，吾是以知稌稻之为大名也；玉裁谓：稻其浑言之偁，秔与稻对为析言之偁；稻宜水，故《周禮・稻人》"掌稼下地"。

2.（糯）《康熙字典》：《集韻》：稻名。《增韻》：稻之黏者，可以为酒。

【辨析】

稻的古今名称一致。

稻在古代指黏性稻米，它同时也是稻米的总称，当需要与不黏的稻米相区分或强调其特有功用——如酿酒时，稻专指黏米。

本字条可与"稌"相互参看。

【形态特征】

稻 *Oryza sativa* L.：又名糯、粳，禾本科，稻属，一年生水生草本植物。

秆直立，高 0.5～1.5 米，随品种而异。叶鞘松弛，无毛；叶舌披针形，长 10～25 厘米，两侧基部下延长成叶鞘边缘，具 2 枚镰形抱茎的叶耳；叶片线状披针形，长 40 厘米左右，宽约 1 厘米，无毛，粗糙。圆锥花序大型疏展，长约 30 厘米，分枝多，棱粗糙，成熟期向下弯垂；小穗含 1 成熟花，两侧甚压扁，长圆状卵形至椭圆形；颖极小，退化外稃 2 枚，锥刺状；两侧孕性花外稃质厚，具 5 脉，中脉成脊，表面有方格状小乳状突起，厚纸质；内稃与外稃同质，具 3 脉，先端尖而无喙；雄蕊 6 枚，花药长 2～3 毫米。颖果长约 5 毫米，宽约 2 毫米，厚约 1～1.5 毫米。

我国南方为主要产稻区。

秆是编织及造纸的原料，稻米可食用并可制淀粉、酿酒，米糠可作饲料。

瓜

【文献征引】

《鄭箋》：瓜，瓠之畜。

《說文解字》：瓜，蓏也；象形；凡瓜之属皆从瓜。《說文解字註》："蓏也"，蓏，《大徐》作胍，误；草部曰："在木曰果，在地曰蓏"，瓜者，縢生布于地者也；"象形"，徐鍇曰："外象其蔓，中象其实"；"凡瓜之属皆从瓜"。

【辨析】

瓜泛指产于陕西和甘肃一带、农历七月成熟的可食用瓜类。

本字条可与"瓞"相互参看。

壺

【文献征引】

1.（壺）《毛傳》：壺，瓠也。

《康熙字典》：壺，同壷；与壸别。

2.（壺盧）《本草綱目》：〖释名〗瓠瓜、匏瓜；時珍曰："壺，酒器也；盧，饮器也；此物各象其形，又可为酒饭之器，因以名之。俗作葫蘆者，非矣，葫乃蒜名，蘆乃葦属也。其圆者曰匏，亦曰瓢，因其可以浮水，如泡如漂也。凡蓏属皆得称瓜，故曰瓠瓜、匏瓜。古人壺、瓠、匏三名皆可通称，初无分别，故孫愐《唐韻》云：'瓠音壺，又音护。瓠，𤬪瓢也'，陶隐居《本草》作瓠𤬰，云是瓠类也，許慎《說文》云：'瓠，匏也'，又云：'瓠，瓢也。匏，大腹瓠也'，陸璣《詩疏》云：'壺，瓠也'，又云：'匏，瓠也'，《莊子》云：'有五石之瓠'，诸書所言，其字皆当与壺同音。而后世以长如越瓜、首尾如一者为瓠，瓠之一头有腹、长柄者为懸瓠，无柄而圆大、形扁者为匏，匏之有短柄、大腹者为壺，壺之细腰者为蒲蘆，各分名色，迥异于古。以今参详，其形状虽各不同，而苗叶皮子性味则一，故兹不复分条焉。懸瓠，今人所谓茶酒瓢者是也；蒲蘆，今之藥壺盧是也，郭義恭《廣志》谓之約腹壺，以其腹有约束也，亦有大小二種也"。〖集解〗弘景曰："瓠与冬瓜气类同輩。又有瓠𤬰，亦是瓠类。小者名瓢，食之乃胜瓠……"，恭曰："瓠与瓠𤬰、冬瓜全非类例，三物苗叶相似，而实形则异。瓠形似越瓜，长尺余，头尾相似，夏中便熟，秋末便枯；瓠𤬰形状大小非一，夏末始实，秋中方熟，取其为器，经霜乃堪。瓠与甜瓠𤬰体性相类，啖之俱胜冬瓜，陶言不及，是未悉此等原種各别也"，時珍曰："长瓠、懸瓠、壺盧、匏瓜、蒲盧，名状不一，其实一类各色也；处处有之，但有迟早之殊。陶氏言瓠与冬瓜气类同輩、蘇氏言瓠与瓠𤬰全非类例，皆未可凭。数種并以正二月下種，生苗引蔓延缘；其叶似冬瓜叶而稍团，有柔毛，嫩时可食，故《詩》云'幡幡瓠叶，采之烹之'；五六月开白花，结实白色，大小长短各有種色；瓤中之子齿列而长，谓之瓠犀。窃谓壺匏之属，既可烹晒，又可为器，大者可为瓮盎，小者可为瓢樽，为要舟可以浮水，为笙可以奏乐，肤瓤可以养豕，犀瓣可以浇烛，其利溥矣"。

3.（壷）《康熙字典》：又壷蘆，瓜属，俗作葫。

【辨析】

壶泛指产于成诗地域内的葫芦属植物。

诗中写采摘壶的时间是农历八月，此时的壶果已经木质化不能食用了，"断壶"既为收籽，也是要用它来制作器物。

本字条可与"匏"、"瓠"、"瓟"相互参看。

【形态特征】

见"匏"。

苴

【文献征引】

1.（苴）《毛傳》：苴，麻子也。

《康熙字典》：《玉篇》：麻也。《莊子·讓王篇》"颜闔守陋闾，苴布之衣，而自饭牛"《註》：苴，有子麻也。

2.（麻）《康熙字典》：又大麻有实者名苴，无实者名枲。《本草》：雄者名枲麻、牡麻，雌者为苴麻、苧麻。

【辨析】

苴的本义指有籽实的麻（雌麻），它在本诗中代指麻籽。

本字条可与“麻”、“枲”相互参看。

【形态特征】

见“麻”。

樗 1

【文献征引】

1.（樗）《毛傳》：恶木也。陸璣《草木疏》：樗樹及皮皆似漆，青色耳，其叶臭。

《康熙字典》：又《集韻》、《韻會》、《正韻》：恶木也。《莊子・逍遙遊》：吾有大树，人谓之樗；其大本拥肿，不中绳墨；其小枝卷曲，不中规矩。《唐本草》：椿、樗二树形相似，樗木疏，椿木实。蘇颂《圖經》：椿叶香，可啖；樗气臭，北人呼为山椿，江东人呼为鬼目。

《說文解字》：樗，樗木也。《說文解字註》：“樗木也”，各本樗与樗二篆互讹，今正，《毛詩音義》、《爾雅音義》、《五經文字》可证也，假令許书与今互异，则陸氏、張氏当辨明之，如穜種之例矣；豳风、小雅《毛傳》皆曰：“樗，恶木也”，惟其恶木，故豳人只以为薪，小雅以俪恶菜，今之臭椿樹是也，所在有之；有一種叶香者可食。

2.（椿樗）《本草綱目》：〖释名〗香者名椿，臭者名樗，山樗名栲、虎目樹、大眼桐；時珍曰：“椿樗易长而多寿考，故有椿、栲之称，《莊子》言‘大椿以八千岁为春秋’是矣。椿香而樗臭，故椿字又作櫄，其气熏也；樗字从虖，其气臭，人呵嘑之也。樗亦椿音之转尔”，藏器曰：“俗呼椿为豬椿，北人呼樗为山椿，江东呼为虎目樹，亦名虎眼，谓叶脱处有痕如虎之眼目，又如樗蒱子，故得此名”。〖集解〗頌曰：“二木南北皆有之。形干大抵相类，但椿木实而叶香可啖，樗木疏而气臭……《爾雅》云‘栲，山樗’郭璞注云：‘栲似樗，色小白，生山中，因名。亦类漆树，俗语云：櫄樗栲漆，相似如一’，陸璣詩疏云：‘山樗与田樗无异，叶差狭尔。吴人以叶为茗’”。宗奭曰：“椿樗皆臭，但一種有花结子、一種无花不实。世以无花而木身大、其干端直者为椿，椿木用叶；其有花荚而木身小、干多迂矮者为樗，樗用根及荚叶。又虫部有樗雞，不言椿雞，以显有雞者为樗，无雞者为椿，古人命名，其义甚明”，禹錫曰：“樗之有花者无荚，有荚者无花；其荚夏月常生臭樗上，未见椿上有荚者。然世俗不辨椿樗之异，故呼樗荚为椿荚尔”，時珍曰：“椿樗栲，乃一木三種也。椿木皮细肌实而赤，嫩叶香甘可茹。樗木皮粗肌虛而白，其叶臭恶，歉年人或采食。栲木即樗之生山中者，木亦虛大，梓人亦或用之；然爪之如腐朽，故古人以为不材之木，不似椿木坚实，可入栋梁也”。

【辨析】

樗即臭椿。

本字条可与“栲”、“樗 2”相互参看。

【形态特征】

臭椿　*Ailanthus altissima*（Mill.）Swingle：苦木科，臭椿属，落叶乔木。

高可达 30 米，树冠扁球形或伞形，树皮深灰色。奇数羽状复叶互生，叶总柄基部膨大，叶片卵状披针形，长 7～13 厘米，先端渐尖，基部平截，近基部有 1～2 对粗锯齿，齿顶有 1 腺点。圆锥花序顶生，花小，杂性，白绿色，花瓣 5～6，雄蕊 10，花药长圆形，长约 1 毫米。翅果长椭圆形，长 3～4.5 厘米，有扁平膜质翅，种子位于中央。花期 5—7 月，果期 9—10 月。

原产于我国东北部、中部和台湾。美国、英国、法国、印度等地都有分布。

木材可供建筑、家具、农具、造纸等用材，叶可饲蚕，种子可榨油，树皮、根皮、果实均可入药。

【植物图片】

重

【文献征引】

1.（重）《毛傳》：后熟曰重。

《康熙字典》：又穀名。《釋文》：重，先種后熟曰重。

又作穜，音同。

2.（穜）《康熙字典》：《集韻》、《韻會》：穜稑。

又《正字通》：按《毛詩》重穋，重读平声，不借用種穜；自《說文》以禾从重者为重穋之重，禾从童者为蓺種之穜，后人因袭不改，陸德明又从而傅会之；究其义则種为蓺植，读若眾，为穀種，读若肿，如大雅生民：“诞降嘉種，種之黄茂”，分上去二声是也，不必泥《說文》種为先穜后熟、穜为蓺也。

《說文解字》：穜，埶也；从禾，童声，之用切。《說文解字註》：“埶也”，丮部曰：“埶，穜也”，小篆埶为穜，之用切，種为先穜后孰，直容切，而《隶書》互易之，详張氏《五經文字》；種者以穀播于土，因之名穀可種者曰種，凡物可種者皆曰種，别其音之陇切，生民曰：“種之黄茂”、又曰：“实種实褎”，《箋》云：“種生不杂也”；“从禾，童声，之用切”。

3.（種）《康熙字典》：《集韻》、《韻會》：穀種也。《詩・大雅》：诞降嘉種。《周禮・地官・草人》：以物地相其宜，而为之種。

又《正字通》：《說文》：“種，先穜后孰也。从禾，重声，直容切”、“穜，蓺也。从禾，童声，之用切”，分穜種为二；按《詩》重穋借用重字，《說文》似与《詩》异，又童声，与之用之音反；蓺与種植之種通，《周禮》種植之種与《書》、《傳》所用種字皆同，当从《經》、《傳》为正，旧音同、音虫，皆非。

《說文解字》：種，先穜后孰也；从禾，重声，直容切。《說文解字註》：“先穜后孰也”，此谓凡穀有如此者；邶风《傳》曰：“后孰曰重”，《周禮・内宰》《註》：“鄭司農云‘先種后孰谓之穜’”，按《毛詩》作重，叚借字也，《周禮》作穜，转写以今字易之也；“从禾，重声，直容切”，九部。

【辨析】

重指先种后熟的谷类。

穋

【文献征引】

1.（穋）《毛傳》：先熟曰穋。

《康熙字典》：《集韻》：与稑同。

2.（稑）《康熙字典》：先種后熟曰穜，后種先熟曰稑。

又《集韻》：或作穋。《詩・豳风》：“黍稷重穋”。《說文》引《詩》作稑。

《說文解字》：稑，疾熟也；《詩》曰：“黍稷種稑”；穋，稑或从翏。《說文解字註》：“疾孰也”，谓凡穀有如此者；邶风《傳》曰：“先孰曰穋”，《周禮・内宰》《註》：“鄭司農云‘后種先孰谓之稑’”，按土宜物性卽同一種而有不同，故大司徒必辨十有二壤之物而知其種，司稼掌巡野之稼而辨穜穋之種也；“《詩》曰：‘黍稷種稑’”，邶风七月文，按七月及閟宫皆作重，許種下不偁而偁于稑下，葢本作重，转写易之也；“穋，稑或从翏”，今《周禮》作稑，《毛詩》作穋。

【辨析】

穋指后种先熟的谷类。

禾

【文献征引】

《康熙字典》：《春秋・莊二十八年》“大无麥禾”《疏》云：麥熟于夏，禾成在秋。

又凡穀皆曰禾。《詩・豳风》“十月纳禾稼，黍稷重穋，禾麻菽麥”《疏》云：苗生既秀谓之禾；禾是大名，非徒黍稷重穋四種，其余稻秫苽粱皆名禾，惟麻与菽麥无禾称，故再言禾以总之。

《說文解字》：禾，嘉穀也；二月始生，八月而孰，得时之中，故谓之禾；禾，木也，木王而生，金王而死；从木；象其穗；凡禾之属皆从禾。《說文解字註》：“嘉穀也”，生民诗曰：“天降嘉穀，维穈维芑”，穈、芑，《爾雅》谓之赤苗、白苗，許草部皆谓之嘉穀，皆谓禾也；公羊何註曰：“未秀为苗，巳秀为禾”，魏风“无食我黍”、“无食我麥”、“无食我苗”《毛》曰：“苗，嘉穀也”，嘉穀谓禾也，生民《傳》曰：“黃，嘉穀也”，嘉穀亦谓禾，民食莫重于禾，故谓之嘉穀，嘉穀之连稿者曰禾；实曰㮚，㮚之人曰米，米曰粱，今俗云小米是也；“二月始生，八月而孰。得之中和，故谓之禾”，依《思玄賦》註、《齊民要術》订；“禾，木也。木王而生，金王而死”，谓二月生，八月孰也，伏生、《淮南子》、劉向所著書皆言張昏中種穀，呼禾为穀，《思玄賦》註引此下有“故曰木禾”四字；“从木”，禾，木也，故从木；“象其穗”，各本作“从木，从𠂹省，𠂹象其穗”九字，浅人增四字，不通，今正；下从木，上笔𠂹者象其穗，是为从木而象其穗，禾穗必下垂，《淮南子》曰：“夫子见禾之三变也”、滔滔然曰“狐向丘而死，我其首禾乎”高註云：“禾穗垂而向根，君子不忘本也”、張衡《思玄賦》曰：“嘉禾垂穎而顾本”、《王氏念孫說》：“莠与禾绝相似，虽老农不辨，及其吐穗，则禾穗必屈而倒垂，莠穗不垂，可以识别”，草部谓莠扬生，古者造禾字，屈笔下垂以象之；“凡禾之属皆从禾”。

【辨析】

禾既可专指粟，又可作为谷物的统称，本诗句“十月纳禾稼，黍稷重穋，禾麻菽麦”里面的两个“禾”都是统称。“禾稼”的禾是总括后面的几种谷物，“禾麻菽麦”的禾依《康熙字典》所注也是统称。

本字条可与“稷”、“苗”、“粟”、“黄”、“穈”、“芑 2”、“粢”、“黄粱”相互参看。

菽

【文献征引】

1.（菽）《詩·小雅》“中原有菽”《毛傳》：菽，藿也。《詩·小雅》“采菽采菽”《鄭箋》：菽，大豆也；采之者采其叶以为藿，三牲牛羊豕芼以藿。

《康熙字典》：《物理論》：众豆之总名。《禮·檀弓》王注：熬豆而食曰啜菽。《春秋·定元年》“陨霜杀菽”《註》：大豆之苗。

2.（大豆）《本草綱目》：〖释名〗尗，俗作菽；時珍曰：“豆、尗皆荚穀之总称也；篆文尗，象荚生附茎下垂之形，豆象子在荚中之形。《廣雅》云：‘大豆，菽也。小豆，荅也’。角曰荚，叶曰藿，茎曰萁”。〖集解〗時珍曰：“大豆有黑白黄褐青斑数色，黑者名烏豆，可入藥及充食作豉；黄者可作腐、榨油、造酱；余但可作腐及炒食而已。皆以夏至前后下種，苗高三四尺，叶团有尖，秋开小白花成丛，结荚长寸余，经霜乃枯。按《呂氏春秋》云：‘得时之豆，长茎短足，其荚二七为族，多枝数节，大菽则圆，小菽则团。先时者，必长蔓浮叶疏节，小荚不实；后时者，必短茎疏节，本虚不实’……”

【辨析】

菽即大豆。

本字条可与“藿”相互参看。

【形态特征】

大豆 *Glycine max*（Linn.）Merr.：又名菽、黄豆，豆科，大豆属，一年生草本植物。

高 30～90 厘米。茎粗壮，直立，上部多少具棱，密被褐色长硬毛。叶通常具 3 小叶；叶柄长 2～20 厘米；小叶纸质，宽卵形，近圆形或椭圆状披针形。总状花序短的少花，长的多花；总花梗长 10～35 毫米或更长，通常有 5～8 朵无柄、紧挤的花；花萼长 4～6 毫米，密被长硬毛或糙伏毛，常深裂成二唇形，裂片 5，披针形，花紫色、淡紫色或白色，长 4.5～8（10）毫米；雄蕊二体；子房基部有不发达的腺体，被毛。荚果肥大，长圆形，稍弯，下垂，黄绿色，长 4～7.5 厘米，宽 8～15 毫米，密被褐黄色长毛；种子 2～5 颗，椭圆形、近球形，卵圆形至长圆形，长约 1 厘米，宽 5～8 毫米，种皮光滑，淡绿、黄、褐和黑色等多样，因品种而异，种脐明显。花期 6—7 月，果期 7—9 月。

原产我国。广泛栽培于世界各地。

茎、叶可作饲料，种子可食用并可入药。

麥

【文献征引】

《康熙字典》：《禮·月令》：孟夏麥秋至。蔡邕曰："百穀各以初生为春，熟为秋；麥以初夏熟，故四月于麥为秋"。

《說文解字》：麥，芒穀；秋穜厚薶，故谓之麥；麥，金也，金王而生，火王而死；从來，有穗者也；从夊；凡麥之属皆从麥。《說文解字註》："芒穀"，有芒朿之穀也，稻亦有芒，不偁芒穀者，麥以周初二麥一縫箸也，鄭注《大誓》引《禮說》曰："武王赤乌，芒穀应"，許本《禮說》；"秋穜厚薶，故谓之麥"，《夏小正》"九月树麥"、《月令》"仲秋之月，乃劝種麥。毋或失时，麥以秋穜"，《尚書大傳》、《淮南子》、《說苑》皆曰："虛昏中可以穜麥"，《漢書·武帝紀》谓之宿麥；"麥，金也。金王而生，火王而死"，程氏瑤田曰："《素問》云：'升明之纪，其类火、其藏心、其穀麥'"，鄭注《月令》云："麥实有孚甲属木"，許以时、鄭以形，而《素問》以功性，故不同耳；"从來，有穗者也"，也字今补，有穗猶有芒也，有芒故从來，來象芒朿也；"从夊"，夊，思隹切，行遲曳夊夊也，从夊者，象其行來之状；"凡麥之属皆从麥"。

【辨析】

麦是栽培于陕西、甘肃一带的麦类的总称。

本字条可与"來"、"牟"、"穧"相互参看。

茅

【文献征引】

《康熙字典》：《易·泰卦》：拔茅连茹。《詩·召南》：白茅包之。《書·禹貢》：包匭菁茅。《蔡邕·獨斷》：天子大社，以所封之方色苴以白茅授之，谓之授茅土。《左傳·宣十二年》"前茅慮无"《注》：时楚以茅为旌识。

《說文解字》：茅，菅也；可缩酒，为藉。《說文解字註》："菅也"，按统言则茅菅是一，析言则菅与茅殊，許菅茅互训，此从统言也，陸璣曰："菅似茅而滑泽，无毛。根下当作上五寸中有白粉者，柔韧宜为索。漚乃尤善矣"，此析言也；"可缩酒，为藉"，各本无此五字，依《韻會》所引补；缩酒见《左傳》，为藉见《周易》，此与葰可以香口、蒻可以为苹席一例。

【辨析】

茅是产于陕西、甘肃一带的茅类植物的统称。

诗中描写取茅是为了制绳索，这个功能很多茅类植物如白茅、黄茅等都具备。

本字条可与"白茅"、"荑"、"荼 2"、"菅"相互参看。

韭

【文献征引】

《本草綱目》：〖释名〗草鐘乳、起陽草；頌曰："案許慎《說文》，韭字象叶出地上形，'一種而久生，故谓之韭'。一岁三四割，其根不伤，至冬壅培之，先春复生，信乎久生者也"，藏器曰："俗谓韭是草鐘乳，言其温补也"，時珍曰："韭之茎名韭白，根名韭黄，花名韭菁。《禮記》谓韭为豐本，言其美在根也。薤之美在白，韭之美在黄，黄乃未出土者”。〖集解〗时珍曰：“韭丛生丰本，长叶青翠；可以根分，可以子種；其性内生，不得外长。叶高三寸便剪，剪忌日中；一岁不过五剪，收子者只可一剪。八月开花成丛，收取腌藏供馔，谓之长生韭，言‘剪而复生，久而不乏’也。九月收子，其子黑色而扁，须风处阴干，勿令浥郁。北人至冬移根于土窖中，培以马屎，暖则即长，高可尺许，不见风日，其叶黄嫩，谓之韭黄，豪贵皆珍之。韭之为菜，可生可熟，可菹可久，乃菜中最有益者也……”

《康熙字典》：《韻會》：通志云：“韭性温，谓之草鐘乳”。《禮・曲禮》：韭曰丰本。

《說文解字》：韭，韭菜也；一種而久生者也，故谓之韭；象形；在一之上，一，地也，此与耑同意；凡韭之属皆从韭。《說文解字註》：“韭菜也”，三字一句，“一種而久生者也。故谓之韭”，此与《說》禾同例，韭久叠韵；“象形”，谓非；“在一之上。一，地也。此与耑同意”，耑亦象形，在一之上也，耑下不言一地也，错见互相足；“凡韭之属皆从韭”。

【辨析】

韭的古今名称一致。

本字条可与“薤”相互参看。

【形态特征】

韭 *Allium tuberosum* Rottl. ex Spreng.：百合科，葱属，多年生草本植物。

具倾斜的横生根状茎。鳞茎簇生，近圆柱状；鳞茎外皮暗黄色至黄褐色，破裂成纤维状，呈网状或近网状。叶条形，扁平，宽 1.5～8 毫米。花葶圆柱状，常具 2 纵棱，高 25～60 厘米；总苞单侧开裂，或 2～3 裂，宿存；伞形花序半球状或近球状；花白色，内轮的矩圆状倒卵形，外轮的常较窄，矩圆状卵形至矩圆状披针形，先端具短尖头；花丝等长；子房倒圆锥状球形，具 3 圆棱，外壁具细的疣状突起。花果期 7—9 月。

原产亚洲东南部。现在世界上已普遍栽培。

叶、花葶和花均可食用，种子可入药。

【植物图片】

果 蠃

【原文】	【译文】
果蠃之实①	果蠃的果实
亦施于宇	结满屋檐下
伊威在室	土鳖屋里爬
蠨蛸在户②	蛛网门上挂
	——豳风·东山

【注解】

①蠃：luǒ。

②蠨蛸：xiāo shāo，一种蜘蛛。

这是一首描写战士在解甲还乡的途中想家的诗。果蠃、伊威、蠨蛸的滋生都表明了家中已长期无人居住，诗人借此抒发了满怀的怅然忧思。

本文节选自第二章。

【文献征引】

1.（果蠃）《毛傳》：果蠃，栝樓也。

《爾雅·釋草》：果蠃之实，栝樓。《爾雅注》：今齐人呼之为天瓜。《爾雅疏》：果蠃之草，其实名栝樓，实即子也，故李巡云“栝樓，子名也”、郭云“今齐人谓之天瓜”、《本草》云“栝樓，叶如瓜叶形，两两相值，蔓延，青黑色。六月华，七月实，如瓜瓣”是也。

2.（栝樓）《本草綱目》：〖释名〗果蠃、瓜蔞、天瓜、黄瓜、地樓、澤姑，根名白蘗、天花粉、瑞雪；時珍曰：“蠃与蓏同，許慎云：‘木上曰果，地下曰蓏’。此物蔓生附木，故得兼名，《詩》云‘果蠃之实，亦施于宇’是矣。栝樓即果蠃二字音转也，后人又转为瓜蔞，愈转愈失其真矣；古者瓜姑同音，故有澤姑之名，齐人谓之天瓜，象形也。《炮炙論》以圆者为栝，长者为樓，亦出牵强，但分雌雄可也。其根作粉，洁白如雪，故谓之天花粉；蘇頌《圖經》重出天花粉，谬矣，今削之”。〖集解〗時珍曰：“其根直下生，年久者长数尺，秋后掘者结实有粉，夏月掘者有筋无粉，不堪用。其实圆长，青时如瓜，黄时如熟柿，山家小儿亦食之。内有扁子，大如丝瓜子，壳色褐，仁色绿，多脂，作青，炒干捣烂，水熬取油，可点气灯”。

【辨析】

果蠃即栝楼。

【形态特征】

栝楼 *Trichosanthes kirilowii* Maxim.：又名瓜蒌、瓜楼、药瓜，葫芦科，栝楼属，多年生攀缘藤本植物。

长达 10 米；块根圆柱状，淡黄褐色。茎多分枝，具纵棱及槽，被白色伸展柔毛。叶片纸质，轮廓近圆形，长宽均约 5～20 厘米，常 3～5（7）浅裂至中裂，两面沿脉被长柔毛状硬毛，基出掌状脉 5 条，细脉网状；叶柄长 3～10 厘米。卷须 3～7 歧，被柔毛。花雌雄异株。雄总状花序单生，长 10～20 厘米，具纵棱与槽，顶端有 5～8 花，花冠白色，裂片倒卵形，长 20 毫米，宽 18 毫米，顶端中央具 1 绿色尖头，两侧具丝状流苏。雌花单生，花梗长 7.5 厘米。果梗粗壮，长 4～11 厘米；果实椭圆形或圆形，长 7～10.5 厘米，成熟时黄褐色或橙黄色；种子卵状椭圆形，压扁，淡黄褐色。花期 5—8 月，果期 8—10 月。

产于辽宁、华北、华东、中南、陕西、甘肃、四川、贵州和云南。生长于山坡林下、灌丛中、草地和村旁田边。分布于朝鲜、日本、越南和老挝。

根、果实和种子可入药。

苹、蒿、芩

【原文】	【译文】
呦呦鹿鸣①	鹿鸣声呦呦
食野之苹	原野食嫩苹
我有嘉宾	我有嘉宾来
鼓瑟吹笙	鼓瑟又吹笙
……	……
呦呦鹿鸣	鹿鸣声呦呦
食野之蒿	原野食嫩蒿
我有嘉宾	我有嘉宾来
德音孔昭②	厚德美名昭
……	……
呦呦鹿鸣	鹿鸣声呦呦
食野之芩	原野食嫩芩
我有嘉宾	我有嘉宾来
鼓瑟鼓琴	鼓瑟弄琴操

——小雅·鹿鸣

【注解】

①呦：yōu，象声词。

②孔：很。昭：显著。

《鹿鸣》是一首宴会上唱的歌，最初在君王宴请群臣时使用，后逐渐流入民间。整首诗气氛热烈，体现了宾主尽欢的愉悦，曹操在其《短歌行》中抒发渴求贤才的感慨时亦引用了本诗。

本文节选自第一章、第二章、第三章。

苹

【文献征引】

1.（苹）《毛傳》：苹，蓱也。《鄭箋》：苹，藾蕭也。陸璣《草木疏》：苹，叶青白色，茎似箸而輕脆，始生香，可生食，又可蒸食。

《爾雅·釋草》：苹，藾蕭。《爾雅注》：今藾蒿也，初生亦可食。《爾雅疏》：苹，一名藾蕭；郭云："今藾蒿也。初生亦可食"、《詩·小雅》云"呦呦鹿鸣，食野之苹"陸璣云"叶青白色，茎似箸而轻脆。始生香，可生食，又可烝食"是也。

《說文解字》：苹，蓱也；无根浮水而生者。《說文解字註》："蓱也。无根浮水而生者"，小雅"呦呦鹿鸣。食野之苹"《傳》曰："苹，蓱也"，釋草苹字两出，一曰蓱、一曰藾蕭，《鄭箋》以水中之草非鹿所食，易之曰"苹，藾蕭也"，于有令曰："蓱，萍也"，于《周禮·萍氏》引《爾雅》“苹蓱”，似分别苹为水草，苹为藾蕭；鄭所据《爾雅》自作苹蓱，而《毛詩》、《夏小正》以苹为苹，皆属叚借；許君则苹蓱苹三字同物，不谓苹为叚借。

2.（蓱）《康熙字典》：《玉篇》：同苹。

《說文解字》：蓱，苹也。《說文解字註》：“苹也”，此与前苹字互训，而不类厕者，以字体篆籀别之也；《小正》于七月言苹生，《月令》于三月言生蓱，郭璞云：“江东谓之薸”。

3.（苹）《爾雅・釋草》：苹，蓱；其大者蘋。《爾雅注》：水中浮蓱，江东谓之薸；《詩》曰：“于以采蘋”。《爾雅疏》：舍人曰：“苹，一名蓱。大者名蘋”，郭曰：“水中浮蓱，江东谓之薸”，陸璣《毛氏義疏》云：“今水上浮蓱是也。其粗大者谓之蘋，小者曰蓱。季春始生，可糁蒸为茹，又可苦酒淹以就酒”……

《康熙字典》：《玉篇》：苹草。《本草註》：苹卽楊花所化，一叶经宿卽生数叶，叶下有微須，卽其根也。《周禮・苹氏註》：苹之草无根而浮，取名于其不沉溺。《後漢・鄭玄傳》：苹浮南北。

又《集韻》、《正韻》：与苹同。《韻會》：苹、苹本是一物，字异而音义相同。〇按《詩》“食野之苹”毛氏《傳》云：“苹，蓱也”、鄭氏《箋》云：“苹，藾蕭也”、《疏》云：“苹是水中之草，非鹿所食”，故鄭氏不从毛氏；观下食蒿食芩，皆陆草可知，则苹当依《經疏》藾蕭、苹是浮苹，绝然二物；字可通借，义不相通，《韻會》之说非。

《說文解字》：苹，苹也；水草也；从水苹。《說文解字註》：“苹也”，苹蓱二篆见草部；《篇》、《韻》皆云：“苹蓱同字”，疑許书本有苹无蓱，《小正》、《毛詩》、《爾雅》皆作苹，《爾雅》、《毛傳》皆曰：“蓱也”，蓱卽苹之别字，《周禮・苹氏》，疑本作苹氏，然则《說文》草部苹下曰“苹也”，与水部苹下曰苹也为转注，不当有蓱篆；“水草也。从水苹”，水草也三字，释从水之意。

【辨析】

苹究竟是陆生还是水生历来颇多争议，既然这里要解的是诗中的苹，那么从诗文入手最为可靠。《诗经》各篇在提到植物时一般都会点明它的生长地点，如山、隰、洲、沚等，“食野之苹”的“野”显然是指陆地。再者，看“苹”、“蓱”、“苹”这三个字的字形，蓱苹带“氵”，而苹没有，这也可作为苹是陆生植物的一个旁证。

《诗经》二雅绝大多数篇章为西周诗，作于西周王畿，在今陕西西安附近，并据《郑笺》、《尔雅》、《尔雅注》、《草木疏》等文献的描述，可知苹是一种产于成诗地域内的、植株具香气、茎粗约 5 毫米、叶青白色、嫩时可食用的蒿类植物。植株具有香气是一个很容易区别于其他种的特征，蒿类中的绢蒿属、蒿属植物常具备这一特征，但绢蒿属植物多产于我国西北地区如新疆、西藏等地，因此其不会是苹。《中国植物志》在香青一项中也有记载：“香青又名通肠香、萩、籁箫……此种常被误称为藾萧、萩，但《尔雅》的藾萧、萩、蓚等，据考证都应为蒿属（*Artemisia*）植物”。

在蒿属植物中，基本符合文献描述的有艾（*Artemisia argyi* Levl. et Vant.）、野艾蒿（*Artemisia lavandulaefolia* DC.）、五月艾（*Artemisia indica* Willd.）等。

蒿

【文献征引】

1.（蒿）《毛傳》：蒿，菣也。陸璣《草木疏》：蒿，青蒿也；香中炙啖，荆豫之间、汝南汝阴皆云菣。

《爾雅·釋草》：蒿，菣。《爾雅注》：今人呼青蒿香中炙啖者为菣。《爾雅疏》：《詩·小雅·鹿鸣》云："食野之蒿"陸璣云"蒿，青蒿也。荆、豫之间，汝南、汝阴皆云菣"、孫炎云"荆楚之间谓蒿为菣"、郭云"今人呼青蒿，香中炙啖者为菣"是也。

《康熙字典》：《禮·月令註》：蒿亦蓬蕭之属。陸佃《詩疏》：蒿，草之高者。

《說文解字》：蒿，菣也。

2.（蒿）《爾雅·釋草》：蘩之丑，秋为蒿。《爾雅注》：丑，类也；春时各有種名，至秋老成，皆通呼为蒿。《爾雅疏》：丑，类也；此言蘩、蕭、蔚、莪之类，春始生，气味既异，故其名不同，至秋老成，则皆蒿也，郭云："丑，类也。春时各有種名，至秋老成，皆通呼为蒿"也。

3.（菣）《說文解字》：菣，香蒿也；𦽏，菣或从堅。《說文解字註》："香蒿也"，《詩》"食野之蒿"《爾雅》、《毛傳》皆云："蒿，菣也"，郭璞云："今人呼为青蒿。香中炙啖者为菣"；"𦽏，菣或从堅"，按陸德明曰："菣，《字林》作𦽏"。

4.（青蒿）《本草綱目》：〖释名〗草蒿、方潰、菣、犼蒿、香蒿；保昇曰："草蒿，江东人呼为犼蒿，为其气臭似犼也。北人呼为青蒿，《爾雅》云'蒿，菣也'孫炎注云：'荆楚之间谓蒿为菣'、郭璞注云：'今人呼青蒿香中炙啖者为菣'是也"，時珍曰："《晏子》云：'蒿，草之高者也'，按《爾雅》诸蒿，独菣得单称为蒿，岂以诸蒿叶背皆白，而此蒿独青，异于诸蒿，故耶"。〖集解〗宏景曰："处处有之，即今青蒿，人亦取杂香菜食之"，保昇曰："嫩时醋淹为菹，自然香。叶似茵陳蒿而背不白，高四尺许；四月五月采，日干入藥。《詩》云'呦呦鹿鸣，食野之蒿'即此蒿也"，頌曰："青蒿春生苗，叶极细，可食；至夏高四五尺，秋后开细淡黄花，花下便结子，如粟米大；八九月采子，阴干。根、茎、子、叶并入藥用，干炙作饮，香尤佳"，宗奭曰："青蒿得春最早，人剔以为蔬，根赤叶香。沈括《夢溪筆談》云：'青蒿一类自有二種，一種黄色，一種青色'，本草谓之青蒿，亦有所别也，陕西银绥之间，蒿丛中时有一两窠，迥然青色者，土人谓之香蒿，茎叶与常蒿一同，但常蒿色淡青，此蒿深青，如松檜之色，至深秋余蒿并黄，此蒿犹青，其气芬芳。恐古人所用以深青者为胜，不然诸蒿何尝不青"，時珍曰："青蒿二月生苗，茎粗如指而肥软，茎叶色并深青，其叶微似茵陳而面背俱青，其根白硬；七八月间开细黄花，颇香；结实大如麻子，中有细子"。

【辨析】

依文献所注，蒿即青蒿，但它是否就是今天的青蒿还不能确定。

《中国植物志》在青蒿项中记载：青蒿（*Artemisia carvifolia* Buch.-Ham.ex Roxb.）又名草蒿、廪蒿、茵陈蒿、邪蒿、香蒿、苹蒿、白染艮……含挥发油，也含艾蒿碱及苦味素等，入药，但非中药青蒿之正品……本种不含青蒿素，无抗疟作用，《本草纲目》等古本草书记述的"青蒿花色淡青、淡黄色"者可能是本种，《救荒本草》与《野菜博录》所载邪蒿亦为本种。

其在黄花蒿项中记载：黄花蒿（*Artemisia annua* L.）又名草蒿、青蒿、臭蒿、黄蒿、黄香蒿、秋蒿、苦蒿……古本草书记述的草蒿及青蒿（除花色淡青、淡黄色者外）与黄花蒿（本草纲目）无异，中药习称“青蒿”，而植物学通称为“黄花蒿”……本种不同于植物学上称的“青蒿”，二者药用功能虽然接近，但后者不含青蒿素，亦无抗疟作用。

芩

【文献征引】

1.（芩）《毛傳》：芩，草也。陸璣《草木疏》：芩草茎如钗股，叶如竹，蔓生泽中下地咸处，为草真实，牛马皆喜食之。

《說文解字》：芩，草也；《詩》曰：“食野之芩”。《說文解字註》：“草也”，小雅“呦呦鹿鸣。食野之芩”《傳》曰：“芩草也”，陸璣云：“芩草茎如钗股。叶如竹。蔓生泽中下地咸处。为草真实。牛馬皆喜食之”，按如陸说，则非黄芩藥也；許君黄莶字从金声，《詩》野芩字从今声，截然分别，他書乱之，非也；《毛詩音義》引《說文》云：“蒿也”，以别于毛公之“草也”，甚为可据，但训蒿则与弟二章不别，且《說文》当以芩与蒿篆类厕，恐是一本作蒿属，《釋文》也字或属字之误；又按《集韻》、《類篇》皆曰：“莻蘵芩三字同，鱼音切。菜名。似蒜。生水中”，考《字林》、《齊民要術》皆云：“莻似蒜。生水中”，此则别是一物；“《詩》曰：‘食野之芩’”。

2.（黄芩）《本草綱目》：〖释名〗腐腸、空腸、内虛、妬婦、經芩、黄文、印頭、苦督郵，内实者名子芩、條芩、豘尾芩、鼠尾芩……時珍曰：“芩，《說文》作莶，谓其色黄也。或云芩者，黔也，黔乃黄黑之色也……”

【辨析】

按《草木疏》所注，芩草是一种叶片似竹叶的湿生草本植物。有观点认为芩即黄芩，黄芩的生境虽与“野”相符，但文献中并没有黄芩即芩的相关注释。还有观点认为芩即芹，但依《康熙字典》及《说文解字》，芩、芹二字并无置换关系。

杞 2

【原文】	【译文】
翩翩者鵻[①]	夫不翩然飞
载飞载止	飞飞又停停
集于苞杞	栖息杞木上
王事靡盬[②]	公事无止境
不遑将母	无暇侍娘亲

——小雅·四牡

【注解】

①鵻：zhuī，一种短尾鸟，又名夫不；人谓为孝鸟。

②盬：gǔ，止息。

这是一篇思乡之作，全诗五章，章章怀乡。作者因君王的差使而常年不能返乡，心中充满了思念的同时也因自己无法将养父母而怀有深切的愧疚与自责。

本文节选自第四章。

【文献征引】

1.（杞）《毛傳》：杞，枸檵。陸璣《草木疏》：杞，其树如樗，一名苦杞，一名地骨；春生作羹茹，微苦；其茎似莓，子秋熟正赤，茎叶及子服之轻身益气。

《爾雅·釋木》：杞，枸檵。《爾雅注》：今枸杞也。《爾雅疏》：杞，一名枸檵；郭云："今枸杞也"，《詩·小雅·四牡》云"集于苞杞"陸璣《疏》云："一名苦杞，一名地骨。春生作羹茹微苦，其茎似莓子，秋熟正赤，茎叶及子服之轻身益气耳"。

《康熙字典》：《廣韻》：枸杞，春名天精子，夏名枸杞葉，秋名却老枝，冬名地骨根。《本草》：一名仙人杖，根名地骨皮。

又嚴粲《詩緝》：《詩》有三杞：郑风"无折我树杞"，柳属也；小雅"南山有杞"、"在彼杞棘"，山木也；"集于苞杞"、"言采其杞"、"隰有杞桋"，枸杞也。〇按嚴说，则《易·姤卦》"以杞包瓜"、《孟子》"杞柳"，此是柳属；《左傳·襄二十七年》"杞梓皮革，自楚往也"、《類篇》"似豫章"，此是山木；陸璣《草木疏》"苦杞，秋熟，正赤，服之轻身益气"，此是枸杞；《本草》沈存中云："陕西枸杞最大，高丈余，可作柱"，又枸杞之別種也。

《說文解字》：杞，枸杞也。《說文解字註》："枸杞也"，按釋木、《毛傳》皆云："杞，枸檵"，《禮記》鄭註亦云："杞，枸檵也"，郭注《爾雅》云："今枸杞也"，是则枸檵为古名，枸杞虽见《本草經》，而为今名，許檵篆下当云"枸檵杞也"，杞篆下当云"杞枸檵也"，乃合，今本后人乱之耳。

2.（檵）《說文解字》：檵，枸杞也；一曰堅木也。《說文解字註》："枸杞也"，四牡、四月《傳》皆曰："杞，枸檵也"，他杞字无傳，读《詩》者有三杞之说焉；"一曰堅木也"，堅各本作监，误，今正；此别一义，谓堅木偁檵，堅檵双声，如蓟与筋也。

3.（枸杞、地骨皮）《本草綱目》：〖释名〗枸檵、枸棘、苦杞、甜菜、天精、地骨、地節、地仙、卻老、羊乳、仙人杖、西王母杖；時珍曰：“枸、杞，二树名，此物棘如枸之刺，茎如杞之条，故兼名之。《道書》言：‘千载枸杞，其形如犬，故得枸名’，未审然否？”，頌曰：“仙人杖有三種，一是枸杞，一是菜类，叶似苦苣，一是枯死竹竿之黑者也”。〖集解〗頌曰：“今处处有之。春生苗，叶如石榴叶而软薄，堪食，俗呼为甜菜；其茎干高三五尺，作丛；六月七月生小红紫花，随便结红实，形微长如枣核；其根名地骨。《詩・小雅》云‘集于苞杞’陸璣《詩疏》云：‘一名苦杞。春生，作羹茹，微苦。其茎似莓，其子秋熟，正赤。茎叶及子服之，轻身益气’。今人相传谓枸杞与枸棘二種相类，其实形长而枝无刺者，真枸杞也；圆而有刺者，枸棘也，不堪入藥……”，宗奭曰：“枸杞、枸棘，徒劳分别。凡杞未有无刺者，虽大至于成架，尚亦有棘；但此物小则刺多，大则刺少，正如酸枣与棘，其实一物也”，時珍曰：“……今陕之兰州、灵州、九原以西枸杞，并是大树，其叶厚根粗。河西及甘州者，其子圆如樱桃，暴干紧小少核，干亦红润甘美，味如葡萄，可作果食，异于他处者。沈存中《筆談》亦言：‘陕西极边生者高丈余，大可作柱。叶长数寸，无刺；根皮如厚朴’，则入藥大抵以河西者为上也……”

【辨析】

本诗中的杞即枸杞。

【形态特征】

枸杞 *Lycium chinense* Mill.：又名枸杞菜、红珠仔刺、牛吉力、狗牙子、狗牙根、狗奶子，茄科，枸杞属，落叶多分枝灌木。

高 0.5～1 米，枝条淡灰色，弓状弯，有纵条纹，具棘刺。单叶互生或 2～4 枚簇生，叶片近卵形，长 1.5～5 厘米，宽 0.5～2.5 厘米。花单生（双生）于长枝叶腋，或与叶簇生长于短枝；花冠漏斗状，长 9～12 毫米，淡紫色，5 深裂，裂片具缘毛，基部耳显著；雄蕊短于花冠。浆果卵圆形，红色，长 7～15 毫米，种子扁肾形，长 2.5～3 毫米，黄色。花果期 6—11 月。

产于我国东北、华北、华中、华东、华南、西北、西南各省区。常生长于山坡、荒地、丘陵地、盐碱地、路旁及村边宅旁。朝鲜、日本、欧洲也有栽培。

嫩枝叶可食用，根皮、果可入药。

【植物图片】

常　棣

【原文】	【译文】
常棣之华	常棣的花朵
鄂不韡韡[①]	繁盛又灿烂
凡今之人	凡今天下人
莫如兄弟	兄弟最亲厚
	——小雅·常棣

【注解】

①韡：wěi，鲜明的样子。

这是一首宴兄弟、劝友爱的诗，全诗理明词切，阐述了血浓于水的道理以及家庭美满的重要性。

本文节选自第一章。

【文献征引】

1.（常棣）《毛傳》：常棣，棣也。陸璣《草木疏》：常棣，許慎曰“白棣樹也”；如李而小，如樱桃正白，今官园種之；又有赤棣樹，亦似白棣，叶如刺榆叶而微圆，子正赤如郁李而小，五月始熟，自关西天水陇西多有之。

《爾雅·釋木》：常棣，棣。《爾雅注》：今山中有棣樹，子如櫻桃，可食。《爾雅疏》：舍人曰：“常棣，一名棣”，郭云：“今山中有棣樹，子如櫻桃，可食”，《詩·小雅》云“常棣之华”陸璣《疏》云：“許慎曰‘白棣樹也’。如李而小，子如櫻桃，正白，今官园種之。又有赤棣樹亦似白棣，叶如刺榆叶而微圆，子正赤，如郁李而小，五月始熟。自关西、天水、陇西多有之”。

《廣陽雜記》：“常棣之华”，小雅第四篇，宴兄弟之诗也，“唐棣之华”，《逸詩》也；今人论兄弟事，多引棠棣为言，而因常误唐，间有书唐棣者；及考《爾雅》诸書，乃知常棣，棣也，子如櫻桃，可食；唐棣，移也，似白楊；凡木之华，皆先合而后开，惟此花先开而后合，故曰偏其反，而反则不亲矣，岂可以比兄弟乎？

2.（棣）《毛傳》：棣，唐棣也。

《說文解字》：棣，白棣也。《說文解字註》：“白棣也”，小雅《傳》曰：“常棣，棣也”，秦风《傳》曰：“棣，唐棣也”，常与唐同字可证矣，浑言之则白棣亦唐棣也；豳风《傳》云：“鬱，棣属”。

3.（郁李）《本草綱目》：〖释名〗薁李、鬱李、車下李、爵李、雀梅、常棣；時珍曰：“郁，《山海經》作栯，馥郁也。花实俱香，故以名之。陸璣《詩疏》作薁字，非也。《爾雅》常棣即此。或以为唐棣，误矣；唐棣乃夫移、白楊之类也”。〖集解〗保昇曰：“树高五六尺，叶花及树并似麥李，惟子小若櫻桃，甘酸而香，有少澀味也”，禹錫曰：“按郭璞云：‘常棣生山中，子如櫻桃，可食’，《詩·小雅》云‘常棣之华，鄂不韡韡’陸璣注云：‘白棣树也；如李而小，正白；今官园種之，一名薁李。又有赤棣树，亦似白棣，叶如刺榆叶而微圆，子正赤，如郁李而小，五月始熟；关西、天水、陇西多有之’”，時珍曰：“其花粉红色，实如小李”。

【辨析】

《本草纲目》载郁李即常棣，笔者觉得这仍是存疑的。通过《草木疏·常棣》的描述可以知道，郁李这个名称在陆玑的时代就已经存在了，但《尔雅注》、《尔雅疏》、《说文解字注》这些晚于《草木疏》的文献在为常棣、棣做注时却均未提及，且陆玑在注赤棣树时同时拿白棣（注：白棣即常棣）和郁李与之做比对，这都表明了常棣不是郁李。

按《说文解字注·移》及其他文献，常棣是一种产于陕西一带的灌木，很可能是蔷薇科植物，其花色白、果实比李子小并可食用。

本词条可与“唐棣”、“棣”、“鬱”、“常”相互参看。

常

【原文】	【译文】
彼尔维何[①]	何花如此的盛放
维常之华	那是常棣烂漫开
彼路斯何[②]	何人得乘此大车
君子之车	那是将帅的专乘

——小雅·采薇

【注解】

①尔：花朵盛开的样子。

②路：同“辂”，大车。

诗歌着重表现了出征将士们辛劳奔波的生活状态，以及虽然艰苦也依然愿为国尽力的高尚品格。

本文节选自第四章。

【文献征引】

《毛傳》：常，常棣也。

【辨析】

常即常棣。

本字条可与“唐棣”、“棣”、“鬱”、“常棣”相互参看。

瓠

【原文】	【译文】
南有樛木[①]	南国树木多曲弯
甘瓠累之[②]	葫芦藤蔓紧相缠
君子有酒	君子家中有好酒
嘉宾式燕绥之[③]	宴请宾客尽和安

——小雅·南有嘉鱼

【注解】

①樛：jiū，树枝下垂弯曲。

②瓠：hù。

③绥：suí，安。

这是一首宴饮诗，并兼有求贤之意。

本文节选自第三章。

【文献征引】

《康熙字典》：《廣韻》：瓠𤬪，瓢也。《前漢·食貨志》：菜茹有畦，瓜瓠果蓏。《正字通》：瓜类分甘苦二種，甘者大，苦者小。陶弘景曰：瓠或有苦者，味如胆，不可食，非别生一種也。

又陸佃《埤雅》：长而瘦上曰匏，短颈大腹曰瓠，瓠性甘，匏性苦，故《詩》曰“匏有苦叶”；《左傳·叔向》曰：“苦匏不材，于人共济而已。后人皆合匏瓠为一”，据此说，《說文》“瓠，匏也”、陸璣《詩疏》“匏，瓠也”非。《正韻》：亦作葫。

《說文解字》：瓠，匏也；凡瓠之属皆从瓠。《說文解字註》：“匏也”，包部曰：“匏，瓠也”，二篆左右转注；七月《傳》曰：“壺，瓠也”，此谓叚借也；“凡瓠之属皆从瓠”。

【辨析】

瓠泛指产于成诗地域内的葫芦属植物，本诗既言“甘瓠累之”，那么这里自然是指味甜的那一类。

本字条可与“匏”、“壶”、“瓟”相互参看。

【形态特征】

见“匏”。

莱、枸、楰

【原文】	【译文】
南山有臺[①]	南山生臺草
北山有萊[②]	北山长莱草
乐只君子	君子性和乐
邦家之基	为国立根基
乐只君子	君子性和乐
万寿无期	万年寿无期
……	……
南山有枸	南山生枸树
北山有楰[③]	北山长楰树
乐只君子	君子性和乐
遐不黄耇[④]	长寿不衰朽
乐只君子	君子性和乐
保艾尔后[⑤]	子孙自天佑

——小雅·南山有臺

【注解】

①臺：简体字“台”。

②萊：简体字“莱”。

③楰：yú。

④黄：黄发。耇：gǒu，老。

⑤保：安。艾：养。

这是一首颂德祝寿的诗。

本文节选自第一章、第六章。

莱

【文献征引】

1.（萊）《毛傳》：萊，草也。陸璣《草木疏》：萊，草名；其叶可食，今兖州人蒸以为茹，谓之萊蒸。

《康熙字典》：《玉篇》：藜草也。

《說文解字》：萊，蔓華也。《說文解字註》：“蔓華也”，今釋草作“厘，蔓華”，許所见作萊，小雅“北山有萊”之萊，未知卽此与不也；經典多用为草萊字。

2.（釐）《爾雅·釋草》：釐，蔓華。《爾雅注》：一名蒙華。《爾雅疏》：釐，一名蔓華；郭云：“一名蒙華”。

【辨析】

莱是一种产于成诗地域内的陆生草本植物，其嫩叶可食用。

本字条可与“藜”相互参看。

枸

【文献征引】

1.（枸）《毛傳》：枸，枳枸。陆璣《草木疏》：枸樹，山木，其狀如櫨，一名枸骨；高大如白楊，所在山中皆有，理白可为函板，枝柯不直，子著枝端，大如指，长数寸，噉之甘美如饴，八九月熟，江南特美；今官园種之，谓之木密；古语云：“枳枸来巢”，言其味甘，故飞鸟慕而巢之；本从南方来，能令酒味薄，若以为屋柱，则一屋之酒皆薄。

《說文解字》：枸，枸木也；可为酱，出蜀。《說文解字註》：“枸木也。可为酱，出蜀”，《史》、《漢》皆云枸酱，详草部蒟下；按小雅“南山有枸”《毛》曰：“枸，枳枸也”，枳枸卽《禮記》之椇，許于枸下不言枳枸，椇字亦不录。

2.（蒟）《康熙字典》：《本草》：蒟酱。《南方草木狀》：蒟酱，蓽蕓茇也；生于番禺，小而青，谓之蒟。《左思・蜀都賦註》：蒟酱，缘树而生，其子如桑椹，熟时正青，长二三寸，以蜜藏而食之。《通志》：蒟酱曰浮留。

《說文解字》：蒟，果也。《說文解字註》：“果也”，《史記》、《漢書》有枸酱，《左思・蜀都賦》、常璩《華陽国志》作蒟，《史記》亦或作蒟；据劉逵、顧微、宋祁诸家说，卽扶留藤也，叶可用食檳榔，实如桑葚而长，名蒟，可为酱；巴志曰：“树有荔支。蔓有辛蒟”，然则此物縢生缘木，故作蒟，从草，亦作枸，从木，要必一物也；許君木部有枸字，云“可为酱”，于草部又有蒟字，蓋不能定而两存之；次于葚者，以其实似葚也，其实名蒟，故云“果也”，果，木实也，当云蒟果也，为三字句。

3.（椇）《康熙字典》：《玉篇》：枳椇也。《禮・曲禮》“妇人之贽，椇、榛、脯、修、棗、栗”《疏》：椇，枳也；卽今之白石李，形如珊瑚，味甘美。

又《正字通》：本作枸，《石經》改作椇；一名石李、一名雞距子、一名木屈欅，《梵書》谓之木靈。

4.（枳椇）《本草綱目》：〖释名〗蜜檳榔、蜜屈律、木蜜、木餳、木珊瑚、雞距子、雞爪子，木名白石木、金鈎木、枅栱、交加枝；時珍曰：“枳椇，徐鍇注《說文》作檳榔，又作枳枸，皆屈曲不伸之意；此树多枝而曲，其子亦卷曲，故以名之。曰蜜、曰餳，因其味也。曰珊瑚、曰雞距、曰雞爪，象其形也。曰交加、曰枅栱，言其实之纽屈也；枅栱，枋梁之名，按《雷公炮炙》《序》云‘弊箅淡卤，如酒沾交’注云：‘交加枝，即蜜檳榔也’，又《詩話》云：‘子生枝端，横折歧出，状若枅栱，故土人谓之枅栱也’。珍谓：枅栱及俗称雞矩，蜀人之称桔枸、棘枸，滇人之称雞橘子，巴人之称金鈎，广人之称結留子；散见書記者，皆枳椇、雞距之字，方音转异尔。俗又讹雞爪为曹公爪，或谓之梨棗樹、或谓之癩漢指頭，崔豹《古今註》‘一名樹蜜，一名木石’，皆一物也”。〖集解〗頌曰：“此《詩・小雅》所谓‘南山有枸’也。陆璣《疏義》云：‘檳枸树高大如白楊，所在皆有。枝柯不直，子着枝端，啖之甘美如饴，八九月熟，江南特美之，谓之木蜜。’……”，時珍曰：“枳椇，木高三四丈，叶圆大如桑柘，夏月开花。枝头结实，如鸡爪形，长寸许，纽曲，开作二三歧，仾若鸡之足距；嫩时青色，经霜乃黄，嚼之味甘如蜜；每开歧尽处结一二小子，状如蔓荆子，内有扁核，赤色，如酸棗仁形……”

【辨析】

枸即北枳椇。

《草木疏》所提到的枸骨与今天的枸骨属于同名异物。《史记》中记有枸酱，这个“枸”字实际应写做“蒟”，即蒟酱。

【形态特征】

北枳椇 *Hovenia dulcis* Thunb.：又名枳椇、鸡爪梨、枳椇子、拐枣、甜半夜，鼠李科，枳椇属，高大乔木（稀灌木）。

高达 10 余米；小枝褐色或黑紫色。叶纸质或厚膜质，卵圆形、宽矩圆形或椭圆状卵形，长 7～17 厘米，宽 4～11 厘米，边缘具锯齿。花黄绿色，直径 6～8 毫米，排成不对称的顶生，稀兼腋生的聚伞圆锥花序；花瓣倒卵状匙形，长 2.4～2.6 毫米，宽 1.8～2.1 毫米，向下渐狭成爪部。浆果状核果近球形，直径 6.5～7.5 毫米，黑色；花序轴结果时稍膨大；种子深栗色或黑紫色，直径 5～5.5 毫米。花期 5—7 月，果期 8—10 月。

产于河北、山东、山西、河南、陕西、甘肃、四川北部、湖北西部、安徽、江苏、江西。生长于次生林中。日本、朝鲜也有分布。

木材可供建筑和制精细用具所用，果序轴可食用。

楰

【文献征引】

1.（楰）《毛傳》：楰，鼠梓。陸璣《草木疏》：楰，楸属；其树叶木理如楸，山楸之异者，今人谓之苦楸；湿时脆，燥时坚，今永昌又谓鼠梓，汉人谓之楰。

《爾雅・釋木》：楰，鼠梓。《爾雅注》：楸属也；今江东有虎梓。《爾雅疏》：李巡曰：“鼠梓，一名楰”，郭云：“楸属也。今江东有虎梓”，《詩・小雅》云“北山有楰”陸璣《疏》云“其树叶木理如楸，山楸之异者，今人谓之苦楸”是也。

《康熙字典》：《廣韻》：鼠梓，似山楸而黑也。

《說文解字》：楰，鼠梓木；《詩》曰：“北山有楰”。《說文解字註》：“鼠梓木”，釋木、小雅《毛傳》皆曰：“楰，鼠梓也”，陸璣、郭璞皆云：“楸属”；“《詩》曰：‘北山有楰’”。

2.（鼠李）《本草綱目》：〖释名〗楮李、鼠梓、山李子、牛李、皁李、趙李、牛皁子、烏槎子、烏巢子、椑；时珍曰：“鼠李，方音亦作楮李，未详名义。可以染绿，故俗称皁李及烏巢……一種苦楸，亦名鼠梓，与此不同；见梓下”。

【辨析】

楰又名鼠梓，按《本草纲目》的记载，名为鼠梓的植物有两种：鼠李和苦楸，结合其他文献，本诗的楰应取苦楸这一释义。

《草木疏》载楰的形态与山楸近似，《本草纲目》将鼠梓归入“梓”字项下，加之鼠梓、苦楸这两个名称本身，都表明了楰极有可能是今梓属植物，如灰楸（*Catalpa fargesii* Bur.）、滇楸（*Catalpa fargesii* Bur. f. *duclouxii*（Dode）Gilmour）。

本字条可与“椅”、“梓”、“長楸”相互参看。

莪

【原文】	【译文】
菁菁者莪[①]	莪蒿多茂盛
在彼中沚	生在水洲上
既见君子	得见君子面
我心则喜	我心实欢喜

——小雅·菁菁者莪

【注解】

①菁：jīng，草木茂盛。莪：é。

由于没有交代“君子”指的是何人，因此本诗既可以理解为得遇贤才，也可以理解为是首爱情诗。

本文节选自第二章。

【文献征引】

1.（莪）《毛傳》：莪，蘿蒿也。陸璣《草木疏》：莪，蒿也，一名蘿蒿；生泽田渐洳之处，叶似邪蒿而细，科生三月中，茎可生食，又可蒸食，香美，味颇似蔞蒿。

《爾雅·釋草》：莪，蘿。《爾雅注》：今莪蒿也，亦曰廪蒿。《爾雅疏》：舍人云：“莪，一名蘿”，郭云：“今莪蒿也。亦曰廪蒿”，《詩·小雅》云“菁菁者莪”陸璣云：“莪，蒿也。一名蘿蒿。生泽田渐洳之处。叶似邪蒿而细，科生三月中，茎可生食，又可烝，香美，味颇似蒌蒿”是也。

《康熙字典》：《玉篇》：蘿莪，蒿属。

《說文解字》：莪，蘿也；蒿属。《說文解字註》：“莪”，逗，“蘿也”，此三字旧作蘿莪二字，今正，莪系复举，不当倒于蘿下；小雅“菁菁者莪”、“蓼蓼者莪”，釋草曰：“莪，蘿”，以蘿释莪，《毛傳》曰：“莪，蘿蒿也”，以蘿蒿释莪，陸璣亦云：“莪蒿一名蘿蒿”；“蒿属”，凡言属则别在其中，故鄭註同《禮》每云属别。

2.（廪蒿）《本草綱目》：〖释名〗莪蒿、蘿蒿、抱娘蒿；時珍曰：“陸農師云：‘廪之为言高也，莪亦峨也’，莪科高也，可以覆蚕，故谓之蘿。抱根丛生，故曰抱娘”。〖集解〗時珍曰：“廪蒿生高岗，似小薊，宿根先于百草，《爾雅》云‘莪，蘿’是也。《詩·小雅》云‘菁菁者莪’陸璣注云：‘即莪蒿也。生泽国渐洳处，叶似邪蒿而细，科三月生。茎叶可食，又可蒸，香美颇似蔞蒿，但味带麻，不似蔞蒿香甘’”。

【辨析】

莪即播娘蒿。

【形态特征】

播娘蒿 *Descurainia sophia*（L.）Webb. ex Prantl：十字花科，播娘蒿属，一年生草本植物。

高20～80厘米，茎直立，分枝多，常于下部成淡紫色。下部茎生叶偏多，向上渐少；

叶为3回羽状深裂，长2～12（15）厘米。花序伞房状；花瓣黄色，长圆状倒卵形，长2～2.5毫米，具爪；雄蕊6枚。长角果圆筒状，长2.5～3厘米，宽约1毫米，果瓣中脉明显。种子多数，长圆形，长约1毫米，淡红褐色，表面有细网纹。花期4—5月。

除华南外全国各地均产。生长于山坡、田野及农田。亚洲、欧洲、非洲及北美洲均有分布。

嫩苗可食用，种子含油并可食用及药用。

芑 1

【原文】	【译文】
薄言采芑[①]	采摘着芑菜
于彼新田	从那新田里
于此菑亩[②]	到这菑田中
方叔莅止[③]	方叔至此地
其车三千[④]	战车三千辆
师干之试[⑤]	兵士操练忙
	——小雅·采芑

【注解】

①芑：qǐ。

②菑：zī，初耕的田地；田，一岁曰菑，二岁曰新田，三岁曰畬。

③方叔：周宣王时期的大将。莅：lì，到。

④其车三千：据《郑笺》记载：戎车三千乘……一乘甲士三人、步卒七十二人。

⑤师：军队。干：盾，此处泛指武器。

诗歌描绘了大将方叔率军演习的宏大场面，并盛赞他的军事才能。其时战车隆隆、鼓声咚咚、阵列肃整，展示出了军队的训练有素、气势昂扬，作者由此警告滋事的“蛮荆”——与这样的队伍较量无异于以卵击石。

本文节选自第一章。

【文献征引】

《毛傳》：芑，菜也。陸璣《草木疏》：芑菜似苦菜也，茎青白色，摘其叶，白汁出，肥可生食，亦可蒸为茹；青州谓之芑，西河雁门芑尤美，土人恋之不出塞。

《說文解字》：芑，白苗；嘉穀也；《詩》曰：“维虋维芑”。《說文解字註》：……“《詩》曰：‘维虋维芑’”，今本无此六字，依《韵會》所据补；《詩·小雅》“采芑”《毛》云：“菜也”，大雅“丰水有芑”《毛》云：“草也”。

【辨析】

芑有两个含义：一是作为粮食的“白苗嘉谷”，一是菜蔬。本诗的芑应作菜蔬解。

按陆玑的描述，今苣荬菜（*Sonchus arvensis* L.）、苦苣菜（*Sonchus oleraceus* L.）、苦荬菜（*Ixeris polycephala* Cass.）和山莴苣（*Lagedium sibiricum*（L.）Sojak）都有可能是诗中的芑。

榖

【原文】	【译文】
乐彼之园	欢乐彼园中
爰有树檀	檀木生高大
其下维榖①	榖树覆其下
它山之石	它山有佳石
可以攻玉	取以琢美玉

——小雅·鹤鸣

【注解】

①榖：gǔ。

这是一篇希望上位者能够广纳贤才的诗歌。它的文字优美，意境深远，分别以白鹤、游鱼、檀树、刻石来比喻对国家有益的各种人才，其中“它山之石，可以攻玉”一句流传最广，也是求贤寓意最为明显的一句。

本文节选自第二章。

【文献征引】

1.（榖）《毛傳》：榖，恶木也。陸璣《草木疏》：榖，幽州人谓之榖桑，或曰楮桑，荆扬交广谓之榖，中州人谓之楮，殷中宗时桑榖共生是也；今江南人绩其皮以为布，又捣以为纸，谓之榖皮纸，长数丈，洁白光辉，其裹甚好，其叶初生可以为茹。

《康熙字典》：《詩·小雅》“爰有树檀，其下维榖”《註》：恶木也，《本草》作構。《爾雅翼》：叶无瓣曰構。《埤雅》：皮白者榖，皮斑者楮，盖一物三名也。

《說文解字》：榖，楮也。《說文解字註》：“楮也”，此篆体依《五經文字》正，各本作榖者，从𣫃便也；小雅《傳》曰：“榖，恶木也”，陸璣疏曰：“江南以其皮捣为纸，谓之榖皮纸，絜白光辉”，按《山海經》傳曰：“榖亦名構”，此一语之轻重耳。

2.（楮）《本草綱目》：〖释名〗榖、榖桑；頌曰：“陸璣《詩疏》云：‘構，幽州谓之榖桑，或曰楮桑。荆扬交广谓之榖’”，時珍曰：“褚本作纻，其皮可绩为纻，故也。楚人呼乳为榖，其皮中白汁如乳，故以名之。陸佃《埤雅》作榖米之榖，训为善者，误矣。或以楮、構为二物者，亦误矣。详下文”。〖集解〗弘景曰：“此即今構树也。南人呼榖纸亦为楮纸。武陵人作榖皮衣，甚坚好”，恭曰：“此有二種，一種皮有斑花纹，谓之斑榖，今人用皮为冠者；一種皮白无花，枝叶大相类，但取其叶似葡萄叶、作瓣而有子者为佳。其实初夏生，大如弹丸，青绿色，至六七月渐深红色，乃成熟；八九月采，水浸去皮穰，取中子。段成式《酉陽雜俎》云：‘榖田久废必生構。叶有瓣曰楮，无曰構’，陸氏《詩疏》云：‘江南人绩其皮以为布，又捣以为纸，长数丈，光泽甚好。又食其嫩芽，以当菜茹’，今楮纸用之最博，楮布不见有之……”，大明曰：“皮斑者是楮，皮白者是榖”，時珍曰：“按許慎《說文》言，楮、榖乃一種也，不必分别，惟辨雌雄耳。雄者皮斑而叶无椏叉，三月开花成长穗，如柳花状，不结实，歉年人采花食之。雌者皮白而叶有椏叉，亦开碎花，结实如楊梅，半熟时水澡去子，蜜煎作果食。二種树并易生，叶多涩毛……”

《康熙字典》：陸璣《詩疏》：“幽州人谓之穀桑，或曰楮桑。荆杨交广谓之穀。中州人谓之楮。江南人绩其皮以为布，又擣以为纸”。《酉陽雜俎》：叶有瓣曰楮，无曰構。

《說文解字》：楮，穀也。

3.（構）《康熙字典》：又楮木别名。《物類相感志》：構胶可以涂丹砂。

4.（构）《康熙字典》：《篇海》：同構，楮木也。

【辨析】

穀即构树。

【形态特征】

构树 *Broussonetia papyifera*（Linn.）L'Hert. ex Vent.：又名楮桃、楮、谷桑、谷树，桑科，构属，落叶乔木。

高 10～20 米；树皮暗灰色；小枝密生柔毛。叶螺旋状排列，广卵形至长椭圆状卵形，长 6～18 厘米，宽 5～9 厘米，两侧常不相等，边缘具粗锯齿，不分裂或 3～5 裂，小树之叶常有明显分裂，表面粗糙，疏生糙毛，背面密被绒毛，基生叶脉三出，侧脉 6～7 对；叶柄长 2.5～8 厘米，密被糙毛；托叶大，卵形，狭渐尖，长 1.5～2 厘米，宽 0.8～1 厘米。花雌雄异株；雄花序为柔荑花序，粗壮，长 3～8 厘米，苞片披针形，被毛，花被 4 裂，裂片三角状卵形，被毛，雄蕊 4，花药近球形，退化雌蕊小；雌花序球形头状，苞片棍棒状，顶端被毛，花被管状，顶端与花柱紧贴，子房卵圆形，柱头线形，被毛。聚花果直径 1.5～3 厘米，成熟时橙红色，肉质；瘦果表面有小瘤，龙骨双层，外果皮壳质。花期 4—5 月，果期 6—7 月。

产于我国南北各地。锡金、缅甸、泰国、越南、马来西亚、日本、朝鲜也有分布。

韧皮纤维可作造纸原料，根、皮、子可入药。

【植物图片】

藿

【原文】	【译文】
皎皎白驹	洁白的马驹
食我场藿	食我园中藿
絷之维之①	我要留住它
以永今夕	长伴在身旁

——小雅·白驹

【注解】

①絷：zhí，绊住。维：系住。

这是一首挽留客人的诗歌。

本文节选自第二章。

【文献征引】

1.（藿）《毛傳》：藿，犹苗也。《楚辭章句》注“耘藜藿与蘘荷”：藿，豆叶也。《康熙字典》：《儀禮·公食大夫禮》“牛藿”《註》：藿，豆叶。

2.（大豆）《本草綱目》：〖释名〗尗，角曰荚，叶曰藿，茎曰萁。

3.（赤小豆）《本草綱目》：〖释名〗赤豆、紅豆、荅，叶名藿。

【辨析】

藿指豆类植物的叶子。

本字条可与“菽”相互参看。

粟

【原文】	【译文】
黄鸟黄鸟	小黄鸟啊小黄鸟
无集于榖	不要聚在楮树上
无啄我粟	不要偷食我粟粮
此邦之人	这个地方的人们
不我肯穀	不肯善待照顾我
言旋言归	多么想要回家去
复我邦族	回到故乡我国邦

——小雅·黄鸟

【注解】

本诗应作于春秋后期，正值政治腐败、世风日下之时，作者离开故土到异邦生活，本以为这里能比家乡好些，谁知一样要受尽盘剥和压榨，而且这个地方的人还丝毫不善待异乡人，这就勾起了作者强烈的思乡情怀，并慨叹原来天下本无乐土。

本文节选自第一章。

【文献征引】

1.（粟）《本草綱目》:〖释名〗秈粟；時珍曰："粟，古文作㮚，象穗在禾上之形。而《春秋題辭》云：'粟乃金所立，米为阳之精，故西字合米为粟'，此凿说也。許慎云：'粟之为言续也'，续于穀也。古者以粟为黍稷粱秫之总称，而今之粟在古但呼为粱，后人乃专以粱之细者名粟，故唐孟詵《本草》言人不识粟，而近世皆不识粟也。大抵黏者为秫，不黏者为粟，故呼此为秈粟，以别秫而配秈。北人谓之小米也"。〖集解〗弘景曰："粟，江南西间所種皆是。其粟细于粱，熟舂令白，亦当白粱，呼为白粱粟，或呼为粢米"，恭曰："粟类多種，而并细于诸粱。北土常食，与粱有别。粢乃稷米，陶注非矣"，時珍曰："粟，即粱也。穗大而毛长粒粗者为粱，穗小而毛短粒细者为粟，苗俱似茅。種类凡数十，有青赤黄白黑诸色，或因姓氏地名、或因形似时令，随义赋名。故早则有趕麥黃、百日糧之类，中则有八月黃、老軍頭之类，晚则有鴈頭青、寒露粟之类……大抵早粟皮薄米实，晚粟皮厚米少"。

《康熙字典》:《韻會小補》：粟为陆種之首，米之有甲者。

2.（㮚）《康熙字典》:《廣韻》《集韻》：粟本字。

《說文解字》：㮚，嘉穀实也；从卤，从米；孔子曰："粟之为言续也"。《說文解字註》："嘉穀实也"，禾下曰："嘉穀也"，黍下曰："禾属而黏者也"，然则嘉穀谓禾黍也；大雅曰："诞降嘉穀，惟秬惟秠，惟虋惟芑"，秬秠谓黍，虋芑谓禾，許于秠下曰："秬秠者，天赐后稷之嘉穀也"，虋下曰："赤苗嘉穀也"，芑下曰："白苗嘉穀也"；《毛·魏风傳》释苗为嘉穀，苗者，禾也，生民《傳》释黄为嘉穀，黄者，黄粱，谓禾也；古者民食莫重于禾黍，故谓之嘉穀，穀者，百穀之总名，嘉者，美也，嘉穀字见《詩·生民》，許书及典引注可据；改为嘉種者，非，嘉穀之实曰粟，粟之皮曰穅，中曰米；"从卤"，自其采言之，"从米"，自其藴言之；“孔子曰：‘粟之为言续也’”，孔子以叠韵为训也，嘉種不绝，蒸民乃粒，禹稷之功也。

【辨析】

粟的古今名称一致。

粟原产我国黄河流域，是古代重要的粮食作物。我国考古发现的河北武安磁山遗址内已有粟的籽粒，经测定，该遗址距今 8000 年左右，是目前发现的栽培粟的最早年代。

粟的种类很多，有赤、白、黄、青、黑等诸多颜色及与之相对应的名称。按生长期的长短，粟又有早熟、中熟和晚熟的品种。在今天的植物分类中，粟被认为是粱的变种。

本字条可与“稷”、“苗”、“禾”、“黄”、“穈”、“芑 2”、“粢”、“黄粱”相互参看。

【形态特征】

粟　*Setaria italica*（L.）Beauv. var. *germanica*（Mill.）Schred.：

植物体细弱矮小，高 20～70 厘米。圆锥花序呈圆柱形，紧密，长 6～12 厘米，宽 5～10 毫米；小穗卵形或卵状披针形，长 2～2.5 毫米，黄色，刚毛长约小穗的 1～3 倍，小枝不延伸。

我国南北各地均有栽培。谷粒可食用。

樗 2、蓫、葍（䔰）

【原文】	【译文】
我行其野	独行原野上
蔽芾其樗[①]	樗树正繁茂
昏姻之故	婚姻的缘故
言就尔居	来与你同住
尔不我畜[②]	你不善待我
复我邦家	回归我邦土
我行其野	独行原野上
言采其蓫[③]	采摘那蓫草
昏姻之故	婚姻的缘故
言就尔宿	来与你同住
尔不我畜	你不善待我
言归斯复	返乡不归复
我行其野	独行原野上
言采其葍[④]	采摘那葍草
不思旧姻	不念旧姻缘
求尔新特[⑤]	你却寻新欢
成不以富[⑥]	实非她富有
亦祇以异	只是你心变
	——小雅·我行其野

【注解】

①蔽芾：树木茂盛的样子。

②畜：养。

③蓫：zhú。

④葍：fú。

⑤特：伴侣。

⑥成：同“诚”，实在。

《我行其野》是一首弃妇诗，诗歌采用象征的手法，用“樗”、“蓫”、“葍”等古人认为的恶木恶草来比喻自己嫁给了恶人。

樗 2

【文献征引】

《毛傳》：樗，恶木也。陆璣《草木疏》：山樗与下田樗略无异，叶似差狭耳，吴人以其叶为茗。

【辨析】

樗即臭椿。

《毛传》和《草木疏》对本诗的樗所作的注释各不相同，《毛传》是为樗作的注，《草木疏》则是为山樗作的注。笔者考量，《毛传》的年代较之《草木疏》要距《诗经》更近，其准确性可能更高，且诗歌原文里用的是樗而不是栲（注：栲即山樗），那么这里就应依《毛传》来释樗。

本字条可与“栲”、“樗 1”相互参看。

【形态特征】

见“樗 1”。

蓫

【文献征引】

1.（蓫）《毛傳》：蓫，恶菜也。《鄭箋》：蓫，牛蘈也；亦仲春时生，可采也。陸璣《草木疏》：蓫，牛蘈，扬州人谓之羊蹏；似蘆菔而茎赤，可瀹为茹，滑而美也，多啖令人下气；幽州人谓之蓫。

《康熙字典》：又《廣韻》：同蓄。

2.（藬）《爾雅・釋草》：藬，牛蘈。《爾雅注》：今江东呼草为牛蘈者，高尺馀许，方茎，叶长而锐，有穗，穗间有华，华紫縹色，可淋以为饮。《爾雅疏》：藬，一名牛蘈；《詩・小雅》云“言采其蓫”《鄭箋》云：“蓫，牛蘈”，郭云“今江东呼草为牛蘈者，高尺馀许。方茎，叶长而锐，有穗。穗间有华，华紫縹色，可淋以为饮”者，《字林》云：“縹，青白色。淋，以水沃也”。

3.（蓄）《康熙字典》：《博雅》：蓄，羊蹄也。《本草》：一名東方宿，一名連蟲陸。《揚子・方言・郭璞注》：蘇菜、蓄，菜也；亦蘇之種类。

《說文解字》：蓄，草也。《說文解字註》：“草也”，下文之苗也；《本草經》曰“羊蹄”，小雅谓之“蓫”，蓫卽苗字，亦作蓄；《廣韻》云：“蓄，許竹丑六二切。羊蹄菜也”，按《廣韻》蓄读許竹丑六切者，因蓄蓄同物而误读蓄同蓄也。

4.（羊蹄）《本草綱目》：〖释名〗蓄、禿菜、敗毒菜、牛舌菜、羊蹄大黄、鬼目、東方宿、連蟲陸、水黄芹，子名金蕎麥；時珍曰：“羊蹄以根名，牛舌以叶形名，禿菜以治禿疮名也。《詩・小雅》云‘言采其蓫’陸璣注云：‘蓫即蓄字，今之羊蹄也，幽州人谓之蓫。根似長蘆菔而茎赤，亦可瀹为茹，滑美’。鄭樵《通志》指蓫为《爾雅》之菲及蕢者，误矣。金蕎麥以相似名”。〖集解〗時珍曰：“近水及溼地极多。叶长尺余，似牛舌之形，不似菠薐；入夏起薹，开花结子，花叶一色；夏至即枯，秋深即生，凌冬不死；根长近尺，赤黄色，如大黄胡蘿蔔形”。

【辨析】

蓫即羊蹄。

【形态特征】

羊蹄 *Rumex japonicus* Houtt.：蓼科，酸模属，多年生草本植物。

茎直立，高 50～100 厘米，上部分枝，具沟槽。基生叶长圆形或披针状长圆形，长 8～25 厘米，宽 3～10 厘米，顶端急尖，基部圆形或心形，边缘微波状，下面沿叶脉具小突起；茎上部叶狭长圆形；叶柄长 2～12 厘米；托叶鞘膜质，易破裂。花序圆锥状，花两性，多花轮生；花梗细长，中下部具关节；花被片 6，淡绿色。瘦果宽卵形，具 3 锐棱，长约 2.5 毫米，两端尖，暗褐色，有光泽。花期 5—6 月，果期 6—7 月。

产于东北、华北、陕西、华东、华中、华南、四川及贵州。生长于田边路旁、河滩、沟边湿地。朝鲜、日本、俄罗斯也有分布。

根可入药。

葍（藑）

【文献征引】

1.（葍）《毛傳》：葍，恶菜也。《鄭箋》：葍，藑也；亦仲春时生，可采也。陸璣《草木疏》：葍，一名藑，幽州人谓之燕葍；其根正白，可著热灰中温噉之，饥荒之岁可蒸以御饥，汉祭甘泉或用之其叶；有两種，叶细而花赤有臭气也。

《爾雅・釋草》：葍，藑。《爾雅注》：大叶，白华，根如指，正白，可啖。《爾雅疏》：葍，一名藑；郭云“大叶，白华，根如指，正白，可啖”、《詩・小雅》云“我行其野，言采其葍”、陸璣云“幽州人谓之燕藑。其根正白，可著热灰中温啖之，饥荒之岁可烝以御饥”也。

《說文解字》：葍，藑也。《說文解字註》：“藑也”，见釋草；郭云：“大叶白华。根如指。正白。可啖”，按邶风《箋》云：“葑菲。二菜，蔓菁与葍之类也。皆上下可食”，此根可啖之证也；郭又云：“葍华有赤者为藑。藑，葍一種耳。亦猶菱苕华黄白异名”，陸璣云：“葍有两種。一種茎叶细而香，一種茎赤有臭气”，按毛公云“葍恶菜”，殆因有臭气与。

2.（葍）《爾雅・釋草》：葍，藑茅。《爾雅注》：葍，华有赤者为藑；藑，葍一種耳；亦猶菱苕，华黄白异名。《爾雅疏》：葍与藑茅一草也；华白者即名葍，华赤者别名藑茅，故郭云“亦猶菱苕，华黄白异名”也。

3.（旋花）《本草綱目》：〖释名〗旋葍、筋根、續筋根、鼓子花、豚肠草、美草、天劍草、纏枝牡丹；時珍曰：“其花不作瓣状，如军中所吹鼓子，故有旋花鼓子之名。一種千叶者，色似粉红牡丹，俗呼为纏枝牡丹”。〖集解〗保昇曰：“此旋葍花也，所在川泽皆有。蔓生，叶似薯蕷而狭长，花红色；根无毛节，蒸熟堪啖，味甘美，名筋根；二八月采根，日干”，時珍曰：“旋花田野塍塹皆生，逐节延蔓，叶如波菜叶而小，至秋开花，如白牵牛子花，粉红色。亦有千叶者，其根色白大如筋，不结子”。〖正误〗宏景曰：“旋花东人呼为山薑，南人呼为美草。根似杜若，亦似高良薑……其叶似薑，花赤色，味辛，状如豆蔻，此旋花即其花也。今山东甚多”，又注旋覆花曰：“别有旋葍根，出河南，来北国亦有。形似芎藭，惟合旋葍膏用之，余无所入”，恭曰：“旋花乃旋覆花也。陶说乃山薑尔，山薑味辛，都非此类。又因旋覆花名金沸，遂作此花别名，皆误矣。又云：‘从北国来者，根似芎藭与高良薑’，全无仿佛，亦误也”。

【辨析】

葍即旋花。

鉴于葍和葍茅彼此相关联，因此笔者将它们的辨析内容都放在此处。

《尔雅》中有两个“葍”字条，分别释其为藑和葍茅，结合其他文献的记载，其叶片宽大、开白花的是藑，叶片细长、开红花的是葍茅。藑和葍茅有可能是叶形、花色等方面存在差异的同种植物，但笔者觉得它们更可能是形态十分近似的两种植物。

《本草纲目》所载旋花其形态特征与藑是相吻合的，应就是藑（葍），而与之外形相似的田旋花，其“叶细而花赤”这一特征非常明显，即是葍茅。

本字条可与“葍茅”相互参看。

【形态特征】

旋花 *Calystegia sepium*（Linn.）R. Br.：又名葍葍、旋葍、旋花、筋根、续筋根、鼓子花、豘肠草、美草、天剑草、葍子根、吊茄子、篱天剑、饭藤子、饭豆藤、野苕、包颈草、面根藤、打碗花、狗儿弯藤、打破碗花，旋花科，打碗花属，多年生草本植物。

茎缠绕，伸长，有细棱。叶形多变，三角状卵形或宽卵形，长 4～10（15）厘米以上，宽 2～6（10）厘米或更宽。花腋生，1 朵；花梗长达 10 厘米，有细棱或有时具狭翅；萼片卵形，长 1.2～1.6 厘米；花冠通常白色或有时淡红或紫色，漏斗状，长 5～6（7）厘米，冠檐微裂；雄蕊花丝基部扩大。蒴果卵形，长约 1 厘米，为增大宿存的苞片和萼片所包被；种子黑褐色，长 4 毫米，表面有小疣。

我国大部分地区均有。生长于路旁、溪边草丛、农田边或山坡林缘。北美洲，欧洲，前苏联西伯利亚和阿尔泰，印度尼西亚的爪哇以至澳大利亚，新西兰也有分布。

根可入药。

莞

【原文】	【译文】
下莞上簟[①]	莞席之上铺簟席
乃安斯寝	在此安睡真舒适
乃寝乃兴[②]	早早睡下早早起
乃占我梦[③]	来将我梦详诠释
	——小雅·斯干

【注解】

①莞：guān。簟：diàn，竹席。

②兴：起床，此处指早起。

③占：占卜，此处指解梦。

本篇是一首在西周贵族宫室的落成典礼上所唱的颂歌。全文层次清晰，笔调明快，作者先描述了宫室所处环境的优美以及主人家兄弟间的和睦安乐，然后着力描绘了宫室的修建过程以及完成后的宏伟样貌，进而是对主人的赞美和祝愿——主人占得吉梦，必会子贵女贤。

本文节选自第六章。

【文献征引】

《鄭箋》：莞，小蒲之席也。《楚辭》“莞芎弃于泽洲兮”王逸注：莞，夫離也；香草也；夫離一作苻離。《楚辭補注》：《本草》：“白芷，一名莞，一名芙蘺”，《爾雅》“莞，芙蘺”注云：“蒲也”。

《爾雅·釋草》：莞，苻蘺；其上蒚。《爾雅注》：今西方人呼蒲为莞蒲，蒚谓其头台也；今江东谓之苻蘺，西方亦名蒲中茎为蒚，用之为席。《爾雅疏》：某氏曰：“‘《本草》云白蒲，一名苻蘺，楚谓之莞蒲，其上台别名蒚’，郭义具注”；《詩·小雅·斯干》云“下莞上簟”《鄭箋》云：“莞，小蒲也”者，以莞、蒲一草之名；而《司几筵》有莞筵、蒲筵，则有大小之异，为席有精有粗，故得为两種席也。

《康熙字典》：《前漢·東方朔傳》“莞蒲为席”《註》：莞，今谓之葱蒲。

《說文解字》：莞，草也；可作席。《說文解字註》：“草也。可作席”，小雅“下莞上簟”《箋》云：“莞，小蒲之席也”，《司几筵》“蒲筵加莞席”《正義》：“以莞加蒲，麤者在下，美者在上也”；《列子》“老韭之为莞”殷敬順曰：“莞音官。似蒲而圆。今之为席者是也”，楊承庆字统音关；玉裁谓：莞之言管也，凡茎中空者曰管，莞蓋卽今席子草，细茎，圆而中空，鄭谓之小蒲，实非蒲也，《廣雅》谓之葱蒲。

【辨析】

莞是蒲一类的植物，古代用以制作坐席。

本字条可与“蒲2”、“莆”相互参看。

柳

【原文】	【译文】
菀彼柳斯	柳树多葱郁
鸣蜩嘒嘒①	知了叫得欢
有漼者渊②	幽深河水旁
萑葦淠淠③	萑苇密苍苍

——小雅 • 小弁

【注解】

①嘒：huì，象声词。

②漼：cuǐ，水深的样子。

③淠：pèi，茂密的样子。

这首诗抒发了作者被遗弃后忧愤哀怨的情绪。

本文节选自第四章。

【文献征引】

1.（桺）《康熙字典》：《說文》：柳本字。

《說文解字》：桺，少楊也。《說文解字註》："少楊也"，各本作小楊，今依《孟子正義》，蓋古本也，古多以少为小，如少儿即小儿之类；楊之细茎小叶者曰桺……

2.（柳）《本草綱目》：〖释名〗小楊、楊柳；宏景曰："柳，即今水楊柳也"，恭曰："柳与水楊全不相似，水楊叶圆阔而尖，枝条短硬；柳叶狭长而青绿，枝条长软。陶以柳为水楊，非也"，藏器曰："江东人通名楊柳，北人都不言楊。楊树枝叶短，柳树枝叶长"，時珍曰："楊枝硬而扬起，故谓之楊；柳枝弱而垂流，故谓之柳；盖一类二種也，蘇恭所说为是。按《說文》云：'楊，蒲柳也；从木昜声。柳，小楊也；从木丣声'……又《爾雅》云：'楊，蒲柳也。旄，澤柳也。檉，河柳也'，观此，则楊可称柳，柳亦可称楊，故今南人犹并称楊柳。俞宗本《種树書》言：'顺插为柳，倒插为楊'，其说牵强，且失扬起之意"。〖集解〗頌曰："今处处有之，俗所谓楊柳者也。其类非一，蒲柳即水楊也，枝劲韧，可为箭笴，多生河北。杞柳生水旁，叶粗而白，木理微赤，可为车轂；今人取其细条，火逼令柔，屈作箱篋，《孟子》所谓'杞柳为桮棬'者，鲁地及河朔尤多。檉柳见本条"，時珍曰："楊柳，纵横倒顺插之皆生。春初生柔荑，即开黄蕊花，至春晚叶长成后，花中结细黑子，蕊落而絮出，如白绒，因风而飞……"

《康熙字典》：《埤雅》：柔脆易生，与楊同类，纵横顛倒植之皆生。○按楊柳一物二種，《毛詩》分而言之者，齐风"折柳樊圃"、陈风"东门之楊"是也，合而言之者，小雅"楊柳依依"是也；《本草》云："楊枝硬而扬起，故谓之楊。柳枝弱而垂流，故谓之柳"；《正字通》据古诗南楊北有柳分为二，非。

【辨析】

《毛传》、《郑笺》及《草木疏》都没有对本诗的柳做注释，因此它很可能是个泛指。

说到柳，人们最容易想到的便是垂柳，垂柳枝条纤弱、婀娜飘摇，最是符合诗歌的意境，但实际上柳的种类很多，产于成诗地域内的大致有垂柳、旱柳、黄龙柳、筐柳等。

本字条可与“蒲 1”、“楊”相互参看。

蔚

【原文】	【译文】
蓼蓼者莪[①]	莪草高又长
匪莪伊蔚	非莪却是蔚
哀哀父母	可怜父母亲
生我劳瘁[②]	育我太劳累
	——小雅·蓼莪

【注解】

①蓼：lù，又长又大的样子。

②瘁：cuì，劳累。

《毛诗序》认为此诗“刺幽王也，民人劳苦，孝子不得终养尔”，今人有认为它是悼念父母的诗歌，通观全诗，虽无父母已亡故的明示，但诗人所抒发的对于不能侍养双亲的遗憾确是十分强烈的。

本文节选自第二章。

【文献征引】

1.（蔚）《毛傳》：蔚，牡菣也。陸璣《草木疏》：蔚，牡蒿也；三月始生，七月华，华似胡麻而紫赤，八月为角，角似小豆角，锐而长；一名馬新蒿。

《爾雅·釋草》：蔚，牡菣。《爾雅注》：无子者，故云牡菣。《爾雅疏》：蔚，即蒿之雄无子者，故云牡菣；舍人曰“蔚一名牡菣”、《詩·蓼莪》云“匪莪伊蔚”陸璣云“牡蒿也。三月始生，七月华，华似胡麻而紫赤。八月为角，角似小豆角，锐而长。一名馬新蒿”是也。

《說文解字》：蔚，牡蒿也。《說文解字註》：“牡蒿也”，小雅“匪莪伊蔚”釋草、《毛傳》皆云：“牡菣”，按牡菣猶牡蒿也；郭云：“无子者”，陸璣云：“牡蒿，七月华。八月角。一名馬薪蒿”，与郭异；《名醫別錄》有牡蒿一条，唐人注曰：“齊頭蒿也”。

2.（牡蒿）《本草綱目》：〖释名〗齊頭蒿；時珍曰：“《爾雅》：‘蔚，牡菣。蒿之无子者’，则牡之名以此也。诸蒿叶皆尖，此蒿叶独奓而秃，故有齐头之名”。〖集解〗恭曰：“齊頭蒿也，所在有之。叶似防風，细薄而无光泽”，時珍曰：“齊頭蒿三四月生苗，其叶扁而本狭末奓，有秃歧，嫩时可茹。鹿食九草，此其一也。秋开细黄花，结实大如车前实，而内子微细不可见，故人以为无子也”。

【辨析】

蔚即牡蒿。

【形态特征】

牡蒿 *Artemisia japonica* Thunb.：又名蔚、牡菣、齐头蒿、水辣菜、香蒿、青蒿等，菊科，蒿属，多年生草本。

植株有香气。主根稍明显，侧根多，常有块根；根状茎稍粗短，直立或斜向上，直径3～8毫米，常有若干条营养枝。茎单生或少数，高50～130厘米，有纵棱，紫褐色或褐色，上半部分枝，枝长 5～15（20）厘米，通常贴向茎或斜向上长；茎、枝初时被微柔毛，后渐稀疏或无毛。叶纸质，两面无毛或初时微有短柔毛，后无毛；基生叶与茎下部叶倒卵形或宽匙形，长 4～6（7）厘米，宽 2～2.5（3）厘米，自叶上端斜向基部羽状深裂或半裂，裂片上端常有缺齿或无缺齿，具短柄，花期凋谢；中部叶匙形，长 2.5～3.5（4.5）厘米，宽 0.5～1（2）厘米，上端有 3～5 枚斜向基部的浅裂片或为深裂片，每裂片的上端有 2～3 枚小锯齿或无锯齿，叶基部楔形，渐狭窄，常有小型、线形的假托叶；上部叶小，上端具 3 浅裂或不分裂；苞片叶长椭圆形、椭圆形、披针形或线状披针形，先端不分裂或偶有浅裂。头状花序多数，卵球形或近球形，直径 1.5～2.5 毫米，无梗或有短梗，基部具线形的小苞叶，在分枝上通常排成穗状花序或德状花序状的总状花序，并在茎上组成狭窄或中等开展的圆锥花序；总苞片 3～4 层，外层总苞片略小，外、中层总苞片卵形或长卵形，背面无毛，中肋绿色，边膜质，内层总苞片长卵形或宽卵形，半膜质；雌花 3～8 朵，花冠狭圆锥状，檐部具 2～3 裂齿，花柱伸出花冠外，先端 2 叉，叉端尖；两性花 5～10 朵，不孕育，花冠管状，花药线形，先端附属物尖，长三角形，基部钝，花柱短，先端稍膨大，2 裂，不叉开，退化子房不明显。瘦果小，倒卵形。花果期 7—10 月。

产于辽宁、河北、山西、陕西、甘肃、山东、江苏、安徽、浙江、江西、福建、台湾、河南、湖北、湖南、广东、广西、四川、贵州、云南及西藏等地。常见于林缘、林中空地、疏林下、旷野、灌丛、丘陵、山坡、路旁等。日本、朝鲜、阿富汗、印度、不丹、尼泊尔、锡金、克什米尔地区、越南、老挝、泰国、缅甸、菲律宾及前苏联也有分布。

嫩叶既可食用，又可作饲料，全草可入药，又可代“青蒿”（即黄花蒿）用。

穫（檴）

【原文】	【译文】
有冽氿泉[①]	清泉石侧流
无浸穫薪	莫浸那柴薪
契契寤叹[②]	忧叹难成寐
哀我惮人[③]	怜我苦辛人

——小雅·大东

【注解】

①氿 guǐ 泉：从侧面流出的泉水。

②契契：忧苦。

③惮：dàn，劳苦。

西周王室征服了许多东方小国，这些国家的百姓对于周室无度的掠夺和役使充满怨愤，本诗正是反映了这一情形。

本文节选自第三章。

【文献征引】

1.（穫）《毛傳》：穫，艾也。《鄭箋》：穫，落，木名也；既伐而析之以为薪。陸璣《草木疏》：穫，今椰榆也；其叶如榆，其皮坚韧，剥之长数尺，可为絙索，又可为甂带，其材可为栖器。

《說文解字》：穫，刈穀也。《說文解字註》：“刈穀也”，穫之言獲也；刈穀者，以铚以鐮。

2.（檴）《爾雅·釋木》：檴，落。《爾雅注》：可以为杯器素。《爾雅疏》：檴，一名落；某氏曰：“可作杯圈，皮韧绕物不解”，郭云：“可以为杯器素”，素，谓朴也；小雅·大东云“无浸檴薪”《鄭箋》云“檴，落，木名”、陸璣《疏》云“今椰榆也。其叶如榆，其皮坚韧，剥之长数尺，可为絙索，又可为甂带，其材可为栖器”是也。

【辨析】

穫即椰榆。

本诗的穫和檴是假借关系，穫的本义为刈割，檴是椰榆的本名。

【形态特征】

椰榆　*Ulmus parvifolia* Jacq.：又名小叶榆、秋榆、掉皮榆、豺皮榆、挠皮榆、构树榆、红鸡油，榆科，榆属，落叶乔木或冬季叶变为黄色或红色宿存至第二年新叶开放后脱落。

高达 25 米，胸径可达 1 米；树皮灰色或灰褐，裂成不规则鳞状薄片剥落，露出红褐色内皮。叶质较厚，披针状卵形或窄椭圆形，长 1.7～8 厘米，宽 0.8～3 厘米，边缘具锯齿。花秋季开放，3～6 数在叶腋簇生或排成簇状聚伞花序，花被片 4，深裂至杯状花被的基部或近基部。翅果椭圆形或卵状椭圆形，长 10～13 毫米，宽 6～8 毫米，果核位于翅果的中上部。花果期 8—10 月。

分布于河北、山东、江苏、安徽、浙江、福建、台湾、江西、广东、广西、湖南、湖北、贵州、四川、陕西、河南等省区。生长于平原、丘陵、山坡及谷地。日本、朝鲜也有分布。

木材可供家具、车辆、造船、农具等用材，树皮纤维可编制器物，亦可入药。

梾

【原文】	【译文】
山有蕨薇	蕨薇生山上
隰有杞桋	杞桋长洼地
君子作歌	今作此篇章
维以告哀	只为诉哀声

——小雅·四月

【注解】

本诗抒发了作者无故遭害后的悲愤心情。

本文节选自第八章。

【文献征引】

1.（桋）《毛傳》：桋，赤梀也。陸璣《草木疏》：梀，叶如柞，皮薄而白，其木理赤者为赤梀，一名桋，白者为梀；其木皆坚韧，今人以为车毂。

《爾雅·釋木》：桋，赤梀；白者梀。《爾雅注》：赤梀，树叶细而岐锐，皮理错戾，好丛生山中，中为车辋；白梀，叶圆而岐，为大木。《爾雅疏》：梀，赤者名桋，白者名白梀；某氏曰："其色虽异，为名即同"，郭云"赤梀，树叶细而岐锐，皮理错戾，好丛生山中，中为车輞。白梀，叶员而岐，为大木"也，《詩·小雅》云"隰有杞夷"陸璣《疏》云："梀叶如柞，皮薄而白。其木理赤者为赤梀，一名桋，白者为梀。其木皆坚韧，今人以为车毂"。

《說文解字》：桋，赤梀也；《詩》曰："隰有杞桋"。《說文解字註》："赤梀也"，釋木曰："桋，赤梀。白者梀"，《毛傳》曰："桋，赤梀也"，郭云："赤梀樹叶细而岐锐。白梀叶圆而岐，为大木"，按梀，釋文音山厄反，許书无梀字，蓋古只作朿也；"《詩》曰：'隰有杞桋'"，小雅文。

2.（梀）《康熙字典》：又《唐韻》：赤梀，木名；可为车辋。

【辨析】

桋是产于陕西一带的木本植物，其树皮色浅，叶片细长、边缘可能具锯齿，木材红褐色、坚韧。

蔦、女蘿

【原文】	【译文】
蔦与女蘿①	寄生和女萝
施于松柏	攀依松柏上
未见君子	未见君子面
忧心弈弈	忧思不能安
既见君子	得见君子面
庶几说怿②	幸会心喜欢
	——小雅·頍弁

【注解】

①蔦：简体字“茑”。蘿：简体字“萝”。

②说：同“悦”。

这是一首贵族的宴饮诗。诗歌产生的年代正是时政衰落之时，因此诗中虽也描写了宴席的热烈气氛，却在结尾处出现了“死丧之日”这样很不吉利的话，贵族们悲观消极、及时行乐的心态由此可见一斑。

本文节选自第一章。

蔦

【文献征引】

1.（蔦）《毛傳》：蔦，寄生也。陸璣《草木疏》：蔦，一名寄生；叶似当卢，子如覆盆子，赤黑甜美。

《康熙字典》：《唐韻》：寄生也。

《說文解字》：蔦，寄生草也；从草，鸟声；《詩》曰：“蔦与女蘿”；樢，蔦或从木。《說文解字註》：“寄生草也”，草字各本脫，依《毛詩音義》及《韻會》补；小雅《傳》曰：“蔦，寄生也”，陸璣曰：“蔦一名寄生。叶似当卢。子如覆盆子”，《本草經》：“桑上寄生。一名寓木。一名宛童”，按“寓木，宛童”见釋木；“从草”，《毛》、陸皆曰寄生耳，許独云寄生草者，为其字之从草也；“鸟声”，《詩音義》云：“《說文》音弔”；“《詩》曰：‘蔦与女蘿’”，小雅頍弁文；“樢，蔦或从木”，草属故从草，寓木故从木，《廣雅》、釋木作樢字。

2.（寓木）《爾雅·釋木》：寓木，宛童。《爾雅注》：寄生樹，一名蔦。《爾雅疏》：寓木，一名宛童；郭云：“寄生樹，一名蔦”，《詩·小雅·頍弁》云“蔦与女蘿”陸璣《疏》云：“蔦，一名寄生。叶似当卢，子如覆盆，赤黑恬美”是也。

3.（桑上寄生）《本草綱目》：〖释名〗寄屑、寓木、宛童、蔦；<u>時珍</u>曰：“此物寄寓他木而生，如鸟立于上，故曰寄生、寓木、蔦木。俗呼为寄生草。《東方朔傳》云：‘在树为寄生，在地为窶藪’”。〖集解〗<u>弘景</u>曰：“寄生，松上、楊上、楓上皆有，形类一般，但根津所因处为异，则各随其树名之。生树枝间，根在枝节之内；叶圆，青赤，厚泽易折，旁自生枝节；冬夏生，四月花白，五月实赤，大如小豆……”，恭曰：“此多生楓、槲、櫸、柳、水楊等树上。叶无阴阳，如细柳叶而厚脆；茎粗短，子黄色，大如小棗。惟虢州有桑上者，子汁甚黏，核大似小豆，九月始熟，黄色。陶言‘五月实赤，大如小豆’，盖未见也……”，時珍曰：“寄生，高者二三尺，其叶圆而微尖，厚而柔，面青而光泽，背淡紫而有茸……按鄭樵《通志》云：‘寄生有两種，一種大者，叶如石榴叶，一種小者，叶如麻黄叶；其子皆相似。大者曰蔦，小者曰女蘿’，今观蜀本，韓氏所说亦是两種，与鄭说同”。

【辨析】

茑即桑寄生。

【形态特征】

桑寄生 *Taxillus sutchuenensis*（Lecomte）Danser：又名桑上寄生、寄生、四川桑寄生，桑寄生科，钝果寄生属，灌木。

高 0.5～1 米；嫩枝、叶密被褐色或红褐色星状毛，小枝黑色，具散生皮孔。叶近对生或互生，革质，卵形、长卵形或椭圆形，长 5～8 厘米，宽 3～4.5 厘米，顶端圆钝，基部近圆形；叶柄长 6～12 毫米。总状花序，1～3 个生长于小枝已落叶腋部或叶腋，具花 2～5 朵，花序和花均密被褐色星状毛；花红色，花托椭圆状，副萼环状，具 4 齿；花冠花蕾时管状，顶部椭圆状，裂片 4 枚，反折；花柱线状，柱头圆锥状。果椭圆状，长 6～7 毫米，直径 3～4 毫米，黄绿色，果皮具颗粒状体，被疏毛。花期 6—8 月。

产于云南、四川、甘肃、陕西、山西、河南、贵州、湖北、湖南、广西、广东、江西、浙江、福建、台湾。寄生于桑树、梨树、梅树、油茶、核桃或栎属、柯属、水青冈属、榛属等植物上。

全草可入药。

女蘿

【文献征引】

1.（女蘿）《毛傳》：女蘿，菟絲，松蘿也。陸璣《草木疏》：女蘿，今菟絲；蔓连草上生，黄赤如金，今合藥菟絲子是也；非松蘿，松蘿自蔓松上，生枝正青，与菟絲殊异。

《楚辭・山鬼》“被薜荔兮带女蘿”《楚辭章句》注：女羅，兔絲也；薜荔、兔絲皆无根，缘物而生；羅，一作蘿。《楚辭補注》：《爾雅》云：“唐蒙女蘿。女蘿，兔絲”；《吕氏春秋》云：“或谓菟絲，无根也，其根不属地，茯苓是也”，《抱朴子》云：“菟絲之草，下有伏菟之根，无此菟则絲不生于上，然实不属也”。

2.（松蘿）《本草綱目》：〖释名〗女蘿、松上寄生。〖集解〗弘景曰：“东山甚多。生杂树上，而以松上者为真。《詩》云：‘蔦与女蘿，施于松上’，蔦是寄生，以桑上者为真，不用松上者，互有异同尔”，時珍曰：“按毛萇《詩注》云：‘女蘿，兔絲也’；《吳普本草》：‘兔絲，一名松蘿’；陶弘景谓蔦是桑上寄生，松蘿是松上寄生；陸佃《埤雅》言蔦是松柏上寄生，女蘿是松上浮蔓，又言在木为女蘿，在草为兔絲；鄭樵《通志》言：‘寄生有二種，大曰蔦，小曰女蘿’；陸璣《詩疏》言：‘兔絲蔓生草上，黄赤如金，非松蘿也。松蘿蔓延松上，生枝正青，与兔絲殊异’；羅願《爾雅翼》云：‘女蘿色青而细长，无杂蔓，故《離騷》云‘被薜荔兮带女蘿’，谓青长如带也。兔絲黄赤不相类。然二者皆附木而生，有时相结，故《古樂府》云：‘南山幂幂兔絲花，北陵青青女蘿树。由来花叶同一根，今日枝条分两处’、《唐樂府》云：‘兔絲故无情，随风任颠倒。谁使女蘿枝，而来强萦抱。两草犹一心，人心不如草’。据此诸说，则女蘿之为松上蔓，当以二陸、羅氏之说为的，其曰兔絲者，误矣”。

【辨析】

女萝即节松萝或长松萝。

本诗的女萝并不专指节松萝或长松萝，《楚辞·山鬼》“被薜荔兮带女萝”中的女萝则应是指长松萝，因其形态飘逸婉然，更符合诗歌所要表达的既美好又带些神秘色彩的意境。

本词条可与“唐”相互参看。

【形态特征】

以下分列节松萝及长松萝两项。

节松萝　*Usnea diffracta* Vain.：松萝科，松萝属。

基部着生于树干和树枝上，丝状缠绕成团。地衣体长 10～40 厘米，呈二叉状分枝，主枝基部较粗，越向先端分枝越多越细。表面灰绿色或黄绿色，粗枝表面有明显的环状裂纹。质柔韧，略有弹性，不易折断，断面可见中央有线状强韧的中轴。

长松萝　*Usnea longissima*：松萝科，松萝属。

基部着生于树干和树枝上，衣体丝状悬垂，长可达 1.3 米。主轴单一，不呈二叉状分枝，两侧密生细短侧枝，侧枝长 0.3～1.6 厘米，似蜈蚣足状。表面灰绿色，质柔软。

节松萝和长松萝分布于我国东北、陕西、甘肃、安徽、浙江、福建等省区，它们对环境的要求很高，是极好的环境检测器。

二者均以地衣体入药。

柞

【原文】	【译文】
维柞之枝	看那柞树的枝条
其叶蓬蓬	叶子繁郁又茂盛
乐只君子	安乐平和的君子
殿天子之邦[①]	镇抚天子的国邦
	——小雅・采菽

【注解】

①殿：镇抚。

这是一首表现诸侯朝见周天子时的盛况的乐歌。

本文节选自第四章。

【文献征引】

1.（柞）《詩・大雅》“柞棫拔矣”《箋》：柞，櫟也；《詩・大雅》“柞棫拔矣”。《詩・大雅》“柞棫拔矣” 陸璣《疏》：柞，棫，《三蒼說》：“棫即柞也”；其材理全白无赤心者曰桵，直理易破，可为犊车轴，又可为矛戟鍛。

《康熙字典》：《詩輯》：柞，坚韧之木；新叶将生，故叶乃落，附著甚固。

《說文解字》：柞，柞木也。《說文解字註》：“柞木也”，《詩》有单言柞者，如“维柞之枝”、“析其柞薪”是也，有柞棫连言者，如皇矣、旱麓、緜是也，陸璣引《三蒼》“棫即柞也”，与許不合，假令許谓棫即柞，则二篆当联属之，且《詩》不当或单言棫，或单言柞，或柞棫并言也；鄭《詩箋》云“柞，櫟也”、孫炎《爾雅注》：“櫟实，橡也”、《齊民要術》援《爾雅注》合柞栩櫟为一，亦皆非許意。

2.（柞木）《本草綱目》：〖释名〗鑿子木；時珍曰：“此木坚韧，可为凿柄，故俗名鑿子木。方书皆作柞木，盖昧此义也。柞乃橡櫟之名，非此木也”。〖集解〗藏器曰：“柞木生南方，细叶，今之作梳者是也”，時珍曰：“此木处处山中有之，高者丈余。叶小而有细齿，光滑而韧，其木及叶丫皆有针刺，经冬不凋；五月开碎白花，不结子；其木心理皆白色”。

【辨析】

柞有三种释义：栎、棫、柞木。释柞为栎，则其泛指产于陕西一带的栎类植物。大雅“柞棫拔矣”中“柞”、“棫”连用，这就说明了它们不是同一种植物。《说文》释柞为柞木，这个柞木应该就是指栎，《本草纲目》中亦有相关的说明。

本字条可与“栩”、“栎”相互参看。

臺

【原文】	【译文】
彼都人士	那些京都的人士
臺笠缁撮①	头戴臺笠黑布冠
彼君子女	那些贵族的女子
绸直如发②	长发浓密又顺直
我不见兮	昔日风貌不复见
我心不说③	郁郁难悦我心怀

——小雅·都人士

【注解】

①臺：简体字“台”。缁：黑色。

②绸：同“稠”，密。

③说：同“悦”。

这是一篇怀念旧京风物的伤离之作。作者处于一个变革的时期，对于新制度、新思想等无法认同，因而愈加怀念曾经的人物风貌，他对“都人士”和“君子女”的穿戴、容貌、举止都做了细致的描绘，字里行间流露着赞美之情，然而作者亦深知这种虚无的想象也只能徒增伤感罢了。

本文节选自第二章。

【文献征引】

《毛傳》：臺，所以御暑；笠，所以御雨也。《詩·小雅》“南山有臺”《毛傳》：臺，夫須也。《鄭箋》：臺，夫須也；都人之士以臺皮为笠，缁布为冠。陸璣《草木疏》：臺，夫須，旧说夫須，莎草也；可为簑笠，都人士云：“臺笠缁撮”，或云臺草有皮坚细滑致，可为簦笠，南山多有。

《爾雅·釋草》：臺，夫須。《爾雅注》：《鄭箋》《詩》云：“臺可以为御雨笠”。《爾雅疏》：舍人云：“臺，一名夫須”，《詩·小雅》云“南山有臺”陸璣云：“旧说，夫須，莎草也，可以为蓑笠。都人士云‘臺笠缁撮’是也”；〇注：“鄭箋”至“雨笠”，案《箋》者，《傳》注之别名也，以《詩》先有毛公作《傳》，鄭玄释其未備者，《字林》云：“《箋》者，表也、识也”，鄭以毛学审備，遵畅厥旨，所以表明毛意，记识其事，故特称《箋》也；都人士《箋》云：“都人之士以臺皮为笠”，此引其意，非全文也。

【辨析】

臺即香附子。

本字条可与“莎”相互参看。

【形态特征】

见“莎”。

藍

【原文】	【译文】
终朝采藍[①]	采蓝一早上
不盈一襜[②]	尚未满衣兜
五日为期	五月是归期
六日不詹[③]	六月逾不回

——小雅·采绿

【注解】

①终朝：整个早上。藍：简体字“蓝”。

②襜：chān，衣服前摆，此处指提起衣服的前摆兜着。

③五日、六日：此处指五月之日、六月之日。

本诗抒写了丈夫逾期不归、妻子的盼望思念之情。

本文节选自第二章。

【文献征引】

《鄭箋》：藍，染草也。

《本草綱目》：〖释名〗時珍曰：“按陸佃《埤雅》云：‘《月令·仲夏令》：民无刈藍以染’、鄭玄言：‘恐伤长养之气也’，然则刈藍先王有禁，制字从監，以此故也”。〖集解〗頌曰：“藍处处有之，人家蔬圃作畦種。至三月四月生苗，高三二尺许，叶似水蓼，花红白色，实亦若蓼子而大，黑色；五月六月采实，但可染碧，不堪作淀，此名蓼藍，即医方所用者也。别有木藍，出岭南，不入藥。有菘藍，可为淀，亦名馬藍，《爾雅》所谓‘葴，馬藍’是也。又扬州一種馬藍，四时俱有，叶类苦蕒菜，土人连根采服，治败血；江宁一種吳藍，二月内生，如蒿，叶青花白，亦解热毒；此二種虽不类，而俱有藍名，且古方多用吳藍，或恐是此，故并附之”，時珍曰：“藍凡五種，各有主治，惟藍实专取蓼藍者。蓼藍叶如蓼，五六月开花，成穗细小，浅红色，子亦如蓼，岁可三刈，故先王禁之。菘藍叶如白菘；馬藍叶如苦蕒，即郭璞所谓大叶冬藍、俗中所谓板藍者；二藍花子并如蓼藍。吳藍长茎如蒿而花白，吴人種之。木藍长茎如決明，高者三四尺，分枝布叶，叶如槐叶，七月开淡红花，结角，长寸许，累累如小豆角，其子亦如馬蹄決明子而微小，迥与诸藍不同，而作淀则一也。别有甘藍，可食，见本条。蘇恭以馬藍为木藍、蘇頌以菘藍为馬藍、宗奭以藍实为大叶藍之实，皆非矣……”

《康熙字典》：《通志》：藍三種，蓼藍染绿，大藍如芥染碧，槐藍如槐染青；三藍皆可作淀，色成胜母，故曰青出于藍而青于藍。《唐韻》：染青草也。

《說文解字》：藍，染青草也。《說文解字註》：“染青草也”，小雅《傳》曰：“藍，染草也”。

【辨析】

蓝即蓼蓝。

【形态特征】

蓼蓝 *Polygonum tinctorium* Ait.：蓼科，蓼属，一年生草本植物。

茎直立，通常分枝，高 50～80 厘米。叶卵形或宽椭圆形，长 3～8 厘米，宽 2～4 厘米，干后呈暗蓝绿色，全缘，具短缘毛；叶柄长 5～10 毫米。总状花序呈穗状，长 2～5 厘米，顶生或腋生；苞片漏斗状，绿色，有缘毛，每苞内含花 3～5；花梗细，与苞片近等长；花被 5 深裂，淡红色，花被片卵形，长 2.5～3 毫米；雄蕊 6～8，花柱 3，下部合生。瘦果宽卵形，具 3 棱，长 2～2.5 毫米，褐色，有光泽，包于宿存花被内。花期 8—9 月，果期 9—10 月。

我国南北各省区有栽培或为半野生状态。

叶可作染料，亦可入药。

苕 2

【原文】	【译文】
苕之华	陵苕的花朵
芸其黄矣	渐渐着秋黄
心之忧矣	心中深愁苦
维其伤矣	哀哀实忧伤

——小雅·苕之华

【注解】

诗歌描写了饥荒之年、民不聊生的景况。陵苕花朵的颜色在趋于凋零的时候会转为黄色，这一衰败的景象恰恰映衬了作者郁闷的心境，花黄即秋，同时也意味着冬天快要到了，这对于饥民来说无疑是雪上加霜的。

本文节选自第一章。

【文献征引】

1.（苕）《毛傳》：苕，陵苕也，将落则黄。《鄭箋》：陵苕之华，紫赤而繁。陸璣《草木疏》：苕，一名陵时，一名鼠尾，似王芻；生下隰水中，七八月中华紫，似今紫草；华可染皂，煮以沐发即黑；叶青如藍而多华。

《爾雅·釋草》：苕，陵苕；黄华，蔈；白华，茇。《爾雅注》：一名陵時，《本草》云；苕，华色异名亦不同。《爾雅疏》：苕，一名陵苕，《本草》一名陵時；舍人曰：“苕，陵苕也。黄华名蔈，白华名茇”，别华色之名也；陸璣《疏》云：“一名鼠尾。生下湿水中，七八月中华紫，似今紫草，可染皂，煮以沐发即黑”，《詩·小雅》云“苕之华，芸其黄矣”《鄭箋》云：“陵苕之华，紫赤而繁”，陸璣亦言其华紫色，而此云黄白者，盖就紫色之中有黄紫、白紫尔，及其将落，则全变为黄，故《詩》云“芸其黄矣”、《毛傳》云“将落则黄”是也。

《說文解字》：苕，草也。《說文解字註》：“草也”，《詩·苕之华》。

2.（紫葳）《本草綱目》：〖释名〗凌霄、陵苕、陵時、女葳、茇華、武威、瞿陵、鬼目；時珍曰：“俗谓赤艳曰紫葳葳，此花赤艳，故名。附木而上，高数丈，故曰凌霄”。〖正误〗時珍曰：“按《吳氏本草》：‘紫葳，一名瞿陵’，陶宏景误作瞿麥字尔。鼠尾止名陵翹，无陵時，蘇頌亦误矣，并正之”。〖集解〗恭曰：“此凌霄花也，连茎叶用。《詩》云‘有苕之华，云其黄矣’、《爾雅》云‘陵苕，黄华蔈，白华茇’，山中亦有白花者”；時珍曰：“凌霄野生，蔓绕数尺，得木而上，即高数丈，年久者藤大如杯。春初生枝，一枝数叶，尖长有齿，深青色。自夏至秋开花，一枝十余朵，大如牵牛花，而头开五瓣，赭黄色，有细点，秋深更赤。八月结荚如豆荚，长三寸许，其子轻薄如榆仁、馬兜鈴仁。其根长亦如兜鈴根状，秋后采之，阴干”。

【辨析】

本诗中的苕即凌霄。

【形态特征】

凌霄 *Campsis grandiflora*（Thunb.）Schum.：又名紫葳、苕华、堕胎花、白狗肠、搜骨风、藤五加、过路蜈蚣、接骨丹、九龙下海、五爪龙、上树龙，紫葳科，凌霄属，攀缘藤本植物。

茎木质，表皮脱落，枯褐色，以气生根攀附于它物之上。叶对生，为奇数羽状复叶；小叶 7～9 枚，卵形至卵状披针形，两侧不等大，长 3～6（9）厘米，宽 1.5～3（5）厘米，侧脉 6～7 对，边缘有粗锯齿；叶轴长 4～13 厘米；小叶柄长 5（10）毫米。顶生疏散的短圆锥花序，花序轴长 15～20 厘米。花萼钟状，长 3 厘米，分裂至中部，裂片披针形，长约 1.5 厘米。花冠内面鲜红色，外面橙黄色，长约 5 厘米，裂片半圆形。雄蕊着生于花冠筒近基部，花丝线形，细长，长 2～2.5 厘米，花药黄色，个字形着生。花柱线形，长约 3 厘米，柱头扁平，2 裂。蒴果顶端钝。花期 5—8 月。

产于长江流域各地，河北、山东、河南、福建、广东、广西、陕西和台湾都有栽培。日本也有分布，越南、印度、巴基斯坦均有栽培。

花可入药。

瓞、堇

【原文】	【译文】
緜緜瓜瓞[①]	瓜生常绵延
民之初生	周祖得发祥
自土沮漆[②]	本在沮漆旁
……	……
周原膴膴[③]	周地多沃土
堇荼如饴	堇荼具甘美
爰始爰谋	于是相谋划
爰契我龟[④]	于是占龟甲

——大雅·緜[⑤]

【注解】

①瓞：dié。

②漆：古水名。

③膴膴：wǔ，肥沃的样子。

④爰：于是，行而有序做某事的样子。契：刻；古人用龟甲占卜，先以火灼烤使其表面出现裂痕，巫师根据裂痕的走向进行占卜，然后将结果刻于甲上。

⑤緜：同“绵”。

本篇赞颂了周王族十三世祖古公亶父自邠迁岐、定居渭河平原、振兴周族的光荣业绩。本文节选自第一章、第三章。

瓞

【文献征引】

《毛傳》：瓜，绍也；瓞，瓝也。《鄭箋》：瓜之本实，继先岁之瓜，必小状似瓝，故谓之瓞。

《爾雅·釋草》：瓞，瓝；其绍瓞。《爾雅注》：俗呼瓝瓜为瓞；绍者，瓜蔓绪，亦著子，但小如瓝。《爾雅疏》：瓞，一名瓝，小瓜也；绍，继也，瓜之蔓绍绪先岁之瓜，必小，亦名瓞，故云“其绍瓞”；《詩·大雅》云“緜緜瓜瓞”舍人云：“瓞名瓝，小瓜也。绍，继，谓瓞子。汉中小瓜曰瓞”，孫炎曰：“瓞，小瓜，子如瓝，其本子小，绍先岁之瓜曰瓞”，然则，瓜之族类本有二種：大者曰瓜，小者曰瓞，此则其種别也；而瓜蔓近本之瓜，必小於先岁之大瓜，以其小如瓝，故谓之瓞；瓞是瓝之别名，故郭云：“俗呼瓝为瓞。绍者，瓜蔓绪，亦著子，但小如瓝”。

《康熙字典》：《詩·大雅》“緜緜瓜瓞”《傳》：瓞瓝也。《疏》：瓜之族类有二種，大者瓜，小者瓞；瓜蔓近本之瓜，必小于先岁之大瓜，以其小如瓞，故謂之瓞，瓞是瓝之别名。

《說文解字》：瓞，瓝也；《詩》曰："緜緜瓜瓞"；𤬪，瓞或从弗。《說文解字註》："瓝也"，釋草曰："瓞，瓝。其绍瓞"，按瓞瓝者，一種草结小瓜名瓞，卽瓝瓜也，云其绍瓞者，瓝瓜之近本继先岁之实谓之瓞也，上云瓞瓝浑言之，此析言之也；大雅"緜緜瓜瓞"《傳》云："瓜瓞，瓜绍也。瓞，瓝也"，今本《傳》夺瓜瓞二字，乃不可读矣；云"瓜瓞，瓜绍也"者，言瓜之近本继先岁之实必小，如瓝瓜之近本继先岁之实亦小，故亦谓之瓞也；瓜绍不云瓞，以瓝绍之名名之，故曰瓜瓞，又引《爾雅》瓞瓝说其本义也；《毛傳》袭《爾雅》而文义不同，《詩》言瓜瓞者，兴其先小后大，陸氏佃曰"今验近本之瓜常小，末则復大"戴先生谓："于《詩》意、物理皆得之"；"《詩》曰：'緜緜瓜瓞'"，大雅緜文；"𤬪，瓞或从弗"。

【辨析】

瓞即小瓜，是泛指。

本字条可与"瓜"相互参看。

堇

【文献征引】

1.（堇）《毛傳》：堇，菜也。

《本草綱目》：〖释名〗苦堇、堇葵、旱芹；禹錫曰："《爾雅》云：'齧，苦堇也'，郭璞云：'即堇葵'，《本草》言'味甘'，而此云'苦堇'，古人语倒，犹甘草谓之大苦也"，時珍曰："其性滑如葵，故得葵名"。〖集解〗恭曰："堇菜野生，非人所種。叶似蕺菜，花紫色"，禹錫曰："《説文》云'堇，根如薺，叶如细柳，子如米，蒸汋食之，甘滑'、《内則》云'堇荁枌榆'是矣"，時珍曰："此旱芹也。其性滑利，故洪舜俞赋云：'烈有椒桂，滑有堇榆'。一種黄花者，有毒杀人，即毛芹也，见草部毛茛。又烏頭苗亦名堇，有毒。各见本条下"。

2.（齧）《爾雅·釋草》：齧，苦堇。《爾雅注》：今堇葵也；叶似柳，子如米，汋食之滑。《爾雅疏》：齧，一名苦堇，可食之菜也，郭云"今堇葵也。叶似柳，子如米，汋食之滑"者；《本草》唐本注云"此菜野生，非人所種，俗谓之茎菜。叶似蕺，花紫色"者，《内則》云"堇荁枌榆"是也；《本草》云"味甘"，此云"苦"者，古人语倒，犹甘草谓之大苦也。

3.（芨）《爾雅·釋草》：芨，堇草。《爾雅注》：即烏頭也；江东呼为堇。《爾雅疏》：芨，一名堇草；郭云："即烏頭也。江东呼为堇。音靳"，案《詩·大雅》云："堇荼如饴"；又《晉語》"孋姬将譖申生，置鸩于酒，置堇于肉"賈逵曰："堇，烏頭也"，然则，堇者，其烏頭乎？嫌读为堇荁之堇，故音之。

《康熙字典》：《玉篇》：芨，堇草，卽烏頭也。

《說文解字》：芨，堇草也。

【辨析】

堇即苦堇，是一种产于陕西的野菜，其叶片细长、花紫色。

按《中国植物志》，堇即紫堇（*Corydalis edulis* Maxim.）。《尔雅》、《说文》中所记载的芨（堇草）是今乌头，不是诗中可以做菜蔬的堇。

棫、樸

【原文】	【译文】
芃芃棫樸[①]	棫樸枝茂盛
薪之槱之[②]	伐下储备好
济济辟王[③]	君王肃威仪
左右趣之[④]	臣子助其祭

——大雅·棫樸

【注解】

①芃：péng，茂盛的样子。棫：yù。樸：简体字“朴”。

②槱：yǒu，堆积。

③济济：庄严的样子。

④趣：趋从；这里是写臣子们围绕在君王左右，各司其职、井然有序地协助其完成祭祀的情景。

这是一篇赞美周王的诗歌。诗中描写这位君王勤勉为政、纲正好德，他祭天祈福的时候身边群臣相助、上下有仪、礼合政通。

本文节选自第一章。

棫

【文献征引】

1.（棫）《毛傳》：棫，白桵也。《詩·大雅》“柞棫拔矣”《箋》：棫，白桵也。《詩·大雅》“柞棫拔矣”陆玑疏：柞，棫，《三蒼說》棫即柞也；其材理全白无赤心者曰桵，直理易破，可为犊车轴，又可为矛戟鍛。

《爾雅·釋木》：棫，白桵。《爾雅注》：桵，小木，丛生有刺，实如耳珰，紫赤可啖。《爾雅疏》：棫，一名白桵；郭云：“桵，小木丛生有刺，实如耳珰，紫赤可啖”，《詩·大雅》云“芃芃棫樸”陸璣云：“《三蒼說》棫即柞也。其材理全白无赤心者为白桵。直理易破，可为犊车辐，又可为矛戟矜”，今人谓之白梂，或曰白柘，此二说不同，未知孰是。

《說文解字》：棫，白桵也。

2.（桵）《說文解字》：桵，白桵，棫也。《說文解字註》：“白桵”，逗，“棫也”，也字今补；大雅“芃芃棫朴”释木、《毛傳》皆云：“棫，白桵也”，陸璣曰：“其材理全白，无赤心者为白桵。直理易破，可为犊车轴，又可为矛戟鍛”……

3.（蕤核）《本草綱目》：〖释名〗白桵；時珍曰：“《爾雅》‘棫，白桵’即此也。其花实蕤蕤下垂，故谓之桵，后人作蕤。柞木亦名棫，而物异”。〖集解〗保昇曰：“今出雍州。树生，叶细似枸杞而狭长，花白；子附茎生，紫赤色，大如五味子；茎多细刺；五月六月熟，采实日干”。

【辨析】

棫即蕤核。

【形态特征】

蕤核 *Prinsepia uniflora* Batal.：又名蕤李子、扁核木、单花扁核木、山桃、马茹、茹茹，蔷薇科，扁核木属，落叶灌木。

高 1～2 米；枝刺钻形，长 0.5～1 厘米。叶互生或丛生，近无柄；叶片长圆披针形或狭长圆形，长 2～5.5 厘米，宽 6～8 毫米，全缘，中脉突起。花单生或 2～3 朵，簇生于叶丛内；花瓣白色，有紫色脉纹，倒卵形，长 5～6 毫米；雄蕊 10。核果球形，红褐色或黑褐色，直径 8～12 毫米；萼片宿存，反折；核左右压扁的卵球形，长约 7 毫米，有沟纹。花期 4—5 月，果期 8—9 月。

产于河南、山西、陕西、内蒙古、甘肃和四川等省区。生长于山坡阳处或山脚下。

果实可酿酒、制醋或食用，种子可入药。

樸

【文献征引】

1.（樸）《毛傳》：樸，枹木也。

《爾雅·釋木》：樸，枹者。《爾雅注》：樸属丛生者为枹，《詩》所谓“棫樸枹櫟”。《爾雅疏》：樸属枹缀皆木丛生之名也；郭云：“樸属丛生者为枹”；〇注：“《詩》所谓‘棫樸枹櫟’”，棫樸者，《詩·大雅》云“芃芃棫樸，薪之槱之”是也，枹櫟者，秦风云“山有苞櫟，隰有六駮”是也。

《康熙字典》：又《周禮·冬官·考工記》“察车之道，欲其樸属而微至”《註》：樸属，猶附着坚固也。

《說文解字》：樸，木素也。《說文解字註》：“木素也”，素猶质也……今《詩》“棫樸”、《周禮》“樸属”，借用此字。

2.（樸）《康熙字典》：《集韻》：坚也，苞也，丛也。《類篇》：小木也。

《說文解字》：樸，樸棗也。《說文解字註》：“樸棗也”，釋木言棗之名十有一，继之言梎梧、继之言樸枹者，是今《爾雅》樸不谓棗也，疑許所据有不同，故云尒；寇宗奭曰：“御棗甘美轻脆，今人所谓撲落酥者是”，樸棗岂卽御棗欤？樸、樸古今字，大雅《毛傳》曰：“樸，枹木也”，《方言》曰：“樸，尽也”，南楚凡物尽生者曰樸生，郭云：“今種物皆生曰樸地生也”，又曰：“樸，聚也。楚谓之樸”，郭云：“樸属，蘩相箸皃”，按《詩》、《爾雅》之樸，皆当同《方言》作樸；樸从仆，附也，《考工記》樸属猶附箸；《文選》廛闬扑地字皆当作樸；釋木、《毛傳》皆训樸为枹，許以为棗名则褊矣。

3.（枹）《爾雅·釋木》：枹，遒木，魁瘣。《爾雅注》：谓树木丛生，根枝节目盘结磈磊。《爾雅疏》：木丛攒迫而生者名枹、遒木；魁瘣，谓根节盘结处也；郭云：“谓树木丛生，根枝节目盘结磈磊”。

【辨析】

本诗的樸是樸的借用字，樸指树木丛生。

楛

【原文】	【译文】
瞻彼旱麓[1]	眺望旱山下
榛楛济济[2]	榛楛林茂盛
岂弟君子[3]	乐易的君主
干禄岂弟[4]	祈福自和易
	——大雅·旱麓

【注解】

①旱：山名。麓：lù，山脚下。

②楛：hù。

③岂弟：同“恺悌”，和乐平易。

④干：祈求。

这是一篇赞美周王的诗歌，内容与《棫朴》相似。

本文节选自第一章。

【文献征引】

陸璣《草木疏》：楛，其形似荆而赤，茎似蓍，上党人织以为斗筥箱器，又揉以为钗，故上党人调问妇人欲买赭否，曰：“竈下自有黄土”，问买钗否，曰：“山中自有楛”。

《說文解字》：楛，楛木也；《詩》曰：“榛楛济济”。《說文解字註》：“楛木也”，大雅“榛楛济济”陸璣曰：“楛，其形似荆而赤。叶似着。上党人蔑以为筥箱。又屈以为钗”，按《禹貢》惟箘簬楛，楛不与上文杶栝相为伍，而与箘簬为伍，楛之用盖与箘簬同也；“《詩》曰：‘榛楛济济’”。

【辨析】

楛即红褐色枝条的牡荊。

本字条可与“楚”、“荆”相互参看。

【形态特征】

见“楚”。

栵、柽、椐、檿、柘 1

【原文】	【译文】
修之平之	修剪并削平
其灌其栵①	那些丛生树
启之辟之	挖掉并伐除
其檉其椐②	那些柽和椐
攘之剔之	去掉并剔除
其檿其柘③	那些檿和柘
	——大雅·皇矣

【注解】

①栵：liè。

②檉：chēng，简体字“柽”。椐：jū。

③檿：yǎn。柘：zhè。

《皇矣》是一篇追述西周开国武功的史诗，也是一篇颂诗，它脉络清晰、主次分明，人物及战争场面刻画得生动鲜活，而且前后时间跨度很大，是兼具艺术性与史料性的作品。

本文节选自第二章。

栵

【文献征引】

《毛傳》：栵，栭也。陸璣《草木疏》：栵，栭；叶如榆也，木理坚韧而赤，可为车辕。

《爾雅・釋木》：栵，栭。《爾雅注》：树似槲樕而庳小，子如细栗，可食；今江东亦呼为栭栗。《爾雅疏》：栵，一名栭；《詩・大雅・皇矣》云“其灌其栵”陸璣《疏》云“叶如榆也，木理坚韧而赤，可为车辕”、郭云“树似槲樕而庳小，子如细栗，可食。今江东亦呼为栭栗”、《禮記・內則》云“芝栭蔆椇”是也。

《康熙字典》：《廣韻》：栵，栭；江东呼栭栗，楚呼茅栗。

《說文解字》：栵，栭也；《詩》曰：“其灌其栵”。《說文解字註》：“栭也”，大雅“其灌其栵”《毛》曰：“栵，栭也”，栭与灌为类，非木名，谓小木丛生者，如鱼子名鲲鲕也；許云栵栭也者，字之本义，曲枅加于柱，枅加于曲枅，栭又加于枅，以次而小，故名之栭；《毛》取小木之义，故亦曰“栵，栭”也；“《詩》曰：‘其灌其栵’”，大雅文，許说为本义，《毛傳》为引伸假借之义。

【辨析】

栵有两解：丛生小木、栭栗，本诗的栵应取“丛生小木”这一释义。诗中提到的对栵进行的行为是“修之平之”——意为修剪，我们知道，对灌木进行修剪使之外观更整齐是很合理的，但特意去修剪栗子树似乎就没有必要了。再者，栵与灌同句，从诗文均衡的角度来看，与灌相对的不应是个具体的植物名称。

檉

【文献征引】

1.（檉）《毛傳》：檉，河栁。陸璣《草木疏》：檉，河柳；生水旁，皮正赤如绛，一名雨師，枝叶似松。

《爾雅·釋木》：檉，河栁。《爾雅注》：今河旁赤茎小楊。《爾雅疏》：檉，一名河柳；郭云："今河旁赤茎小楊"，陸璣《疏》云："生水旁，皮正赤如绛。一名雨師，枝叶似松"。

《康熙字典》：《爾雅翼》：檉叶细如丝，婀娜可爱，天之将雨，檉先起气以应之，故一名雨師。

又《詩疏廣要》：檉非独知雨，又能负霜雪，大寒不凋，有异余柳。

《說文解字》：檉，河栁也。《說文解字註》："河栁也"，釋木、《毛傳》同；陸璣云："生水旁。皮正赤如绛。一名雨師"，羅願云："叶细如丝。天将雨。檉先起气迎之。故曰雨師"，按檉之言赬也，赤茎故曰檉，《廣韻》释楊为赤茎栁，非也。

2.（檉柳）《本草綱目》：〖释名〗赤檉、赤楊、河柳、雨師、垂絲柳、人柳、三眠柳、觀音柳；時珍曰："按羅願《爾雅翼》云：'天之将雨，檉先知之，起气以应。又负霜雪不凋，乃木之聖者也，故字从聖，又名雨師'，或曰：'得雨则垂垂如丝，当作雨絲'。又《三輔故事》云：'汉武帝苑中有柳，状如人，号曰人柳，一日三起三眠'，则檉柳之聖，又不独知雨、负雪而已。今俗称長壽仙人柳，亦曰觀音柳，谓觀音用此洒水也"，宗奭曰："今人谓之三春柳，以其一年三秀故名"。〖集解〗時珍曰："檉柳，小干弱枝，插之易生。赤皮，细叶如丝，婀娜可爱；一年三次作花，花穗长三四寸，水红色，如蓼花色。南齐时，益州献蜀柳，条长、状若丝缕者，即此柳也。段成式《酉陽雜俎》言：'凉州有赤白檉，大者为炭，其灰汁可以煮铜'，故沈炯赋云'檉似柏而香'。王禎《農書》云：'山柳赤而脆，河柳白而明'，则檉又有白色者也"。

【辨析】

柽即柽柳。

【形态特征】

柽柳 *Tamarix chinensis* Lour.：又名三春柳、西湖杨、观音柳、红筋条、红荆条，柽柳科，柽柳属，落叶小乔木。

高 3～8 米，树皮灰褐色，枝细长下垂。叶互生，鳞片状或卵状披针形，长 1～3 毫米，浅蓝绿色，背面有龙骨状柱。总状花序顶生，组成圆锥状复花序，花小而密，萼片卵形，花瓣椭圆状倒卵形，长约 2 毫米，粉红色，雄蕊着生于花盘裂片之间，长于花瓣，花柱 3。蒴果圆锥形，长约 3.5 毫米，3 瓣裂。花期 4—9 月，果期 6—10 月。

产于我国甘肃、河北、河南、山东、湖北、安徽、江苏、浙江、福建、广东、云南等地。生长于河流冲积平原，海滨、滩头、潮湿盐碱地和沙荒地。日本、美国也有栽培。

茎皮可提制栲胶，枝条可编筐，嫩枝叶可入药。

【植物图片】

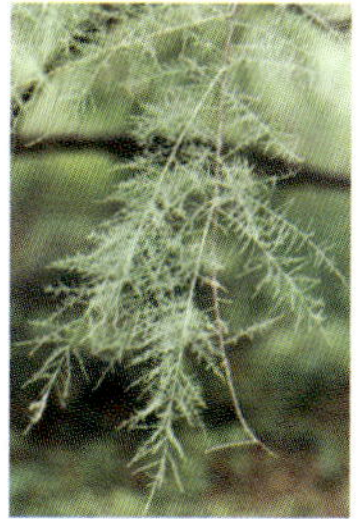

椐

【文献征引】

1.（椐）《毛傳》：椐，樻。陸璣《草木疏》：椐，樻；节中肿似扶老，今靈壽是也；今人以为马鞭及杖，宏农共北山甚有之。

《爾雅・釋木》：椐，樻。《爾雅注》：肿节可以为杖。《爾雅疏》：别二名也；郭云："肿节可以为杖"，《詩・大雅・皇矣》云"其檉其椐"陸璣《疏》云："节中肿以扶老，今人以为马鞭及杖，恒农郡北山甚有之"。

《說文解字》：椐，樻也。《說文解字註》："樻也"，大雅"其檉其椐"釋木、《毛傳》皆云："椐，樻也"，陸璣云："节中肿。似扶老。卽今靈壽是也。今人以为馬鞭及杖"，郭云："肿节。可以为杖"，按杖以木者曰靈壽，亦曰扶老；《漢書・孔光傳》"赐靈壽杖"孟康曰"扶老杖也"、服虔曰"靈壽，木名"、郭注《山海經》亦云"靈壽，木名。似竹。有枝节"、常璩云"朐忍县有靈壽木"、劉逵云"靈壽木出涪陵。楊雄作灵节铭"皆是也；以竹者名扶老杖，中山经其上多扶竹，郭云："邛竹也。高节实中。中杖。名之扶老竹"，《漢書》之邛竹杖、王逸少以邛竹杖分赠老友，皆是也；靈壽木与邛竹皆以节胜，陸氏云："椐卽靈壽"，然椐与靈壽俱见《山海經》，郭不云一物，若陶潜云："策扶老以流憩"，则又未识其为椐与靈壽也。

2.（樻）《康熙字典》：《廣韻》：木肿节，可为杖。

又《唐韻》：樻，梧樹。《類篇》：卽靈壽木也。《前漢・孔光傳》：诏赐靈壽杖。

《說文解字》：樻，椐也。

3.（靈壽）《山海經・海内經》"靈壽实華"郭璞注：靈壽，木名也，似竹，有枝节。

4.（靈壽木）《本草綱目》：〖释名〗扶老杖、椐。〖集解〗藏器曰："生剑南山谷。圆长皮紫。《漢書》'孔光年老，赐靈壽杖'顏師古注云：'木似竹，有节，长不过八九尺，围三四寸。自然有合杖制，不须削理；作杖，令人延年益寿'"，時珍曰："陸氏《詩疏》云：'椐即樻也。节中肿，似扶老，即今靈壽也。人以作杖及马鞭。弘农郡共北山有之'"。

【辨析】

椐即灵寿木，古人常用它制作拐杖。

《中国植物志》载灵寿木很可能就是六道木，但在民间，亦有很多不同的观点。

檿

【文献征引】

1.（檿）《毛傳》：檿，山桑也。

《康熙字典》：《書・禹貢》“厥篚檿丝”《註》：檿丝，蚕食檿桑所得丝，韧，中琴瑟弦。

《說文解字》：檿，山桑也；《詩》曰：“其檿其柘”。《說文解字註》：“山桑也”，釋木曰：“檿桑，山桑”，大雅《毛傳》曰：“檿，山桑也”，《禹貢》：“檿丝”；《史記》“檿作酓”，同音假借字也；“《詩》曰：‘其檿其柘’”。

2.（檿桑）《爾雅・釋木》：檿桑，山桑。《爾雅注》：似桑，材中作弓及车辕。《爾雅疏》：山桑，一名檿桑；郭云：“似桑。材中作弓及车辕”，《冬官・考工記》云弓人取干“柘为上，檿桑次之”是也。

3.（桑）《康熙字典》：又檿桑，山桑也，丝中琴瑟弦。《書・禹貢》：厥篚檿丝。

又其材中弓榦。《周禮・冬官・考工記》：弓人取榦之道，柘为上，檿桑次之。

【辨析】

檿即山桑。

本字条可与“桑”相互参看。

【形态特征】

山桑　*Morus mongolica* Schneid. var. *diabolica* Koidz.：又名革桑、裂叶蒙桑，桑科，桑属，落叶乔木。

树皮灰褐色。叶互生，叶片广卵形至长卵形，深裂，表面粗糙，背面被白色柔毛。雄花序长 3 厘米，花药 2 室；雌花序短圆柱状，花柱长，柱头 2 裂。聚花果成熟时红色至紫黑色。花期 3—4 月，果期 4—5 月。

产于我国华北、四川、西藏及江苏一带。生长于山坡灌丛中。日本也有分布。

内皮可造纸，木材可做弓、车辕。

柘 1

【文献征引】

《本草綱目》：〖释名〗时珍曰：“按陸佃《埤雅》云：‘柘宜山石，柞宜山阜’，柘之从石，其取此义与”。〖集解〗宗奭曰：“柘木裹有纹，亦可旋为器。其叶可饲蚕，曰柘蚕，然叶硬，不及桑叶。入藥以无刺者良”，時珍曰：“处处山中有之。喜丛生，干疏而直，叶丰而厚，团而有尖；其叶饲蚕，取丝作琴瑟，清响胜常，《爾雅》所谓棘茧，即此蚕也。《考工記》云：‘弓人取材，以柘为上’，其实状如桑子，而圆粒如椒，名佳子。其木染黄赤色，谓之柘黄，天子所服’……”

《康熙字典》：《蠶書》：柘叶饲蚕为丝，中琴瑟弦，清响胜凡丝。《周禮・考工記》：弓人取干之道，柘为上。

《說文解字》：柘，柘桑也。《說文解字註》：“柘桑也”，三字句，各本无柘字，今补；山桑、柘桑皆桑之属，古書并言二者则曰桑柘，单言一者则曰桑、曰柘；柘亦曰柘桑，如《淮南》註乌号云“柘桑其木坚劲，乌峙其上”是也；桑、柘相似而别，见胡氏《通鑒釋文辯誤》；《漢志》："琅邪郡靈门高栞山"，栞乃原之误，《水經註》可证，師古谓即柘字，误。

【辨析】

柘即柘树。

【形态特征】

柘树 *Cudrania tricuspidata*（Carr.）Bur. ex Lavalle：又名柘、奴柘、灰桑、黄桑、棉柘，桑科，柘属，落叶灌木或小乔木。

高达 10 米，小枝有刺。单叶互生，叶片卵形或卵状披针形，长 5～11 厘米，先端渐尖，3 裂或不裂，基部楔形，叶柄长 1～2 厘米，被毛。头状花序球形，单生或成对腋生，雄花序直径 5 毫米，雌花序直径 1～1.5 厘米。聚花果球形，直径 2.5 厘米，红色。花期 5—6 月，果期 9—10 月。

产于我国河北南部、陕西、甘肃、华东、华中、华南、西南等省区。生长于山地或林缘。朝鲜也有分布。

木材可制弓，心材是雕刻工艺品和高档家具的上乘材料，茎皮是造纸原料，叶可饲蚕，果实可食用，根皮可入药。

【植物图片】

黄、秬、秠、穈（虋）、芑 2

【原文】	【译文】
茀厥丰草	清除那杂草
種之黄茂[①]	代之以黄茂
……	……
诞降嘉種	上天赐良种
维秬维秠[②]	有秬也有秠
维穈维芑[③]	有穈还有芑

——大雅·生民

【注解】

①種：简体字“种”。黄：简体字“黄”。

②秬：jù。秠：pī。

③穈：mén，同“虋”。

《生民》是一首长篇叙事诗，讲述了周人始祖后稷的事迹，带有浓厚的传奇色彩。

本文节选自第五章、第六章。

黄

【文献征引】

《毛傳》：黄，嘉穀也。

《説文解字註·禾》：生民《傳》曰：“黄，嘉穀也”，嘉穀亦谓禾，民食莫重于禾，故谓之嘉穀，嘉穀之连稿者曰禾；实曰㮚，㮚之人曰米，米曰粱，今俗云小米是也。

《説文解字註·㮚》：生民《傳》释黄为嘉穀，黄者，黄粱，谓禾也。

【辨析】

黄即黄粱，是粱的一种。

本字条可与“稷”、“苗”、“禾”、“粟”、“穈”、“芑 2”、“粢”、“黄粱”相互参看。

【形态特征】

见“黄粱”。

秬

【文献征引】

1.（秬）《毛傳》：秬，黑黍也。《詩·鲁颂》“有稻有秬”《箋》：秬，黑黍也。

《爾雅·釋草》：秬，黑黍。《爾雅注》：《詩》曰：“维秬维秠”。《爾雅疏》：李巡曰：“黑黍一名秬黍”，秬，即黑黍之大名也。

《康熙字典》：《書·洛誥》“以秬鬯二卣”《傳》：秬鬯，黑黍香酒也。

2.（䵝）《康熙字典》：《玉篇》：䵝，今作秬。

《說文解字》：䵝，黑黍也；一稃二米目釀。《說文解字註》："黑黍也。一稃二米目釀"，生民曰"诞降嘉穀。维秬维秠"《毛》曰："秬，黑黍也。秠，一稃二米也"，禾部稃："穭也"，秠："一稃二米，天赐后稷之嘉穀也"，是则黑黍名䵝，自其一稃二米言之则谓之秠；"以酿酒"，是曰䵝酿，經典曰䵝鬯，故其字从鬯也；黑黍容有不一稃二米者。

【辨析】

秬即黑黍，是黍的一个品种。

本字条可与"黍"、"秠"相互参看。

【形态特征】

见"黍"。

秠

【文献征引】

《毛傳》：秠，一稃二米也。

《爾雅·釋草》：秠，一稃二米。《爾雅注》：此亦黑黍，但中米异耳；漢和帝时任城生黑黍，或三四实，实二米，得黍三斛八斗是。《爾雅疏》：秠，是黑黍之中一稃有二米者，别名之为秠，若然，秬、秠皆黑黍矣；而《春官·鬯人》註云："酿秬为酒，秬如黑黍，一秠二米"，言如者，以黑黍一米者多，秬为正称，二米则秬中之异，故言如，以明秬有二等也；秬有二等，则一米亦可为酒，《鬯人》之注必言二米者，以宗庙之祭唯裸为重，二米嘉异之物，鬯酒宜当用之，故以二米解鬯，其实，秬是大名，故云"酿秬为酒"；此云："秠，一稃二米"，《鬯人》注曰："一秠二米"，文不同者，《鄭志》答張逸云："秠即皮，其稃亦皮也。《爾雅》重言以晓人"，然则，秠、稃古今语之异，故《鄭》引此文得以稃为秠也；漢和帝时任城县生黑黍，或三四实，实二米，得黍三斛八斗是也。

《康熙字典》：又《韻會》：百穀之中，一稃二米，惟麥为然；《說文》解秠字"一稃二米"，而解來字云："來麰，一來二缝"，是秠正此來麰尔。

《說文解字》：秠，一稃二米；《詩》曰："诞降嘉穀，惟秬惟秠"；天赐后稷之嘉穀也。《說文解字註》："一稃二米。《詩》曰：'诞降嘉穀，惟秬惟秠'。天赐后稷之嘉穀也"，按此解当云："稃也。《詩》曰：'诞降嘉穀，惟秬惟秠'。黑黍，一稃二米，天赐后稷之嘉穀也"，为浅人改窜之耳；《詩·生民》"惟秬惟秠"釋草曰："秬，黑黍。秠，一稃二米"，《毛傳》正同，蓋黑黍一稃二米曰秬，言秬而一稃二米已见；經文以惟秠足句，见黑黍之稃有异，不比下文"惟穈惟芑"，画然二物，故释训者以黑黍系秬，以一稃二米系秠，分属之；《鄭志》張逸问云："《鬯人》职注：'秬如黑黍，一秠二米'，按《爾雅》'秠，一稃二米'，未知二者同异？"，答曰："秠即其皮，稃亦皮也。《爾雅》重言以晓人，更无异偁也"，据此知秠即稃，凡稃皆曰秠，非必二米一稃也；許于鬯部䵝下云："黑黍也，一稃二米"，是可见一稃二米者为者谓秬，非谓凡秠也，此必偁經文惟秬惟秠，而后总释之曰"黑黍，一稃二米"，则《爾雅》、《毛傳》训诂之意明矣；秠之本义与稃同，故必先之曰稃也，而后引《詩》，则知經义与字义无不合矣；小徐本秠稃二篆相属，此必古本，秠稃穭穅四篆同义，浅人墨守《爾雅》、《毛傳》而不心知其意，乃妄改許书，致文理不通而不可读；今《鬯人》注："如黑黍一稃二米"，《詩正義》引作"一秠二米"，蓋《正義》所引是，鄭作一秠，《爾雅》作一稃，鄭意秠卽稃，故荅问云尔。

【辨析】

秠一般被认为是黍的一个品种，一个壳里含两粒米。

本字条可与"黍"、"秬"相互参看。

【形态特征】

见"黍"。

穈（虋）

【文献征引】

1.（穈）《毛傳》：穈，赤苗也。

《康熙字典》：《集韻》：赤苗嘉穀也。

2.（虋）《爾雅・釋草》：虋，赤苗。《爾雅注》：今之赤粱粟。《爾雅疏》：虋与穈音义同，虋即嘉穀赤苗者，郭云："今之赤粱粟"。

《說文解字》：虋，赤苗；嘉穀也。《說文解字註》："赤苗"，句，"嘉穀也"，大雅曰："诞降嘉穀，维虋维芑"，《爾雅》、《毛傳》皆曰："虋，赤苗。芑，白苗"，按《倉頡篇》曰："苗者，禾之未秀者也"，禾者，今之小米，赤苗白苗谓禾茎有赤白之分，非谓粟；云嘉穀者，据生民诗言之，今《詩》作嘉種，許君引"诞降嘉穀，维秬维秠"，虋芑下皆曰嘉穀，今《詩》作穈，非。

【辨析】

穈本应写作虋，它是粟的一个品种，茎秆红色，又名赤粱粟。

本字条可与"稷"、"苗"、"禾"、"粟"、"黄"、"芑 2"、"粢"、"黄粱"相互参看。

【形态特征】

见"粟"。

芑 2

【文献征引】

《毛傳》：芑，白苗。

《爾雅・釋草》：芑，白苗。《爾雅注》：今之白粱粟，皆好穀（此处"皆好穀"是指虋与芑都是良种谷子）。《爾雅疏》：芑，即嘉穀白苗者，郭云："今之白粱粟，皆好穀"也。

《說文解字》：芑，白苗；嘉穀也；《詩》曰："维虋维芑"。《說文解字註》："白苗"，句，"嘉穀也"，虋字下详之矣，芑不类厕于虋者，以字有篆籒别之；《管子》"其種蓼杞"，字从禾；"《詩》曰：'维虋维芑'"，今本无此六字，依《韻會》所据补……

【辨析】

本诗中的芑是粟的一个品种，茎秆白色，又名白粱粟。

本字条可与"稷"、"苗"、"禾"、"粟"、"黄"、"穈"、"粢"、"黄粱"相互参看。

【形态特征】

见"粟"。

梧 桐

【原文】	【译文】
凤皇鸣矣①	凤凰声悠扬
于彼高冈	在那高冈上
梧桐生矣	冈上生梧桐
于彼朝阳	向东迎朝阳
菶菶萋萋②	树木郁葱茏
雍雍喈喈③	凤鸣和短长

——大雅·卷阿④

【注解】

①凤皇：凤凰。

②菶 běng 菶、萋萋：茂盛的样子。

③雍雍、喈 jiē喈：象声词。

④卷：quán，曲折。

诗人借描写周王出游山阿时的盛况来表达对其的歌颂赞美之意。

本文节选自第九章。

【文献征引】

1.（梧桐）《毛傳》：梧桐，柔木也。陸璣《草木疏》：梓者，楸之疏理白色而生子者为梓；梓实桐皮曰椅，今人云梧桐也，则大类同而小别也；桐有青桐、白桐、赤桐，白桐宜琴瑟，今云南牂牁人绩以为布，似毛布。

《本草綱目》：〖释名〗榇；時珍曰："梧桐，名义未详。《爾雅》谓之榇，因其可为棺，《左傳》所谓'桐棺三寸'是矣。旧附桐下，今别出条"。〖集解〗宏景曰："梧桐皮白，叶似青桐，而子肥可食"，頌曰："陶氏谓白桐一名椅桐，陸璣谓梓实桐皮为椅，即今梧桐；是二種俱有椅名也……"，宗奭曰："梧桐四月开嫩黄小花，一如枣花；枝头出丝，堕地成油，黏渍衣履；五六月结子，人收炒食，味如菱、芡。此是《月令》'清明桐始华'者"，時珍曰："梧桐处处有之。树似桐而皮青不皵，其木无节，直生，理细而性紧；叶似桐而稍小，光滑有尖；其花细蕊，坠下如醭；其荚长三寸许，五片合成，老则裂开如箕，谓之橐鄂；其子缀于橐鄂上，多者五六，少或二三，子大如胡椒，其皮皱。羅願《爾雅翼》云：'梧桐多阴，青皮白骨，似青桐而多子。其木易生，鸟衔子堕辄生，但晚春生叶，早秋即凋。古称凤凰非梧桐不栖，岂亦食其实乎？'，《詩》云：'梧桐生矣，于彼朝阳'，《齊民要術》云：'梧桐生山石间者，为乐器更鸣响也'"。

2.（榇）《爾雅·釋木》：榇，梧。《爾雅注》：今梧桐。《爾雅疏》：榇，一名梧；郭云："今梧桐"，《詩·大雅》云"梧桐生矣，于彼朝阳"是也。

3.（梧）《康熙字典》：又《埤雅》：梧橐鄂皆五，其子似乳缀其上，柔木也。

《說文解字》：梧，梧桐木，一名榇。《說文解字註》："梧桐木"，三字句；釋木曰："榇梧”，賈思勰曰：“註云‘今梧桐皮青者曰梧桐’，案今人以其皮青，号曰青桐也”，玉裁谓：此今人所植梧桐树也，其华五出，子如珠，缀于瓢边，瓢如羹匙，賈氏云“青桐九月收子炒食甚美，如菱芡”是也；“一名榇”，一曰尤一名也，本《爾雅》。

【辨析】

梧桐的古今名称一致。

本词条可与“桐”相互参看。

【形态特征】

梧桐 *Firmiana platanifolia*（L.f.）Marsili：梧桐科，梧桐属，落叶乔木。

高可达16米，树皮青绿色，平滑。叶片心形，掌状3～5裂，直径15～30厘米，顶端渐尖，基部心形，基生脉5～7条，叶柄与叶片等长。圆锥形花序顶生，长约20～50厘米，花淡黄绿色，萼5深裂，萼片条形，向外卷曲，外被淡黄色短柔毛。蓇葖果膜质，成熟前开裂成叶状，长6～11厘米，种子2～4，球形，表面有皱纹，直径约7毫米。花期6—7月，果期9—10月。

产于我国黄河流域以南各地。日本也有分布。

可做庭园观赏树种，木材是家具、乐器的用材，茎皮是造纸及纺织原料，种子可榨油及食用，根、茎、叶、花、种子均可入药。

【植物图片】

筍

【原文】	【译文】
其殽维何①	有什么肉食
炰鳖鲜鱼②	煮鳖和鲜鱼
其蔌维何③	有什么菜蔬
维筍及蒲④	鲜笋和嫩蒲

——大雅·韩奕

【注解】

①殽：同“肴”，肉食。

②炰：páo，烹煮。

③蔌：sù，蔬菜。

④筍：同“笋”。

本篇是一首颂扬韩侯的诗歌，它详细记述了韩侯入朝受封、觐见、迎亲、归国以及归国后的一系列活动，这同时也是宣王时代重要的政治活动。

本文节选自第三章。

【文献征引】

1.（筍）《毛傳》：筍，竹也。《鄭箋》：筍，竹萌也。陸璣《草木疏》：筍，竹萌也，皆四月生，唯巴竹筍八月九月生；始出地长数寸，鬻以苦酒豉汁浸之，可以就酒及食。

《爾雅·釋草》：筍，竹萌。《爾雅注》：初生者。《爾雅疏》：孫炎曰：“竹初萌生谓之筍”，凡草木初生谓之萌，筍则竹之初生者，故曰：“筍，竹萌也”；可以为菜肴，《詩·大雅·韓奕》云：“其蔌维何，维筍及蒲”，蔌，则菜肴也。

《康熙字典》：《本草》：竹有雌雄，雌者多筍，于竹根行鞭时，掘取嫩者，谓之鞭筍；冬月掘大竹根下未出土者为冬筍，可鲜食，为珍品；南人淡干者为玉版筍、明筍、火筍，盐曝者为盐筍，可为蔬食；诸竹筍气味甘，微寒，无毒。

又《集韻》：筍或作箰，俗作笋。

《說文解字》：筍，竹胎也。《說文解字註》：“竹胎也”，《醢人》注曰：“筍，竹萌”，按許与鄭稍异，胎言其含苞，萌言其已擢也；《吳都賦》曰：“苞筍抽节”，引伸为竹青皮之偁，《尚書》云“敷重筍席”、《禮·器》“如竹箭之有筍”、《聘義》“浮筍旁达”皆是；今字作筠；今字作笋。

2.（竹筍）《本草綱目》：〖释名〗竹萌、竹芽、竹胎、竹子；時珍曰：“……僧贊寧《筍譜》云：‘筍，一名萌、一名篛、一名䕨、一名茁、一名初篁’，皆会意也。俗作笋者，非”。〖集解〗時珍曰：“晉·武昌戴凱之、宋·僧贊寧皆著《竹譜》，凡六十余種，其所产之地、发筍之时，各各不同，详见木部竹下。其筍亦有可食、不可食者，大抵北土鲜竹，惟秦蜀吴楚以南则多有之。竹有雌雄，但看根上第一枝双生者，必雌也，乃有筍。土人于竹根行鞭时掘取嫩者，谓之鞭筍；江南、湖南人冬月掘大竹根下未出土者为冬筍，《東觀漢記》

谓之苞筍，并可鲜食，为珍品；其他则南人淡干者，为玉版筍、明筍、火筍，盐曝者为盐筍，并可为蔬食也。按……《詩》云：'其蔌伊何，惟筍及蒲'、《禮》云：'加豆之实，筍菹鱼醢'，则筍之为蔬，尚之久矣”。

3.（笋）《康熙字典》：《集韻》：本作筍。

【辨析】

筍即竹笋。

筍是本字，后人写作笋后便失了其竹胎、竹萌的象形意义。

本字条可与“竹 2”、“篁”相互参看。

【形态特征】

见“竹 2”。

鬯

【原文】	【译文】
釐尔圭瓒[1]	赐你玉酒器
秬鬯一卣[2]	还有美鬯酒
告于文人	禀告我先祖
锡山土田	复赐你田土
	——大雅·江汉

【注解】

①釐：lài，赏赐。圭瓒：一种玉制酒器，形如勺状，以圭为柄，用于祭祀。

②鬯：chàng。卣：yǒu，酒器。

本诗描述的是召伯虎平定淮夷归来、得周天子赏赐的情景。

本文节选自第五章。

【文献征引】

《康熙字典》：《易·震卦》“不丧匕鬯”《注》：鬯，香酒，奉宗庙之盛也。《書·洛誥》“以秬鬯二卣曰明禋”《傳》：黑黍曰秬，酿以鬯草。《詩·大雅》“秬鬯一卣”《傳》：鬯，香草也；筑煑合而鬱之曰鬯。《周禮·春官》“鬯人掌共秬鬯而饰之”《注》：鬯，酿秬为酒，芬香条畅于上下也。

《說文解字》：鬯，目秬酿鬱草，芬芳攸服，目降神也……《易》曰：“不喪匕鬯”；凡鬯之屬皆从鬯。《說文解字註》：“目秬酿鬱草，芬芳攸服，目降神也”，攸服当作条畅，《周禮·鬯人》注、大雅·江汉《箋》皆云“芬香条畅”可证也；《郊特牲》云：“周人尚臭，灌用鬯臭。鬱合鬯，臭阴达于渊泉”，云鬱合鬯，与下文蕭合黍稷，皆谓二物相合也，《周禮·鬱人職》“凡祭祀宾客之祼事，和鬱鬯以实彝而陈之”注云：“筑鬱金煑之以和鬯酒”，按此正所谓鬱合鬯也；鄭注序官·鬱人云：“鬱，鬱金香草。宜以和鬯”，注鬯人云：“鬯，酿秬为酒。芬香条畅于上下也”，是鬯与鬱之分较然矣；秬酿为鬯，芳草筑煑为鬱，二者搅和之为鬱鬯，許说略同，故于鬯言秬酿，于鬱言芳草，其鬯下兼言鬱草者，于分中见其合，谓用秬酿及筑煑之鬱草合和之降神；鬯主于秬酿也，故说字形曰：“中象米，匕所以扱之”；又按江汉《傳》云：“秬，黑黍也。鬯，香草也。筑煑合而鬱之曰鬯”，此鬱鬯不为二物，又谓鬯为香草，皆与后来許、鄭异；考《王度記》云：“天子以鬯，诸侯以薰，大夫以蘭芝，士以蕭，庶人以艾”，《禮緯》云：“鬯草生郊”，中候云：“鬯草生庭”，徐氏《中論》云：“煑鬯烧薰以扬其芬”，皆谓鬯为草名，与《毛》说合者也；窃谓鬱者蕴积，鬯者条畅，凡物必蕴积而后条畅，秬酿非不可言鬱，香草未尝不言鬯也，则秬草二物，固可各兼二名矣……；“凡鬯之属皆从鬯”。

【辨析】

鬯的本义指以黑黍混合郁金草酿造的香酒，在实际使用过程中，鬯有时代指郁金。

來、牟

【原文】	【译文】
贻我來牟[①]	留下好麦种
帝命率育[②]	以养天下民
无此疆尔界	不分疆与界
陈常于时夏[③]	农政施四方

——周颂·思文

【注解】

①贻：留下。來：简体字“来”。

②率：都，一律。

③陈：施行，遍布。常：规则，此处指农政。

这是一篇祭祀周人先祖后稷的乐歌。

本文节选自第一章。

來

【文献征引】

1.（來）《康熙字典》：又麥名。《前漢·劉向傳》作“饴我釐麰”。亦作秾。

《說文解字》：來，周所受瑞麥來麰也；二麥一夆，象其芒朿之形；天所來也，故为行來之來；《詩》曰：“诒我來麰”；凡來之属皆从來。《說文解字註》：“周所受瑞麥來麰也”，也字今补，《詩正義》此句作“周受來牟也”五字；周颂“诒我來麰”《箋》云：“武王渡孟津，白鱼跃入王舟，出涘以燎。后五日，火流为乌。五至，以穀俱來。此谓遗我來牟”，《書說》以穀俱來，云穀纪后稷之德，按《鄭箋》见《尚書·大誓》，《尚書·旋機鈐》合符后，《詩》云來牟，《書》云穀，其实一也；下文云：“來麰，麥也”，此云“瑞麥來麰”，然则來麰者，以二字为名，《毛詩傳》曰：“牟，麥也”，当是本作“來牟，麥也”，为許麰下所本，后人删來字耳；古无谓來小麥，麰大麥者，至《廣雅》乃云“麳小麥，麰大麥”，非許说也；《劉向傳》作釐麰，《文選》典引註引《韓詩内傳》：“贻我嘉麰”，薛君曰：“麰，大麥也”，与趙岐《孟子註》同，然《韓傳》未尝云“來小麥”；“二麥一夆。象其芒朿之形”，“二麥一夆，象其芒朿之形”，各本作一來二缝，不可通，惟《思文正義》作“一麥二夆”，今定为二麥一夆；夆即鏠字之省，許书无峯，则山端字可作夆，凡物之标末皆可偁夆；夆者，朿也，二麥一夆为瑞麥，如二米一稃为瑞黍，葢同夆则亦同稃矣，《廣韻》十六咍引《埤蒼》曰：“秾麰之麥。一麥二稃。周受此瑞麥”，此一二两字亦是互讹；二麥一稃，亦猶异晦同颖，双觡共柢之类，其字以象二麥，以象一芒，故云“象其芒朿之形”；“天所來也。故为行來之來”，自天而降之麥，谓之來麰，亦单谓之來，因而凡物之至者皆谓之來，許意如是；猶之相背韦之为皮韦、朋鸟之为朋挡、乌西之为东西之西、子月之为人偁、乌之为乌呼之乌，皆引伸之义行而本义废矣；如許说，是至周初始有來字，未详其指；“《詩》曰。诒我來麰”，今《毛詩》诒作贻，俗字也，麰作牟，古文假借字也；“凡來之属皆从來”。

2.（秾）《康熙字典》：《廣韻》：秾麰之麥，一麥二稃，周受此瑞麥。《韻會》：《詩·周颂》：“贻我來牟”，來即秾，今小麥也；或作麳。

《說文解字》：秾，齊谓麥秾也。《說文解字註》：“齊谓麥秾也”，來之本义训麥，然则加禾旁作，麥俗字而已，蓋齊字也，据《廣韻》则《埤蒼》來麰字作秾；按上下文皆言禾，中间以麥，疑皆非旧次。

3.（小麥）《本草綱目》：〖释名〗來；時珍曰：“來亦作秾。許氏《說文》云：‘天降瑞麥，一來二麰，象芒刺之形。天所來也，如足行來，故麥字从來、从夊……《詩》云‘贻我來牟’是矣，又云：‘來象其实，夊象其根’……”。〖集解〗頌曰：“大小麥秋種冬长，春秀夏实，具四时中和之气，故为五穀之贵。地暖处亦可春種，至夏便收，然比秋種者，四气不足，故有毒”。

【辨析】

鉴于《毛传》是为“牟”而不是“来牟”做的注释，因此笔者将“来牟”分成了两个字条，它们泛指产于成诗地域的麦类植物。

按《说文》及段注，“来牟”本是一个词，指麦，至于“来”指小麦、“牟”指大麦的说法则是后期才出现的。

本字条可与“麥”、“牟”、“穧”相互参看。

牟

【文献征引】

1.（牟）《毛傳》：牟，麥。

2.（麰）《康熙字典》：《玉篇》：春麥也。《廣韻》：大麥也。《吳普本草》：大麥，一名穬麥；五穀之长也。《爾雅翼》：大麥宜为饭，又可为酢，其蘖可为饴。

又通作牟。《詩·周颂》：“贻我來牟”。

《說文解字》：麰，來麰，麥也。《說文解字註》：“來麰”，逗，“麥也”，见《毛傳》。

3.（大麥）《本草綱目》：〖释名〗牟麥；時珍曰：“麥之苗粒皆大于來，故得大名；牟亦大也。通作麰”。〖集解〗弘景曰：“今稞麥一名牟麥，似穬麥，惟皮薄尔”，恭曰：“大麥出关中，即青稞麥。形似小麥而大，皮厚，故谓大麥，不似穬麥也”，頌曰：“大麥今南北皆能種莳。穬麥有二種，一種类小麥而大，一種类大麥而大”，藏器曰：“大、穬二麥，前后两出，盖穬麥是连皮者，大麥是麥米，但分有壳无壳也。蘇以青稞为大麥，非矣；青稞似大麥，天生皮肉相离；秦陇巴西種之，今人将当大麥米，不能分也”，陈承曰：“小麥，今人以磨面日用者为之。大麥，今人以粒皮似稻者为之，作饭滑，饲马良。穬麥，今人以似小麥而大粒，色青黄，作面脆硬，食多胀人，汴洛、河北之间又呼为黄稞。关中一種青稞，比近道者粒微小，色微青，专以饲马，未见入藥用。然大、穬二麥，其名差互，今之穬麥似小麥而大者，当谓之大麥；今之大麥不似小麥而矿脆者，当谓之穬麥。不可不审”，時珍曰：“大、穬二麥，注者不一。按《吳普本草》：‘大麥一名穬麥，五穀之长也’、王禎《農書》云：‘青稞有大小二種，似大小麥而粒大皮薄，多面无麸。西人種之，不过与大小麥异名而已’、郭義恭《廣志》云：‘大麥有黑穬麥，有䅉麥，出凉州，似大麥；有赤麥，赤色而肥’，据此，则穬麥是大麥中一種皮厚而青色者也。大抵是一类异種，如粟粳之種近百，总是一类……大麥亦有黏者，名糯麥，可以酿酒”。

【辨析】

详见“來”。

本字条可与“麥”、“來”、“穱”相互参看。

稌

【原文】	【译文】
丰年多黍多稌[①]	黍稌丰收好年景
亦有高廪[②]	装满高高的米仓
万亿及秭[③]	粮食万亿数不尽

——周颂 · 丰年

【注解】

①稌：tú。

②廪：lǐn，米仓。

③亿、秭：古代的数量单位，一亿＝十万，一秭＝一万亿。

这是一首丰年祭祀祖先的颂歌。古人认为丰收是上天的恩赐和祖先的保佑，因此必要祭祀以示感恩。

本文节选自第一章。

【文献征引】

《毛傳》：稌，稻。

《爾雅 · 釋草》：稌，稻。《爾雅注》：今沛国呼稌。《爾雅疏》：别二名也；郭云“今沛国呼稌”、《詩 · 周颂》云“丰年多黍多稌”、《禮記 · 內則》云“牛宜稌”、《豳风 · 七月》云“十月獲稻”，是一物也；案《說文》云：“沛国谓稻为穤”、“秔，稻属”也，《字林》云：“穤，黏稻也”、“秔，穤不黏者”，《本草》以粳米、稻米为二物，秔与粳古今字，然秔、穤甚相类，黏不黏为异耳；依《說文》，稌、稻即穤也，江东呼稉。

《康熙字典》：《集韻》、《正韻》：稉稻也。《韻會》：稻利下湿者。

《說文解字》：稌，稻也；《周禮》曰：“牛宜稌”。《說文解字註》：“稻也”，釋草曰：“稌，稻”，周颂《毛傳》同，許曰：“沛国呼稉”，而郭璞曰：“今沛国呼稌”，然则稌稉本一语，而稍分轻重耳；“《周禮》曰：‘牛宜稌’”，《食醫》文。

【辨析】

稌即稻。

本字条可与“稻”相互参看。

【形态特征】

见“稻”。

荼 3、蓼

【原文】	【译文】
其笠伊纠[①]	头戴草斗笠
其鎛斯赵[②]	田器刺于地
以薅荼蓼[③]	除去荼和蓼
	——周颂·良耜[④]

【注解】

①纠：草编。

②鎛：一种除草农具。赵：刺。

③薅：hāo，同“茠”，耘除。蓼：liǎo。

④耜：sì，犁头。

这是一首农事诗，真实地反映了春耕及秋收时节的劳动场面。

本文节选自第一章。

荼 3

【文献征引】

1.（荼）《詩·周頌》“荼蓼朽止”《箋》：草秽既除，而禾稼茂；禾稼茂而穀成熟。

《康熙字典》：又《詩·周頌》“以薅荼蓼”孫炎曰：荼亦穢草，非苦菜也。

2.（蒤）《爾雅·釋草》：蒤，委葉。《爾雅注》：《詩》云：“以薅荼蓼”。《爾雅疏》：穢草也；舍人曰：“蒤，一名委葉”，王肅《說詩》云：“荼，陸穢草”，然则，蒤者，原田芜秽之草，非苦菜也；〇注：“《詩》云‘以茠荼蓼’”，此周颂·良耜篇文，茠，耘除也，今《詩》本“茠”作“薅”，音义同。

3.（秽）《康熙字典》：《徐曰》：田中杂草也。

【辨析】

本诗中的荼即秽草，泛指田间杂草。

蓼

【文献征引】

1.（蓼）《毛傳》：蓼，水草也。

《本草綱目》：〖释名〗時珍曰：“蓼类皆高扬，故字从翏”。〖集解〗宏景曰：“此类多人所食。有三種，一是青蓼，人家常用，其叶有圆有尖，以圆者为胜，所用即此也；一是紫蓼，相似而紫色；一是香蓼，相似而香，并不甚辛，好食”，保昇曰：“蓼类甚多，有青蓼、香蓼、水蓼、馬蓼、紫蓼、赤蓼、木蓼七種。紫、赤二蓼，叶小狭而厚；青、香二蓼，叶亦相似而俱薄；馬、水二蓼，叶俱阔大，上有黑点；木蓼，一名天蓼，蔓生，叶似柘叶。六蓼花皆红白，子皆大如胡麻，赤黑而尖扁；惟木蓼花黄白，子皮青滑。诸蓼并冬死，惟香蓼宿根重生，可为生菜”，時珍曰：“韓保昇所说甚明。古人種蓼为蔬，收子入藥，故《禮記》烹鸡豚鱼鳖，皆实蓼于其腹中，而和羹脍，亦须切蓼也。后世饮食不用，人亦不复栽，惟造酒曲者用其汁耳。今但以平泽所生香蓼、青蓼、紫蓼为良”。

《說文解字》：蓼，辛菜；薔虞也。《說文解字註》：“辛菜”，句，“薔虞也”；蓼为辛菜，故《内則》用以和，用其茎叶，非用实也；薔虞见下文薔字下，此云“蓼，薔虞也”，下文云“薔虞，蓼也”，是为转注，正与“苏，桂荏也”、“桂荏，苏也”同，特以篆籀异其处耳；顏注《急就篇》乃云“虞蓼一名薔”、叔重云“蓼一名薔虞”，非也，夫釋草一篇，許君偁用异其读者，往往而是，其“萌蘿藡”为“梦灌渝”也、“镐矦莎”为“莎镐矦”也、“蓁月尔”为“蓁土夫”也、“藚葍蓯”为“葍须从”也，何所疑于蓼呼薔虞哉？某氏、孙炎、郭樸皆薔为句，虞蓼为句；蓼借为蓼蕭之蓼，长大皃。

2.（薔）《爾雅·釋草》：薔，虞蓼。《爾雅注》：虞蓼，澤蓼。《爾雅疏》：薔，一名虞蓼，即蓼之生水泽者也，周颂·良耜云“以薅荼蓼”《毛傳》云“蓼，水草”是也。

3.（水蓼）《本草綱目》：〖释名〗虞蓼、澤蓼；志曰：“生于浅水泽中，故名水蓼”，時珍曰：“按《爾雅》云：‘薔，虞蓼也’，山来水曰虞”。〖集解〗恭曰：“水蓼生下湿水旁，叶似馬蓼，大于家蓼，茎赤色，水挼食之，胜于蓼子”，時珍曰：“此乃水际所生之蓼，叶长五六寸，比水葒叶稍狭，比家蓼叶稍大，而功用仿佛；故寇氏谓蓼实即水蓼之子者，以此故”。

【辨析】

蓼即水蓼。

【形态特征】

水蓼　*Polygonum hydropiper* L.：又名辣蓼，蓼科，蓼属，一年生草本植物。

高 40～70 厘米。茎直立，多分枝，无毛，节部膨大。叶披针形或椭圆状披针形，长 4～8 厘米，宽 0.5～2.5 厘米，具缘毛，被褐色小点，具辛辣味，叶腋具闭花受精花；叶柄长 4～8 毫米。总状花序呈穗状，顶生或腋生，长 3～8 厘米，通常下垂，花稀疏，下部间断；苞片漏斗状，长 2～3 毫米，绿色，边缘膜质，疏生短缘毛，每苞内具 3～5 花；花被 5 深裂，绿色，上部白色或淡红色，被黄褐色透明腺点，花被片椭圆形，长 3～3.5 毫米；雄蕊 6，花柱 2～3，柱头头状。瘦果卵形，长 2～3 毫米，双凸镜状或具 3 棱，密被小点，黑褐色，无光泽，包于宿存花被内。花期 5—9 月，果期 6—10 月。

分布于我国南北各省区。生河滩、水沟边、山谷湿地。朝鲜、日本、印度尼西亚、印度、欧洲及北美也有分布。

古代为常用调味剂，全草可入药。

芹、茆

【原文】	【译文】
思乐泮水①	悠然泮水旁
薄采其芹	采摘那芹草
鲁侯戾止②	鲁侯至此处
言观其旂③	旗帜展风飘
……	……
思乐泮水	悠然泮水旁
薄采其茆④	采摘那茆草
鲁侯戾止	鲁侯至此处
在泮饮酒	水边设酒筵

——鲁颂·泮水

【注解】

①泮：pàn，古水名。

②戾：lì，来。止：到。

③旂：同“旗”。

④茆：mǎo。

鲁有泮水，鲁僖公修宫于其上，名为泮宫。本诗既称颂了鲁僖公的贤明好德，又对其修建了泮宫大加赞美。

本文节选自第一章、第三章。

芹

【文献征引】

1.（芹）《鄭箋》：芹，水菜也。《詩·小雅》“言采其芹”《箋》：芹，菜也；可以为菹，亦所用待君子也；我使采其水中芹者，尚洁清也；《周禮》：“芹菹雁醢”。

《爾雅·釋草》：芹，楚葵。《爾雅注》：今水中芹菜。《爾雅疏》：郭云：“今水中芹菜”，案《本草》云：“水芹，一名水英”，陶注云：“其二月、三月作英时，可作菹及瀹食之”；又有渣芹，可为生菜，亦可生啖，别本注云“芹有两種。荻芹取根，白色。赤芹取茎、叶。并堪作菹及生菜”是也。

《康熙字典》：《埤雅》：芹洁白而有节，其气芬芳，味不如蔬之美，故列子以为客有献芹者，乡豪取而尝之，蜇于口，惨于腹也。

《說文解字》：芹，楚葵也。《說文解字註》：“楚葵也”，详莶字下。

2.（莶）《說文解字》：莶，菜，类蒿；从草，斤声；从草，近声；《周禮》有“莶菹”。《說文解字註》：“菜，类蒿”，《詩》、《禮》皆作“芹”；小雅《箋》曰：“芹，菜也。可以为菹”，鲁颂《箋》曰：“芹，水菜也”，釋草及《周禮》註曰：“芹，楚葵也”，按卽今人所食芹菜，今《說文》各本于艾葦二字之下又出芹字，训楚葵也；“从草，斤声”，此恐不知莚卽芹者妄用《爾雅》增之，考《周禮音義》曰：“芹，《說文》作莚”，则《說文》之有莚无芹明矣，且《詩箋》引《周禮》“芹菹”，《說文》引《周禮》“莚菹”，岂得云二物也？“从草，近声”，《周禮音義》引《說文》音谨；“《周禮》有‘莚菹’”，见《醢人》，莚蓋《周禮》故書字。

3.（水斳）《本草綱目》：〖释名〗芹菜、水英、楚葵；弘景曰：“斳字俗作芹字……二月三月作英时，可作菹及熟瀹食，故名水英”，時珍曰：“斳当作蘄……后省作芹……其性冷滑如葵，故《爾雅》谓之楚葵。《吕氏春秋》‘菜之美者，有云梦之芹’，云梦，楚地也；楚有蕲州、蕲县，俱音淇。羅願《爾雅翼》云：‘地多产芹，故字从芹’，蕲亦音芹。徐鍇注《說文》蕲字，‘从艹斳，诸書无斳字，惟《說文》别出菦字，疑相承误出也’，据此，则蕲字亦当从斳，作蘄字也”。〖集解〗恭曰：“水斳即芹菜也。有两種，荻芹白色取根，赤芹取茎叶；并堪作菹及生菜”，保昇曰：“芹生水中，叶似芎藭，其花白色而无实，根亦白色”，時珍曰：“芹有水芹、旱芹，水芹生江湖陂泽之涯，旱芹生平地，有赤白二種。二月生苗，其叶对节而生，似芎藭；其茎有节棱而中空，其气芬芳；五月开细白花，如蛇牀花；楚人采以济饥，其利不小。《詩》云：‘觱沸檻泉，言采其芹’、杜甫诗云：‘饭煮青泥坊底芹’、又云：‘香芹碧涧羹’，皆美芹之功……”

【辨析】

芹即水芹。

【形态特征】

水芹 *Oenanthe javanica*（Bl.）DC.：又名水芹菜、野芹菜，伞形科，水芹属，多年生水生草本植物。

高 30～50 厘米，茎中空，单生少分枝，基部匍匐。茎基部叶二回三出羽状分裂，末回裂片卵形或线状披针形，茎生叶线形，羽状浅裂，长约 2 厘米，宽约 4 毫米。复伞形花序顶生或侧生，花小，多数，被片 5，倒卵形，白色。果实近于四角状椭圆形或筒状长圆形，长 2.5～3 毫米，宽 2 毫米，侧棱较背棱和中棱隆起，木栓质，分生果横剖面近于五边状的半圆形；每棱槽内油管 1，合生面油管 2。花果期 4—7 月。

产于我国各地。多生长于浅水低洼地方或池沼、水沟旁。分布于印度、缅甸、越南、马来西亚、印度尼西亚的爪哇及菲律宾等地。

幼苗可食用，全草可入药。

茆

【文献征引】

1.（茆）《毛傳》：茆，凫葵也。陸璣《草木疏》：茆，与荇叶相似，叶大如手，赤圆，有肥者著手中滑不得停，茎大如匕柄，叶可以生食，又可鬻，滑美；南人谓之蓴菜，或谓之水葵，诸陂泽水中皆有。

《康熙字典》：《韻會》：凫葵。鄭小同云：“蒓菜草”。干寶云：“今之鳧躪草，堪为菹，江东有之……或名水戾，一云今之浮菜，卽猪蒓是也”。

2.（蓴）《本草綱目》：〖释名〗茆、水葵、露葵、馬蹄草；時珍曰：“蓴字本作蒓，从纯。蓴乃丝名，其茎似之故也。《齊民要術》云：'蓴性纯而易生，種以浅深为候，水深则茎肥而叶少，水浅则茎瘦而叶多。其性逐水而滑，故谓之蓴菜，并得葵名'，顏之推《家訓》云：'蔡朗父讳蓴，改蓴为露葵，北人不知，以绿葵为之。《詩》云'薄采其茆'即蓴也，或讳其名，谓之錦帶'"。〖集解〗時珍曰："蓴生南方湖泽中，惟吴越人善食之。叶如荇菜而差圆，形似馬蹄；其茎紫色，大如箸，柔滑可羹；夏月开黄花，结实青紫色，大如棠梨，中有细子。春夏嫩茎未叶者，名稚蓴，稚者，小也；叶稍舒长者名丝蓴，其茎如丝也；至秋老则名葵蓴；或作豬蓴，言可饲猪也；又讹为瑰蓴、龜蓴焉。余见凫葵下"。

《康熙字典》:《類篇》：蓴，蓴菜。《韻會》：水葵也。陸佃云："蓴逐水而性滑，故亦谓之淳菜"。《綱目集覽》：蓴生水中，叶似凫葵，采茎可噉；三月至八月，茎细如钗股，名曰丝蓴；九月至十月渐粗，在泥中，名曰瑰蓴。

【辨析】

茆即莼菜。

按《草木疏》及《本草纲目》的记载，茆就是莼菜，但其花色与李时珍所载的"夏月开黄花"不符。

本字条可与"荇菜"、"屏風"相互参看。

【形态特征】

莼菜 *Brasenia schreberi*：又名水案板，睡莲科，莼属，多年生水生草本植物。

根状茎具叶及匍匐枝。叶漂浮于水面，椭圆状矩圆形，长5～10厘米，宽3～6厘米，上面绿色，下面紫色；叶柄长25～40厘米，有柔毛。花直径1～2厘米，花瓣3，紫红色；萼片长1～1.5厘米，先端圆钝；花药线形，长约4毫米。坚果矩圆卵形，种子1～2枚，卵形。花期6月，果期10—11月。

产于江苏、浙江、江西、湖北、湖南、四川、云南等省区。生在池塘、河湖或沼泽。前苏联、日本、印度、美国、加拿大、大洋洲东部及非洲西部均有分布。

嫩茎叶可作蔬菜食用。

稙、穉

【原文】	【译文】
弥月不迟	怀胎十月整
是生后稷	生下帝后稷
降之百福	百福随他降
黍稷重穋	黍稷和重穋
稙穉菽麦[①]	稙穉和豆麦
	——鲁颂·閟宫[②]

【注解】

①稙：zhī。穉：zhì。

②閟：bì。

閟宫是鲁国列祖列宗所在的宗庙，是国家的重要场所。本诗以鲁僖公修建閟宫为题材，歌颂了他的文治武功。全诗共一百二十句，是《诗经》中最长的一篇。

本文节选自第一章。

稙

【文献征引】

《毛傳》：先種曰稙，后種曰穉。

《康熙字典》：《廣韻》、《韻會》：早種禾也。

又《釋名》：青徐人谓长妇曰稙长；禾苗先生者曰稙，取名于此也。

《說文解字》：稙，早穜也；从禾，直声；《詩》曰："稙稚尗麥"。《說文解字註》："早穜也"，此谓凡穀皆有早種者，鲁颂《傳》曰："先種曰稙"，谓先種先孰也，《釋名》曰："青徐人谓长妇曰稙长。禾苗先生者曰稙。取名于此也"；"从禾"，凡泛言诸穀而字从禾者，依嘉穀为言也；"直声"；"《詩》曰：'稙稚尗麥'"，鲁颂·閟宫文，按稚当作穉，郭景純注《方言》曰："穉古稚字"，是则晉人皆作稚，故穉稚为古今字，写《說文》者用今字因袭之耳。

【辨析】

稙指早种的谷类。

穉

【文献征引】

《毛傳》：先種曰稙，后種曰穉。

《康熙字典》：《廣韻》：晚禾。

《說文解字》：穉，幼禾也；从禾，屖声。《說文解字註》："幼禾也"，鲁颂《毛傳》曰："后種曰穉"，許不言后種者，后種固小于先種，卽先種者当其未长亦穉也，先種而中有遲长者亦穉也，故惟鲁颂植穉对言，毛释之，小雅“无害我田穉”、“彼有不获穉”毛不释者，亦谓槩言幼禾；引伸为凡幼之偁，今字作稚；“从禾，犀声”，犀者，遟也。

【辨析】

穉指晚种的谷类。

战国地域示意图

注：本图为示意图，仅供参考。

第二卷　《楚辞》植物

江離、芷、木蘭、宿莽、申椒、菌桂、蕙、茝、留夷、揭車、杜衡、芳芷、秋菊、薜荔、胡繩、芰、芙蓉、薋、菉、葹、扶桑、若木、蘭、藑茅、艾、荃、樧、瓊

【原文】	【译文】
纷吾既有此内美兮	吾备向楚之忠德
又重之以脩能	兼有绝世之才能
扈江離与辟芷兮[①]	身披江蓠与白芷
纫秋蘭以为佩[②]	挽串秋兰缀腰间
汩余若将不及兮[③]	逝水匆匆追不及
恐年岁之不吾与	深虑光阴不驻留
朝搴阰之木蘭兮[④]	朝取山中之木兰
夕揽洲之宿莽	暮采宿莽于泽洲
……	……
昔三后之纯粹兮[⑤]	昔日三君德纯美
固众芳之所在[⑥]	俊才贤士佐其旁
杂申椒与菌桂兮	糅杂申椒与菌桂
岂维纫夫蕙茝[⑦]	怎能独用蕙芷香
……	……
余既滋蘭之九畹兮	我已栽下九畹兰
又树蕙之百亩	又种蕙草百余亩
畦留夷与揭車兮[⑧]	还有留夷和揭车
杂杜衡与芳芷	间杂杜衡与芳芷
……	……
朝饮木蘭之坠露兮	晨饮木兰之清露
夕餐秋菊之落英[⑨]	暮食秋菊之落英
苟余情其信姱以练要兮[⑩]	只要情志确纯美
长顑颔亦何伤[⑪]	长久憔悴又何妨
揽木根以结茝兮	执木根以结白芷
贯薜荔之落蕊[⑫]	串起薜荔的落蕊
矫菌桂以纫蕙兮	正菌桂以绾蕙草
索胡繩之纚纚[⑬]	捻胡绳以结索条
……	……
制芰荷以为衣兮[⑭]	芰叶荷叶裁上衣

集芙蓉以为裳[15]
不吾知其亦已兮
苟余情其信芳
……
汝何博謇而好脩兮[16]
纷独有此姱节
薋菉葹以盈室兮
判独离而不服[17]
……
饮余马于咸池兮[18]
总余辔乎扶桑[19]
折若木以拂日兮
聊逍遥以相羊[20]
……
时暧暧其将罢兮[21]
结幽蘭而延伫
世混浊而不分兮
好蔽美而嫉妒
……
索藑茅以莛篿兮[22]
命灵氛为余占之
……
民好恶其不同兮
惟此党人其独异
户服艾以盈要兮[23]
谓幽蘭其不可佩
……
时缤纷其变易兮
又何可以淹留
蘭芷变而不芳兮
荃蕙化而为茅
……
椒专佞以慢慆兮[24]
榝又欲充夫佩帏[25]
既干进而务入兮
又何芳之能祇[26]
……
折瓊枝以为羞兮[27]
精琼爢以为粻[28]

撷采莲花做下裳
世不知我亦无谓
只要情志确纯芳
……
何必修节法古道
独具太多的德能
恶草充塞满屋室
我自离弃不苟同
……
放吾马饮咸池水
系吾缰于木扶桑
折取若木以拂日
且自安闲且自游
……
日光晦暗时将尽
绾结兰草久凝立
善恶不分世浑浊
掩盖美德妒贤人
……
取来藑茅和竹段
且命巫师卜吉凶
……
人之爱憎各不同
这帮小人尤特异
人人腰间缠满艾
反说幽兰不可戴
……
时世纷乱变无常
此地安可久驻留
幽香兰芷失其芳
荃草蕙草成乱茅
……
子椒专佞又谀慢
榝亦妄充于香囊
既是钻营谋权禄
怎会崇贤尊正途
……
折下琼枝备好味
细研玉屑做储粮

——离骚

【注解】

①扈：hù，披。離：简体字“离”。辟：幽。

②纫：索，编结。蘭：简体字“兰”。

③汩：yù，水流湍急的样子，此处指像流水一样匆匆逝去。

④搴：qiān，摘取。阰：山名。

⑤后：即禹、汤、文王三君。

⑥众芳：此处指贤才。

⑦茝：chǎi。

⑧車：简体字“车”。

⑨英：花朵。

⑩信姱 kuā：确实好。

⑪顑颔：kǎn　hàn，因饥饿而脸色憔悴。

⑫薜：bì。

⑬繩：简体字“绳”。纚：lí，索好貌。

⑭芰：jì。

⑮裳：cháng，下装；古时上曰衣，下曰裳。

⑯謇：jiǎn，正直。

⑰判：别，与……不同。

⑱饮：yìn，使……喝水（一般指动物）。

⑲辔：pèi，缰绳。

⑳相羊：同“徜徉”。

㉑暧：ài，昏暗不明。

㉒索：取。筳：tíng，小段的竹子。篿：zhuān，用草和竹段占卜。

㉓要：通“腰”。

㉔慆：tāo，谄。

㉕榝：shā。夫：fú，语助词。帏：盛香之囊。

㉖祗：zhī，敬重。

㉗瓊：简体字“琼”。

㉘琼靡 mí：玉屑。粻：zhāng，粮食。

《离骚》作于楚怀王二十五年前后屈原被流放汉北的时期，它是一首政治抒情诗，抒发了作者对时政黑暗、国君昏庸、朝臣邪佞的强烈愤懑，以及自己政治失意后的极度失望，并反复表达了要追求高尚品格、不同流合污的决心。

诗人为我们描绘了两个世界，一个是依旧令人失望的、昏聩的现实世界，另一个则是宏伟壮阔、瑰丽斑斓的幻想世界，在这个世界中，不仅有凤鸟、飞龙等神话素材，他还将风、雷、云、霓等自然现象都拟人化——“我”驾龙车巡游长天，令月神开路、风神跟随，令凤鸟高飞、云霓来迎——这是何等的气魄！

此外，诗中还大量运用了比兴的手法，最多的是借植物起兴，比如以蘭、蕙、芷、杜衡等香草来喻保持自身的高洁和修养或代指贤才，以菉、葹、茅、艾等恶草来喻小人和佞臣。

江離

【文献征引】

1.（江離）《楚辭章句》：江離、芷，皆香草名。《楚辭補注》：江離，说者不同，《說文》曰："江蘺，靡蕪"，然《司馬相如賦》云："被以江離，糅以蘼蕪"，乃二物也；《本草》"蘼蕪一名江離"，江離非蘼蕪也，犹杜若一名杜蘅，杜蘅非杜若也；郭璞云"江離似水薺"、張勃云"江離出海水中，正青，似乱发"、郭恭義云"赤叶"，未知孰是。

2.（蘺）《說文解字》：蘺，江蘺，蘼蕪。《說文解字註》："江蘺"，逗，"蘪蕪"，《相如賦》云："芷若射干，穹窮昌蒲，江離麋蕪"，又云："被以江離，糅以麋蕪"，是各物明矣；而说者云："江蘺、蘪蕪皆芎藭苗也，有二種，似槀本者为江蘺，似虵床而香者为蘪蕪"，则芎窮、江蘺、蘪蕪为一，徐之才《藥對》亦云："蘪蕪，一名江蘺，芎藭苗也"；而說文以蘪蕪释江蘺，且以江蘺卽楚人谓茝者，但楚谓茝为蘺，不云谓茝为江蘺也，葢因釋草有蘄茝蘪蕪之文而合之，茝与蘄茝又未必一物也。

3.（蘄茝）《爾雅・釋草》：蘄茝，蘪蕪。《爾雅注》：香草，叶小如萎状；《淮南子》云："似蛇牀"，《山海經》云："臭如蘪蕪"。《爾雅疏》：芎藭苗也，一名蘄茝，一名蘪蕪；《本草》："一名薇蕪，一名江離"，陶注云："似蛇牀而香"，郭云"香草，叶小如萎状"者，言如萎蕎之状也；〇注："《淮南子》"至"蘪蕪"，《淮南子》云"似蛇牀"者，案《淮南子・氾論》篇云"夫物之相类者，世主之所乱惑也。嫌疑肖象者，众人之所眩耀。故狠者类知而非知，愚者类君子而非君子也，戇者类勇而非勇也。使人相去也，若玉之与石也，葵之与莧也，则论人易矣。夫乱人者，芎藭之与藁本也，蛇牀之与麋蕪也"許慎云"此四者，藥草臭味之相似，其治病则不同力"是也；云"《山海經》曰'臭如蘪蕪'"者，案《西山經》"浮山有草曰訓草，麻叶而方茎，赤华而黑实，臭如蘪蕪，可以止疠"，又"天帝山有草，其状如葵，其臭如蘪蕪，名曰杜衡，可以走马，食之已瘿"是也；臭，香也，言其香气如蘪蕪也。

4.（芎藭）《博物志》：芎藭，苗曰江蘺，根曰芎藭。《山海經・西山經》"又北百八十里，曰号山，其木多漆、椶，其草多葯、虈、芎藭"郭璞注：芎藭，一名江蘺。《淮南子・氾論訓》：夫乱人者，芎藭之与藁本也，蛇牀之与麋蕪也，此皆相似者。

【辨析】

江离和蘼芜是什么、它们是否是同一种植物自古就存在着争议，至今没有定论。这些观点归结起来大致有四类：一、江离不是蘼芜；二、江离与蘼芜属于同名异物，即本名为蘼芜的植物有别名是江离，但它不是本名为江离的植物；三、江离和蘼芜是芎䓖；四、芎䓖、藁本、蛇床、蘼芜是四种气味近似的植物。

芷

【文献征引】

1.（芷）《楚辭補注》：白芷，一名白茝；生下泽，春生，叶相对婆娑，紫色，楚人谓之葯。

《康熙字典》：《唐韻》、《韻會》、《正韻》：白芷，藥名。《本草》：一名芳香，一名澤芬，生河东川谷中，主长肌肤，润泽颜色，可作面脂。

2.（白芷）《本草綱目》：〖释名〗白茝、芳香、澤芬、苻蘺、虈、莞，叶名蒚麻、葯；時珍曰："……許慎《說文》云：'晉谓之虈，齐谓之茝，楚谓之蘺、又谓之葯。生于下泽，芬芳与蘭同德，故骚人以蘭茝为咏。而本草有芳香、澤芬之名，古人谓之香白芷云"。〖集解〗頌曰："所在有之，吴地尤多。根长尺余，粗细不等，白色；枝干去地五寸已上；春生叶，相对婆娑，紫色，阔三指许；花白微黄，入伏后结子，立秋后苗枯……"

3.（虈）《康熙字典》：《玉篇》：香草也。《本草》：白芷，一名虈。

《說文解字》：虈，楚谓之蘺，晉谓之虈，齐谓之茝。《說文解字註》："楚谓之蘺，晉谓之虈，齐谓之茝"，此一物而方俗异名也；茝，《本草經》谓之白芷，茝芷同字，茝声止声同在一部也；《內則》曰："佩帨茝蘭"，掌禹錫曰："《范子計然》云'白芷出齐郡'"，王逸九思曰"芳虈兮挫枯"《埤蒼》曰："齐茝一曰虈"；按屈原賦有茝有芷又有葯，王注曰："葯，白芷也"，《廣雅》曰："白芷，其叶谓之葯"，《說文》无葯字，嚻声、约声同在二部，疑虈葯同字耳；但又曰："楚谓之蘺"，下卽系以蘺篆，云："江蘺蘪蕪"，以茝、江蘺、蘪蕪为一物，殊不可晓；離騷曰："扈江蘺于辟芷兮"，非一物明矣。

【辨析】

芷即白芷。

本字条可与"茝"、"葯"相互参看。

【形态特征】

白芷 *Angelica dahurica*（Fisch. ex Hoffm.）Benth. et Hook. f. ex Franch. et Sav.：又名兴安白芷、河北独活、大活、香大活、走马芹、走马芹筒子、狼山芹，伞形科，当归属，多年生高大草本植物。

高 2～3 米，根粗大，圆柱形，黄棕色，有浓烈气味。茎圆柱形，粗壮，中空，带紫色，具纵沟纹。基生叶羽状分裂，具长柄，边缘具锯齿，茎生叶二至三回羽状分裂，叶片近三角形，长 15～30 厘米，基部呈鞘状抱茎，花序下方叶简化成囊状叶鞘。复伞形花序顶生或侧生，直径 10～30 厘米，被短糙毛，小苞片 5～10，线状披针形，花白色，花瓣倒卵形，顶端内曲。果扁圆形，长 4～7 毫米，有种翅，黄棕色，成熟后裂为两瓣。花期 7—8 月，果期 8—9 月。

原产我国东北、华北地区。常生长于林下，林缘，溪旁、灌丛及山谷草地。

嫩茎剥皮后可食用，根可入药。

木蘭

【文献征引】

《楚辭補注》：《本草》云："木蘭皮似桂而香，状如楠樹，高数仞"。

《本草綱目》：〖释名〗杜蘭、林蘭、木蓮、黄心；時珍曰："其香如蘭，其花如蓮，故名。其木心黄，故曰黄心"。〖集解〗保昇曰："所在皆有。树高数仞，叶似菌桂叶，有三道纵纹，其叶辛香不及桂也；皮如板桂，有纵横纹……"，時珍曰："木蘭枝叶俱疏，其花内白外紫；亦有四季开者……按《白樂天集》云：'木蓮生巴峡山谷间，民呼为黄心树。大者高五六丈，涉冬不凋；身如青楊，有白纹，叶如桂而厚大无脊；花如蓮花，香色艳腻皆同，独房蕊有异；四月初始开，二十日即谢；不结实'，此说乃真木蘭也，其花有红黄白数色，其木肌细而心黄，梓人所重……”

【辨析】

木兰即木莲。

【形态特征】

木莲 *Manglietia fordiana* Oliv.：木兰科，木莲属，常绿乔木。

高达 20 米，嫩枝及芽有红褐短毛。叶革质，狭倒卵形、狭椭圆状倒卵形或倒披针形，长 8～17 厘米，宽 2.5～5.5 厘米，侧脉每边 8～12 条。总花梗长 6～11 毫米，被红褐色短柔毛。花被片纯白色，每轮 3 片，外轮 3 片近革质，长圆状椭圆形，长 6～7 厘米，宽 3～4 厘米，内 2 轮的常肉质，倒卵形，长 5～6 厘米，宽 2～3 厘米；雄蕊长约 1 厘米，雌蕊群长约 1.5 厘米；花柱长约 1 毫米。聚合果褐色，卵球形，长 2～5 厘米，蓇葖露出面有粗点状凸起，先端具长约 1 毫米的短喙；种子红色。花期 5 月，果期 10 月。

产于安徽、浙江、福建、广东、广西、贵州、云南。生长于花岗岩、沙质岩山地丘陵。

木材为板料、细工用材，树皮及果可入药。

宿莽

【文献征引】

1.（宿莽）《楚辭章句》：草冬生不死者，楚人名曰宿莽。《楚辭補注》：《爾雅》云：“卷施草拔心不死”，即宿莽也。

2.（卷施草）《爾雅·釋草》：卷施草，拔心不死。《爾雅注》：宿莽也，離騷云。《爾雅疏》：卷施草，一名宿莽，拔其心亦不死也；〇注：“宿莽也，《離騷》云”，案《離騷》經云“朝搴阰之木蘭兮，夕揽洲之宿莽”王逸云：“草冬生不死者，楚人名之曰宿莽”。

郝懿行《義疏》：凡草通名莽，惟宿莽是卷施草之名也。

3.（莽）《康熙字典》：又《揚子·方言》：草，南楚之间谓之莽。《孟子》“在野曰草莽之臣”趙岐註：莽亦草也。

【辨析】

莽是草在楚地的叫法，宿莽是指经冬不死的草。

申椒

【文献征引】

《楚辭章句》：申，重也；椒，香木也；其芳小，重之乃香；《五臣》云：“申，用也。椒、菌桂皆香木”。《楚辭補注》：……《淮南子》曰：“申茮、杜茝，美人之所怀服”。姜亮夫校注：申椒，大椒也。

【辨析】

申椒即花椒。

本词条可与“椒”、“椴”相互参看。

【形态特征】

见“椒”。

菌桂

【文献征引】

1.（菌）《楚辭章句》：菌，薰也；叶曰蕙，根曰薰。《楚辭補注》：《博雅》云："菌，薰也。其叶谓之蕙"，则菌与蕙一種也；下文别言"蕙茝"，又云"矫菌桂以纫蕙"，则菌桂自是一物，《本草》有"菌桂，花白藥黄，正圆如竹"；菌，一作箘，其字从竹，《五臣》以为香木是矣；其以申为用则非也，《淮南子》曰："申茮、杜茝，美人之所怀服"。

《康熙字典》：又《集韻》：菌桂出交趾，员如竹。

2.（桂）《康熙字典》：《本草圖經》：桂有三種：菌桂生交趾山谷，牡桂生南海山谷，桂生桂阳。

《說文解字》：桂，江南木，百藥之长。《說文解字註》："江南木"，《本草》曰："桂生桂阳。牡桂生南海山谷。箘桂生交趾，桂林山谷"；"百藥之长"，《本草經》木部上品首列牡桂、菌桂，箘桂味辛温，主百病，养精神，和颜色，为诸藥先聘通使，故許云百藥之长，《檀弓》、《內則》皆薑桂并言；劉逵引《本草經》正文曰："菌桂，圆如竹。出交趾"，然则其树正圆如竹，故名箘桂，今《本草》云："无骨。正圆如竹"，不系之正文，无骨，葢谓空心也，《左思賦》"邛竹缘岭。箘桂临崖"正以竹之实中者与桂之虚中者反对也。

3.（箘桂）《本草綱目》：〖释名〗筒桂、小桂；恭曰："箘者，竹名。此桂嫩而易卷如筒，即古所用筒桂也。筒似箘字，后人误书为箘，习而成俗，亦复因循也"，時珍曰："今《本草》又作从草之菌，愈误矣。牡桂为大桂，故此称小桂"。〖集解〗《別錄》曰："箘桂生交趾、桂林山谷岩崖间。无骨，正圆如竹，立秋采之"，弘景曰："交趾属交州，桂林属广州，《蜀都賦》云'箘桂临岩'是矣。俗中不见正圆如竹者，惟嫩枝破卷成圆，犹依桂用，非真箘桂也。《仙經》用箘桂，云三重者良，则明非今桂矣。别是一物，应更研访"，時珍曰："箘桂，叶似柿叶者是；详前桂下。《別錄》所谓正圆如竹者，谓皮卷如竹筒，陶氏误疑是木形如竹，反谓卷成圆者非真也。今人所栽巖桂，亦是箘桂之类而稍异，其叶不似柿叶，亦有锯齿如枇杷叶而粗涩者、有无锯齿如卮子叶而光洁者；丛生岩岭间，谓之巖桂，俗呼为木犀；其花有白者名银桂，黄者名金桂，红者名丹桂，有秋花者、春花者、四季花者、逐月花者；其皮薄而不辣，不堪入藥……"

【辨析】

菌桂即肉桂。

本词条可与"桂"相互参看。

【形态特征】

肉桂 *Cinnamomum cassia* Presl：又名桂、玉桂、桂枝、桂皮、筒，樟科，樟属，常绿大乔木。

树皮灰褐色，老树皮厚达 13 毫米。叶互生或近对生，长椭圆形至近披针形，长 8～16（34）厘米，宽 4～5.5（9.5）厘米，革质，边缘软骨质，内卷，三出脉，侧脉近对生，与中脉在上面明显凹陷，下面十分凸起。圆锥花序腋生或近顶生，长 8～16 厘米，三级分枝，分枝末端为 3 花的聚伞花序。花白色，长约 4.5 毫米；花被内外两面密被黄褐色短绒毛，花被裂片卵状长圆形，近等大，长约 2.5 毫米，宽 1.5 毫米；能育雄蕊 9，退化雄蕊 3，子房卵球形。果椭圆形，长约 1 厘米，宽 7～8（9）毫米，成熟时黑紫色，无毛。花期 6—8 月，果期 10—12 月。

原产我国。印度、老挝、越南至印度尼西亚等地也有分布，但大多为人工栽培。

枝、叶、花梗、果实可提制桂油，树皮、枝、叶柄、果均可入药。

蕙

【文献征引】

1.（蕙）《楚辭章句》：蕙，香草。《楚辭補注》：《本草》云："薰草一名蕙草，生下湿地"，陶隱居云："俗人呼鷰草，状如茅而香，为薰草，人家颇種之"，引《山海經》云："薰草麻叶而方茎，赤花而黑实，气如蘼蕪，可以已厉"，又《廣志》云"蕙草绿叶紫花"陳藏器云："此即是零陵香，生零陵山谷，《南越志》名燕草"，黄魯直说与此异；椒与菌桂木类也，蕙茝草类也。

《康熙字典》：《玉篇》：香草，生下湿地。《爾雅翼》：一干一花而香有余者蘭，一干数花而香不足者蕙。《南方草木狀》：蕙，一名熏草。

2.（薰）《康熙字典》：《本草註》：古人祓除，以此草薰之，故谓之薰。《山海經》：浮山有草焉，名曰薰草，佩之已厉。《前漢・兩龔傳》：薰以香自燒。

《說文解字》：薰，香草也。《說文解字註》："香草也"，《左傳》曰："一薰一蕕"，《蜀都賦》劉注曰："叶曰蕙。根曰薰"，張揖注《上林賦》曰："蕙，薰草也"，陳藏器曰："薰卽是零陵香也"，郭注《西山經》曰："蕙，蘭属也。非薰叶"。

3.（薰草、零陵香）《本草綱目》：〖释名〗蕙草、香草、燕草、黄零草；时珍曰："古者烧香草以降神，故曰薰、曰蕙；薰者，熏也，蕙者，和也，《漢書》云'薰以香自烧'是矣。或云：'古人祓除，以此草薰之，故谓之薰'，亦通。范成《大虞衡志》言：'零陵即今永州，不出此香，惟融、宜等州甚多。土人以编席荐，性暖宜人'，谨按零陵旧治在今全州，全乃湘水之源，多生此香；今人呼为廣零陵香者，乃真薰草也；若永州、道州、武冈州皆零陵属地也，今镇江、丹阳皆莳而刈之，以酒洒制货之，芬香更烈，谓之香草，与蘭草同称。《楚辭》云：'既滋蘭之九畹，又树蕙之百亩'，则古人皆栽之矣。張揖《廣雅》云：'卤，薰也。其叶谓之蕙'，而黄山谷言：'一干数花者为蕙'，盖因不识蘭草、蕙草，强以蘭花为分别也。鄭樵修《本草》言：'蘭即蕙，蕙即零陵香'，亦是臆见，殊欠分明。但蘭草、蕙草乃一类二種耳"。〖集解〗宏景曰："《桐君藥錄》：'薰草叶如麻，两两相对'，《山海經》云'浮山有草，麻叶而方茎，赤华而黑实，气如蘼蕪，名曰薰草，可以已疠。今俗人皆呼燕草，状如茅而香者为薰草，人家颇種之'者，非也。诗书家多用蕙，而竟不知是何草，尚其名而迷其实，皆此类也"，藏器曰："薰草即是零陵香，薰乃蕙草根也"，志曰："零陵香生零陵山谷，叶如羅勒，《南越志》云'土人名燕草，又名薰草，即香草也'、《山海經》'薰草'即是此"，頌曰："零陵香今湖廣诸州皆有之，多生下湿地。叶如麻，两两相对，茎方，常以七月中旬开花，至香，古云'薰草'是也……"

4.（羅勒）《本草綱目》：〖释名〗蘭香、香菜、翳子草；禹錫曰："北人避石勒讳，呼羅勒为蘭香"，时珍曰："按《鄴中記》云：'石虎讳言勒，改羅勒为香菜'，今俗人呼为翳子草，以其子治翳也"。〖集解〗禹錫曰："羅勒处处有之。有三種：一種似紫蘇葉；一種叶大，二十步内即闻香；一種堪作生菜，冬月用干者。子可安入目中去翳，少顷湿胀，与物俱出也”，時珍曰：“香菜须三月枣叶生时種之乃生，否则不生……《神隱書》言：‘……其子大如蚤，褐色而不光，七月收之’”……

【辨析】

蕙是古代的一种香草。

罗勒有别名是薰草、零陵香，但按《本草纲目》的记载，蕙是各文献所说的薰草、零陵香，罗勒不是。

茝

【文献征引】

《楚辭章句》：茝，香草。《楚辭補注》：茝，白芷也。

《康熙字典》：《玉篇》：香草。《禮·內則》：佩帨、茝蘭。《史記·禮書》：側载臭茝，所以养鼻也。

《說文解字》：茝，虈也。

【辨析】

茝即白芷。

本字条可与“芷”、“葯”相互参看。

【形态特征】

见“芷”。

留夷

【文献征引】

1.（留夷）《楚辭章句》：留夷，香草也；《文選》作藰荑。《楚辭補注》：張揖曰：“留夷，新夷”，顔師古曰：“留夷，香草。非新夷，新夷乃树耳”，一云：“留夷，藥名”。

游國恩《纂義》：留夷即芍藥。

2.（流夷）《史記·司馬相如列傳》“掩以緑蕙，被以江離，糅以蘪蕪，杂以流夷”。《文選·司馬相如·上林賦》作“留夷”，郭璞注：張揖曰：“留夷，新夷也”。李善注：王逸《楚辭註》曰：“留夷，香草”。

【辨析】

留夷是古代的一种香草。

揭車

【文献征引】

1.（揭車）《楚辭章句》：揭車，亦芳草，一名乞輿；揭，一作藒；《文選》作藒車。《楚辭補注》：《爾雅》：“藒車，䒗輿”，《本草拾遺》云：“藒車味辛，生彭城，高数尺，白花”。

2.（藒車）《爾雅·釋草》：藒車，䒗輿。《爾雅注》：藒車，香草，见《離骚》。《爾雅疏》：香草也，一名藒車，一名乞輿；郭云“藒車，香草，见《離骚》”者，《離骚》經云“畦留夷与藒車兮，杂杜衡与芳芷”是也。

3.（藒）《說文解字》：藒，藒車，芞輿也。《說文解字註》："藒車"，逗，"芞輿也"，各本无藒車二字，今依《韻會》所引补，藒芞、車輿皆迭韵；《爾雅》本或无車字，不得以之改《說文》也；離骚、《上林賦》皆作揭車，《廣志》曰："黄叶白华"；《玉篇》作藒。

4.（藒車香）《本草綱目》：〖集解〗藏器曰："《廣志》云：'藒車香，生徐州。高数尺，黄叶白花'，《爾雅》'藒車，芞輿'郭璞云：'香草也'"，時珍曰："《楚辭》'畦留夷与藒車'，则昔人常栽莳之，与今蘭香、零陵相类也"。

【辨析】

揭车是古代的一种香草。

杜衡

【文献征引】

1.（杜衡）《楚辭章句》：杜衡，香草也；衡，一作蘅。《楚辭補注》：《爾雅》"杜，土鹵"注云："杜衡也，似葵而香"，《山海經》云："天帝山有草，状似葵，其臭如蘼蕪，名曰杜衡"，《本草》云："叶似葵，形如马蹄，故俗云馬蹄香"。

《爾雅・釋草》：杜，土鹵。《爾雅注》：杜衡也，似葵而香。《爾雅疏》：香草也；一名杜，一名土鹵；郭云"杜衡也，似葵而香"、《本草》唐本註云"杜衡叶似葵，形如马蹄，故俗云馬蹄香。生山之阴水泽下湿地。根似细辛、白前等"、《山海經》云"天帝山有草，其状如葵，其臭如蘪蕪，名曰杜衡，可以走马，食之已癭"是也。

《本草綱目》：〖释名〗杜葵、馬蹄香、土鹵、土細辛；蘇恭曰："杜衡叶似葵，形似馬蹄，故俗名馬蹄香"，蘇頌曰："《爾雅》杜又名土鹵，然杜若亦名杜衡，或疑是杜若，而郭璞注云'似葵'，当是杜蘅也"。〖集解〗恭曰："生山之阴，水泽下湿地。叶似葵，形如馬蹄；根似細辛、白前等……"，頌曰："今江淮间皆有之。春初于宿根上生苗，叶似马蹄形状，高二三寸，茎如麥藁粗细，每窠上有五七叶，或八九叶，别无枝蔓；又于茎叶间罅内蘆头上贴地生紫花，其花似见不见，暗结实如豆大，窠内有碎子，似天仙子；苗叶俱青，经霜即枯；其根成空，有似饭帚密闹细长，四五寸，粗于細辛，微黄白色，味辛，江淮俗呼为馬蹄香。谨按《山海經》云'天帝之山有草焉，状如葵，其臭如蘼蕪，名曰杜衡。可以走马，食之已癭'郭璞注云：'带之可以走马'，或曰：'马得之而健走也'"。

2.（杜若）《本草綱目》：〖释名〗頌曰："此草一名杜衡，而草部中品自有杜衡条，即《爾雅》所谓土鹵者也；杜若即《廣雅》所谓楚衡者也；其类自别。古人多相杂引用，故九歌云'采芳洲兮杜若'、離骚云'杂杜衡与芳芷'，王逸辈皆不分别，但云香草，故二名相混"。

【辨析】

杜衡的古今名称一致。

杜若有别名为杜衡，但它不是本名为杜衡的植物。

【形态特征】

杜衡 *Asarum forbesii* Maxim.：又名马辛、双龙麻消，马兜铃科，细辛属，多年生草本植物。

具肉质根，多数。根状茎，节间短。茎顶生 1～2 叶，叶柄长 7～15 厘米，叶片心形，长 3～8 厘米，先端钝或圆，基部心形，表面近中脉具白色云斑，边缘及脉上密被细柔毛。

单花顶生，直径1～1.2厘米，暗紫色，花冠钟状，顶端3裂，裂片宽卵形，脉纹明显，雄蕊12，花柱6，柱头2裂。蒴果肉质，种子多数，黑褐色。花期4—5月。

产于我国河南、江苏、浙江、安徽、湖北、江西等地。生长于阴湿有腐殖质的林下或草丛中。

全草可入药。

芳芷

【文献征引】

《楚辭章句》：芳芷，香草也。

【辨析】

芳芷是古代的一种香草。

秋菊

【文献征引】

1.（菊）《本草綱目》：〖释名〗節華、女節、女華、女莖、日精、更生、傅延年、治蘠、金蕋、陰成、周盈；時珍曰：“按陸佃《埤雅》云：‘菊本作蘜，从鞠。鞠，穷也’，《月令》：‘九月，菊有黄华。华事至此而穷尽，故谓之蘜’，節華之名，亦取其应节候也。崔寔《月令》云：‘女節、女華，菊華之名也。治蘠、日精，菊根之名也’，《抱朴子》云：‘仙方所谓日精、更生、周盈，皆一菊，而根茎花实之名异也”。〖集解〗宏景曰：“菊有两種，一種茎紫气香而味甘、叶可作羹食者为真菊，一種青茎而大、作蒿艾气、味苦不堪食者名苦薏，非真菊也；叶正相似，惟以甘苦别之。南阳郦县最多，今近道处处有之，取種便得。又有白菊，茎叶都相似，惟菊白，五月取之……”，頌曰：“处处有之，以南阳菊潭者为佳。初春布地生细苗，夏茂，秋花，冬实。然種类颇多，惟紫茎气香、叶厚至柔者嫩时可食，花微大，味甚甘者为真。其茎青而大，叶细气烈似蒿艾，花小味苦者名苦薏，非真也。南阳菊亦有两種：白菊叶大如艾叶，茎青根细，花白蕊黄；其黄菊叶似茼蒿，花蕊都黄；今服饵家多用白者。又有一種开小花，花瓣下如小珠子，谓之珠子菊，云入藥亦佳”，瑞曰：“花大而香者为甘菊，花小而黄者为黄菊，花小而气恶者为野菊”，時珍曰：“菊之品九百種，宿根自生，茎叶、花色，品品不同……其茎有株、蔓、紫、赤、青、绿之殊，其叶有大、小、厚、薄、尖、秃之异，其花有千叶、单叶、有心、无心、有子、无子、黄白红紫、间色深浅、大小之别，其味有甘、苦、辛之辨，又有夏菊、秋菊、冬菊之分。大抵惟以单叶味甘者入藥，《菊譜》所载甘菊、邓州黄、邓州白者是矣……”

《康熙字典》：《唐韻》、《韻會》：古作蘜、鞠。

《說文解字》：菊，大菊，蘧麦。

2.（蘜）《爾雅・釋草》：蘜，治蘠也。《爾雅注》：今之秋華菊。《爾雅疏》：蘜，一名治蘠；郭云：“今之秋華菊”，案《月令》季秋云：“鞠有黄华”，《本草》云：“菊華，一名節華”，陶注云：“菊有两種：一種茎紫气香而味甘，叶可作羹而食者，为真。一種茎青而大，作蒿艾气，味苦不堪食者，名苦薏，非真也”。

《康熙字典》：《集韻》：同菊。

《說文解字》：蘜，治墙也。《說文解字註》："治墙也"，未详何物，《集韻》七之曰："落蘠，草名"。

3.（鞠）《康熙字典》：又与菊通。《禮·月令》：鞠有黄华。《釋文》：鞠，本作菊。

【辨析】

秋菊即菊花。

菊花在我国的栽培历史已有三千多年，最早见于《尔雅》的记载，当时的菊花都是野生种，花小且多为黄色。

【形态特征】

菊花 *Dendranthema morifolium*（Ramat.）Tzvel.：又名鞠、秋菊，菊科，菊属，多年生草本植物。

株高 60～150 厘米，茎直立，基部木质化，上部多分枝。单叶互生，叶片卵形至披针形，长 5～15 厘米，羽状浅裂或半裂，有短柄，下面被白色柔毛。头状花序顶生或腋生，一朵或数朵簇生；舌状花色彩丰富，筒状花黄色。瘦果不育。花期 9—10 月。

原产我国。

花可入药。

薜荔

【文献征引】

1.（薜荔）《楚辭章句》：薜荔，香草也，缘木而生。《楚辭補注》：《山海經》"小华之山，其草多薜荔，状如烏韭，而生于石上"注云："亦缘木生"，《管子》云："薜荔白芷、蘼蕪椒連，五臭所校"，校谓馨烈之锐，《前漢·藥章》云"都荔遂芳"谓都良、薜荔俱有芬芳也。

2.（萆荔）《山海經·西山經》"小华之山……其草有萆荔，状如烏韭，而生於石上，亦缘木而生，食之已心痛"袁珂校注：萆荔，香草。

3.（木蓮）《本草綱目》：〖释名〗薜荔、木饅頭、鬼饅頭；时珍曰："木蓮，馒头象其实形也。薜荔音壁利，未详。《山海經》作萆荔"。〖集解〗頌曰："薜荔、絡石极相类，茎叶粗大如藤状，木蓮更大于絡石；其实若蓮房"，时珍曰："木蓮延树木垣墙而生，四时不凋。厚叶茎强，大于絡石；不花而实，实大如盃，微似蓮蓬而稍长，正如無花果之生者；六七月实，内空而红，八月后则满腹细子，大如稗子，一子一鬚，其味微濇；其壳虚轻，乌鸟童儿皆食之"。

【辨析】

薜荔的古今名称一致。

【形态特征】

薜荔 *Ficus pumila* L.：又名凉粉子、木莲、凉粉果、冰粉子、鬼馒头、木馒头，桑科，榕属，攀缘或匍匐灌木。

茎节具不定根。叶具两型，一为不结果枝上的叶，卵状心形，长约 2.5 厘米，尖端渐尖，叶柄短；一为结果枝上的叶，卵状椭圆形，长 5～10 厘米，宽 2～3.5 厘米，先端钝圆，基部圆形或浅心形，全缘，背面被黄褐色柔毛，网状脉明显；叶柄长 5～10 毫米，托叶 2，披针形，被黄褐色丝状毛。榕果单生于叶腋，梨形或近球形，长 3～6 厘米，顶部截平，黄绿色；花雌雄异株，着生于榕果内壁，雄花多数，排为几行，有柄，雄蕊 2，花丝短；

雌花花柄长，被片 4～5。瘦果近球形，有黏液。花期 5—6 月，果期 7—9 月。

产于我国长江流域以南至广东、海南、台湾等省区，北方偶有栽培。日本、印度也有分布。

茎皮可制人造棉、造纸，茎、叶可入药。

胡繩

【文献征引】

《楚辭章句》：胡繩，香草也。

【辨析】

胡绳是古代的一种香草。

从诗文中大致可以知道胡绳是一种植株具香气、茎叶可制作索条——其名称中的“绳”字或许是因其功能而来、产于长江流域及其以南地区的草本植物。

芰

【文献征引】

1.（芰）《楚辭章句》：芰，蔆也；秦人曰薢茩。《楚辭補注》：芰，生水中，叶浮水上，花黄白色。

《康熙字典》：《酉陽雜俎》：今人但言蔆芰，诸解草木書，亦未分别，唯王安貧《武陵記》云：“四角、三角曰芰，两角曰蔆”。《本草註》：其叶支散，故字从支。

《說文解字》：芰，蔆也。《說文解字註》：“蔆也”，是谓转注。

2.（蔆）《爾雅·釋草》：蔆，蕨攈。《爾雅注》：蔆，今水中芰。《爾雅疏》：蔆，一名蕨攈；郭云“蔆，今水中芰”者，《字林》云“楚人名蔆曰芰，可食”、《國語》曰“屈到嗜芰”、俗云“蔆角”是也。

《說文解字》：蔆，芰也；楚谓之芰，秦谓之薢茩。《說文解字註》：“芰也”，《周禮》加笾之实有蔆注：“蔆，芰也”，《子虛賦》应劭注同；“楚谓之芰”，《楚語》“屈到嗜芰”韦曰：“芰，蔆也”；“秦谓之薢茩”，釋草曰“薢茩，英光”郭云：“英明也。或曰蔆也。关西谓之薢茩”，按景純两解，后解与《說文》、《字林》合；釋草又曰：“蔆，蕨攈”，孫炎居郡反郭云“今水中芰”，按蕨攈、英光皆双声，《爾雅》“薢茩，英光”或可以決明子释之，不嫌异物同名也，而《說文》之“芰，薢茩”即今蔆角，本无疑义，不知徐鍇何以淆惑。

3.（芰實）《本草綱目》：〖释名〗蔆、水栗、沙角；時珍曰：“其叶支散，故字从支。其角棱峭，故谓之蔆，而俗呼为蔆角也。昔人多不分别，惟王安貧《武陵記》以三角、四角者为芰，两角者为蔆，《左傳》“屈到嗜芰”即此物也，《爾雅》谓之厥攈。又許慎《說文》云：‘蔆，楚谓之芰，秦谓之薢茩’、楊氏《丹鉛錄》以芰为雞頭，引《離騷》‘缉芰荷以为衣’，言蔆叶不可缉衣，皆误矣。案《爾雅》薢茩乃決明之名，非厥攈也；又《埤雅》：“芰荷乃藕上出水生花之茎”，非雞頭也，与蔆同名异物；許、楊二氏失于详考，故正也”。〖集解〗頌曰：“蔆，处处有之。叶浮水上，花黄白色，花落而实生，渐向水中乃熟；实有二種，一種四角、一種两角；两角中又有嫩皮而紫色者，谓之浮蔆，食之尤美。江淮及山东人暴其实以为米，代粮”，時珍曰：“芰蔆有湖泺处则有之。蔆落泥中，最易生发。有野蔆、家蔆，皆三月生蔓延引，叶浮水上，扁而有尖，光面如镜；叶下之茎，有股如虾股，一茎一叶，两两相差，如蝶翅状；五六月开小白花，背日而生，昼合宵炕，随月转移；其实有数種，或三角、四角，或两角、无角。野蔆自生湖中，叶实俱小，其角硬直刺人，其色嫩青老黑，嫩时剥食甘美，老则蒸煮食之……家蔆種于陂塘，叶实俱大，角软而脆，亦有两角弯卷如弓形者，其色有青有红有紫，嫩时剥食，皮脆肉美，盖佳果也……按段成式《酉陽雜俎》云：'苏州折腰菱，多两角。荆州郢城蔆，三角无刺，可以节莎。汉武帝昆明池有浮根蔆，亦曰青水蔆，叶没水下，蔆出水上……"

【辨析】

芰即菱。

芰在本诗中代指菱叶。

【形态特征】

菱 *Trapa bispinosa* Roxb.：菱科，菱属，一年生浮水水生草本。

根二型。茎柔弱分枝。叶二型：浮水叶互生，聚生于主茎或分枝茎的顶端，呈旋叠状镶嵌排列在水面成莲座状的菱盘，叶片菱圆形或三角状菱圆形，长3.5～4厘米，宽4.2～5厘米，叶边缘中上部具不整齐的圆凹齿或锯齿，边缘中下部全缘；沉水叶小，早落。花小，单生于叶腋两性；花瓣4，白色；雄蕊4。果三角状菱形，高2厘米，宽2.5厘米，表面具淡灰色长毛，2肩角直伸或斜举。花期5—10月，果期7—11月。

产于黑龙江、吉林、辽宁、陕西、河北、河南、山东、江苏、浙江、安徽、湖北、湖南、江西、福建、广东、广西等省区水域。生长于湖湾、池塘、河湾。日本、朝鲜、印度、巴基斯坦也有分布。

果可供食用、酿酒，全株可作饲料。

芙蓉

【文献征引】

1.（芙蓉）《楚辭章句》：芙蓉，蓮華也。《楚辭補注》：《爾雅》曰"荷，芙蕖"注云："别名芙蓉"，《本草》云："其叶名荷，其华未发为菡萏，已发为芙蓉"；芰、荷，叶也，故以为衣，芙蓉，华也，故以为裳，《反離騷》云"衿芰茄之绿衣，被芙蓉之朱裳"是也。

2.（蓮藕）《本草綱目》：〖释名〗其根藕，其实蓮，其茎叶荷；韓保昇曰："藕生水中，其叶名荷……"，時珍曰："《爾雅》以荷为根名，韓氏以荷为叶名，陸璣以荷为茎名。按茎乃负叶者也，有负荷之义，当从陸说……"。〖集解〗時珍曰："……节生二茎，一为藕荷，其叶贴水，其下旁行生藕也；一为芰荷，其叶出水，其旁茎生花也……"

【辨析】

芙蓉即莲。

本词条可与"荷"、"菡萏"相互参看。

【形态特征】

莲 *Nelumbo nucifera* Gaertn.：又名莲花、芙蕖、芙蓉、菡萏、荷花，睡莲科，莲属，多年生水生草本植物。

根茎肥大多节，横生于水底泥中。叶盾状圆形，表面深绿色，被蜡质白粉，背面灰绿色，全缘并呈波状；叶柄圆柱形，密生倒刺。花单生于花梗顶端，高托水面之上，有单瓣、复瓣、重瓣及重台等花型；花色有白、粉、深红、淡紫色、黄色或间色等变化；雄蕊多数；雌蕊离生，埋藏于倒圆锥状海绵质花托内，花托表面具多数散生蜂窝状孔洞，受精后逐渐膨大称为莲蓬，每一孔洞内生一小坚果（莲子）。花期 6—9 月，果期 9—10 月。

产于我国南北各省。生长于平静浅水、湖沼、泽地、池塘。前苏联、朝鲜、日本、印度、越南、亚洲南部和大洋洲均有分布。

根状茎可作蔬菜或提制淀粉，种子可食用，根状茎、叶、叶柄、花托、花、雄蕊、果实及种子均可入药。

【植物图片】

薋

【文献征引】

《楚辭章句》：薋，蒺藜也。《楚辭補注》：今《詩》薋作茨，《爾雅》亦作茨，布地蔓生，细叶，子有三角刺人。

【辨析】

薋即蒺藜。

本字条可与“茨”相互参看。

【形态特征】

见“茨”。

菉

【文献征引】

《楚辭章句》：菉，王芻也。《楚辭補注》：今《詩》菉作綠；《爾雅》云：“菉，王芻”，菉，蓐也，《本草》云：“藎草，叶似竹而细薄，茎亦圆小，生平泽溪涧之侧，俗名菉蓐草”。《詩·小雅》“终朝采綠”《疏》：綠同菉。

《爾雅·釋草》：菉，王芻。《爾雅注》：菉，蓐也；今呼鴟腳莎。《爾雅疏》：舍人云：“菉，一名王芻”、某氏云：“菉，鹿蓐也”、郭云：“菉，蓐也。今呼鴟腳莎”、《詩·卫风》

云“瞻彼淇奥，綠竹猗猗”是也。

《說文解字》：菉，王芻也；《詩》曰：“菉竹猗猗”。《說文解字註》：“王芻也”，见釋草、《毛傳》；“《詩》曰：‘箓竹猗猗’”，今《毛詩》作綠，《大學》引作箓，小雅：“终朝采綠”，王逸引作菉。

【辨析】

菉即荩草。

本字条可与“綠”相互参看。

【形态特征】

见“綠”。

葹

【文献征引】

《楚辭章句》：葹，枲耳也。《楚辭補注》：葹，形似鼠耳，《詩》人谓之卷耳、《爾雅》谓之苓耳、《廣雅》谓之枲耳，皆以实得名；《本草》：枲耳一名葹。

【辨析】

葹即卷耳。

本字条可与“卷耳”、“葈耳”相互参看。

【形态特征】

见“卷耳”。

扶桑

【文献征引】

1.（扶桑）《楚辭章句》：扶桑，日所拂木也；《淮南子》曰：“日出汤谷，浴乎咸池，拂于扶桑，是谓晨明；登于扶桑，爰始将行，是谓朏明”。《楚辭補注》：《山海經》云“黑齿之北，曰汤谷，有扶木，九日居下枝，一日居上枝，皆戴乌”郭璞云：“扶木，扶桑也。天有十日，迭出运照”；東方朔《十洲記》曰：“扶桑在碧海中，叶似桑树，长数千丈，大二千围，两两同根，更相依倚，是名扶桑”，《淮南子》云：“扶木在阳州，日之所曊”，曊犹照也，《說文》云：“榑桑，神木，日所出”。

2.（榑）《說文解字》：榑，榑桑，神木，日所出也。《說文解字註》：“榑桑，神木。日所出也”，叒下曰：“日初出東方汤谷所登榑桑，叒木也”，然则榑桑卽叒木也；東下曰：“从日在木中”，杲下曰：“从日在木上”，皆谓榑木也，《淮南》高注亦曰：“榑桑，日所出也”。

3.（叒）《康熙字典》：《唐韻》：榑桑，叒木。《徐曰》：叒亦木名，东方自然之神木。

《說文解字》：叒，日初出東方汤谷所登榑桑，叒木也；象形；凡叒之属皆从叒。《說文解字註》：“日初出東方汤谷所登榑桑”，句，“叒木也”，按当云叒木榑桑也，日初出東方汤谷所登也，榑桑已见木部，此处立文当如是；宋本、葉本、宋刻《五音韻譜》、《集韻》、《類篇》皆作汤，别刻作旸，毛扆改汤为旸，非也，《尚書》旸谷自說青州嵎夷之地，非日出之地也，日出之地，岂羲仲所能到？天问曰：“出自汤谷。次于蒙汜”，《淮南・天文》训曰：“日出于汤谷，浴于咸池，拂于扶桑。是谓晨明”，《墬形訓》註曰：“扶木，扶桑也。在汤谷之南”，《海外東經》曰：“汤谷上有扶桑。十日所浴”，《大荒東經》曰：“汤谷上有扶木。一日方至。一日方出。皆载于乌”，按今《天文》训作旸谷，以王逸《楚辭註》、《史記索隱》、《文選註》所引正之，则阳亦浅人改耳；離骚：“總余辔乎扶桑。折若木以拂日”，二语相联，葢若木卽谓扶桑，扶若字，卽榑叒字也；“象形”，枝叶蔽翳；“凡叒之属皆从叒”。

【辨析】

扶桑是神话中生于日出之处的神木，现实中并不存在。

若木

【文献征引】

《楚辭章句》：若木在昆仑西极，其华照下地。《楚辭補注》：《山海經》：“南海之内，黑水之间，有木名曰若木，若水出焉”，又曰：“灰野之山，有树青叶赤华，名曰若木，日所入处，生昆仑西，附西极也”，然则若木有二，而此乃灰野之若木欤？《淮南子》曰“若木在建木西，末有十日，其华照下地”注云：“若木端有十日，状如连珠”。

《山海經·大荒北經》“大荒之中，有衡石山、九阴山、洞野之山，上有赤树，青叶，赤华，名曰若木”郭璞注：生昆仑西，附西极，其华光赤下照地。

【辨析】

若木是神话中生长在昆仑最西边、日落之处的一种树，现实中并不存在。

蘭

【文献征引】

1.（蘭）《康熙字典》：《爾雅翼》：一干一花而香有余者蘭。

《說文解字》：蘭，香草也。《說文解字註》：“香草也”，《易》曰：“其臭如蘭”，《左傳》曰：“蘭有国香”，说者谓似澤蘭也。

2.（蘭草）《本草綱目》：〖释名〗蕑、水香、香水蘭、女蘭、香草、燕尾香、大澤蘭、蘭澤草、煎澤草、省頭草、都梁香、孩兒菊、千金草；志曰：“叶似馬蘭，故名蘭草。其叶有歧，俗呼燕尾香。时人煮水以浴风，故又名香水蘭”，時珍曰：“都梁即今之武冈州也，又临淮盱眙县，亦有都梁山产此香。蘭乃香草，能辟不祥，陸璣《詩疏》言：‘郑俗，三月男女秉蕑于水际，以自祓除’，盖蘭以闌之，蕑以閑之，其义一也。《淮南子》云：‘男子種蘭，美而不芳’，则蘭须女子種之，女蘭之名，或因乎此。其叶似菊，女子、小儿喜佩之，则女蘭、孩菊之名又或以此也。《唐瑶經驗方》言：‘江南人家種之，夏月采置发中，令头不埴，故名省頭草’，其说正合煎澤之义。古人蘭蕙皆称香草，如零陵香草、都梁香草，后人省之，通呼为香草尔。近世但知蘭花，不知蘭草，惟虚谷方回考订，极言古之蘭草即今之千金草、俗名孩兒菊者，其说可据”。〖集解〗宏景曰：“……今东门有煎澤草，名蘭香，或者此也。李當之云：‘是今人所種都梁香草也’，澤蘭亦名都梁香”；恭曰：“蘭即蘭泽香草也。圆茎紫萼，八月花白，俗名蘭香，煮以洗浴。生溪涧水旁，人闲亦多種之，以饰庭池。陶所引煎澤草、都梁香者是也，而不能的识”；保昇曰：“生下湿地，叶似澤蘭，尖长有歧，花红白色而香”；藏器曰：“蘭草、澤蘭二物同名，陶不能知，蘇亦浪别。蘭草生泽畔，叶光润，根小紫，五月六月采，阴干，即都梁香也。澤蘭叶尖，微有毛，不光润，茎方节紫，初采微辛，干之亦辛。蘇云‘八月花白’者，即澤蘭也，以注蘭草，殊误矣”；時珍曰：“蘭草、澤蘭，一类二種也。俱生水旁下湿处，二月宿根生苗成丛，紫茎素枝，赤节绿叶，叶对节生，有细齿；但以茎圆节长而叶光有岐者为蘭草，茎微方、节短而叶有毛者为澤蘭。嫩时并可挼而佩之，八九月后渐老，高者三四尺，开花成穗，如雞蘇花，红白色，中有细子。雷敩《炮炙論》所谓‘大澤蘭即蘭草也，小澤蘭即澤蘭也’，《禮記》‘佩帨蘭茝’、《楚辭》‘纫秋蘭以为佩’、《西京雜記》载汉时池苑種蘭以降神，或杂粉藏衣書中辟蠹者，皆此二蘭也。今吴人莳之，呼为香草，夏月刈取，以酒油洒制，缠作把子，货为头泽佩带，与《别錄》所出太吳之文正相符合。诸家不知二蘭乃一物二種，但功用有气血之分，故无定指，惟寇氏、朱氏之误尤甚，故考证于下。或云家莳者为蘭草，野生者为澤蘭，亦通”。〖正误〗寇宗奭曰：“蘭草，诸家之说异同，乃未的识，故无定论。今江陵、鼎、澧州山谷之间颇有之，山外平田即无。多生阴地幽谷，叶如麥虋冬而阔且韧，长及一二尺，四时常青，花黄绿色，中间瓣上有细紫点；春芳者为春蘭，色深、秋芳者为秋蘭，色淡。开时满室尽香，与他花香又别”；朱震亨曰：“蘭叶禀金水之气而似有火，人知其花香之贵，而不知其叶有藥力。盖其叶能散久积陈郁之气，甚有力，即今之栽置座右者”；時珍曰：“二氏所说乃近世所谓蘭花，非古之蘭草也。蘭有数種，蘭草、澤蘭生水旁，山蘭即蘭草之生山中者。蘭花亦生山中，与三蘭迥别。蘭花生近处者，叶如麥虋冬而春花、生福建者，叶如菅茅而秋花。黄山谷所谓‘一干一花为蘭，一干数花为蕙’者，盖因不识蘭草、蕙草，遂以蘭花强生分别也。蘭草与澤蘭同类，故陸璣言：‘蘭似澤蘭，但广而长节’，離騷言其‘绿叶’、‘紫茎’、‘素枝’、‘可纫’、‘可佩’、‘可藉’、‘可膏’、‘可浴’，郑诗言：‘士女秉蕑’，應劭《風俗通》言：‘尚書奏事，怀香握蘭’，《禮記》言：‘诸侯贽薰，大夫贽蘭’，《漢書》言：‘蘭以香自烧’也。若夫蘭花，有叶无枝，可玩而不可纫、佩、藉、浴、秉、握、膏、焚，故朱子《離騷辨證》言：‘古之香草必花叶俱香，而燥湿不变，故可刈佩。今之蘭蕙，但花香而叶乃无气，质弱易萎，不可刈佩，必非古人所指甚明。古之蘭似澤蘭，而蕙即今之零陵香；今之似茅而花有两種者，不知何时误也？’、熊太古《冀越集》言：‘世俗之蘭，生于深山穷谷，决非古时水泽之蘭也’、陳《遯齋閑覽》言：‘楚騷之蘭，或以为都梁香、或以为澤蘭、或以为猗蘭，当以澤蘭为正。今人所種如麥虋冬者，名幽蘭，非真蘭也，故陳止齋著《盗蘭說》以讥之’、方虛谷《訂蘭說》言：‘古之蘭草，即今之千金草，俗名孩兒菊者。今之所谓蘭，其叶如茅而嫩者，根名土續斷，因花馥郁，故得蘭名也’、楊升菴云：‘世以如蒲萱者为蘭，九畹之受诬久矣’，又吳草廬有《蘭說》甚详，云‘蘭为《醫經》上品之藥，有枝有茎，草之植者也。今所谓蘭，无枝无茎，因黄山谷称之，世遂谬指为《離騷》之蘭。寇氏《本草》亦溺于俗，反疑旧说为非。夫《醫經》为实用，岂可误哉？今之蘭，果可利水杀蛊而除痰癖乎？其種盛于闽，朱子乃闽人，岂不识其土产而反辨析如此？世俗至今犹以非蘭为蘭，何其惑之难解也？呜呼！’。观诸儒之明析如此，则寇、朱二氏之误可知，而医家用蘭草者，当不复疑矣”。

【辨析】

兰即佩兰。

早期人们所谓的兰并非指兰花，而是与泽兰同属的植物佩兰。

本字条可与“蕳”相互参看。

【形态特征】

佩兰 *Eupatorium fortunei* Turcz.：又名兰草，菊科，泽兰属，多年生草本。

全株及花揉之有香味，高 40～100 厘米。根茎横走，淡红褐色。茎直立，绿色或红紫色，全部茎枝被稀疏的短柔毛。中部茎叶较大，三全裂或三深裂，总叶柄长 0.7～1 厘米；上部的茎叶常不分裂，披针形或长椭圆状披针形或长椭圆形，长 6～12 厘米，宽 2.5～4.5 厘米，叶柄长 1～1.5 厘米；中部以下茎叶渐小，基部叶花期枯萎。头状花序多数在茎顶及枝端排成复伞房花序，花序径 3～6（10）厘米。花白色或带微红色，花冠长约 5 毫米，外面无腺点。瘦果黑褐色，长椭圆形，5 棱，长 3～4 毫米，无毛无腺点；冠毛白色，长约 5 毫米。花果期 7—11 月。

产于山东、江苏、浙江、江西、湖北、湖南、云南、四川、贵州、广西、广东及陕西。生于路边灌丛及山沟路旁。日本、朝鲜也有分布。

全草可入药。

藑茅

【文献征引】

1.（藑茅）《楚辭章句》：藑茅，灵草也；《文選》藑作瓊。

2.（藑）《康熙字典》：《爾雅·釋草》“葍，藑茅”《註》：葍，华有赤者为藑；藑、葍一種耳。屈原《離騷》“索藑茅以筳篿”《註》：藑茅，香草。

《說文解字》：藑，藑茅，葍也；一名蕣。《說文解字註》：“藑茅”，逗，各本无藑字，此浅人不知其不可删而删之，如“巂周，燕也”，今本删巂字，其误正同，今补；“葍也”，釋草曰：“葍，藑茅”；“一名舜”，䑞字下曰“楚谓之葍，秦谓之藑”是也；今本作一名蕣，是以木堇为葍矣。

3.（葍）《爾雅·釋草》：葍，藑茅。《爾雅注》：葍，华有赤者为藑；藑，葍一種耳；亦猶菱苕，华黄白异名。《爾雅疏》：葍与藑茅一草也；华白者即名葍，华赤者别名藑茅，故郭云“亦猶菱苕，华黄白异名”也。

【辨析】

藑茅即田旋花。

藑茅在古代是用来占卜的材料之一，檀默斋言：“藑茅，折草以卜，俗云‘掐茅卦’是也”。

本词条可与“葍”相互参看。

【形态特征】

田旋花 *Convolvulus arvensis* Linn.：又名中国旋花、箭叶旋花、扶田秧、扶秧苗、白花藤、面根藤、三齿草藤、小旋花、燕子草、田福花，旋花科，旋花属，多年生草本植物。

根状茎横走，茎平卧或缠绕，有条纹及棱角。叶卵状长圆形至披针形，长 1.5～5 厘米，宽 1～3 厘米，全缘或 3 裂，中裂片卵状椭圆形、狭三角形或披针状长圆形。花序腋生，总梗长 3～8 厘米，1 或有时 2～3 至多花；花冠宽漏斗形，长 15～26 毫米，白色或粉红色，或白色具粉红或红色的瓣中带，或粉红色具红色或白色的瓣中带，5 浅裂；雄蕊 5，雌蕊较雄蕊稍长，柱头 2，线形。蒴果卵状球形或圆锥形，长 5～8 毫米；种子 4，卵圆形，暗褐色或黑色。

产于我国吉林、黑龙江、辽宁、河北、河南、山东、山西、陕西、甘肃、宁夏、新疆、内蒙古、江苏、四川、青海、西藏等省区。生于耕地及荒坡草地上。广布两半球温带，在亚热带及热带地区也有分布。

全草可入药。

【植物图片】

艾

【文献征引】

《楚辭章句》：艾，白蒿也；或言艾非芳草也，一名冰臺。《詩・王风》"彼采艾兮"《毛傳》：艾，所以療疾。

《爾雅・釋草》：艾，冰臺。《爾雅注》：今艾蒿。《爾雅疏》：艾，一名冰臺，即今艾蒿也；《詩・王风》"彼采艾兮"是也。

《本草綱目》：〖释名〗冰臺、醫草、黄草、艾蒿；時珍曰："王安石《字說》云：'艾可乂疾，久而弥善'，故字从乂。陸佃《埤雅》云：'《博物志》言：削冰令圆，举而向日，以艾承其影，则得火'，则艾名冰臺，其以此乎？医家用灸百病，故曰灸草。一灼谓之一壮，以壮人为法也"。〖集解〗頌曰："处处有之，以复道及四明者为佳，云此種灸百病尤胜。初春布地生苗，茎类蒿，叶背白，以苗短者为良。三月三日、五月五日，采叶暴干，陈久方可用"，時珍曰："艾叶本草不着土产，但云生田野。宋时以汤阴复道者为佳，四明者图形；近代惟汤阴者谓之北艾，四明者谓之海艾。自成化以来，则以蕲州者为胜，用充方物，天下重之，谓之蕲艾；相传他处艾灸酒坛不能透，蕲艾一灸则直透彻，为异也。此草多生山原，二月宿根生苗成丛，其茎直生，白色，高四五尺；其叶四布，状如蒿，分为五尖，椏上复有小尖，面青背白，有茸而柔厚；七八月叶间出穗，如车前穗，细花，结实累累盈枝，中有细子，霜后始枯。皆以五月五日连茎刈取，暴干收叶……"

《康熙字典》：《急就篇註》：艾，一名冰臺，一名醫草。《博物志》：削冰令圆，举以向日，以艾承其影得火，故号冰臺。《本草註》：医家用灸百病，故曰灸草。《玉篇》：蕭也。

《說文解字》：艾，仌臺也。《說文解字註》："仌臺也"，见釋草；張華《博物志》曰：

“削冰令圆。举以向日。以艾于后承其影，则得火”；古多借为乂字，治也，又训养也。

【辨析】

艾的古今名称一致。

本字条可与“蒦”、“蘩”相互参看。

【形态特征】

艾 *Artemisia argyi* Levl. et Vant.：又名艾蒿、白蒿、冰台、医草、甜艾、灸草、海艾、白艾、蕲艾、阿及艾、家艾、艾叶、陈艾、大叶艾、祁艾、大艾、艾绒、艾蓬、五月艾、黄草、野艾、白陈艾、家陈艾、红艾、火艾，菊科，蒿属，多年生草本或略成半灌木状。

植株有浓烈香气。主根粗长，侧根多，常有横卧地下的根状茎及营养枝。茎高 80～120 厘米，有纵棱，灰褐色，基部木质化，茎、枝均被短棉毛。茎下部叶近圆形，羽状深裂，茎中部叶卵形，长 5～8 厘米，1～2 回羽状深裂至半裂，上面被灰白色短柔毛，并有白色腺点，背面密被灰白色蛛丝状绒毛，叶脉明显，茎上部叶 3～5 裂或不裂。头状花序椭圆形，直径 2.5～3.5 毫米，无梗或近无梗，每数枚在分枝上排成穗状花序或复穗状花序，并在茎上再组成圆锥花序，总苞片 3～4 层，覆瓦状排列，外围花雌性，6～13 朵，花冠管状，紫色，中央两性花，8～12 朵，花冠近管状，紫红色。瘦果长圆形，长约 1 毫米。花期 8—10 月，果期 9—11 月。

产于我国东北、华北、西北、华南、西南等地。生长于荒地、路旁河边及山坡，也见于森林草原及草原地区。在朝鲜、蒙古、俄罗斯等地也有分布。

艾叶晒干捣碎可制艾条供艾灸用，嫩芽及幼苗可作菜蔬，全草可入药。

【植物图片】

荃

【文献征引】

《康熙字典》：《拾遺記》：荃蕪香，出波弋国，浸地则土石皆香，以熏枯骨则肌肉皆生。

《說文解字》：荃，芥脃也。《說文解字註》：“芥脃也”，黑部曰：“以芥为齏名曰芥荃。云芥脆者，谓芥齏松脆可口也”，此字据上下文则非《楚辭》荃字也。

【辨析】

荃是古代的一种香草。

樧

【文献征引】

1.（樧）《楚辭章句》：樧，茱萸也；似椒而非。

《康熙字典》：《唐韻》：似茱萸而实赤。

《說文解字》：樧，似茱萸，出淮南；从木。《說文解字註》："似茱萸。出淮南"，釋木"莍樧丑莍"郭云："莍萸，子聚生成房皃。樧似茱萸而小。赤色"，《内則》註曰："藙，煎茱萸也。汉律会稽献焉"，《爾雅》谓之樧，按鄭云藙卽樧，許于草部有茱萸、有藙，此云似与鄭说小异；《本草經》木部云："吳茱萸，一名藙"，是則一物异名，亦不待煎成始为藙也；"从木"，茱萸、藙字在草部，樧字在木部，故許不云一物；然茱萸在《本草經》木部，茱从草，而《爾雅》在釋木，則从草从木一也。

2.（椒樧丑莍）《爾雅・釋木》：椒樧丑莍。《爾雅注》：莍萸子聚生成房貌，今江东亦呼莍；莍、樧，似茱萸而小，赤色。《爾雅疏》：丑，类也，莍者，实之房也，椒、樧之类，实皆有莍汇自裹；李巡曰："樧，茱萸也"，茱萸皆有房，故曰莍，莍，实也，郭云："莍萸子聚生成房貌，今江东亦呼莍。樧似茱萸而小，赤色"。

3.（食茱萸）《本草綱目》：〖释名〗樧、藙、艾子、越椒、欓子、辣子；弘景曰："《禮記》名藙，而俗中呼为樧子，当是不识藙字也"，恭曰："《爾雅》云'椒樧丑莍'、陸璣《詩疏》云'椒，樧属也'，并有樧名，陶说误矣"，時珍曰："此即欓子也。蜀人呼为艾子，楚人呼为辣子，古人谓之藙及樧子；因其辛辣蜇口惨腹，使人有杀毅党然之状，故有诸名。蘇恭谓茱萸之开口者为食茱萸；孟詵谓茱萸之闭口者为欓子；馬志谓粒大、色黄黑者为食茱萸，粒紧小、色青绿者为吳茱萸；陳藏器谓吳食二茱萸是一物，入藥以吳地者为良，不当重出此条，只可言汉与吳，不可言食与不食。時珍窃谓数说皆因茱萸二字相混致误耳，不知吳茱、食茱乃一类二種。茱萸取吳地者入藥，故名吳茱萸；欓子则形味似茱萸，惟可食用，故名食茱萸也。陳藏器不知食茱萸即欓子，重出欓子一条，正自误矣。按曹宪憲《博雅》云：'欓子、越椒，茱萸也'、鄭樵《通志》云：'欓子，一名食茱萸，以别吳茱萸'，《禮記》'三牲用藙'是食茱萸也，二说足正诸人之谬"。〖集解〗藏器曰："欓子出闽中、江东，其木高大似樗，茎间有刺，其子辛辣如椒，南人淹藏作果品，或以寄远……"頌曰："食茱萸，南北皆有之。其木亦甚高大，有长及百尺者，枝茎青黄，上有小白点，叶类油麻，其花黄色；蜀人呼为艾子，《禮記》所谓藙者是也；藙、艾，声相近也。宜入食羹中，能发辛香"，時珍曰："食茱萸、欓子、辣子，一物也。高木长叶，黄花绿子，丛簇枝上，味辛而苦；土人八月采，捣滤取汁，入石灰搅成，名曰艾油，亦曰辣米油……"

【辨析】

樧即椿叶花椒。

本字条可与"椒"、"申椒"相互参看。

【形态特征】

椿叶花椒 *Zanthoxylum ailanthoides* Sieb. et. Zucc.：又名樗叶花椒、满天星、刺椒、食茱萸，芸香科，花椒属，落叶乔木。

高达 15 米，胸径 30 厘米；茎干有鼓钉状锐刺，花序轴及小枝顶部常散生短直刺。叶有小叶 11～27 片或稍多；小叶整齐对生，狭长披针形或位于叶轴基部的近卵形，长 7～18 厘米，宽 2～6 厘米，叶缘有明显裂齿，油点多，中脉在叶面凹陷。花序顶生，多花，几无花梗；萼片及花瓣均 5 片；花瓣淡黄白色，长约 2.5 毫米；雄花的雄蕊 5 枚；退化雌蕊 2～3 浅裂。分果瓣淡红褐色，干后淡灰或棕灰色，径约 4.5 毫米，油点多，干后凹陷；种子径约 4 毫米。花期 8—9 月，果期 10—12 月。

除江苏、安徽未见记录外，长江以南各地均有。生长于山地杂木林中。

种子可榨油，根皮、树皮可入药。

瓊

【文献征引】

《楚辭補注》：張揖云：“瓊树生昆仑西，流沙滨，大三百围，高万仞，其华食之长生”。

【辨析】

琼树与扶桑、若木一样都是传说中的植物，现实中并不存在。

也有观点认为琼即玉，琼枝即是玉枝。

荪、杜若

【原文】	【译文】
驾飞龙兮北征	速速驾舟向北行
邅吾道兮洞庭[①]	复又转道往洞庭
薜荔柏兮蕙绸	薜荔为帘蕙为帐
荪桡兮蘭旌[②]	荪草做桨兰做旌
……	……
采芳洲兮杜若	水洲之上采杜若
将以遗兮下女[③]	赠与身旁的侍女
时不可兮再得	时光逝去不复回
聊逍遥兮容与[④]	姑且行游自从容

——九歌·湘君

【注解】

①邅：zhān，转变。

②荪：sūn，简体字“荪”。桡：ráo，船桨。

③遗：wèi，赠给。

④逍遥：游。

《九歌》是一组祭神乐歌，现存十一首。《湘君》祭祀的是男性湘水之神，《湘夫人》祭祀的是女性湘水之神，这两篇乐歌可看做是具连接性的一个整体，它们在内容、语意和章法上都十分一致，可能是用来合唱的曲歌。

历史上关于湘君和湘夫人究竟指谁的说法很多，其一，湘君指舜之二妃，其二，湘君指娥皇、湘夫人指女英，其三，也是流传最广的说法是：湘君指舜帝、湘夫人指娥皇、女英。

荪

【文献征引】

《楚辭章句》：荪，香草也。

《康熙字典》：《玉篇》：香草也。

【辨析】

荪是古代的一种香草。

杜若

【文献征引】

1.（杜若）《本草綱目》：〖释名〗杜蘅、杜蓮、若芝、楚蘅、獏子薑、山薑；頌曰：“此草一名杜蘅，而草部中品自有杜蘅条，即《爾雅》所谓土鹵者也，杜若即《廣雅》所谓楚蘅者也，其类自别。古人多相杂引用，故九歌云：‘采芳洲兮杜若’、離騷云：‘杂杜蘅与芳芷’，王逸辈皆不分别，但云香草，故二名相混。古方或用，今人罕使，故少有识者”。〖集解〗宏景曰：“今处处有之。叶似薑而有文理，根似高良薑而细，味辛香，又绝似旋葍根；殆欲相乱，叶小异尔，《楚辭》云‘山中人兮芳杜若’是矣”，恭曰：“今江湖多有之。生阴地，苗似廉薑，根似高良薑，全少辛味。陶云‘似旋葍根’者，即真杜若也”，保昇曰：“苗似山薑，花黄，子赤，大如棘子，中似豆蔻。今出岭南、硖州者甚好。《范子計然》云：‘杜蘅、杜若出南郡、汉中，大者大善’”，頌曰：“卫州一種山薑，茎叶如薑，开紫花，不结子；八月采根入藥”，時珍曰：“杜若人无识者，今楚地山中时有之，山人亦呼为良薑。根似薑，味亦辛。甄權注豆蔻所谓獗子薑、蘇頌《圖經》外类所谓山薑，皆此物也。或又以大者为高良薑，细者为杜若。唐时峡州贡之”。

2.（若）《康熙字典》：又《玉篇》：杜若，香草。《夢溪筆談》：杜若，卽今之高良薑。

《說文解字》：若，择菜也；一曰杜若，香草。《說文解字註》：“择菜也”，《晉語》秦穆公曰：“夫晉国之乱，吾谁使先若夫二公子而立之。以为朝夕之急”，此谓使谁先择二公子而立之，若正训择，择菜引伸之义也；“一曰杜若，香草”，此别一义，此六字依《韻會》，恐是铉用锴语增，今人又用铉本改锴本耳。

【辨析】

杜若是古代的一种香草。

按文献的描述，古时的杜若并不是今天名为杜若的植物。

薠、辛夷、葯、石蘭

【原文】	【译文】
登白薠兮骋望[①]	薠覆沙洲凭眺望
与佳期兮夕张[②]	与她有约布陈张
鸟何萃兮蘋中[③]	飞鸟因何栖水中
罾何为兮木上[④]	渔网何故悬树上
……	……
荪壁兮紫坛[⑤]	荪饰墙壁贝饰庭
播芳椒兮成堂	遍播椒香盈满堂
桂栋兮蘭橑[⑥]	桂木房梁兰做橑
辛夷楣兮葯房[⑦]	辛夷门楣芷饰房
罔薜荔兮为帷[⑧]	编结薜荔做幔帐
擗蕙櫋兮既张[⑨]	饰蕙檐间始陈张
白玉兮为镇	白玉镇石压坐席
疏石蘭兮为芳[⑩]	布设石兰送清芳

——九歌·湘夫人

【注解】

①薠：fán。

②佳：此处代指湘夫人。张：陈设。

③萃：聚集。

④罾：zēng，渔网。

⑤紫：紫贝。坛：中庭。

⑥栋：屋大梁。橑：lǎo，屋椽。

⑦葯：简体字“药”。

⑧罔：编结。

⑨擗：pǐ，使……从原物体上分开。櫋：mián，檐间木。

⑩疏：布陈。

其他注解可参看《湘君》。

薠

【文献征引】

《楚辭章句》：薠，草；秋生，今南方湖泽皆有之；薠或作蘋、一本此句上有“登”字，皆非也。《楚辭補注》：《淮南子》云“路无莎薠”注云：“薠，状如葴”，又《說文》云：“青薠，似莎者”，《司馬相如賦》注云：“似莎而大，生江湖，雁所食”。《楚辭·九歌》“登白薠兮骋望，与佳期兮夕张”朱熹集注：薠草，秋生，今南方湖泽皆有之，似莎而大，鴈所食也。

《說文解字》：蒑，青蒑；倡莎而大者。《說文解字註》："青蒑"，句，"倡莎而大者"，"而大"二字依《韻會》所引补；《子虛賦》"薛莎青蒑"張揖曰："青蒑似莎而大。生江湖。鴈所食"，按高注《淮南》曰："蒑狀如葴"，与張说不同；《楚辭》有白蒑，殆与青蒑一種，色少异耳。

【辨析】

蒑有可能是莎草科植物，其状似莎草而大、湿生、产于江南一带。

有观点认为本诗的蒑是蘋的误写——如《康熙字典·蘋》就引了本句"登白蘋兮騁望"，但笔者觉得本诗没有误写，原文用的就是蒑字。联系诗文的上下句，蒑与蘋的出现仅一句之隔，如果是误写，那这两处的蘋就离得太近了，这么快频率的重复在古诗中并不常见，相反，这是被尽力避免的。

辛夷

【文献征引】

《楚辭章句》：辛夷，香草。《楚辭補注》：《本草》云："辛夷，树大连合抱，高数仞。此花初发如笔，北人呼为木筆。其花最早，南人呼为迎春"，逸云香草，非也。

《本草綱目》：〖释名〗辛雉、侯桃、房木、木筆、迎春；時珍曰："夷者，荑也；其苞初生如荑而味辛也。揚雄《甘泉賦》云'列辛雉于林薄'服虔注云：'即辛夷'，雉、夷声相近也……"，藏器曰："辛夷花未发时，苞如小桃子，有毛，故名侯桃。初发如笔头，北人呼为木筆。其花最早，南人呼为迎春"。〖集解〗保昇曰："其树大连合抱，高数仞；叶似柿叶而狭长，正月、二月花，似有毛小桃，色白而带紫，花落而无子；夏杪复着花，如小笔。又有一種，花叶皆同，但三月花开、四月花落，子赤似相思子。二種所在山谷皆有"，禹錫曰："今苑中有树，高三四丈，其枝繁茂；正、二月花开，紫白色，花落乃生叶；夏初复生花，经伏历冬，萌花渐大，如有毛小桃，至来年正、二月始开……盖年浅者无子，非有二種也……"，宗奭曰："辛夷，处处有之，人家园亭亦多種植。先花后叶，即木筆花也，其花未开时，苞上有毛，尖长如笔，故取象而名；花有桃红、紫色二種……"，時珍曰："辛夷，花初出枝头，苞长半寸而尖锐俨如笔头，重重有青黄茸毛顺铺，长半分许；及开则似蓮花而小如盏，紫苞红焰，作蓮及蘭花香。亦有白色者，人呼为玉蘭。又有千叶者。诸家言苞似小桃者，比类欠当"。

【辨析】

辛夷即紫玉兰。

本词条可与 "新夷"相互参看。

【形态特征】

紫玉兰 *Magnolia liliflora* Desr.：又名辛夷、木笔，木兰科，木兰属，落叶灌木。

高达 3 米，常丛生，树皮灰褐色，小枝绿紫色或淡褐紫色。叶椭圆状倒卵形或倒卵形，长 8～18 厘米，宽 3～10 厘米，侧脉每边 8～10 条。花蕾卵圆形，被淡黄色绢毛；花叶同时开放，瓶形，直立于粗壮、被毛的花梗上，稍有香气；花被片 9～12，外轮 3 片萼片状，紫绿色，常早落，内两轮肉质，外面紫色或紫红色，内面带白色，花瓣状，椭圆状倒卵形，长 8～10 厘米，宽 3～4.5 厘米；雄蕊紫红色，长 8～10 毫米，雌蕊群长约 1.5 厘米，淡紫色，无毛。聚合果深紫褐色，变褐色，圆柱形，长 7～10 厘米；成熟蓇葖近圆球形，顶端具短喙。花期 3—4 月，果期 8—9 月。

产于福建、湖北、四川、云南西北部。生长于山坡林缘。

树皮、叶、花蕾均可入药，其花蕾晒干后称辛夷，是我国二千多年的传统中药。

【植物图片】

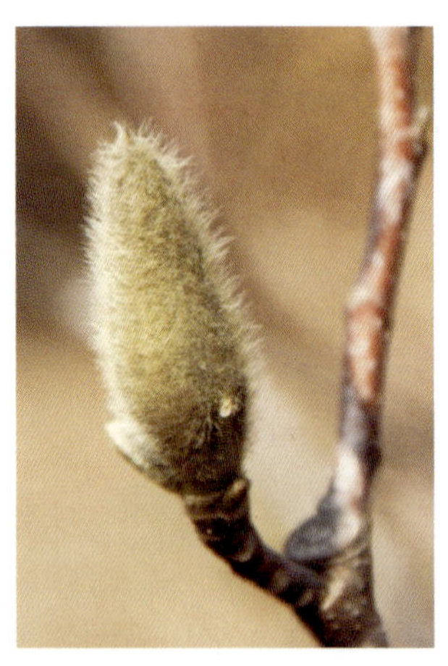

葯

【文献征引】

《楚辭章句》：葯，白芷也。《楚辭補注》：《本草》：“白芷，楚人谓之葯”，《博雅》曰：“芷，其叶谓之葯。

《康熙字典》：《博雅》：白芷，其叶谓之葯。《山海經》：崍山，其草多韭薤、多葯。

【辨析】

葯即白芷。

诗中的“葯房”是指用白芷装饰房间。“藥”字和“葯”字在今天统一写作“药”，但它们的本义是不同的，“藥”指医药，即所有可治病的物品的统称，“葯”指白芷。

本字条可与“芷”、“茝”相互参看。

【形态特征】

见“芷”。

石蘭

【文献征引】

1.（石蘭）《楚辭章句》：石蘭，香草。

2.（石韋）《本草綱目》：〖释名〗石韀、石皮、石蘭；〖集解〗頌曰：“今晉绛滁海福州江甯皆有之。丛生石上，叶如柳，背有毛而斑点如皮。福州别有一種石皮，三月有花，采作浴汤治风”，時珍曰：“多生阴崕险罅处，其叶长者近尺，阔寸余，柔韧如皮，背有黄毛；亦有金星者，名金星草，叶凌冬不凋；又一種如杏叶者，亦生石上，其性相同”。

【辨析】

石兰即石韦。

【形态特征】

石韦 *Pyrrosia lingua*（Thunb.）Farwell：水龙骨科，石韦属。

植株通常高 10～30 厘米。根状茎长而横走，密被鳞片；鳞片披针形，淡棕色，边缘有睫毛。叶远生，近二型；能育叶通常远比不育叶长得高而较狭窄，主脉下面稍隆起，侧脉在下面明显隆起，孢子囊群近椭圆形，布满整个叶片下面，或聚生于叶片的大上半部，成熟后孢子囊开裂外露而呈砖红色。不育叶片近长圆形，或长圆披针形，宽一般为 1.5～5 厘米，长 5～20 厘米，全缘，干后革质，上面灰绿色，近无毛，下面淡棕色或砖红色，被星状毛。

产于长江以南各省区，北至甘肃（文县）、西到西藏（墨脱）、东至台湾。附生于低海拔林下树干上，或稍干的岩石上。印度（阿萨姆）、越南、朝鲜和日本也有分布。

全草可入药。

疏　麻

【原文】	【译文】
折疏麻兮瑶华	折下白色疏麻花
将以遗兮离居[1]	赠与远方的隐士
老冉冉兮既极	老暮之年渐来临
不寖近兮愈疏[2]	未见亲近更疏离

——九歌·大司命

【注解】

①遗：wèi，赠送。

②寖：jìn，稍。

《大司命》是祭祀大司命神的曲歌，他掌管着人类生死，一般被认为是男性神。歌中描绘大司命在驾临人间时需要大开天门、以玄云为车、命旋风开路、降暴雨涤尘，他本人华服飘飘、威仪赫赫、气派无两，这充分显示出其在人类心目中举足轻重的地位。

【文献征引】

《楚辭章句》：疏麻，神麻也。

【辨析】

疏麻即神麻，它和扶桑、若木一样都是现实中并不存在的植物。

也有观点认为“神”、“升”二字读音相近，王逸所谓的神麻就是升麻。

蘪 蕪

【原文】	【译文】
秋蘭兮蘪蕪[1]	秋兰和蘪芜
罗生兮堂下	遍生在堂下
绿叶兮素枝[2]	绿叶着素花
芳菲菲兮袭予	自遣幽香来

——九歌·少司命

【注解】

①蕪：wú，简体字“芜”。

②枝：一作“华”。

《少司命》所祭祀的是掌管人间子嗣的女神，她的形象温柔慈爱，是所有孩子的庇佑之神。

【文献征引】

1.（蘪蕪）《楚辭章句》：蘪，一作蘼。《楚辭補注》：《爾雅》曰：“蘄茝，蘼蕪”，郭璞云：“香草，叶小如萎状”，《山海經》云：“臭如蘼蕪”，《本草》云：“芎藭，其叶名蘼蕪，似蛇牀而香，骚人借以为譬，其苗四五月间生，叶作丛，而茎细，其叶倍香。或莳于园庭，则芬香满径，七八月开白花”，《管子》曰：“五沃之土生蘼蕪”，《相如賦》云：“穹窮昌蒲，江離蘼蕪”，師古云：“蘼蕪，即穹窮苗也”。

2.（蘼蕪）《本草綱目》：〖释名〗薇蕪、蘄茝、江蘺；時珍曰：“蘼蕪，一作蘪蕪；其茎叶靡弱而繁蕪，故以名之。當歸名蘄，白芷名蘺；其叶似當歸，其香似白芷，故有蘄茝、江蘺之名。王逸云‘蘺草生江中，故曰江蘺’是也”。〖集解〗《别錄》曰：“芎藭叶名蘼蕪……蘼蕪，一名江蘺，芎藭苗也……”，恭曰：“此有二種，一種似芹叶，一種似蛇牀。香气相似，用亦不殊”，時珍曰：“《别錄》言：‘蘼蕪一名江蘺，芎藭苗也’，而司馬相如《子虛賦》称：‘芎藭菖蒲，江蘺蘼蕪’、《上林賦》云：‘被以江蘺，揉以蘼蕪’，似非一物，何耶？盖嫩苗未结根时，则为蘼蕪，既结根后，乃为芎藭；大叶似芹者为江蘺，细叶似蛇牀者为蘼蕪；如此分别，自明白矣。《淮南子》云：‘乱人者，若芎藭之与藁本、蛇牀之与蘼蕪’，亦指细叶者言也。《廣志》云：‘蘼蕪香草，可藏衣中’……又海中苔髮亦名江蘺，与此同名耳”。

3.（蘄茝）《爾雅·釋草》：蘄茝，蘪蕪。《爾雅注》：香草，叶小如萎状；《淮南子》云：“似蛇牀”，《山海經》云：“臭如蘪蕪”。《爾雅疏》：芎藭苗也，一名蘄茝，一名蘪蕪；《本草》：“一名薇蕪，一名江離”，陶注云：“似蛇牀而香”，郭云“香草，叶小如萎状”者，言如萎蒚之状也；〇注：“《淮南子》”至“蘪蕪”，《淮南子》云“似蛇牀”者，案《淮南子·氾論》篇云“夫物之相类者，世主之所乱惑也。嫌疑肖象者，众人之所眩耀。故狠者类知而非知，愚者类君子而非君子也，戆者类勇而非勇也。使人相去也，若玉之与石也，葵之与莧也，则论人易矣。夫乱人者，芎藭之与藁本也，蛇牀之与蘪蕪也”許慎云“此四者，藥草臭味之相似，其治病则不同力”是也；云“《山海經》曰‘臭如蘪蕪’”者，案《西山經》“浮山有草曰訓草，麻叶而方茎，赤华而黑实，臭如蘪蕪，可以止疠”，又“天帝山有草，其状如葵，其臭如蘪蕪，名曰杜衡，可以走马，食之已瘿”是也；臭，香也，言其香气如蘪蕪也。

【辨析】

蘪芜是古代的一种香草。

按《本草纲目》所载，芎䓖的嫩苗中叶片大的叫江离、细的叫蘼芜，当其根长成以后就是芎䓖了。这一解释虽可谓四角俱全，但放在“穹䓖昌蒲，江离蘪芜”中还是说不通——四个名称中有三个是指同种植物，唯独昌蒲夹在其中，多么突兀！

本词条可与“江離”、“芎”相互参看。

篁、三秀、柏

【原文】	【译文】
乘赤豹兮从文狸	骑乘赤豹狸随后
辛夷车兮结桂旗	辛夷做车桂做旗
被石蘭兮带杜衡	身披石兰系杜衡
折芳馨兮遗所思	遍采群芳赠友君
余处幽篁兮终不见天[①]	我居幽竹蔽日处
路险难兮独后來	路险难行到来迟
……	……
采三秀兮于山间	采撷三秀于山间
石磊磊兮葛蔓蔓	山石磊磊葛藤缠
怨公子兮怅忘归	怅然怨念忘回转
君思我兮不得闲	君亦思我无暇闲
山中人兮芳杜若	山人质芳如杜若
饮石泉兮荫松柏	啜饮清泉依柏松
君思我兮然疑作	君欲信我亦犹惑

——九歌·山鬼

【注解】

①幽：深。篁：huáng。

《山鬼》是祭祀山神的曲歌，全篇辞藻清丽、意境空灵，山鬼的形象亦婀娜委婉，极富感染力。

篁

【文献征引】

《楚辭章句》：五臣云："篁，竹丛也"。《楚辭補注》：《漢書》云"篁竹之中"注云："竹田曰篁"，《西都賦》云"筱簜敷衍，编町成篁"注云："篁，竹墟名也"。

《康熙字典》：《廣韻》、《集韻》、《韻會》、《正韻》：竹名。《竹譜》：篁竹坚而促节，体圆而质坚，皮白如霜粉，大者宜作船，细者为笛。《筍譜》：篁筍，八月生，皮黑紫色，其心实。

又竹田也。《史記·樂毅傳》"薊丘之植，植于汶篁"《註》：徐廣曰："竹田曰篁"。《楚辭·九歌》"余处幽篁兮终不见天"《註》："篁，竹丛也"。

《說文解字》：篁，竹田也。《說文解字註》："竹田也"，《战國策》"薊丘之植，植于汶篁"、《西京賦》"筱簜敷衍，编町成篁"、《漢書》"篁竹之中"註："竹田曰篁"，今人训篁为竹，而失其本义矣。

【辨析】

篁有两种释义：竹丛和篁竹，本诗中的篁应解为竹丛。

楚国地处长江流域，竹子的种类较之前文“竹 2”丰富了许多，刚竹属（*Phyllostachys* Sieb. et Zucc.）、大明竹属（*Pleioblastus* Nakai）、矢竹属（*Pseudosasa* Makino ex Nakai）等多种竹类都可以在这里生长。

本字条可与“竹 2”、“笱”相互参看。

三秀

【文献征引】

1.（三秀）《楚辭章句》：三秀，谓芝草也。《楚辭補注》：《爾雅》“茵，芝”注云：“一岁三华，瑞草也”，《思玄賦》云：“冀一年之三秀”，近时王令逢原作《藏芝賦序》云：“《離騷》、《九歌》，自诗人所纪之外，地所常产，目所同识之草尽矣，而芝复独遗”，说者遂以《九歌》之三秀为芝，予以其不明，又其辞曰：“适山而采之”，芝非独山草，盖未足据信也；余按《本草》引《五芝經》云：“皆以五色生于五岳”，又《淮南》云：“紫芝生于山，而不能生于磐石之上”，则芝正生于山间耳，逢原之说，岂其然乎？

2.（芝）《爾雅·釋草》：茵，芝。《爾雅注》：芝，一岁三华，瑞草。《爾雅疏》：瑞草名也，一岁三华，一名茵，一名芝；《論衡》云：“芝生于土，土气和，故芝草生瑞命”、《禮》曰：“王者仁慈，则芝草生”是也。

《本草綱目》：〖释名〗茵；时珍曰：“芝本作之，篆文象草生地上之形；后人借之字为语辞，遂加草以别之也。《爾雅》云‘茵，芝也’注云：‘一岁三华，瑞草’，或曰‘生于刚处曰菌，生于柔处曰芝’。昔四皓采芝，群仙服食，则芝亦菌属可食者，故移入菜部”。〖集解〗时珍曰：“芝类甚多，亦有花实者，《本草》惟以六芝标名，然其種属不可不识……《瑞應圖》云：‘芝草常以六月生，春青夏紫，秋白冬黑’，葛洪《抱朴子》云：‘芝有石芝、木芝、肉芝、菌芝，凡数百種也……木威喜芝……飛節芝……木渠芝……黄蘗芝……建木芝……參成芝……樊桃芝……千歲芝……以上皆木芝也。獨搖芝……牛角芝……龍仙芝……案珠芝……白苻芝……朱草芝……五德芝……以上皆草芝也，有百二十種，人得服之神仙。玉暗芝……七孔九光芝……石蜜芝……桂芝……石腦芝、石中黄，皆石芝类也。千歲燕、千歲蝙蝠、千歲龜、萬歲蟾蜍、山中見小人，皆肉芝类也，凡百二十種’，又按《採芝圖》云：‘鳳凰芝，生名山金玉间，服食一年，与鳳凰俱也。燕胎芝……黑雲芝……’，又有五色龍芝、五方芝、天芝、地芝、人芝、山芝、土芝、石芝、金芝、水芝、火芝、雷芝、甘露芝、青雲芝、雲氣芝、白虎芝、車馬芝、太一芝等，名状不一……”

《康熙字典》：《王充·論衡》：芝生于土，土气和，故芝草生瑞命。《本草》“有青赤黄白黑紫六色”《註》：芝为瑞草，服之神仙。

《說文解字》：芝，神芝也。《說文解字註》：“神芝也”，釋草曰：“茵芝”，《論衡》曰：“土气和，故芝草生”。

【辨析】

三秀是一种生长于长江流域及其以南地区的陆生草本植物。

依笔者所参看的文献，三秀-灵芝说出自《楚辞章句》，其他文献均未有类似注释，在没有形态描述等更确切依据的情况下，三秀还不宜被认定就是灵芝。

柏

【文献征引】

1.（柏）《爾雅・釋木》：柏，椈。《爾雅注》：《禮記》曰："鬯臼以椈"。《爾雅疏》：柏，一名椈；〇注："《禮記》曰 '鬯臼以椈'"，上《雜記》文也，彼鄭注云"所以擣鬱也。椈，柏也"是也。

《本草綱目》：〖释名〗椈、側柏；李時珍曰："按魏子才《六書精緼》云：'万木皆向阳，而柏独西指，盖阴木而有贞德者，故字从白。白者，西方也'；陸佃《埤雅》云：'柏之指西，犹针之指南也'。柏有数種，入藥惟取叶扁而側生者，故曰側柏"。〖集解〗雷斆曰："柏叶有花柏叶、丛柏叶及有子圆叶，其有子圆叶成片，如大片雲母，叶皆侧，叶上有微赤毛者，宜入藥用。花柏叶，其树浓叶成朵，无子；丛柏叶，其树绿色，并不入藥"，時珍曰："《史記》言 '松柏为百木之长'，其树耸直，其皮薄，其肌腻，其花细琐；其实成丛，状如小铃，霜后四裂，中有数子，大如麥粒，芬香可爱。柏叶松身者，檜也，其叶尖硬，亦谓之栝，今人名圆柏，以别側柏。松叶柏身者，樅也。松檜相半者，檜柏也。峨眉山中一種竹叶柏身者，谓之竹柏"。

《康熙字典》：《六書精藴》：柏，阴木也；木皆属阳，而柏向阴指西，盖木之有贞德者，故字从白；白，西方正色也。

《說文解字》：柏，鞠也。《說文解字註》："鞠也"，釋木曰："柏，椈"，《雜記》："畅臼以椈"，鄭曰："椈，柏也"，按椈者鞠之俗；柏，古多假借为伯仲之伯，促迫之迫；張参曰："經典相承亦作栢"。

2.（椈）《康熙字典》：《類篇》：木名。《禮・雜記》"畅臼以椈"《註》：疏畅鬱鬯，以柏为臼，以桐为杵；柏香桐洁，于神为宜。《埤雅》：椈性坚致，有脂而香，故古人破为臼，用以擣鬱。

【辨析】

柏是个统称，一般指柏木或侧柏。

芭

【原文】	【译文】
成礼兮会鼓[①]	祭祀礼成鼓声疾
传芭兮代舞[②]	芭草相传舞相替
姱女倡兮容与[③]	美人清歌声舒曼
春蘭兮秋菊	春兰秋菊常侍案
长无绝兮终古	长此绵延无绝断

——九歌·礼魂

【注解】

①鼓：同“鼓”。

②代：更换。

③倡：同“唱”。容与：有节度的样子。

《礼魂》是送神之曲，可通用于之前的各首祭祀曲之后。它为我们展现了一个热烈而隆重的歌舞场面，人们年复一年地虔诚礼神，并祈望可以一直这样延续下去、永无止休。

【文献征引】

1.（芭）《楚辭章句》：芭，巫所持香草名也；芭，一作巴。《楚辭補注》：《司馬相如賦》云“諸柘巴且”注云：“巴且草，一名巴焦”。

《康熙字典》：《玉篇》：芭蕉。

又香草。《楚辭·九歌》“传芭兮代舞”《註》：巴巫所持香草名也。

2.（甘蕉）《本草綱目》：〖释名〗芭蕉、天苴、芭苴。

【辨析】

芭是古代的一种香草。

《楚辞补注》在为本句作注时释巴且为巴焦，其应是认为芭就是巴且。巴且或芭苴确实就是芭蕉，但单字“芭”却不是，《康熙字典》在引《玉篇》“芭蕉”之后载：“又香草”，复引本诗句“传芭兮代舞”，这就很明白地表明了芭不是芭蕉。

此外，《先秦诗鉴赏辞典》中注芭同“葩”，指花卉。

蓱、枲、莆、雚

【原文】	【译文】
靡蓱九衢[①]	蓱草绵连生
枲华安居[②]	枲麻花何在
一蛇吞象	蛇能吞大象
厥大何如[③]	其身大如何
……	……
咸播秬黍	秬黍皆可种
莆雚是营[④]	荒滩变良田

——天问

【注解】

①蓱：píng。衢：qú，结缠交错。

②枲：xǐ。

③厥：jué，它的。

④莆：pú。

《天问》所涉及的领域十分广博，让读者可以仅从一首诗中就了解当时楚国人民的所见所闻、所历所想，堪称是一篇奇文。

《天问》中共有约一百七十问，其中既有关于宇宙大环境的发问，也有对于神话传说的疑问，既有关于奇闻异事的问题，也有历史、政治方面的提问。这些问题有实有虚，作者借此来表明自己的政治主张，希望国家能举贤授能，取前车之鉴，不要重蹈覆辙。

蓱

【文献征引】

1.（蓱）《康熙字典》：《玉篇》：同萍。

《說文解字》：蓱，苹也。《說文解字註》："苹也"，此与前苹字互训，而不类厕者，以字体篆籀别之也；《小正》于七月言苹生，《月令》于三月言生蓱，郭璞云："江东谓之薸"。

2.（萍）《爾雅·釋草》：萍，蓱；其大者蘋。《爾雅注》：水中浮蓱，江东谓之薸；《詩》曰："于以采蘋"。《爾雅疏》：舍人曰："苹，一名蓱。大者名蘋"，郭曰："水中浮蓱，江东谓之薸"，陸璣《毛氏義疏》云："今水上浮蓱是也。其粗大者谓之蘋，小者曰蓱。季春始生，可糁蒸为茹，又可苦酒淹以就酒"……

《康熙字典》：《玉篇》：萍草。《本草註》：萍卽楊花所化，一叶经宿卽生数叶，叶下有微須，卽其根也。《周禮·萍氏註》：萍之草无根而浮，取名于其不沉溺。《後漢·鄭玄傳》：萍浮南北。

又《集韻》、《正韻》：与苹同。《韻會》：苹、萍本是一物，字异而音义相同。〇按《詩》"食野之苹"毛氏《傳》云："苹，蓱也"、鄭氏《箋》云："苹，藾蕭也"、《疏》云："萍是水中之草，非鹿所食”，故鄭氏不从毛氏；观下食蒿食芩，皆陆草可知，则苹当依《經疏》藾蕭、萍是浮萍，绝然二物；字可通借，义不相通，《韻會》之说非。

《說文解字》：萍，苹也；水草也；从水苹，苹亦声。《說文解字註》：“苹也”，苹蓱二篆见草部；《篇》、《韻》皆云：“萍蓱同字”，疑許书本有萍无蓱，《小正》、《毛詩》、《爾雅》皆作苹，《爾雅》、《毛傳》皆曰：“蓱也”，蓱卽萍之别字，《周禮·萍氏》，疑本作苹氏，然则《說文》草部苹下曰“萍也”，与水部萍下曰苹也为转注，不当有蓱篆；“水草也。从水苹”，水草也三字，释从水之意；“苹亦声”。

3.（水萍）《本草綱目》：〖释名〗藏器曰：“水萍有三種，大者曰蘋，叶圆，阔寸许；小萍子是沟渠间者，《本經》云‘水萍’应是小者”，頌曰：“《爾雅》云：‘萍蓱，其大者蘋’，蘇恭言：‘有三種，大者曰蘋，中者曰荇，小者即水上浮萍’。今医家鲜用大蘋，惟用浮萍”，時珍曰：“本草所用水萍，乃小浮萍，非大蘋也。陶蘇俱以大蘋注之，误矣。萍之与蘋，音虽相近，字却不同，形亦迥别，今正之，互见蘋下。浮萍处处池泽止水中甚多，季春始生，或云楊花所化。一叶经宿，即生数叶，叶下有微须，即其根也。一種背面皆绿者，一種面青背紫赤若血者，谓之紫萍，入藥为良，七月采之；《淮南·萬畢術》云：‘老血化为紫萍，恐自有此種’，不尽然也。小雅‘呦呦鹿鸣，食野之苹’者，乃蒿属，陸佃指为萍，误矣”。

【辨析】

蓱即浮萍。

浮萍和紫萍（*Spirodela polyrrhiza*（L.））在野外常混生在一起，因此蓱也有可能是紫萍。

本字条可与“蘋”相互参看。

【形态特征】

浮萍　*Lemna minor* L.：又名青萍、田萍、浮萍草、水浮萍、水萍草，浮萍科，浮萍属，飘浮植物。

叶状体对称，表面绿色，背面浅黄色或绿白色或常为紫色，近圆形、倒卵形或倒卵状椭圆形，全缘，长 1.5～5 毫米，宽 2～3 毫米，上面稍凸起或沿中线隆起，3 脉，背面垂生丝状根 1 条。叶状体背面一侧具囊，新叶状体于囊内形成浮出，随后脱落。雌花具弯生胚珠 1 枚，果实无翅，近陀螺状，种子具凸出的胚乳并具 12～15 条纵肋。

产于我国南北各省。生长于水田、池沼或其他静水水域，常与紫萍混生。广布全球温暖地区。

可作饲料及饵料，亦可入药。

【植物图片】

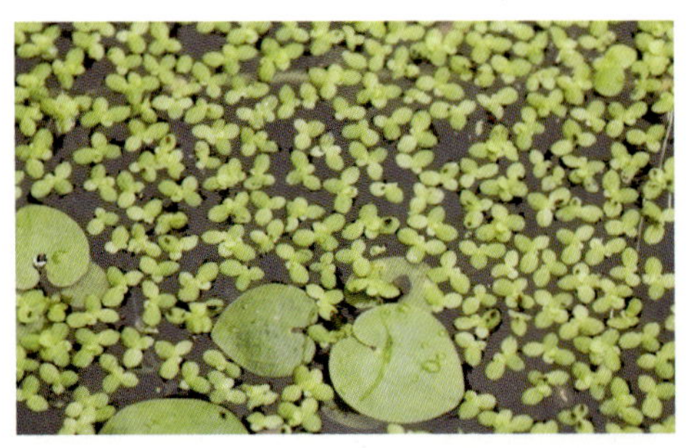

枲

【文献征引】

《爾雅・釋草》：枲，麻。《爾雅注》：别二名。《爾雅疏》：麻，一名枲，故《註》云“别二名”；《禹貢・青州》云“厥贡岱畎丝枲”是也。

《康熙字典》：《廣韻》：无子曰苴，有子曰枲。《爾雅翼》：有实为苴，无实为枲。○二说相反；按《周禮・典枲》疏：“牡麻者，枲麻也”，《爾雅・釋草》“莩，麻母”郭注：“苴麻盛子者”，麻母有子，牡麻无子，《翼》说为是。

《說文解字》：枲，麻也；𪏰，籒文枲，从𣏟从辝。《說文解字註》：“麻也”，锴本作麻子也，非；《玉篇》云：“有子曰苴，无子曰枲”，《廣韻》互易之，误也；丧服《傳》曰：“苴，麻之有蕡者也。牡麻者，枲麻也”，草部曰：“萉，枲实也”，萉者，蕡之本字，枲既无实之牡麻，何以言枲实也？枲亦为母麻，牡麻之大名，猶麻之为大名也；芓者，母麻，一曰芓卽枲也，是苴可呼枲之证也；《周禮》但言枲以晐麻草之物，《九穀考》曰：“间傳曰：‘苴，恶貌也。斩衰貌若苴，齐衰貌若枲，以今日北方種麻事目验之’，牡麻俗呼花麻，夏至开花，所谓荣而不实谓之英者，花落即拔而沤之，剥取其皮，是为夏麻，夏麻之色白；苴麻俗呼子麻，夏至不作花而放勃，勃即麻实，所谓不荣而实谓之秀者，八九月间子熟则落，摇而取之，子尽乃刈，沤其皮而剥之，是为秋麻，色青而黯，不洁白”，间傳所云若苴若枲，殆以是与；“𪏰，籒文枲，从𣏟从辝”。

【辨析】

枲即大麻。

枲指无籽实的麻（雄麻）。

本字条可与“麻”、“苴”相互参看。

【形态特征】

见“麻”。

莆

【文献征引】

《楚辭補注》：莆，疑即蒲字；蒲，水草，可以作席。

《康熙字典》：又通蒲。《楚辭・天问》：咸播秬黍，莆雚是营。

【辨析】

莆泛指产于成诗地域内的香蒲属植物，如香蒲、宽叶香蒲、水烛等。

本字条可与“蒲 2”、“莞”相互参看。

雚

【文献征引】

《楚辭章句》：雚，草名也。《楚辭補注》：雚，藡也，与萑同；《左氏》云“萑苻之泽”是也。

【辨析】

萑即荻。

本字条可与“菼”、“蒹”、“葭”、“萑”、“苇”相互参看。

【形态特征】

见“菼”。

露　申

【原文】	【译文】
露申辛夷	辛夷暴于野
死林薄兮	枉死草木间
腥臊并御[①]	污臭得举用
芳不得薄兮[②]	清芳难趋前

——九章·涉江

【注解】

①御：用。

②薄：附，靠近。

《涉江》是屈原晚年的作品，也是我国第一篇纪行诗歌。本篇与诗人以往的风格不甚相同，全诗笼罩在愁苦、彷徨、抑郁的气氛中，并少见地在结尾处表达了意欲离去的想法。

【文献征引】

《楚辞章句》：露，暴也；申，重也；从木曰林，草木交错曰薄；言重积辛夷露而暴之，使死于林薄之中。

《楚辞·九章》“露申辛夷，死林薄兮”姜亮夫校注：戴震云：“即申椒，状若繁露，故名”。

【辨析】

按诗文“露申辛夷”的这种结构，露申也应如辛夷一样是个植物名称，但多数文献都是分别解释“露”和“申”的，并且也都没有提及它（它们）是植物的名称。

長　楸

【原文】	【译文】
望長楸而太息兮[①]	徒望长楸空叹息
涕淫淫其若霰[②]	泪似雪纷痛致极
过夏首而西浮兮[③]	孤舟东渡夏水口
顾龙门而不见[④]	回首龙门已不及

——九章·哀郢[⑤]

【注解】

①長：简体字“长”。太息：叹息。

②淫淫：流淌的样子。霰：xiàn，雪珠。

③夏首：夏水口。

④龙门：郢城东门。

⑤郢：yǐng，楚国国都。

《哀郢》是屈原对楚国命运的哀悼之作。它采用了倒叙的手法，从九年前秦军攻入楚国时写起，那时正值早春，是草木即将复苏绽放的时节，可祖国的百姓却纷纷向东方逃难迁徙，满眼尽是亲人离散的凄凉景象，作者自己在流放的路上也是一步一回望、一思一断肠。

【文献征引】

1.（長楸）《楚辭章句》：長楸，大梓。

2.（楸）《爾雅·釋木》：槐，小叶曰榎；大而皵，楸；小而皵，榎。《爾雅注》：槐当为楸，楸细叶者为榎，老乃皮粗皵者为楸，小而皮粗皵者为榎；《左傳》曰：“使择美榎”。《爾雅疏》：别楸榎之异也；楸之小叶者名榎，樊光云：“大者，老也，皵，措皮也，谓树老而皮粗皵者为楸。小，少也，树小而皮粗皵者为榎”；○注：“《左傳》曰　‘使择美榎’”，案“襄二年夏，齊姜薨。初，穆姜使择美榎，以自为榇与颂琴，季文子取以葬”，是其事也。

《本草綱目》：〖释名〗榎；时珍曰：“楸叶大而早脱，故谓之楸；榎叶小而早秀，故谓之榎。唐时立秋日，京师卖楸叶，妇女儿童剪花戴之，取秋意也。《爾雅》云：‘叶小而皵，榎；叶大而皵，楸’，皵，音鹊，皮粗也”。〖集解〗见梓下。周定王曰：“楸有二種，一種刺楸，其树高大，皮色苍白，上有黄白斑点，枝梗间多大刺；叶似楸而薄，味甘，嫩时炸熟，水淘过拌食”，时珍曰：“楸有行列，茎干直耸可爱，至上垂条如线，谓之楸线。其木湿时脆，燥则坚，故谓之良材，宜作棋枰，即梓之赤者也”。

《康熙字典》：《韻會》：楸与梓本同末异，若檜之柏叶松身。《埤雅》：楸梧早脱，故楸谓之秋；楸，美木也，一作萩。

《說文解字》：楸，梓也。《說文解字註》：“梓也”，《左傳》、《史》、《漢》以萩为楸，如“秦周伐雍门之萩”、“淮北常山巴南河济之间千树萩”是也；《左傳》萩一作秋。

【辨析】

楸的古今名称一致。

长楸是指用楸做行道树，后亦代指大路。

本字条可与“椅”、“梓”、“楰”相互参看。

【形态特征】

楸 *Catalpa bungei* C. A. Mey.：又名楸树，紫葳科，梓树属，落叶乔木。

高 8～15 米。叶三角状卵形或卵状长圆形，长 6～15 厘米，宽达 8 厘米，顶端长渐尖，基部截形，阔楔形或心形，有时基部具有 1～2 牙齿，叶面深绿色，叶背无毛；叶柄长 2～8 厘米。顶生伞房状总状花序，有花 2～12 朵。花萼蕾时圆球形，2 唇开裂，顶端有；2 尖齿。花冠淡红色，内面具有 2 黄色条纹及暗紫色斑点，长 3～3.5 厘米。蒴果线形，长 25～45 厘米，宽约 6 毫米。种子狭长椭圆形，长约 1 厘米，宽约 2 厘米，两端生长毛。花期 5—6 月，果期 6—10 月。

产于河北、河南、山东、山西、陕西、甘肃、江苏、浙江、湖南，在广西、贵州也有分布。

可作观赏树、行道树，木材是良好的建筑用材，叶可喂猪，花可炒食，茎皮、叶、种子可入药。

【植物图片】

萹

【原文】	【译文】
解萹薄与杂菜兮	采集萹蓄和杂菜
備以为交佩	糅杂编结做佩饰
佩缤纷以缭转兮	佩饰繁盛满衣衫
遂萎绝而离异	一朝衰败四离散
	——九章·思美人

【注解】

《思美人》中的“美人”指楚国君王，诗人欲托浮云和飞鸟给那人带去信息，却求之不得，转而遍采芳草（注：芳草代指才能）以期得到君王的青睐，却依然不被赏识。屡遭失败后，诗人只能怅然独行，但即使形单影只、前路坎坷他也绝不变节。

【文献征引】

《楚辭章句》：萹，萹畜也。《楚辭補注》：《爾雅》曰“竹萹蓄”《注》云：“似小藜，赤茎节，好生道旁”，《本草》云：“亦呼为萹竹”；萹薄，谓萹蓄之成丛者；按萹蓄、杂菜皆非芳草，此言解去萹菜而备芳茝、宿莽以为交佩也。

《康熙字典》：《唐韻》：萹竹，草名。

《說文解字》：萹，萹茿也。《說文解字註》：“萹茿也”，三字句；釋草云：“竹萹蓄”，按竹者释《毛詩·卫风》之竹也，《韓》、《鲁詩》皆作薄，《毛詩》独叚借作竹，《爾雅》与《毛詩》合；茿蓄叠韵，通用；《本草經》亦作萹蓄。

【辨析】

萹即萹蓄。

本字条可与“竹 1”相互参看。

【形态特征】

见“竹 1”。

橘

【原文】	【译文】
后皇嘉树[1]	天地精华出嘉木
橘徕服兮	橘自生来习南土
受命不迁	受命于天不移徙
生南国兮	永生南国我故里

——九章·橘颂

【注解】

①后：后土。皇：皇天。

《橘颂》沿用了屈原常用的借物言志的写作手法，用橘树“受命不迁”来喻自己坚定的爱国之心，用橘树气香色灿、枝干挺拔来喻自己高风亮节的气度。

【文献征引】

《楚辭補注》：《禹貢》：“淮海惟扬州厥包橘柚锡贡”，《漢書》：“江陵千树橘与千户侯等”，《異物志》云：“橘为树，白华赤实，皮既馨香，又有善味”。

《本草綱目》：〖释名〗時珍曰：“橘，从矞，音鷸，谐声也。又雲五色为庆，二色为矞，雲外赤内黄、非烟非雾、郁郁纷纷之象；橘实外赤内黄，剖之香雾纷郁，有似乎矞雲；橘之从矞，又取此意也”。〖集解〗恭曰：“柚之皮厚味甘，不似橘皮味辛苦；其肉亦如橘，有甘有酸，酸者名胡柑。今俗谓橙为柚，非矣。案郭璞云：‘柚似橙而实酢，大于橘’、孔安國云：‘小曰橘，大曰柚’，皆为柑也”，頌曰：“橘、柚，今江浙、荆襄、湖岭皆有之。木高一二丈，与枳无辨；刺出茎间，夏初生白花，六七月成实，至冬黄熟。旧说‘小为橘，大为柚’，今医家乃用黄橘、青橘，不言柚，岂青橘是柚之类乎”，時珍曰：“橘、柚，蘇恭所说甚是，蘇頌不知青橘即橘之未黄者，乃以为柚，误矣。夫橘柚柑三者，相类而不同；橘实小，其瓣味微酢，其皮薄而红，味辛而苦；柑大于橘，其瓣味酢，其皮稍厚而黄，味辛而甘；柚大小皆如橙，其瓣味酢，其皮最厚而黄，味甘而不甚辛；如此分之，即不误矣。按《事類合璧》云：‘橘树高丈许，枝多生刺；其叶两头尖，绿色光面，大寸余，长二寸许；四月着小白花，甚香；结实至冬黄熟，大者如盃，包中有瓣，瓣中有核也’，宋·韓彥直著《橘譜》三卷，甚详，其略云：‘……柑品有八，橘品十有四。多是接成，惟種成者气味尤胜。黄橘……朱橘……綠橘……乳橘……塌橘……包橘……綿橘……沙橘……油橘……早黄橘……凍橘……穿心橘……荔枝橘……’……《周禮》言‘橘逾淮而自变为枳’，地气然也。余见柑下”。

《康熙字典》：《書·禹貢》“扬州厥包橘柚锡贡”《註》：小曰橘，大曰柚。《爾雅翼》：江南为橘，江北为枳。

《說文解字》：橘，橘果；出江南。《說文解字註》：“橘果。出江南”，《禹貢》：“荆州厥苞橘柚”，《考工記》曰：“橘踰淮而北为枳”，屈原賦曰：“受命不迁。生南国兮”，許言出江南者，卽《考工》、屈賦所云也，王逸注云：“言橘受天命。生于江南”。

【辨析】

橘即柑橘。

本字条可与“柚”、“枳”相互参看。

【形态特征】

柑橘 *Citrus reticulata* Blanco：芸香科，柑橘属，小乔木。

分枝多，枝扩展或略下垂，刺较少。单身复叶，叶片披针形，椭圆形或阔卵形，大小变异较大，顶端常有凹口，中脉由基部至凹口附近成叉状分枝，叶缘至少上半段通常有钝或圆裂齿，很少全缘。花单生或 2～3 朵簇生；花萼不规则 5～3 浅裂；花瓣通常长 1.5 厘米以内；雄蕊 20～25 枚，花柱细长，柱头头状。果实通常扁圆形至近圆球形，果皮甚薄而光滑，或厚而粗糙，淡黄色，朱红色或深红色，甚易或稍易剥离，橘络甚多或较少，呈网状，易分离，瓢囊 7～14 瓣，果肉酸或甜，或有苦味；种子通常卵形，顶部狭尖，基部浑圆。花期 4—5 月，果期 10—12 月。

产于秦岭南坡以南、伏牛山南坡诸水系及大别山区南部，向东南至台湾，南至海南岛，西南至西藏东南部海拔较低地区。

果实可食用，叶、果皮、核仁可入药。

薺

【原文】	【译文】
鱼葺鳞以自别兮[①]	鱼炫其鳞表殊异
蛟龙隐其文章	蛟龙自隐匿行藏
故荼薺不同亩兮[②]	苦菜荠菜不共生
蘭茝幽而独芳	兰芷幽居独自芳

——九章·悲回风

【注解】

①葺：qì，重叠。

②薺：jì，简体字“荠”。

本诗多被认为是屈原沉江前所作，应是其绝笔。诗歌的内容已经完全不同以往，不再有对君王的劝谏，不再有对佞臣的斥责，反而侧重于对介子推、伯夷、伍子胥的联想，其心思犹惑、沉郁悲怆之情更盛，并隐有去意。

本诗中蛟龙、荠菜、兰、茝喻贤人，鱼、苦菜喻小人。

【文献征引】

1.（薺）《本草綱目》：〖释名〗護生草；時珍曰：“薺生济泽，故谓之薺。释家取其茎作挑灯杖，可辟蚁蛾，谓之護生草，云能护众生也”。〖集解〗弘景曰：“薺类甚多，此是今人所食者，叶作菹羹亦佳，《詩》云‘谁谓荼苦，其甘如薺’是也”，時珍曰：“薺有大小数種，小薺，叶花茎扁，味美，其最细小者，名沙薺也；大薺，科叶皆大，而味不及，其茎硬有毛者，名菥蓂，味不甚佳。并以冬至后生苗，二三月起茎五六寸，开细白花，整整如一；结荚如小萍而有三角，荚内细子如葶藶子，其子名蒫，四月收之；師曠云‘岁欲甘，甘草先生薺’是也。菥蓂、葶藶皆是薺类……”

《康熙字典》：《集韻》、《正韻》：甘菜。

2.（蒫）《爾雅·釋草》：蒫，薺实。《爾雅注》：薺子名。《爾雅疏》：《本草》云：“薺，味甘。人取其叶作菹及羹亦佳”，《詩·谷风》云：“谁谓荼苦，其甘如薺”，其子别名蒫。

【辨析】

荠的古今名称一致。

【形态特征】

荠 *Capsella bursa-pastoris*（L.）Medic.：又名荠菜、菱角菜，十字花科，荠属，一、二年生草本植物。

高 20～50 厘米，茎直立，具分枝。基生叶莲座状丛生，叶片羽状分裂，长约 12 厘米，宽约 2.5 厘米，顶生叶卵形，长 5～30 毫米，裂片 3～8 对，先端渐尖，浅裂或具不规则粗锯齿，茎生叶狭披针形，长 1～2 厘米，基部抱茎，边缘具锯齿。总状花序顶生或腋生，花白色，直径约 2 毫米，花瓣卵形，长 2～3 毫米，有短爪。短角果倒三角形，长 5～8 毫米，扁平无毛，种子 2 行，椭圆形，浅褐色。花果期 4—6 月。

分布几遍全国。生长于山坡、田边及路旁。全世界温带地区广布。

嫩茎叶可食用，种子可制肥皂或油漆，全草可入药。

【植物图片】

屏風、粢、穱、黄粱、柘 2、楓

【原文】	【译文】
芙蓉始发	芙蓉淡淡初照水
杂芰荷些	芰荷青青卧软红
紫茎屏風①	紫茎屏风遥映日
文缘波些	碧波含叶起随风
……	……
室家遂宗	族人宗亲聚一堂
食多方些	食物丰盛又多样
稻粢穱麦②	大米小米和新麦
挐黄粱些③	混以黄粱糯又香
……	……
胹鼈炮羔④	炖煮甲鱼烤羊肉
有柘浆些	淋上甜美甘蔗汁
……	……
湛湛江水兮	淼淼江河东逝水
上有楓⑤	郁郁林枫沐昭阳
目极千里兮	举目千里空相望
伤春心	伤心一片是春光
魂兮归來	魂兮魂兮来归否
哀江南	哀我南土返故乡

——招魂

【注解】

①風：简体字“风”。

②粢：zī。穱：zhuō。

③挐：rú，掺杂。黄：简体字“黄”。

④胹：ěr，煮。

⑤楓：简体字“枫”。

《招魂》的诗歌形式来自民间，民间多会为病人或死人举行招魂仪式，希望能引领他们的魂魄归来，重新生活。

关于《招魂》的作者以及被招魂的对象是谁历来有颇多猜测：其一，作者是宋玉，招的是屈原的魂；其二，作者是宋玉，招的是楚顷襄王的魂；其三，作者是屈原，招的是楚怀王的魂，其中又分招生魂和死魂两说；其四，屈原自招。在这些观点中最为人认同的是第三个。

《招魂》结尾处的“目极千里兮，伤春心。魂兮归来，哀江南”可谓千古佳句，是中国古典文学中伤春情怀的源头。

屏風

【文献征引】

1.（屏風）《楚辭章句》：屏風，水葵也；言复有水葵，生于池中，其茎紫色，风起水动，波缘其叶上而生纹也；或曰："紫茎，言荷茎紫色也。屏風，谓荷叶鄣风也"。《楚辭補注》：《本草》："鳧葵即莕菜，生水中，俗名水葵"，又防風，一名屏風。

2.（屏）《康熙字典》：又屏風，水葵别名。《博物志》：太原以北有屏風草，依岸而生。一说即防風。

3.（防風）《本草綱目》：〖释名〗 銅芸、茴芸、茴草、屏風、蕳根、百枝、百蜚。

【辨析】

《楚辞章句》对屏风作出了两种注释：水葵、荷叶鄣风的形态。反复揣摩原文后，笔者觉得这两种解释都无误，如果把"芙蓉始发，杂芰荷些"和"紫茎屏风，文缘波些"这两句分开来看，则上句写芙蓉、下句写屏风（这个屏风指植物），如果把它们合在一起看，则全是在写芙蓉（这个屏风指形态）。

《楚辞补注》与《本草纲目》中都提到防风又名屏风，它与本诗的屏风属于同名异物，屏风如果按植物解的话，显然是水生植物，而防风是陆生植物。

本词条可与"荇菜"、"茆"相互参看。

粢

【文献征引】

《楚辭章句》：粢，稷。《楚辭補注》：《本草》云："稷，即穄也。今楚人谓之稷"。

《爾雅·釋草》：粢，稷。《爾雅注》：今江东人呼粟为粢。《爾雅疏》：《左傳》曰："粢食不凿"，粢者，稷也，《曲禮》云"稷曰明粢"是也；郭云："今江东人呼粟为粢"，然则，粢也、稷也、粟也，正是一物；而《本草》稷米在下品，别有粟米在中品，又似二物，故先儒共疑焉。

《康熙字典》：《類篇》：稷也。《禮·曲禮》：稷曰明粢。《左傳·桓六年》"洁粢丰盛"《註》：黍稷曰粢。

【辨析】

粢即粟。

本字条可与"稷"、"苗"、"禾"、"粟"、"黄"、"穈"、"芑 2"、"黄粱"相互参看。

【形态特征】

见"粟"。

穱

【文献征引】

《楚辭章句》：穱，择也；择麥中先熟者也。《楚辭補注》：穱，稻处種麥也。

《康熙字典》：《廣韻》、《集韻》、《韻會》：稻下種麥。《張衡·南都賦》：冬稌夏穱。《左思・吳都賦》：穱秀菰穗。

【辨析】

穱即麦。

本字条可与"麥"、"來"、"牟"相互参看。

黄粱

【文献征引】

1.（黄粱）《楚辭補注》：《本草》："黄粱出蜀汉，商浙间亦種之，香美逾于诸粱，号为竹根黄"。

2.（粱）《本草綱目》：〖释名〗时珍曰："粱者，良也，穀之良者也。或云種出自粱州、或云粱米性凉，故得粱名，皆各执己见也。粱即粟也，考之《周禮》九穀六穀之名，有粱无粟可知矣。自汉以后，始以大而毛长者为粱，细而毛短者为粟，今则通呼为粟，而粱之名反隐矣。今世俗称粟中之大穗长芒、粗粒而有红毛白毛黄毛之品者，即粱也；黄白青赤，亦随色命名耳。郭義恭《廣志》有解粱、貝粱、遼東赤粱之名，乃因地命名也"。〖集解〗弘景曰："凡云粱米，皆是粟类，惟其牙头色异为分别耳，氾勝之云'粱是秫粟'则不尔也。黄粱出青、冀州，东间不见有；白粱处处有之，襄阳竹根者为佳；青粱江东少有；又汉中一種枲粱，粒如粟而皮黑，可食，酿酒甚消玉"，恭曰："粱虽粟类，细论则别。黄粱出蜀、汉、商、浙间，穗大毛长，穀米俱粗于白粱，而收子少，不耐水旱；食之香美，胜于诸粱，人号竹根黄。陶以竹根为白粱，非矣。白粱穗大多毛且长，而穀粗扁长，不似粟圆也，米亦白而大；食之香美，亚于黄粱。青粱壳穗有毛而粒青，米亦微青而细于黄、白粱，其粒似青稞而少粗，早熟而收薄；夏月食之，极为清凉，但味短色恶，不如黄、白粱，故人少種之，作饧清白，胜于余米"，頌曰："粱者，粟类也。粟虽粒细，而功用则无别矣。今汴、洛、河、陕间多種白粱，而青、黄稀有，因其损地力而收获少也"，宗奭曰："黄粱、白粱，西洛农家多種，为饭尤佳，余用不甚相宜"。

《康熙字典》：《篇海》：似粟而大，有黄青白三種，又有赤黑色者。《本草》：白粱味甘，微寒，无毒，主除热益气，有襄阳竹根者最佳；黄粱出青、冀。《廣志》：有具粱、解粱，有辽东赤粱。《韻會小補》：粱，粟类，米之善者，五穀之长；今人多種粟而少種粱，以其损地力而收获少也。《周禮・天官》"犬宜粱"《疏》：犬味酸而温，粱米味甘而微寒，气味相成，故云犬宜粱。

《說文解字》：粱，禾米也。《說文解字註》："禾米也"，各本作"米名也"，今正，古训诂多不言某名，如《毛傳》但言"水也，山也，草也，木也"皆是；上文粟与米皆兼禾黍言，粱则专为禾米，故别言之，浅人不得其解，乃删禾字矣；生曰苗，秀曰禾，稾实幷刈曰禾，其实曰粟，粟中人曰米，米可食曰粱；《禮經》："簠陈稻粱。簋陈黍稷。聘礼。米百筥，设于中庭，十以为列。黍粱稻皆二行，稷四行"，《內則》："饭黍、稷、稻、粱、白黍、黄粱"，《食醫》："六食，犬宜粱"，《喪大記》："君用粱，大夫用稷，士用粱"，凡黍稷稻之米无别名，禾之米则曰粱，自糲以至于侍御皆粱也；小雅黄鸟"无啄我粟"兼禾黍言之，二章言粱，三章言黍，其目也；粟言连秠，粱黍言米，又其别也。

【辨析】

黄粱是粱的一种。

诗中所描写的将多种粮食糅合在一起的做法在当时是颇为讲究的，做出来的饭食更加细滑可口。

本词条可与“稷”、“苗”、“禾”、“粟”、“黄”、“糜”、“芑2”、“粢”相互参看。

【形态特征】

粱 *Setaria italica*（L.）Beauv.：又名谷子、黄粟、小米，单子叶植物，禾本科，狗尾草属，一年生草本植物。

须根粗大。秆粗壮，直立，高0.1～1米或更高。叶鞘松裹茎秆，密具疣毛或无毛，毛以近边缘及与叶片交接处的背面为密，边缘密具纤毛；叶舌为一圈纤毛；叶片长披针形或线状披针形，长10～45厘米，宽5～33毫米，上面粗糙，下面稍光滑。圆锥花序呈圆柱状或近纺锤状，通常下垂，基部多少有间断，长10～40厘米，宽1～5厘米，常因品种的不同而多变异，主轴密生柔毛，刚毛显著长于或稍长于小穗，黄色、褐色或紫色；小穗椭圆形或近圆球形，长2～3毫米，黄色、桔红色或紫色；第一颖具3脉，第二颖具5～9脉；第一外稃与小穗等长，具5～7脉，其内稃薄纸质，第二外稃等长于第一外稃，卵圆形或圆球形，质坚硬，平滑或具细点状皱纹，成熟后，自第一外稃基部和颖分离脱落；花柱基部分离。

我国黄河中上游为主要栽培区。广泛栽培于欧亚大陆的温带和热带。

本种是我国北方人民的主要粮食之一，茎叶、谷糠可作饲料。

柘2

【文献征引】

1.（柘）《楚辭章句》：柘，藷蔗也；柘，一作蔗。《楚辭補注》：《相如賦》云“諸柘巴苴”注云：“柘，甘柘也”。

《康熙字典》：又《南方草木狀》：諸柘，一曰甘蔗。

2.（甘蔗）《本草綱目》：〖释名〗竿蔗、藷；时珍曰：“按《野史》云：‘吕惠卿言：凡草皆正生嫡出，惟蔗側種，根上庶出，故字从庶也’。嵇含作竿蔗，谓其茎如竹竿也。《離騷》、《漢書》皆作柘字，通用也。藷字出許慎《說文》，盖蔗音之转也”。〖集解〗颂曰：“今江浙、闽广、湖南、蜀川所生。大者亦高丈许，其叶似荻。有二種，荻蔗茎细短而节疏，但堪生啖，亦可煎稀糖；竹蔗茎粗而长，可榨汁为沙糖，泉、福、吉、广诸州多作之……”，时珍曰：“蔗皆畦種，丛生，最困地力。茎似竹而内实，大者围数寸，长六七尺，根下节密，以渐而疏；抽叶如蘆叶而大，长三四尺，扶疏四垂；八九月收茎，可留过春充果食。按王灼《餹霜譜》云：‘蔗有四色，曰杜蔗，即竹蔗也，绿嫩薄皮，味极醇厚，专用作霜；曰西蔗，作霜色浅；曰艻蔗，亦名蠟蔗，即荻蔗也，亦可作沙糖；曰紅蔗，亦名紫蔗，即崑崙蔗也，止可生啖，不堪作糖……’”

【辨析】

本诗中的柘即甘蔗。

【形态特征】

甘蔗 *Saccharum officinarum* Linn.：又名秀贵甘蔗，禾本科，甘蔗属，多年生高大实心草本。

根状茎粗壮发达。秆高 3～5（6）米。直径 2～4（5）厘米，具 20～40 节，下部节间较短而粗大，被白粉。叶鞘长于其节间；叶舌极短，生纤毛，叶片长达 1 米，宽 4～6 厘米，无毛，中脉粗壮，白色，边缘具锯齿状粗糙。圆锥花序大型，长 50 厘米左右，主轴除节具毛外余无毛，在花序以下部分不具丝状柔毛；总状花序多数轮生，稠密；总状花序轴节间与小穗柄无毛；小穗线状长圆形，长 3.5～4 毫米；基盘具长于小穗 2～3 倍的丝状柔毛；第一颖脊间无脉，不具柔毛，顶端尖，边缘膜质；第二颖具 3 脉，中脉成脊，粗糙，无毛或具纤毛；第一外稃膜质，与颖近等长，无毛；第二外稃微小，无芒或退化；第二内稃披针形；鳞被无毛。

产于我国台湾、福建、广东、海南、广西、四川、云南等南方热带地区。是全世界热带糖料生产国的主要经济作物。

茎秆是制糖原料，纤维素可供造纸，秆梢与叶片可作饲料，亦可入药。

楓

【文献征引】

1.（楓）《楚辭章句》：楓，木名也。《楚辭補注》：《爾雅》“楓，欇欇”注云：“似白楊，叶圆而歧，有脂而香”，《本草》云：“树高大，商洛间多有”，《說文》云：“楓木，厚叶弱枝，善摇”；汉宫殿中多植之，至霜后，叶丹可爱，故骚人多称之。

《爾雅・釋木》：楓，欇欇。《爾雅注》：楓樹似白楊，叶员而歧，有脂而香，今之楓香是。《爾雅疏》：《說文》云：“楓，木。厚叶弱枝，善摇。一名欇欇”，郭云：“楓樹似白楊，叶员而岐，有脂而香，今之楓香是也”，案《本草》唐本註云“树高大，叶三角，商洛之间多有之”是也，又《山海南荒經》云“有宋山者，木生山上，名曰楓木。楓木，蚩尤所弃其桎梏，是谓楓木”註云“即今楓香樹”也。

《康熙字典》：《埤雅》：枝善摇，故字从風；叶作三脊，霜后色丹，谓之丹楓，其材可以为式。

《說文解字》：楓，楓木也；厚叶弱枝，善摇；一名欇欇。《說文解字註》：“楓木也。厚叶弱枝。善榣。一名欇欇”，各本榣作搖，今正，少一欇字，今依《韻會》补；釋木曰：“楓，欇欇”，犍为舍人曰：“楓为树。厚叶弱茎。大风则鸣。故曰欇欇”，按㮞，木叶摇白也，榣，树动也，厚叶弱枝故善榣，善榣故名㮞㮞；嵇含《南方草木狀》，分楓人楓香为二条，实一木也。

2.（楓香脂）《本草綱目》：〖释名〗白膠香；時珍曰：“楓树枝弱善摇，故字从風，俗呼香楓。《金光明經》谓其香为须萨折罗婆香”，頌曰：“《爾雅》谓楓为欇欇，言风至则欇欇而鸣也。《梵書》谓之萨阇罗婆香”。〖集解〗頌曰：“今南方及关陕甚多。树甚高大，似白楊，叶圆而作歧，有三角而香；二月有花，白色，乃连着实，大如鸭卵，八月九月熟时，曝干可烧。《南方草木狀》云：‘楓实惟九真有之，用之有神，乃难得之物。其脂为白膠香’……”，時珍曰：“楓木枝干修耸，大者连数围，其木甚坚，有赤有白；白者细腻，其实成毬，有柔刺，稽含言楓实惟出九真者，不知即此楓否？孫炎《爾雅正義》云：'楓子鬼乃欇木上寄生枝，高三四尺，天旱以泥涂之即雨也'，荀伯子《臨川記》云：'岭南楓木，岁久生瘤，如人形，遇暴雷骤雨则暗长三五尺，谓之楓人'，《宋齊丘化書》云：'老楓化为羽人'，数说不同，大抵瘿瘤之说犹有理也"。

3.（楓人）《南方草木狀・楓人》：五岭之间多楓木，岁久则生瘤瘿，一夕遇暴雷骤雨，其树赘暗长三五尺，谓之楓人；越巫取之作术，有通神之验。《梅谷偶筆》：岭南楓木之老者或生瘿瘤，遇雷雨暴长一枝如人形，谓之楓人。

【辨析】

枫即枫香树。

枫在古代指枫香，年老的枫香树上有时会长瘤瘿，状如人形，称为"枫人"，古时巫师常拿它作法。

【形态特征】

枫香树 *Liquidambar formosana* Hance：金缕梅科，枫香树属，落叶乔木。

高可达 30 米，树皮灰褐色，小枝有柔毛。单叶互生，革质，叶片阔卵形，掌状 3 裂，先端尖，基部心形，掌状脉 3～5 条，具腺齿，叶柄长 4～11 厘米。花单性同株，雄花短穗状花序多个排成总状花序，雄蕊多数；雌花多数形成头状花序，花序柄长 3～6 厘米，萼 4～7 个，针形，花柱长约 1 厘米。蒴果球形，直径 3～4 厘米，种子多数，褐色，有窄翅。花期 3—4 月，果期 10 月。

产于我国秦岭及淮河以南地区，北起河南、东至台湾、西至西藏、南至海南岛。在越南、老挝、朝鲜也有分布。

可做庭园观赏树，木材可制家具及贵重商品的装箱，树皮可做香料，叶可饲蚕，根皮、叶、果可入药。

菰梁、苴蓴

【原文】	【译文】
五穀六仞①	粮食堆起五丈高
设菰粱只②	桌上摆好菰粱饭
……	……
醢豚苦狗③	猪肉酱配狗肉片
脍苴蓴只④	细碎蘘荷佐其间

——大招

【注解】

①仞：古代长度单位，一仞=八尺。

②菰：gū。

③醢：hǎi，肉酱。

④脍：kuài，切细的肉。

《大招》是为楚威王招魂所作。

菰梁

【文献征引】

1.（菰粱）《楚辭章句》：苽粱，蔣實，谓雕葫也；菰，一作苽。

2.（菰米）《本草綱目》：〖释名〗茭米、彫蓬、彫苽、彫胡；時珍曰："菰本作苽，茭草也。其中生菌如瓜形，可食，故谓之苽。其米须霜彫时采之，故谓之凋苽，或讹为彫胡；枚乘七发谓之安胡。《爾雅》'齧彫蓬，荐黍蓬也'孫炎注云：'彫蓬即茭米，古人以为五饭之一者'，鄭樵《通志》云：'彫蓬即米茭，可作饭食，故谓之齧。其黍蓬即茭之不结实者，惟堪作荐，故谓之荐'，楊慎《卮言》云：'蓬有水陆二種，彫蓬乃水蓬，彫苽是也；黍蓬乃旱蓬，青科是也。青科结实如黍，羌人食之，今松州有焉。珍按鄭楊二说不同，然皆有理，盖蓬类非一種故也"。〖集解〗弘景曰："菰米一名彫胡，可作饼食"，頌曰："菰生水中，叶如蒲、葦，其苗如茎梗者，谓之菰蔣草；至秋结实，乃彫胡米也。古人以为美馔，今饥岁，人犹采以当粮……"，時珍曰："彫胡九月抽茎，开花如葦芀；结实长寸许，霜后采之，大如茅针，皮黑褐色；其米甚白而滑膩，作饭香脆，杜甫诗'波漂菰米沉云黑'者即此……"

3.（菰）《本草綱目》：〖释名〗茭草、蔣草；時珍曰："按許氏《說文》，菰本作苽，从瓜，谐声也。有米谓之彫菰，已见穀部菰米下。江南人呼菰为茭，以其根交结也。蔣义未详"。〖集解〗保昇曰："菰根生水中，叶如蔗、荻，久则根盘而厚；夏月生菌，堪啖，名菰菜。三年者中心生白薹，如藕状，似小儿臂而白软，中有黑脉，堪啖者名菰者也"，頌曰："菰根，江湖陂泽中皆有之。生水中，叶如蒲、葦辈，刈以秣马，甚肥。春末生白茅如笋，即菰菜也，又谓之茭白；生熟皆可啖，甜美，其中心如小儿臂者，名菰手，作菰首者，非矣。《爾雅》云‘出隧蘧蔬’注云：‘生菰草中，状似土菌；江东人啖之，甜滑’，即此也，故南方人至今谓菌为菰，亦缘此义。其根亦如蘆根，冷利更甚；二浙下泽处菰草最多，其根相结而生，久则并土浮于水上。彼人谓之菰葑，刈去其叶，便可耕莳；又名葑田。其苗有茎梗者，谓之菰蔣草。至秋结实，乃彫胡米也，岁饥人以当粮”。

《康熙字典》：《博雅》：菰，蔣也；其米谓之胡。《西京雜記》：菰之有米者，长安人谓之雕胡，有首者谓之綠节。

【辨析】

菰粱即菰的籽实，又名彫蓬、雕胡。

【形态特征】

菰 *Zizania latifolia*（Griseb.）Stapf：又名茭儿菜、茭包、茭笋，禾本科，菰属，多年生水生草本植物。

具匍匐根状茎。须根粗壮。秆高大直立，高 1～2 米，径约 1 厘米，具多数节，基部节上生不定根。叶鞘长于其节间，肥厚，有小横脉；叶舌膜质，长约 1.5 厘米，顶端尖；叶片扁平宽大，长 50～90 厘米，宽 15～30 毫米。圆锥花序长 30～50 厘米，分枝多数簇生，上升，果期开展；雄小穗长 10～15 毫米，两侧压扁，着生于花序下部或分枝之上部，带紫色，外稃具 5 脉，顶端渐尖具小尖头，内稃具 3 脉，中脉成脊，具毛，雄蕊 6 枚，花药长 5～10 毫米；雌小穗圆筒形，长 18～25 毫米，宽 1.5～2 毫米，着生于花序上部和分枝下方与主轴贴生处，外稃之 5 脉粗糙，芒长 20～30 毫米，内稃具 3 脉。颖果圆柱形，长约 12 毫米。

产于黑龙江、吉林、辽宁、内蒙古、河北、甘肃、陕西、四川、湖北、湖南、江西、福建、广东、台湾。水生或沼生。亚洲温带、日本、俄罗斯及欧洲也有分布。

秆基嫩茎被真菌寄生后粗大肥嫩，可食用，菰米可作饭食，全草可作饲料。

【植物图片】

苴蓴

【文献征引】

1.（苴蓴）《楚辭章句》：苴蓴，蘘荷也；杂用脍炙，切蘘荷以为香。《楚辭補注》：《本草》：“蘘荷，叶似初生甘蔗，根似薑牙”，《博雅》云：“蓴苴，蘘荷也”。

2.（蕁）《康熙字典》：《唐韻》：蕁苴，大蘘荷名。

【辨析】

苴蕁即蘘荷。

本词条可与“蘘荷”相互参看。

【形态特征】

见“蘘荷”。

桂、莎

【原文】	【译文】
桂树丛生兮山之幽	深山幽处生桂树
偃蹇连蜷兮枝相缭①	枝叶缠连美婀娜
……	……
青莎杂树兮	青莎树木相傍生
薠草靃靡②	薠草曳曳动随风

——招隐士

【注解】

①偃蹇：yǎn jiǎn，曲屈的样子。

②靃靡：小草摆动的样子。

《招隐士》为淮南小山所作，以怀屈原之人、颂屈原之德。

桂

【文献征引】

1.（桂）《楚辭補注》：郭璞云："桂，白华，从生山峰，冬常青，间无杂木"。

（桂、牡桂）《本草綱目》：〖释名〗梫；时珍曰："按范成大《桂海志》云：'凡木，叶心皆一纵理，独桂有两道如圭形'，故字从圭；陸佃《埤雅》云：'桂犹圭也。宣导百藥，为之先聘通使，如执圭之使也'。《爾雅》谓之梫者，能侵害他木也，故《吕氏春秋》云'桂枝之下无杂木'、《雷公炮炙論》云'桂钉木根，其木即死'是也。桂即牡桂之厚而辛烈者，牡桂即桂之薄而味淡者，《别錄》不当重出，今并为一，而分目于下"。〖集解〗弘景曰："……《神農本經》惟有牡桂、箘桂……今俗又以半卷多脂者，单名为桂入藥最多，是桂有三種矣……《經》云：'桂叶如柏叶，泽黑皮黄心赤……'，今东山有桂皮，气粗相类，而叶华异，亦能凌冬，恐是牡桂，人多呼为丹桂，正谓皮赤尔……"，恭曰："桂惟有二種，陶氏引《經》云'似柏叶'，不知此言从何所出？又于《别錄》剩出桂条，为深误也。单名桂者，即是牡桂，乃《爾雅》所谓'梫，木桂'也。叶长尺许，花子皆与菌桂同。大小枝皮俱名牡桂，但大枝皮肉理粗虚如木，而肉少味薄，名曰木桂，亦云大桂；不及小嫩枝皮，肉多而半卷，中心皱起，其味辛美，一名肉桂，亦名桂枝，一名桂心……。其菌桂，叶似柿叶，中有纵纹三道，表里无毛而光泽，肌理紧薄如竹，大枝、小枝皮俱是筒……"，保昇曰："桂有三種，菌桂，叶似柿叶而尖狭光净，花白蕊黄，四月开，五月结实，树皮青黄，薄卷若筒，亦名筒桂；其厚硬味薄者名版桂，不入藥用。牡桂，叶似枇杷叶，狭长于菌桂叶一二倍，其嫩枝皮半卷多紫，而肉中皱起，肌理虚软，谓之桂枝，又名肉桂。削去上皮，名曰桂心，其厚者名曰木桂……陶氏言半卷多脂者为桂，又引《仙經》云'叶似柏叶'，此则桂有三種明矣……蘇恭只知有二種，指陶为误，何臆断之甚也"，藏器曰："菌桂、牡桂、桂心三色，同是一物……采者以老薄为一色，嫩厚为一色；嫩既辛烈，兼又筒卷，老必味淡，自然板薄；薄者即牡桂，卷者即菌桂也。桂心即是削除皮上甲错，取其近理而有味者”，颂曰：“《爾雅》但言‘梫，木桂’一種，《本草》载桂及牡桂、菌桂三種，今岭表所出，则有筒桂、肉桂、桂心、官桂、板桂之名，而医家用之罕有分别。旧说箘桂正圆如竹、有二三重者，则今之筒桂也；牡桂皮薄色黄、少脂肉者，则今之官桂也；桂皮半卷多脂者，则今之板桂也；而今观宾、宜、韶、钦诸州所图上者，種类亦各不同，然总谓之桂，无复别名。参考旧注，谓菌桂‘叶似柿，中有三道纹，肌理坚薄如竹，大小皆成筒’，与今宾州所出者相类；牡桂‘叶狭于箘桂而长数倍，其嫩枝皮半卷多紫’，与今宜州、韶州所出者相类，彼土人谓其皮为木蘭皮，肉为桂心，此又有黄紫两色，益可验也；桂‘叶如柏叶而泽，皮黄心赤’，与今钦州所出者，叶密而细，恐是其类，但不作柏叶形为异尔。蘇恭以单桂、牡桂为一物，亦未可据……”，時珍曰：“桂有数種，以今参访：牡桂，叶长如枇杷叶，坚硬有毛及锯齿，其花白色，其皮多脂；箘桂，叶如柿叶而尖狭光净，有三纵纹而无锯齿，其花有黄有白，其皮薄而卷；今商人所货，皆此二桂，但以卷者为箘桂，半卷及板者为牡桂，即自明白。蘇恭所说，正合医家见今用者；陳藏器、陳承断箘、牡为一物者，非矣；陶弘景复以单字桂为叶似柏者，亦非也。柏叶之桂，乃服食家所云，非此治病之桂也；蘇頌所说稍明，亦不当以钦州者为单字之桂也。按《尸子》云：‘春花秋英曰桂’、嵇含《南方草木狀》云：‘桂生合浦、交趾，生必高山之巅，冬夏常青。其类自为林，更无杂树。有三種，皮赤者为丹桂，叶似柿者为菌桂，叶似枇杷者为牡桂’，其说甚明，足破诸家之辨矣……”

《康熙字典》：《本草圖經》：桂有三種：菌桂生交趾山谷，牡桂生南海山谷，桂生桂阳。

《說文解字》：桂，江南木，百藥之长。《說文解字註》：“江南木”，《本草》曰：“桂生桂阳。牡桂生南海山谷。箘桂生交趾，桂林山谷”；“百藥之长”，《本草經》木部上品首列牡桂、菌桂，箘桂味辛温，主百病，养精神，和颜色，为诸藥先聘通使，故許云百藥之长，《檀弓》、《内則》皆薑桂并言；劉逵引《本草經》正文曰：“菌桂，圆如竹。出交趾”，然则其树正圆如竹，故名箘桂，今《本草》云：“无骨。正圆如竹”，不系之正文，无骨，葢谓空心也，《左思賦》“邛竹缘岭。箘桂临崖”正以竹之实中者与桂之虛中者反对也。

2.（梫）《爾雅·釋木》：梫，木桂。《爾雅注》：今南人呼桂厚皮者为木桂；桂樹，叶似枇杷而大，白华，华而不著子；丛生岩岭，枝叶冬夏常青，间无杂木。《爾雅疏》：梫，一名木桂；郭云：“今南人呼桂厚皮者为木桂。桂樹，叶似枇杷而大，白华，华而不著子。丛生岩岭，枝叶冬夏常青，间无杂木”；案《本草》谓之“牡桂”者是也。

【辨析】

桂是个统称，一般指菌桂或牡桂。

本诗的写作年代与《神农本草经》相近，《神农本草经》中记载有菌桂和牡桂，没有桂，由此可知，桂在当时并不专指某种植物。

本字条可与“菌桂”相互参看。

莎

【文献征引】

1.（莎）《楚辭補注》：《本草》云：“莎，古人为诗多用之，此草根名香附子，荆襄人谓之莎草”。

《爾雅·釋草》：薃侯，莎；其实媞。《爾雅注》：《夏小正》曰："薃也者，莎蓆。媞者其实"。《爾雅疏》：薃即莎别名，侯，维也，犹语辞也，其实别名媞；○注："夏小"至"其实"，《夏小正》者，《大戴禮》之篇名，本夏后氏著十二月之候也，汉九江太守戴德记之，谓之《大戴禮記》，其正月云："媞薃。薃也者，莎蓆也。媞也者，其实也。先言媞而后言薃，何也？媞先见者也。何以谓之？小正以著名也"；案《廣雅》云："地毛，莎蓆也"，是蓆即莎也，故云莎蓆。

2.（莎草、香附子）《本草綱目》：〖释名〗雀頭香、草附子、水香棱、水巴戟、水莎、侯莎、莎結、夫須、續根草、地藾根、地毛；時珍曰："《别錄》止云莎草，不言用苗用根，后世皆用其根，名香附子，而不知莎草之名也。其草可为笠及雨衣，疏而不沾，故字从草从沙。亦作蓑字，因其为衣垂綏，如孝子衰衣之状，故又从衰也，《爾雅》云'薃侯，莎。其实緹'是也。又云：'薹夫須也'，薹乃笠名，贱夫所须也。其根相附，连续而生，可以合香，故谓之香附子。上古谓之雀頭香，按《江表傳》云：'魏文帝遣使于吴，求雀頭香'，即此。其叶似三棱及巴戟，而生下湿地，故有水三棱、水巴戟之名。俗人呼为雷公頭，《金光明經》谓之月萃哆，《記事珠》谓之抱靈居士"。〖集解〗時珍曰："莎叶如老韭叶而硬，光泽有剑脊棱；五六月中抽一茎，三棱中空，茎端复出数叶；开青花成穗如黍，中有细子；其根有鬚，鬚下结子一二枚，转相延生，子上有细黑毛，大者如羊枣而两头尖，采得燎去毛，暴干货之……"

【辨析】

莎即香附子。

本字条可与"臺"相互参看。

【形态特征】

香附子 *Cyperus rotundus* L.：又名香头草，莎草科，莎草属，多年生草本植物。

高 15～95 厘米，具匍匐根状茎，茎秆直立，三棱形。叶基生，叶鞘棕色，闭合包于茎上，叶片线形，长 20～60 厘米，宽 2～5 毫米，先端尖，全缘，具平行脉。复穗状花序，3～6 个在茎顶排成伞状，每个花序具 3～10 个小穗，线形，长 1～3 厘米，总苞 2～4 片，颖 2 列，长约 3 毫米，每颖着生 1 花，雄蕊 3，柱头 3。小坚果长圆形，具三棱，灰褐色。花期 5—8 月，果期 7—11 月。

产于我国各地。生长于山坡荒地草丛中或水边潮湿处。广布于世界各地。

可制蓑衣，可提制香附油，块茎、叶可入药。

馬 蘭

【原文】	【译文】
蓬艾亲入御于牀笫兮[①]	蓬艾之草得亲近
馬蘭踸踔而日加[②]	马兰疯长逐日盛

——七谏·怨世

【注解】

①笫：亲密。

②馬蘭：简体字“马兰”。踸踔：chěn chuō，迅速滋长。加：盛。

《七谏》为东方朔所作，借怀屈原以言己志。

本诗中的蓬、艾、马兰喻君前恶人。

【文献征引】

《楚辭章句》：馬蘭，恶草也。《楚辭補注》：《本草》云：“馬蘭生泽旁，气臭，花似菊而紫”，《楚辭》以恶草喻恶人。

《本草綱目》：〖释名〗紫菊；時珍曰：“其叶似蘭而大，其花似菊而紫，故名。俗称物之大者为馬也”。〖集解〗藏器曰：“馬蘭生泽旁，如澤蘭而气臭，《楚辭》以恶草喻恶人。北人见其花呼为紫菊，以其似单瓣菊花而紫也。又有山蘭，生山侧，似劉寄奴，叶无椏，不对生，花心微黄赤……”，時珍曰：“馬蘭，湖泽卑湿处甚多。二月生苗，赤茎白根，长叶有刻齿，状似澤蘭，但不香尔。南人多采汋晒干，为蔬及饅馅。入夏高二三尺，开紫花，花罢有细子。《楚辭》无馬蘭之名，陳氏指为恶草，何据”。

【辨析】

马兰的古今名称一致。

【形态特征】

马兰 *Kalimeris indica*（L.）Sch. -Bip.：又名马兰头、鸡儿肠、田边菊、路边菊、鱼鳅串、蓑衣莲，菊科，马兰属，草本植物。

根状茎有匍枝，有时具直根。茎直立，高 30～70 厘米。基部叶在花期枯萎；茎部叶倒披针形或倒卵状矩圆形，长 3～6 稀达 10 厘米，宽 0.8～2 稀达 5 厘米，基部渐狭成具翅的长柄，边缘从中部以上具有小尖头的钝或尖齿或有羽状裂片，上部叶小，全缘，基部急狭无柄，全部叶稍薄质，中脉在下面凸起。头状花序单生于枝端并排列成疏伞房状。舌状花 1 层，15～20 个，管部长 1.5～1.7 毫米，舌片浅紫色；管状花长 3.5 毫米，管部长 1.5 毫米，被短密毛。瘦果倒卵状矩圆形，极扁，长 1.5～2 毫米，宽 1 毫米，褐色，边缘浅色而有厚肋，上部被腺及短柔毛。花期 5—9 月，果期 8—10 月。

广泛分布于亚洲南部及东部。

幼叶可作蔬菜，全草可入药。

荆

【原文】	【译文】
行明白而曰黑兮	谗诬明白是污黑
荆棘聚而成林	荆棘丛生掩清光

——七谏・怨思

【注解】

本诗中的荆、棘喻谗贼。

【文献征引】

《康熙字典》：《山海經》：虖勺之山，其下多荆杞。《本草》“牡荆”《註》：古者刑杖以荆，故字从刑；其生成丛而疏爽，故又谓之楚；荆楚之地，因多产此而名也。

《說文解字》：荆，楚木也。《說文解字註》：“楚木也”，林部曰：“楚，丛木。一名荆”，是为转注。

【辨析】

荆即青色枝条的牡荊。

本字条可与“楚”、“楛”相互参看。

【形态特征】

见“楚”。

柚、新夷、桢

【原文】	【译文】
杂橘柚以为囿兮[①] 列新夷与椒楨[②]	园中混种橘和柚 辛夷椒桢沁幽香

——七谏·自悲

【注解】

①囿：园，圃。

②楨：简体字“桢”。

柚

【文献征引】

《爾雅·釋木》：柚，條。《爾雅注》：似橙，实酢；生江南。《爾雅疏》：柚，一名條；郭云：“似橙，实酢。生江南”，《禹貢·楊州》云“厥苞橘柚”孔安國云：“小曰橘，大曰柚”，《呂氏春秋》云：“果之美者，有云梦之柚”，《本草》唐本註云：“柚皮厚味甘，不如橘皮味辛而苦。其肉亦如橘，有甘有酸，酸者名胡甘。今俗人或谓橙为柚，非也”。

《本草綱目》：〖释名〗櫾、條、壶柑、臭橙、朱欒；時珍曰：“柚色油然，其状如卣，故名。壶亦象形，今人呼其黄而小者为蜜筩，正此意也。其大者谓之朱欒，亦取团栾之象。最大者谓之香欒、《爾雅》谓之㯹、又曰椵、《廣雅》谓之镭柚，镭亦壶也、《桂海志》谓之臭柚，皆一物，但以大小、古今方言称呼不同耳”。〖集解〗恭曰：“柚皮厚味甘，不似橘皮薄味辛而苦；其肉亦如橘，有甘有酸，酸者名壶柑。今俗人谓橙为柚，非矣，案《呂氏春秋》云：‘果之美者，江浦之橘，云梦之柚’、郭璞云：‘柚出江南，似橙而实酢，大如橘’、《禹貢》云：‘扬州厥包橘柚’、孔安國云：‘小曰橘，大曰柚’，皆为柑也”，時珍曰：“柚，树叶皆似橙，其实有大小二種，小者如柑如橙，大者如瓜如升。有围及尺余者，亦橙之类也，今人呼为朱欒；形色圆正，都类柑橙，但皮厚而粗，其味甘，其气臭，其瓣坚而酸恶不可食，其花甚香；南人種其核，长成以接柑橘，云甚良也。盖橙乃橘属，故其皮皱厚而香，味苦而辛；柚乃柑属，故其皮粗厚而臭，味甘而辛；如此分，柚与橙橘自明矣。郭璞云：‘㯹，大柚也。实大如盏，皮厚二三寸，子似枳，食之少味’，范成大云：‘广南臭柚大如瓜，可食，其皮甚厚，染墨打碑，可代毡刷，且不损纸也’，《列子》云：‘吴越之间有木焉，其名为櫾，碧树而冬青，实丹而味酸，食其皮汁，已愤厥之疾。渡淮而北，化而为枳’，此言地气之不同如此”。

《康熙字典》：《埤雅》：卽《詩·秦风》“有條者”是也。《書·禹貢》“厥包橘柚”《傳》：小曰橘，大曰柚。《呂览·本味篇》：果之美者，有云梦之柚。

《說文解字》：柚，條也；佀橙而酢；《夏書》曰：“厥苞橘柚”。《說文解字註》：“條也。佀橙而酢”，釋木“柚條”郭云：“似橙，实酢。生江南”，《列子》曰：“吴楚之国有大木焉。其名为櫾。碧树而冬生。实丹而味酸。食其皮汁巳愤厥之疾”，按今橘橙柚三果，莫大于柚，莫酢于橙汁，而橙皮甘可食，《本草經》合橘柚为一条，浑言之也；“《夏書》曰：‘厥苞橘柚’”，苞俗作包，今正，《禹貢》文。

【辨析】

柚的古今名称一致。

本字条可与“橘”、“枳”相互参看。

【形态特征】

柚 *Citrus maxima*（Burm.）Merr.：又名抛、文旦，芸香科，柑橘属，乔木。

嫩枝、叶背、花梗、花萼及子房均被柔毛，嫩叶通常暗紫红色，嫩枝扁且有棱。叶质颇厚，色浓绿，阔卵形或椭圆形，连冀叶长 9～16 厘米，宽 4～8 厘米。总状花序，花蕾淡紫红色，稀乳白色；花萼不规则 5～3 浅裂；花瓣长 1.5～2 厘米；雄蕊 25～35 枚，花柱粗长，柱头略较子房大。果圆球形，扁圆形，梨形或阔圆锥状，横径通常 10 厘米以上，淡黄或黄绿色，果皮甚厚或薄，海绵质，油胞大，凸起，果心实但松软，瓢囊 10～15 或多至 19 瓣；种子多达 200 余粒，亦有无子的，形状不规则，通常近似长方形，有明显纵肋棱，子叶乳白色。花期 4—5 月，果期 9—12 月。

产于长江以南各地。东南亚各国均有栽种。

叶、花和果皮可提取芳香油，果实可食用。

新夷

【文献征引】

《楚辭補注》：新夷，即辛夷也。

【辨析】

新夷即紫玉兰。

本词条可与“辛夷”相互参看。

【形态特征】

见“辛夷”。

楨

【文献征引】

1.（楨）《楚辭補注》：楨，女貞也。

《康熙字典》：《山海經》“太山之上多楨木”郭注：女楨也，冬不凋。

《説文解字》：楨，刚木也。《説文解字註》：“刚木也”，此谓木之刚者曰楨，非谓木名也；《吴都賦》之楨、《廣韻》之女楨，则为木名。

2.（女貞）《本草綱目》：〖释名〗貞女、冬青、蠟樹；時珍曰：“此木凌冬青翠，有貞守之操，故以貞女狀之。《琴操》载鲁有处女见女貞木而作歌者，即此也。蘇顔《頌序》云‘女貞之木，一名冬青；負霜葱翠，振柯凌风。故清士钦其质，而貞女慕其名’是矣。别有冬青与此同名。今方書所用冬青，皆此女貞也。近时以放蜡虫，故俗呼为蠟樹”。〖集解〗弘景曰：“诸处时有。叶茂盛，凌冬不凋，皮青肉白，与秦皮为表里……”，恭曰：“女貞叶似冬青树及枸骨，其实九月熟，黑似牛李子。陶言与秦皮为表里，误矣；秦皮叶细冬枯，貞叶大冬茂，殊非类也”，頌曰：“女貞处处有之，《山海經》云‘泰山多貞女’是也。其叶似枸骨及冬青木，凌冬不凋；五月开细花，青白色；九月实成，似牛李子。或云即今冬青树也，而冬青木理肌白，纹如象齿，实亦治病。岭南一種女貞，花极繁茂而深红色，与此殊异，不闻入藥”，時珍曰：“女貞、冬青、枸骨，三树也；女貞即今俗呼蠟樹者，冬青即今俗呼凍青樹者，枸骨即今俗呼貓兒刺者。东人因女貞茂盛，亦呼为冬青，与冬青同名异物，盖一类二種尔，二種皆因子自生，最易长。其叶厚而柔长，绿色，面青背淡，女貞叶长者四五寸，子黑色；凍青叶微团，子红色，为异；其花皆繁，子并累累满树，冬月鸜鹆喜食之，木肌皆白膩。今人不知女貞，但呼为蠟樹……”

【辨析】

桢即女贞。

【形态特征】

女贞 *Ligustrum lucidum* Ait.：又名青蜡树、大叶蜡树、白蜡树、蜡树，木犀科，女贞属，灌木或乔木。

高可达 25 米；树皮灰褐色。枝黄褐色、灰色或紫红色。叶片常绿，革质，卵形、长卵形或椭圆形至宽椭圆形，长 6～17 厘米，宽 3～8 厘米，上面光亮，中脉在上面凹入，下面凸起。圆锥花序顶生，长 8～20 厘米，宽 8～25 厘米；花冠长 4～5 毫米，花冠管长 1.5～3 毫米，裂片长 2～2.5 毫米，反折：花丝长 1.5～3 毫米，花药长圆形，长 1～1.5 毫米；花柱长 1.5～2 毫米，柱头棒状。果肾形或近肾形，长 7～10 毫米，径 4～6 毫米，深蓝黑色，成熟时呈红黑色，被白粉。花期 5—7 月，果期 7 月至翌年 5 月。

产于长江以南至华南、西南各省区，向西北分布至陕西、甘肃。生长于疏、密林中。朝鲜也有分布。

花可提取芳香油，种子油可制肥皂，果可供酿酒或制酱油，叶、果可入药。

菎 蕗

【原文】	【译文】
菎蕗杂于黀蒸兮①	坚竹秸秆混一炬
机蓬矢以射革	以蓬做箭射盾革

——七谏 • 谬谏

【注解】

①菎蕗：kūn lù。黀：zōu，麻杆。

本诗中的菎蕗喻贤臣，黀、蓬喻愚臣。

【文献征引】

1.（菎蕗）《楚辭章句》：……言持菎蕗香直之草，杂於黀蒸，烧而燃之，则不识於物也；菎蕗，一作箟簬。《楚辭補注》：箟，与菌同；箘，簬也。

2.（箟簬）《楚辭章句》：已解于《七諫》也；箟，竹也；一作菎蕗。

3.（箘）《康熙字典》：《山海經》"暴山多椶柟、荆芑、竹箭、䉋箘"《注》：箘亦筱类，中箭。《戴凱之 • 竹譜》：箘竹出云梦之泽，皮特黑色。

《說文解字》：箘，箘簬；竹也；一曰博棊也。《說文解字註》："箘簬"，逗，"竹也"，竹字今补；《禹貢》郑注曰："箘簬，聆风也"，按箘簬二字一竹名，《吳都賦》之射筒也，劉逵曰："射筒竹细小通长。长丈余。无节。可以为矢笴"，名此三字补射筒，及由梧竹皆出交趾；《九貞 • 招䰟》"昆蔽象棊"王曰："昆或言箟簬。今之箭囊也"，箟卽箘之异体，箭囊卽射筒之异词，无底曰囊，通箫曰筒，皆自其无节言之，谓之好箭干耳；古者絫呼曰箘簬，《戰國策》"箘簬之劲不能过"是也；单呼曰箘，《呂氏春秋》"越骆之箘"是也；《書正義》及戴凱之说箘簬为二竹，缪矣；"一曰簙棊也"，方言簙或谓之蔽、或谓之箘，秦晋之间谓之簙，吴楚之间或谓之蔽，或谓之棊。

4.（簬）《康熙字典》：《集韻》、《韻會》、《正韻》：美竹，中作箭。

《說文解字》：簬，箘簬也；《夏書》曰："惟箘簬枯"。《說文解字註》："箘簬也"；"《夏書》曰：'惟箘簬枯'"，《禹貢》文，枯各本作楛，今依木部正。

【辨析】

菎蕗即箭竹。

【形态特征】

箭竹 *Fargesia spathacea* Franch.：又名法氏竹、华桔竹、龙头竹，禾本科，箭竹属，草本植物。

箨柄长7～13厘米，粗7～20毫米。竿丛生或近散生；直立，高1.5～4（6）米，粗0.5～2（4）厘米；节间长15～18（24）厘米，竿基部节间长3～5厘米，圆筒形；箨环隆起。枝条以（5）9～17枝生长于竿之每节，斜展，直径1～2毫米，微被白粉，实心或几实心。小枝具2～3（6）叶；叶鞘长2～3（4）厘米；叶耳微小，紫色，边缘具4～7条长1～5（6）毫米灰色向上之縫毛；叶片线状披针形，长（3）6～10（13.5）厘米，宽（3）5～7（13）

毫米，叶缘一侧具小锯齿。花枝长 5～35 厘米，各节可再分小枝；圆锥花序较紧密，顶生，共含小穗 8～14 枚，长 3～4.5 厘米，宽 1～1.4 厘米；颖纸质，第一颖长 3.5～7 毫米，卵状披针形，具 3～5 脉，第二颖长 7～14 毫米，卵状披针形，具 7～9 脉；外稃卵状披针形，具 9～11 脉，内稃先端 2 齿裂，脊上具小锯齿；花药黄色，花柱 1。颖果椭圆形，浅褐色，无毛，长 5～7 毫米，直径 2.2～3 毫米，基部具腹沟。笋期 5 月，花期 4 月，果期 5 月。

产于湖北西部和四川东部。生长于林下或荒坡地。

笋可供食用，竿可编织器物。

澤 瀉

【原文】	【译文】
筐澤瀉以豹鞹兮[①]	泽泻满革囊
破荆和以继筑[②]	杵捣碎美玉

——九叹·怨思

【注解】

①筐：满。澤瀉：简体字“泽泻”。鞹：革。

②筑：大杵。

《九叹》为刘向所作，他追念屈原的忠信之节，并借此抒发自己相似的心怀。

本诗中的泽泻喻小人。

【文献征引】

《楚辭章句》：澤瀉，恶草也。《楚辭補注》：《本草》：“澤瀉叶狭长，从生浅水中，多食病人眼”。

《本草綱目》：〖释名〗水瀉、鵠瀉、及瀉、藚、芒芋、禹孫；時珍曰：“去水曰泻，如泽水之泻也。禹能治水，故曰禹孫。余未详”。〖集解〗頌曰：“今山东河陕江淮亦有之，汉中者为佳。春生苗，多在浅水中；叶似牛舌，独茎而长；秋时开白花作丛，似穀精草，秋末采根暴干”。

【辨析】

泽泻的古今名称一致。

本词条可与“藚”相互参看。

【形态特征】

泽泻 *Alisma plantago-aquatica* Linn.：泽泻科，泽泻属，多年生水生或沼生草本植物。

块茎直径 1～3.5 厘米，或更大。叶通常多数；沉水叶条形或披针形；挺水叶宽披针形、椭圆形至卵形，长 2～11 厘米，宽 1.3～7 厘米，叶脉通常 5 条，叶柄长 1.5～30 厘米。花葶高 78～100 厘米，或更高；花序长 15～50 厘米，或更长，具 3～8 轮分枝，每轮分枝 3～9 枚。花两性，花梗长 1～3.5 厘米；外轮花被片广卵形，长 2.5～3.5 毫米，宽 2～3 毫米，通常具 7 脉，边缘膜质，内轮花被片近圆形，远大于外轮，边缘具不规则粗齿，白色，粉红色或浅紫色；花柱直立，花药椭圆形，黄色或淡绿色。瘦果椭圆形，长约 2.5 毫米，宽约 1.5 毫米，背部具 1～2 条不明显浅沟，种子紫褐色，具凸起。花果期 5—10 月。

产于黑龙江、吉林、辽宁、内蒙古、河北、山西、陕西、新疆、云南等省区。生长于湖泊、河湾、溪流、水塘的浅水带，沼泽、沟渠及低洼湿地亦有生长。前苏联、日本、欧洲、北美洲、大洋洲等均有分布。

球茎可入药。

撚 支

【原文】	【译文】
搴薜荔于山野兮[①] 采撚支于中洲[②]	行于山野取薜荔 巡于水洲采撚支

——九叹·惜贤

【注解】

①搴：qiān，拔取。

②撚：niǎn。

【文献征引】

1.（撚支）《楚辭章句》：撚支，香草也。《楚辭補注》：《相如賦》云："枇杷橪柿"，其字从木；郭璞云："橪支木也"。

2.（橪）《康熙字典》：又《集韻》：橪支，香草也。《劉向·九叹》：采橪支于中洲。《說文解字》：橪，酸小棗；一曰染也。《說文解字註》："酸小棗"，此云酸小棗，则上文樲酸棗者与棗大小同矣；《上林賦》"枇杷橪柿"，按厕橪于枇杷、柿之间，然则皆果也，与許说合，《淮南子》"伐橪棗以为矜"，亦云橪棗；郭云："橪，橪支木"，音烟，与許异；"一曰染也"，染，小徐作柔，皆未详。

【辨析】

撚支是古代的一种香草。

文献中有把"撚支"写作"橪支"的，这可能是误写或是借用字——"橪"字按字形属于木类，《说文》亦注其为酸小枣，但"撚支"不应是木本植物。诗中写采集撚支的地点是"中洲"，一般在"洲"的环境下出现的大多是草本植物，如"夕揽洲之宿莽"的宿莽、"采芳洲兮杜若"的杜若，因此，撚支应依王逸所注，释作香草。

芎、爮、枳、射干、藜、蘘荷

【原文】	【译文】
莞芎弃于泽洲兮[①]	芳香莞芎弃水泽
爮蠡蠹于筐簏[②]	匏瓢蠹蚀掩筐中
……	……
折芳枝与琼华兮	折断芳枝与玉华
树枳棘与薪柴	种下枳棘和枯枝
掘荃蕙与射干兮	拔掉荃蕙与射干
耘藜藿与蘘荷	耘作藜藿和蘘荷

——九叹·愍命

【注解】

①芎：xiōng。

②爮：páo。蠡：lì，瓠瓢。蠹：dù，蛀蚀。

本节选段落中大量运用比喻的手法，表达了作者对上位者弃贤不用而信立奸佞小人的不满和无奈。

本诗中的莞、芎、爮、荃、蕙、射干喻君子，枳、棘、藜、藿、蘘荷喻小人。

芎

【文献征引】

1.（芎）《楚辭章句》：芎，芎藭也；香草也。

《康熙字典》：《唐韻》、《集韻》、《正韻》：芎藭，香草。揚雄《甘泉賦》“发蘭蕙与芎藭”《註》：芎藭，叶似藁本。《本草註》：芎，本作营；或云：“人头穹窿高，天之象也。此藥上行专治头痛诸疾，故名芎藭。古人因其根节状如马衔，谓之馬銜芎，后世因其状如雀脑，谓之雀腦芎；其出关中者呼为京芎，出蜀中者为川芎，出天台者为臺芎，出江南者为撫芎”。《博物志》：苗曰江蘺，根曰芎藭。

2.（芎藭）《本草綱目》：〖释名〗胡藭、川芎、香果、山鞠窮；時珍曰：“芎本作营，名义未详。或云：‘人头穹窿穷高，天之象也；此藥上行，专治头脑诸疾，故有芎藭之名。以胡戎者为佳，故曰胡藭。古人因其根节状如马衔，谓之馬銜芎藭，后世因其状如雀脑，谓之雀腦芎。其出关中者，呼为京芎，亦曰西芎；出蜀中者，为川芎；出天台者，为臺芎；出江南者，为撫芎，皆因地而名也”。〖集解〗普曰：“芎藭，或生胡无桃山阴，或泰山。叶细香，青黑纹赤，如藁本；冬夏丛生，五月花赤，七月实黑，附端两叶。三月采根，有节如馬銜”，宏景曰：“……叶似蛇牀而香，节大茎细，状如馬銜，谓之馬銜芎藭。蜀中亦有而细”，頌曰：“关陕川蜀江东山中多有之，而以蜀川者为胜。四五月生叶，似水芹、胡荽、蛇牀辈，作丛而茎细；其叶倍香，江东、蜀人采叶作饮；七八月开碎白花，如蛇牀子花；根坚瘦，黄黑色，关中出者形块重实，作雀脑状者为雀腦芎，最有力”，時珍曰：“……

《救荒本草》云：‘叶似芹而微细窄，有丫叉纹；似白芷，叶亦细，又似胡荽叶而微壮，一種似蛇牀叶而亦粗。嫩叶可炸食’”。

《山海經·西山經》“又北百八十里，曰号山，其木多漆、椶，其草多葯、虈、芎藭”郭璞注：芎藭，一名江蘺。《淮南子·氾論訓》：夫乱人者，芎藭之与藁本也，蛇牀之与麋蕪也，此皆相似者。

【辨析】

芎即川芎。

本字条可与“江離”、“麋蕪”相互参看。

【形态特征】

川芎 *Ligusticum chuanxiong* Hort.：又名芎䓖，伞形科，藁本属，多年生草本植物。

高 40～60 厘米。根茎发达，形成不规则的结节状拳形团块，具浓烈香气。茎直立，圆柱形，具纵条纹。茎下部叶具柄，柄长 3～10 厘米，基部扩大成鞘；叶片轮廓卵状三角形，长 12～15 厘米，宽 10～15 厘米，3～4 回三出式羽状全裂，羽片 4～5 对，茎上部叶渐简化。复伞形花序顶生或侧生；花瓣白色，倒卵形至心形，长 1.5～2 毫米，先端具内折小尖头；花柱 2，长 2～3 毫米，向下反曲。幼果两侧扁压，长 2～3 毫米，宽约 1 毫米；背棱槽内油管 1～5，侧棱槽内油管 2～3，合生面油管 6～8。花期 7—8 月，幼果期 9—10 月。

主产四川，在云南、贵州、广西、湖北、江西、浙江、江苏、陕西、甘肃、内蒙古、河北等省区均有栽培。

根茎可入药。

瓟

【文献征引】

《楚辭章句》：瓟，匏也。《楚辭補注》：《方言》“蠡，陈楚宋魏之间或谓之瓢”註云：瓠勺也，音丽；瓟，与匏同，一音雹。

《康熙字典》：又《類篇》：匏也，从包，取其可包藏物也。《廣韻》：瓟瓠可为饮器。

【辨析】

瓟即匏，泛指产于成诗地域内的葫芦属植物。

本字条可与“匏”、“壶”、“瓠”相互参看。

【形态特征】

见“匏”。

枳

【文献征引】

1.（枳）《本草綱目》：〖释名〗子名枳實、枳殼；时珍曰：“枳乃木名，从只，谐声也；實乃其子，故曰枳實。后人因小者性速，又呼老者为枳殼；生则皮厚而实，熟则壳薄而虚，正如青橘皮、陈橘皮之义。宋人复出枳殼一条，非矣。寇氏以为破结实而名，亦未必然”。〖集解〗藏器曰：“……旧云‘江南为橘，江北为枳’，《周禮》亦云‘橘逾淮而化为枳’，今江南枳、橘皆有，江北有枳无橘，此自别種，非关变易也”，頌曰：“今洛西、江湖州郡皆有之，以商州者为佳。木如橘而小，高五七尺，叶如橙，多刺；春生白花，至秋成实；七月八月采者为實，九月十月采者为殼。今医家以皮厚而小者为枳實，完大者为枳殼，皆以翻肚如盆口状、陈久者为胜……”

《康熙字典》：《唐韻》、《廣韻》、《類篇》、《韻會》、《正韻》：木名，枳也。《徐曰》：卽藥家枳壳也。《周禮·冬官·考工記》：橘踰淮而北为枳。

《說文解字》：枳，枳木；似橘。《說文解字註》：“枳木。似橘”，《考工記》：“橘踰淮而北为枳”，《本草經》所谓枳实也；枳可为篱，《周書》小开曰：“德枳维大人”。

2.（枸橘）《本草綱目》：〖释名〗臭橘。〖集解〗時珍曰：“枸橘处处有之。树、叶并与橘同，但干多刺；二月开白花，青蕊不香；结实大如弹丸，形如枳實而壳薄，不香。人家多收種为藩蓠，亦或收小实，伪充枳實及青橘皮售之，不可不辨”。

【辨析】

据《中国植物志》的考证，枸橘从地理分布上来说就是《周礼》中的枳，但按《本草纲目》等文献的记载，古时医家所用枳实多为橙类的果实，李时珍又特别提到了枸橘是枳实的伪品，由此则枳在古代并不指枸橘。

射干

【文献征引】

1.（射干）《楚辭章句》：射干，香草。《楚辭補注》：射，音夜；《荀子》曰：“西方有木焉，名曰射干，茎长四寸，生于高山之上，而临百仞之渊，木茎非能长也，所立者然也”，注引陶弘景云：“花白茎长，如射人之执竿”，又引阮公诗云：“夜干临层城”，是生于高处也；据《本草》在草部中，又生南阳川谷，此云木，未详。

《本草綱目》：〖释名〗烏扇、烏翣、烏吹、烏蒲、鳳翼、鬼扇、扁竹、仙人掌、紫金牛、野萱花、草薑、黄遠；頌曰：“射干之形，茎梗疏长，正如射之长竿之状，得名由此尔……”，時珍曰：“其叶丛生，横铺一面如乌翅及扇之状，故有烏扇、烏翣、鳳翼、鬼扇、仙人掌诸名。俗呼扁竹，谓其叶扁生而根如竹也。根叶又如蠻薑，故曰草薑”。〖集解〗宏景曰：“……又别有射干相似，而花白茎长，似射人之执竿者，故阮公诗云：‘射干临层城’，此不入藥用”，保昇曰：“射干高二三尺，花黄实黑，根多须，皮黄黑，肉黄赤。所在皆有，二月八月采根，去皮日干”，藏器曰：“射干、鳶尾二物相似，人多不分。射干即人间所種，为花卉名鳳翼者，叶如乌翅，秋生红花，赤点。鳶尾亦人间所種，苗低下于射干，状如鸢尾，夏生紫碧花者是也”，頌曰：“今在处有之，人家種之。春生苗，高一二尺，叶大类蠻薑而狭长横张，疏如翅羽状，故名烏翣；叶中抽茎，似萱草茎而强硬；六月开花，黄红色，瓣上有细纹；秋结实作房，中子黑色。一说射干多生山崖之间，其茎虽细小，亦类木，故《荀子》云‘西方有木，名曰射干，茎长四寸，生于高山之上’是也。陶宏景所说花白者，自是射干之类”，震亨曰：“根为射干，叶为烏翣，紫花者是，红花者非”，機曰：“按诸注则射干非一種，有花白者、花黄者、花紫者、花红者。丹溪独取紫花者，必曾试有验也”，時珍曰：“射干即今扁竹也。今人所種，多是紫花者，呼为紫蝴蝶。其花三四月开，六出，大如萱花；结房大如拇指，颇似泡桐子；一房四隔，一隔十余子，子大如椒椒而色紫，极硬，咬之不破；七月始枯。陶宏景谓射干、鳶尾是一種；蘇恭、陳藏器谓紫碧花者是鳶尾，红花者是射干；韓保昇谓黄花者是射干；蘇頌谓花红黄者是射干，白花者亦其类；朱震亨谓紫花者是射干，红花者非；各执一说，何以凭依？謹按張揖《廣雅》云：'鳶尾，射干也'、《易通卦驗》云：'冬至射干生'、《土宿真君本草》云：'射干即扁竹。叶扁生，如側手掌形，茎亦如之，青绿色。一種紫花，一種黄花，一種碧花。多生江南、湖广、川、浙平陆间，八月取汁，煮雄黄、伏雌黄、制丹砂、能拒火'，据此则鳶尾、射干本是一类，但花色不同。正如牡丹、芍藥、菊花之类，其色各异，皆是同属也。大抵入藥功不相远"，藏器曰："射干之名有三……阮公云：'射干临层城'者，是树，殊有高大者；《本草》射干是草，即今人所種者也"。

《文選·司馬相如·上林賦》"揭车衡蘭，槀本射干"李善注引司馬彪曰："射干，香草也"。《廣雅·釋草》"鳶尾、烏萐，射干也"王念孫《疏證》：方多作夜干字，今射亦作夜音。

2.（干）《康熙字典》：又射干，木名。《荀子·勸學篇》：西方有木，名曰射干。

又草名。《本草圖經》：射干，花白茎长，如射人之执干。《後漢·陳寵傳》：阳气始萌，十一月有蘭、射干、芸荔之应。

【辨析】

文献中记载有草本、木本两种射干，它们属于同名异物。本诗"掘荃蕙与射干兮"中的射干既与荃、蕙同句，那么三者当同为草本植物；从字义上体会，"掘"字针对草本植物比较适合，如果是木本植物的话，则用"伐"字更贴切。

按文献，草本的射干又分白花和红花两种，白色花的即今野鸢尾（*Iris dichotoma* Pall.），红色花的即今射干（*Belamcanda chinensis*（L.）DC.），两者对于诗文来讲都是可取的。

藜

【文献征引】

《本草綱目》：〖释名〗莱、紅心灰藋、鶴頂草、臙脂菜；〖集解〗時珍曰："藜处处有之，即灰藋之红心者，茎叶稍大。河朔人名落藜，南人名臙脂菜，亦曰鶴頂草，皆因形色名也。嫩时亦可食，故昔人谓藜藿与膏粱不同，老则茎可为杖。《詩》云'南山有臺，北山有莱'陸璣注云：'莱即藜也。初生可食'，谯、沛人以雞蘇为莱、《三蒼》以茱萸为莱，皆名同物异也；《韻府》谓藜为落帚，亦误矣。《寶藏論》云：'鹤顶龙芽'，其顶如鹤，八九月和子收之，入外丹用"。

《康熙字典》：《唐韻》：蒿类。《前漢·司馬遷傳》"墨者，糲粱之食，藜藿之羹"《注》：藜草似蓬。《爾雅翼》：藜，茎叶似王芻，兖州蒸为茹，又可为杖。《晉書·山濤傳》：文帝以涛母老，赠藜杖一枝。

《說文解字》：藜，草也。《說文解字註》："草也"，《左傳》："斩之蓬蒿藜藋"，藜初生可食，故曰蒸藜不孰，小雅"北山有莱"陸璣云："莱，兖州人蒸以为茹，谓之莱蒸"，按莱蒸葢卽蒸藜，如《詩》"騋牝"训"骊牝"也。

【辨析】

藜的古今名称一致。

《本草纲目》及段注均释藜为莱，但其论据都不是十分具有说服力，藜目前还不宜被认定就是莱。《本草纲目》引《草木疏》："莱即藜也，初生可食"，但在笔者所参阅的《草木疏》里却没有这句。段注按"莱蒸"即"蒸藜"而得出藜即莱的结论，缺少了更为实在的依据，且《说文解字》里也只是释藜为"草也"，并无其他。

本字条可与"莱"相互参看。

【形态特征】

藜　*Chenopodium album* L.：又名灰藋，藜科，藜属，一年生草本植物。

高 40～120 厘米，茎直立，粗壮，有棱，多分枝，上升或开展。具长叶柄，叶片菱状卵形至宽披针形，长 3～6 厘米，宽 2.5～5 厘米，先端急尖或微钝，基部宽楔形，边缘具锯齿，背面生灰绿色粉粒。圆锥形花序腋生或顶生，花两性，黄绿色，被片 5，宽卵形或椭圆形，具纵隆脊，雄蕊 5，柱头 2。胞果完全包于花被内或顶端稍露，果皮薄，和种子紧贴，种子横生，双凸镜形，直径 1.2～1.5 毫米，黑色。花期 5—9 月，果期 9—10 月。

产于我国除西藏外各省区。生长于路旁、荒地及田间，是难除掉的杂草。在温带和热带地区均有分布。

嫩叶可食用，种子可榨油，全草可入药。

蘘荷

【文献征引】

《楚辭章句》：蘘荷，蓴菹也。《楚辭補注》：蓴，即《大招》所称苴蓴也。

《本草綱目》：〖释名〗覆葅、蘘草、猼苴、葍苴、嘉草；宏景曰："《本草》白蘘荷，而今人呼赤者为蘘荷，白者为覆苴；盖食以赤者为胜，入藥以白者为良；叶同一種尔"，時珍曰："覆苴，許氏《說文》作葍苴、司馬相如《上林賦》作猼且，与芭蕉音相近。《離騷·大招》云'醢豚苦狗膾苴蓴'王逸注云：'苴蓴，蘘荷也。见《本草》'，而今之《本草》无之，则脱漏亦多矣"。〖集解〗頌曰："蘘荷，荆襄江湖间多種之，北地亦有。春初生叶，似甘蕉，根似薑芽而肥；其叶冬枯，根堪为葅。其性好阴，在木下生者尤美，潘岳《閑居賦》云'蘘荷依阴，时藿向阳'是也。宗懔《荆楚歲時記》云：'仲冬以盐藏蘘荷，用备冬储，又以防虫'，史游《急就篇》云：'蘘荷冬日藏，其来远矣'，然有赤白二種，白者入藥，赤者堪啖及作梅果多用之"，時珍曰："苏頌《圖經》言：'荆襄江湖多種'，今访之无复识者，惟楊慎《丹鉛錄》云：'《急就章》注：蘘荷即今甘露'，考之《本草》，形性相同；甘露即芭蕉也。崔豹《古今註》云：'蘘荷似芭蕉而白色，其子花生根中，花未败时可食，久则消烂矣；根似薑，宜阴翳地，依荫而生'，又按王旻《山居錄》云：'蘘荷宜树阴下，二月種之，一種永生，不须锄耘，但加粪耳。八月初踏其苗，令死，则根滋茂；九月初取其傍生根为葅，亦可酱藏；十月中以糠覆其根下，则过冬不冻死也'"。

【辨析】

蘘荷的古今名称一致。

本词条可与"苴蓴"相互参看。

【形态特征】

蘘荷 *Zingiber mioga*（Thunb.）Rosc.：又名野姜，姜科，姜属，草本植物。

株高 0.5～1 米；根茎淡黄色。叶片披针状椭圆形或线状披针形，长 20～37 厘米，宽 4～6 厘米；叶柄长 0.5～1.7 厘米或无柄；叶舌膜质，2 裂，长 0.3～1.2 厘米。穗状花序椭圆形，长 5～7 厘米；花萼长 2.5～3 厘米，一侧开裂；花冠管较萼为长，裂片披针形，长 2.7～3 厘米，宽约 7 毫米，淡黄色；唇瓣卵形，3 裂，中裂片长 2.5 厘米，宽 1.8 厘米，中部黄色，边缘白色，侧裂片长 1.3 厘米，宽 4 毫米；花药、药隔附属体各长 1 厘米。果倒卵形，熟时裂成 3 瓣，果皮里面鲜红色；种子黑色，被白色假种皮。花期 8—10 月。

产于安徽、江苏、浙江、湖南、江西、广东、广西和贵州。生长于山谷中荫湿处。日本亦有分布。

嫩花序、嫩叶可当蔬菜，根、茎、花序可入药。

蘮蒘、槀本

【原文】	【译文】
蘮蒘兮青葱①	蘮蒘生郁翠
槀本兮萎落②	槀本殒尘香
	——九思·悯上

【注解】

①蘮蒘：jì rú。

②槀：gǎo。

《九思》为王逸所作，他和屈原同为楚国人，因而对其辞赋的理解更深于旁人。

本诗中的槀本喻君子，蘮蒘喻小人。

蘮蒘

【文献征引】

1.（蘮蒘）《楚辭章句》：蘮蒘，草名。《楚辭補注》：《集韻》："蘮蕠似芹，可食"。

2.（蘮蕠）《爾雅·釋草》：蘮蕠，竊衣。《爾雅注》：似芹，可食；子大如麥，两两相合；有毛，著人衣。《爾雅疏》：蘮蕠，一名竊衣；郭云："似芹，可食。子大如麥，两两相合。有毛，著人衣"，俗名鬼麥者也。

【辨析】

蘮蒘即窃衣。

【形态特征】

窃衣 *Torilis scabra*（Thunb.）DC.：伞形科，窃衣属，一年或二年生草本植物。

高 25～70 厘米，全株贴生短硬毛。茎单生。叶三角状卵形，二回羽状分裂，长 5～19 厘米，裂片卵形或披针形，边缘有缺刻。复伞形花序顶生或与叶对生，长 1～8 厘米；花白色或带粉紫色。果实长圆形，长 4～7 毫米，宽 2～3 毫米。花果期 4—11 月。

产于安徽、江苏、浙江、江西、福建、湖北、湖南、广东、广西、四川、贵州、陕西、甘肃等省区。生长在山坡、林下、路旁、河边及空旷草地上。日本也有分布。

果实可入药。

槀本

【文献征引】

1.（槀本）《楚辭章句》：槀本，香草也。

2.（槀）《康熙字典》：又《唐韻》：槀本，藥名也。《荀子·大略篇》：蘭茝藁本。

3.（藁）《康熙字典》：又藁本，藥名。《管子·地員篇》：五臭畴生蓮与蘼蕪、藁本、白芷。

4.（藁本）《楚辭補注》注《楚辭·九叹》"渐藁本于洿渎"：《本草》云："藁本，茎叶根味与芎藭小别，以其根上苗下似禾藳，故名之”。

《本草綱目》：〖释名〗 藳茇、鬼卿、地新、微莖；恭曰：“根上苗下似禾藳，故名藳本；本，根也”，時珍曰：“古人香料用之，呼为藳本香。《山海經》名藳茇”。〖集解〗頌曰：“今西川、河东州郡及兖州、杭州皆有之。叶似白芷，香又似芎藭，但芎藭似水芹而大，藳本叶细尔；五月有白花，七八月结子；根紫色”，時珍曰：“江南深山中皆有之。根似芎藭而轻虚，味麻，不堪作饮也”。

【辨析】

槀本即藳本。

【形态特征】

藳本 *Ligusticum sinense* Oliv.：又名西芎，伞形科，藳本属，多年生草本植物。

高达 1 米。根茎发达，具膨大的结节。茎直立，圆柱形，中空，具条纹，基生叶具长柄；叶片轮廓宽三角形，长 10～15 厘米，宽 15～18 厘米，二回三出式羽状全裂；茎中部叶较大，上部叶简化。复伞形花序顶生或侧生，总苞片 6～10，线形，长约 6 毫米；伞辐 14～30，长达 5 厘米，四棱形，粗糙；花白色，花柄粗糙；花瓣倒卵形，先端微凹，具内折小尖头；花柱长，向下反曲。分生果幼嫩时宽卵形，稍两侧扁压，成熟时长圆状卵形，背腹扁压，长 4 毫米，宽 2～2.5 毫米，背棱凸起，侧棱略扩大呈翅状；背棱槽内油管 1～3，侧棱槽内油管 3，合生面油管 4～6；胚乳腹面平直。花期 8—9 月，果期 10 月。

产于湖北、四川、陕西、河南、湖南、江西、浙江等省。生长于林下、沟边草丛中。

根茎可入药。

蒯

【原文】	【译文】
菅蒯兮壄莽[①]	菅蒯生恣意
雚葦兮仟眠[②]	雚苇得丰饶
	——九思·悼乱

【注解】

①蒯：kuǎi。壄：yě，“野”的讹字。

②仟眠：草木茂盛的样子。

【文献征引】

《本草綱目·狼尾草》：〖附录〗藏器曰：“蒯草，苗似茅，可织席为索，子亦堪食，如粳米”。

《康熙字典》：《左傳·成九年》“虽有丝麻，无弃菅蒯”《正義》：蒯与菅连，亦菅之类。《儀禮·喪服傳疏》：屦者，藨蒯之菲也。《禮·玉藻》註：蒯席澀，便于洗足也。《張衡·西京賦》“草则葴莎菅蒯”註：蒯草中为索。

【辨析】

蒯草是菅一类的植物，可制绳索及编制席屦。

菒 耳

【原文】	【译文】
椒瑛兮涅污	香椒莹玉蒙污垢
菒耳兮充房	菒耳秽草充满房
	——九思·哀岁

【注解】

本诗中的椒喻君子，菒耳喻小人。

【文献征引】

1.（菒耳）《楚辭章句》：菒耳，恶草名也。

2.（菒）《康熙字典》：《集韻》：本作**葈**；胡**葈**，枲耳也。《正字通》：俗枲字。

3.（枲耳）《本草綱目》：〖释名〗胡枲、常思、蒼耳、卷耳、爵耳、豬耳、耳璫、地葵、葹、羊負來、道人頭、進賢菜、喝起草、野茄、縑絲草；頌曰：“《詩》人谓之卷耳、《爾雅》谓之蒼耳、《廣雅》谓之菒耳，皆以实得名也。陸璣《詩疏》云：‘其实正如妇人耳璫’，今或谓之耳璫草。鄭康成谓是白胡枲，幽州人呼为爵耳。《博物志》云：‘洛中有人驱羊入蜀，胡枲子多刺，粘缀羊毛，遂至中国’，故名羊負來。俗呼为道人頭”，宏景曰：“伧人皆食之，谓之常思菜……”，時珍曰：“其叶形如枲麻，又如茄，故有枲耳及野茄诸名。其味滑如葵，故名地葵，与地膚同名。《詩》人思夫赋卷耳之章，故名常思菜。張揖《廣雅》作常枲，亦通”。〖集解〗頌曰：“今处处有之。陸氏《詩疏》云：‘其叶青白似胡荽，白华细茎，蔓生，可煮为茹，滑而少味。四月中生子，正如妇人耳璫’，郭璞云：‘形如鼠耳，丛生如盘’，今之所有皆类此，但不作蔓生”，時珍曰：“按周定王《救荒本草》云：‘蒼耳叶青白，类粘糊菜叶。秋间结实，比桑椹短小而多刺。嫩苗炸熟，水浸淘拌食，可救饥。其子炒去皮，研为面，可作烧饼食，亦可熬油点灯’”。

【辨析】

菒耳即卷耳。

本词条可与“卷耳”、“葹”相互参看。

【形态特征】

见“卷耳”。

参考文献

东汉·郑玄. 毛诗故训传笺.
吴·陆玑. 毛诗草木鸟兽虫鱼疏.
宋·洪兴祖. 楚辞补注.
尔雅注疏. 北京大学出版社;
明·李时珍. 本草纲目. 人民卫生出版社;
明·李时珍. （重订）本草纲目. （台）文化图书公司;
清·段玉裁. 说文解字注.
清·张玉书，陈廷敬等. 康熙字典.
清·吴其濬. 植物名实图考.
“中国植物志”编辑委员会. 中国植物志. 科学出版社;
郑万钧，等. 中国树木志. 中国林业出版社;
李扬汉. 中国杂草志. 中国农业出版社;
中国科学院植物研究所. 新编拉汉英植物名称. 航空工业出版社;
姜亮夫，徐培均，曹明纲，郭维森，朱渊清等. 先秦诗鉴赏辞典. 上海辞书出版社;
刘让言，林家英，陈志明. 中国古典诗歌选注（一）. 甘肃人民出版社;
姚小鸥. 诗经译注. 当代世界出版社;
潘富俊，吕胜由. 诗经植物图鉴. 上海书店出版社;
潘富俊，吕胜由. 楚辞植物图鉴. 上海书店出版社;
（台）程光裕，徐圣谟. 中国历史地图. 中国文化大学出版部;
谭其骧. 中国历史地图集. 中国地图出版社。
论黍和稷. 游修龄著.

网站:
汉典网
生物多样性图书馆中国节点
中国植物物种信息数据库
《中国植物志》电子版
《中国高等植物图鉴》电子版
中国植物图片数据库
中国植物图像库

附 录

已知植物名录（一）			
序号	古代名称	现代名称	拉丁学名
1	荇菜	荇菜	*Nymphoides peltatum*（Gmel.）O.Kuntze
2	葛	葛	*Pueraria lobata*（Willd.）Ohwi
3	卷耳、葹、菒耳	卷耳	*Cerastium arvense* L.
4	桃	桃	*Amygdalus persica* L.
5	芣苢	车前	*Plantago asiatica* L.
6	楚、楛、荆	牡荆	*Vitex negundo* L. var. *cannabifolia*（Sieb. et Zucc.）Hand.-Mazz.
7	蒌	蒌蒿	*Artemisia selengensis* Turcz. ex Bess.
8	蕨	蕨	*Pteridium aquilinum* var. *latiusculum*（Desv.）Underw.
9	藻	穗状狐尾藻	*Myriophyllum spicatum* L.
10	梅 1	梅	*Armeniaca mume* Sieb.
11	白茅	白茅	*Imperata cylindrica*（L.）Beauv.
12	李	李	*Prunus salicina* Lindl.
13	葑	芜青	*Brassica rapa* L.
14	茨、蒺	蒺藜	*Tribulus terrestris* L.
15	唐	菟丝子	*Cuscuta chinensis* Lam.
16	栗	栗	*Castanea mollissima* Bl.
17	椅	山桐子	*Idesia polycarpa* Maxim.
18	梓	梓	*Catalpa ovata* Don
19	漆	漆	*Toxicodendron verniciflaum*（Stokes） F. A. Barkl.
20	蝱	川贝母	*Fritillaria cirrhosa* D. Don
21	绿、菉	荩草	*Arthraxon hispidus*（Thunb. ）Makino
22	竹 1、萹	萹蓄	*Polygonum aviculare* L.
23	菼、萑、蓷	荻	*Triarrhena sacchariflora*（Maxim.）Nakai
24	桑	桑	*Morus alba* L.
25	桧	圆柏	*Sabina chinensis*（Linn.）Ant.
26	芄兰	萝藦	*Metaplexis japonica*（Thunb.）Makino
27	谖草	萱草	*Hemerocallis fulva*（L.）L.
28	木瓜	皱皮木瓜	*Chaenomeles speciosa*（Sweet）Nakai
29	木桃	毛叶木瓜	*Chaenomeles Cathayensis*（Hemsl.）Schneid.

序号	古代名称	现代名称	拉丁学名
30	木李	木瓜	*Chaenomeles sinensis*（Thouin）Koehne
31	黍	黍	*Panicum miliaceum* L.
32	稷、苗、粢、粟	粟	*Setaria italica*（L.）Beauv. var. *germanica*（Mill.）Schred.
33	蓷	錾菜	*Leonurus pseudomacranthus* Kitagawa
34	藟	葛藟葡萄	*Vitis flexuosa* Thunb.
35	杞 1	杞柳	*Salix integra* Thunb.
36	檀	青檀	*Pteroceltis tatarinowii* Maxim.
37	舜	木槿	*Hibiscus syriacus* Linn.
38	龙	红蓼	*Polygonum orientale* L.
39	茹藘	茜草	*Rubia cordifolia* L.
40	蕳、兰	佩兰	*Eupatorium fortunei* Turcz.
41	芍药	芍药	*Paeonia lactiflora* Pall.
42	莠	狗尾草	*Setaria viridis*（L.）Beauv.
43	棘	酸枣	*Ziziphus jujuba Mill.* var. *spinosa*（Bunge）Hu ex H. F. Chow.
44	枢	刺榆	*Hemiptelea davidii*（Hance）Planch.
45	榆	榆树	*Ulmus pumila* L.
46	椒、申椒	花椒	*Zanthoxylum bungeanum* Maxim.
47	杜、甘棠	杜梨	*Pyrus betulaefolia* Bge.
48	葭、苇	芦苇	*Phragmites communis* Trin.
49	梅 2	楠木	*Phoebe zhennan* S. Lee et F. N. Wei
50	檖	豆梨	*Pyrus calleryana* Dcne.
51	麻、苴、枲	大麻	*Cannabis sativa* Linn.
52	荍	锦葵	*Malva sinensis* Cavan
53	纻	苎麻	*Boehmeria nivea*（L.）Gaudich.
54	菅	菅	*Themeda villosa*（Poir.）A. Camus
55	苕 1	小巢菜	*Vicia hirsuta*（Linn.）S. F. Gray.
56	鷊	绶草	*Spiranthes sinensis*（Pers.）Ames
57	荷、菡萏、芙蓉	莲	*Nelumbo nucifera* Gaertn.
58	稂	狼尾草	*Pennisetum alopecuroides*（L.）Spreng.
59	萧	牛尾蒿	*Artemisia dubia* Wall. ex Bess.
60	蓍	蓍	*Achillea millefolium* L.
61	薁	蘡薁	*Vitis bryoniaefolia* Bge.
62	藿	山韭	*Allium senescens* L.
63	葵	冬葵	*Malva crispa* Linn.
64	枣	枣	*Ziziphus jujuba* Mill.
65	稻、稌	稻	*Oryza sativa* L.
66	樗	臭椿	*Ailanthus altissima*（Mill.）Swingle
67	菽	大豆	*Glycine max*（Linn.）Merr.
68	韭	韭	*Allium tuberosum* Rottl. ex Spreng.
69	果臝	栝楼	*Trichosanthes kirilowii* Maxim.

序号	古代名称	现代名称	拉丁学名
70	杞 2	枸杞	*Lycium chinense* Mill.
71	枸	北枳椇	*Hovenia dulcis* Thunb.
72	莪	播娘蒿	*Descurainia sophia*（L.）Webb. ex Prantl
73	榖	构树	*Broussonetia papyifera*（Linn.）L'Hert. ex Vent.
74	蓫	羊蹄	*Rumex japonicus* Houtt.
75	葍	旋花	*Calystegia sepium*（Linn.）R. Br.
76	蔚	牡蒿	*Artemisia japonica* Thunb.
77	樌	榔榆	*Ulmus parvifolia* Jacq.
78	茑	桑寄生	*Taxillus sutchuenensis*（Lecomte）Danser
79	女萝	节松萝	*Usnea diffracta* Vain.
		长松萝	*Usnea longissima*
80	臺、莎	香附子	*Cyperus rotundus* L.
81	蓝	蓼蓝	*Polygonum tinctorium* Ait.
82	苕 2	凌霄	*Campsis grandiflora*（Thunb.）Schum.
83	棫	蕤核	*Prinsepia uniflora* Batal.
84	柽	柽柳	*Tamarix chinensis* Lour.
85	檿	山桑	*Morus mongolica* Schneid. var. *diabolica* Koidz.
86	柘 1	柘树	*Cudrania tricuspidata*（Carr.）Bur. ex Lavalle
87	梧桐	梧桐	*Firmiana platanifolia*（L.f.）Marsili
88	蓼	水蓼	*Polygonum hydropiper* L.
89	芹	水芹	*Oenanthe javanica*（Bl.）DC.
90	茆	莼菜	*Brasenia schreberi*
91	芷、茝、葯	白芷	*Angelica dahurica*（Fisch. ex Hoffm.）Benth. et Hook. f. ex Franch. et Sav.
92	木兰	木莲	*Manglietia fordiana* Oliv.
93	菌桂	肉桂	*Cinnamomum cassia* Presl
94	杜衡	杜衡	*Asarum forbesii* Maxim.
95	秋菊	菊花	*Dendranthema morifolium*（Ramat.）Tzvel.
96	薜荔	薜荔	*Ficus pumila* L.
97	芰	菱	*Trapa bispinosa* Roxb.
98	藑茅	田旋花	*Convolvulus arvensis* Linn.
99	艾	艾	*Artemisia argyi* Levl. et Vant.
100	樧	椿叶花椒	*Zanthoxylum ailanthoides* Sieb. et. Zucc.
101	辛夷、新夷	紫玉兰	*Magnolia liliflora* Desr.
102	石兰	石韦	*Pyrrosia lingua*（Thunb.）Farwell
103	蘋	浮萍	*Lemna minor* L.
104	楸	楸	*Catalpa bungei* C. A. Mey.
105	橘	柑橘	*Citrus reticulata* Blanco
106	荠	荠	*Capsella bursa-pastoris*（L.）Medic.
107	柘 2	甘蔗	*Saccharum officinarum* Linn.

序号	古代名称	现代名称	拉丁学名
108	枫	枫香树	*Liquidambar formosana* Hance
109	苴蓴、蘘荷	蘘荷	*Zingiber mioga*（Thunb.）Rosc.
110	马兰	马兰	*Kalimeris indica*（L.）Sch.-Bip.
111	柚	柚	*Citrus maxima*（Burm.）Merr.
112	桢	女贞	*Ligustrum lucidum* Ait.
113	菎蕗	箭竹	*Fargesia spathacea* Franch.
114	泽泻	泽泻	*Alisma plantago-aquatica* Linn.
115	芎	川芎	*Ligusticum chuanxiong* Hort.
116	藜	藜	*Chenopodium* album L.
117	蕳薞	窃衣	*Torilis scabra*（Thunb.）DC.
118	槀本	藁本	*Ligusticum sinense* Oliv.

已知植物名录（二）

序号	古代名称	现代名称	拉丁学名
1	匏、壶、瓠、瓟	葫芦属	*Lagenaria* Ser.
2	竹 2、筍	刚竹属	*Phyllostachys* Sieb. et Zucc.
3	黄、黄粱	粱（品种）	*Setaria italica*（L.）Beauv.
4	秬	黍（黑黍）	*Panicum miliaceum* L.
5	秠	黍（品种）	*Panicum miliaceum* L.
6	穈	粟（品种）	*Setaria italica*（L.）Beauv. var. *germanica*（Mill.）Schred.
7	芑 2	粟（品种）	*Setaria italica*（L.）Beauv. var. *germanica*（Mill.）Schred.
8	菰粱	菰（籽实）	*Zizania latifolia*（Griseb.）Stapf

后　记

自 2011 年 7 月提笔至今，历时三年，终于完稿，心中既轻松又疲惫。书写的过程比最初设想的要艰苦得多，因为同时涉及文字、人文、历史、植物、地理、气候等领域，所以总有意想不到的问题出现，为了把它们一一解决，有时需要在延展的路上走出很远。这一路虽然辛苦，却也是值得的，其间所积累的知识使我获益良多。

在所有的困难当中，有一个最让我始料不及并为此耗费了大量的时间和精力，那就是简体字的问题。涉及古文考证时，很多古体字、繁体字的字义与简体字相差甚远，厘清它们的关系是十分必要的，也因此我才会决定将原文和文献征引中的植物名称、人物名称、文献名称等都使用繁体字，以尽量保持其原貌。

《诗经》和《楚辞》的创作年代距今已有两三千年，在这漫长的过程中，各地的水土、气候等方面都或多或少的发生了改变，这也导致了植物形态和产地的变化，所以，很多植物的考证其变数很大，都不是绝对的。

本书的写作我虽已尽力，但毕竟个人的精力和能力都有限，疏漏在所难免，笔者在此感谢读者的理解并请不吝指正。

三年时间里发生过很多事情，诚心地感谢家人和朋友给予我的鼓励和帮助，让我能顺利完成此书的写作。